ENDSTATION
BROCKEN

Die Handlung dieses Romans spielt an realen Orten wie Bad Lauterberg, St. Andreasberg, Goslar, Hattorf und Duderstadt. Die Handlung und die Charaktere sind frei erfunden. Etwaige Ähnlichkeiten mit lebenden und toten Personen wären reiner Zufall und sind nicht beabsichtigt.

Hans-Joachim Wildner

ENDSTATION BROCKEN

Bibliografische Information der Deutschen Nationalbibliothek
Die Deutsche Nationalbibliothek verzeichnet diese Publikation in der Deutschen Nationalbibliografie; detaillierte bibliografische Daten sind im Internet über **http://dnb.d-nb.de** abrufbar.

Endstation Brocken

ISBN 978-3-947167-39-5

2. Aufl. 2019

Dieser Titel ist auch als eBook erhältlich
in den Formaten ePub und MobiPocket (Kindle).

Abbildungsnachweise:

Hintergrund Seite 288 © Yuriy2012 #322773506 | shutterstock.com
Cover (Front) © freie kreation #591873776 | shutterstock.com
Cover (Back) © Pexels | pixabay.com
Autorenporträt © Ania Schulz | as-fotografie.com

Lektorat:
Sascha Exner

Druck:
Frick Kreativbüro & Onlinedruckerei e.K., Krumbach

Verlag:
EPV Elektronik-Praktiker-Verlagsgesellschaft mbH
Obertorstr. 33 · 37115 Duderstadt · Deutschland
Fon: +49 (0)5527/8405-0 · Fax: +49 (0)5527/8405-21
E-Mail: mail@harzkrimis.de

HARZKRIMIS.DE

Mit dem Überweisungsformular in der Hand betrat Chris die Bank. Der Schalterraum strahlte wie gewohnt Ruhe aus. Vor dem Geldautomaten stand eine ältere Frau und hinter der Wartelinie noch zwei andere Personen. Voraus, an einem der Stehpulte, wartete ein junger Mann im dunklen Anzug und braver Krawatte auf Kundschaft. »Guten Tag«, begrüßte er Chris mit einem aufblitzenden Lächeln. Chris ging geradewegs auf ihn zu und gab ihm das Überweisungsformular des Bußgeldbescheides. Auf der Schnellstraße, kurz vor Scharzfeld, hatten sie ihn vor einigen Tagen geblitzt. Der Mann hinter dem Schreibpult sah flüchtig drüber und sagte: »Danke! Wird erledigt.« Seine Mundwinkel verrieten ein hintergründiges Grinsen, so, als wenn er schadenfroh dachte: *»Na, haben sie dich erwischt?«*

Am Pult nebenan bemerkte Chris eine Frau so um die dreißig, die mit der Angestellten redete. Er konnte zwar ihr Gesicht nicht sehen, spürte aber auf seltsame Weise ihre Gegenwart. Chris schielte heimlich zu der Frau hinüber, als er zu den Druckautomaten ging, um Kontoauszüge zu holen. Er schob die Bankkarte in den Schlitz und kurz darauf ertönte das zippende Hin und Her des Nadeldruckers. Trotz des Geräusches registrierte er, dass sich hinter ihm jemand anstellte. Er drehte sich um und sah die Frau mit der magischen Ausstrahlung dort stehen. »Es dauert nicht lange, bin sofort fertig«, sagte er. Sie lächelte nur und nickte ihm zu.

Während Chris auf seine Kontoauszüge wartete, schaute er gedankenverloren durch die Glasfassade hinaus auf den Vorplatz der Bank, wo es kurz darauf ungewohnt lebhaft wurde. Vor dem Eingang hielt ein VW-Mannschaftswagen der

Polizei. Ein uniformierter Beamter und zwei maskierte Männer stiegen aus. Der Polizist zog rot-weißes Flatterband um das Eingangsportal. Das Trio betrat den Vorraum. Die Anwesenden starrten verstört auf die drei Eindringlinge. Sie trugen Latexhandschuhe, so wie sie Ärzte verwenden, fiel Chris auf. Er entnahm die Kontoauszüge und beobachtete irritiert das Geschehen.

»Niemand verlässt das Gebäude!«, befahl der Uniformierte, der eine Art Klemmbrett in der Hand hielt. Dann forderte er den Bankangestellten am Stehpult barsch auf, alle Beschäftigten aus den Büros schnellstens in die Halle zu holen. Die Kunden und Bediensteten stierten verunsichert den Polizeibeamten an. »Na los, machen Sie schon«, blaffte er den verdutzen Mann an. Zwei Mitarbeiter aus den rückwärtigen Büros hatten den Tumult offensichtlich mitbekommen und kamen mit staunenden Gesichtern heraus. Der junge Bankangestellte eilte nun in den Seitentrakt des Gebäudes und kehrte wenige Augenblicke später mit drei weiteren Kollegen zurück. Eine Frau und zwei Männer. Einer von ihnen, ebenfalls im Businessanzug gekleidet, ging zielstrebig auf den Uniformierten zu und baute sich vor ihm auf.

»Albrecht ist mein Name. Ich bin der Filialleiter«, sagte er forsch, »würden Sie mich bitte aufklären, was das hier soll?«

»Das ist eine Übung. Eine Überfallübung. Mehr kann ich Ihnen im Augenblick nicht sagen«, erklärte der Polizist schroff. »Ihr Geschäftsführer, Herr Bruns, ist informiert«, fügte er noch hinzu.

Dann zog einer der Maskierten eine Pistole aus der Jackentasche, fuchtelte damit herum und brüllte: «Überfall. Alle auf den Boden, Gesicht nach unten. Sofort!« Keiner rührte sich von der Stelle. Der Schock und die Verunsicherung standen ihnen ins Gesicht geschrieben. Die ältere Dame , die noch am Geldautomaten stand, schrie auf.

»Sofort!«, wiederholte er brüllend, schoss in die Luft und richtete die Waffe auf die Leute. Im nächsten Moment warfen sich alle flach auf dem Boden. Der andere mit der Strickmaske ging an den Kassenschalter und forderte die Frau hinter dem Panzerglas auf, herauszukommen.

»Drücken Sie nicht den Alarmknopf!«, rief der Polizist ihr zu. »Wir sind ja schon hier.« Er machte Notizen auf dem Klemmbrett.

Der Maskierte reichte ihr eine schwarze Nylontasche und forderte sie auf, alles Geld hineinzutun, nicht nur das Kassengeld, sondern auch das aus dem Tresor.

»Aus dem Tresor kann nur der Filialleiter...«, nuschelte sie ängstlich.

»Gut, stehen Sie auf und helfen Sie der Frau«, sagte der Polizist zu dem Mann im Anzug, der am Boden lag und hochblickte. Er erhob sich und ging mit dem Maskierten in einen Nebenraum.

Chris fröstelte auf dem kalten Steinboden. Er versuchte, den Kopf zu heben, um von dem Geschehen möglichst viel mitzubekommen. Ein Überfall als Polizeiübung, das hatte er noch nie gehört. Aber war das so abwegig? Es gab doch alle Nase lang irgendwelche Übungen. Rettungsübungen, Evakuierungsübungen, Löschübungen, und weiß der Kuckuck was noch alles. Warum also nicht auch eine Überfallübung in Banken, um das Zusammenspiel mit der Polizei zu verbessern? Um so realistisch wie möglich zu sein, machte es durchaus Sinn, solche Simulationen nicht anzukündigen. Oder doch nicht? Chris hatte trotz aller Plausibilität Zweifel an seinen eigenen Überlegungen. Durch das ungewohnte Liegen drohte sein Nacken zu verkrampfen. Er drehte den Kopf auf die andere Seite. Neben ihm lag die Frau, die vorhin hinter ihm gestanden hatte, und er blickte ihr direkt in die Augen. Für einen Moment vergaß er die beängstigende Situation. *Was für Augen*, dachte er, so dunkelbraun, wie er sie noch nie gesehen hatte. Sie wandte ihren Blick nicht ab und hob etwas die Brauen.

»Was machen wir jetzt?«, fragte sie.

»Ich wüsste da schon etwas«, antwortete Chris mit einem Zwischenton und lächelte, »aber vorerst bleiben wir hier liegen und prägen uns möglichst viele Details von diesen Typen ein. Ich glaube nicht, dass das hier eine Übung ist.«

»Schnauze da drüben!«, brüllte einer von der Bande in einer Stimmlage, die Chris an Quasimodo erinnerte. Er kniff die Lippen zusammen.

»Viel können wir ja nicht erkennen«, flüsterte sie, ohne den Kopf zu bewegen.

»Doch«, widersprach Chris, »Schuhe, Kleidung, Sprache, so was alles.«

»Schneller, das muss schneller gehen«, rief der Polizist, »das ist ein Überfall und keine Spendensammlung.«

Im Hintergrund waren nur Gewusel und tappende Schritte zu hören. Er konnte aus dem Augenwinkel erkennen, wie der Filialleiter mit dem vermeintlichen Bankräuber zurückkam. Die Tasche war prall gefüllt. *Wieviel Geld das wohl sein mag*, überlegte Chris.

Die junge Frau und er lagen sich noch immer gegenüber. Ihren sinnlichen Augen konnte er sich nicht entziehen. Ihr Blick schien ihn herauszufordern.

»Haben Sie heute noch etwas vor?«, flüsterte er ihr zu. Sie hob scheinbar missbilligend die Brauen ein Stück. *Mann bin ich blöd*, rügte er sich augenblicklich selbst. *Das ist jetzt wirklich nicht der Zeitpunkt für eine plumpe Anmache*, ging es ihm durch den Kopf.

»Ja, ich möchte heile hier rauskommen«, antwortete sie leise. Chris fiel ein Stein vom Herzen, er hatte eine saftige Abfuhr erwartet.

»Oh!«, erwiderte er, »dann haben wir ja etwas gemeinsam. Wenn das kein Zeichen ist.«

Sie formte ihre Augen zu Schlitzen. »Flirten Sie etwa jetzt mit mir?«, beschwerte sie sich und drehte ihren Kopf auf die andere Seite. Er war wohl doch zu weit gegangen.

»Ich hab Schnauze gesagt!«, brüllte der mit der heiseren

Stimme dazwischen. Chris drückte sich fester auf den Boden und lauschte. Er hörte es rascheln und ein Geräusch, das wie ein Reißverschluss klang, der zugezogen wird. Chris blinzelte seitlich nach oben und konnte es kaum glauben. Die beiden Männer nahmen ihre Masken herunter und lächelten sich zufrieden zu.

»So, meine Damen und Herren, Sie können jetzt wieder aufstehen«, sagte der Polizeibeamte und fügte hinzu: »Vielen Dank, dass Sie mitgemacht haben.« Danach wandte er sich an den Filialleiter und erklärte kurz: »Das Geld übergeben wir Herrn Bruns, so haben wir es mit ihm vereinbart.« Er machte noch rasch ein paar Notizen auf seinem Klemmbrettzettel, dann gingen die Männer zur Tür, schauten sich nochmals um und verließen das Gebäude. Draußen rissen sie das Flatterband ab und fuhren, ohne es besonders eilig zu haben, mit dem Polizeiwagen davon.

Zögerlich räkelten sich die am Boden Liegenden wieder auf die Beine, streckten sich die Verspannung aus den Gliedern und strichen ihre Kleidung glatt. Chris reichte der Frau neben sich, die jetzt auf dem Fußboden saß, seine Hand. Sie fasste zu und zog sich daran hoch. Nun ging er zu der älteren Dame, die noch vor dem Geldautomaten lag und vergeblich versuchte, aufzustehen. Er griff ihr unter die Arme. Stöhnend richtete sie sich auf und blieb gekrümmt stehen. Sie jammerte leise. »Ist alles in Ordnung?«, fragte Chris und stützte sie. Die hübsche Frau kam dazu. »Ich bin Ärztin. Haben Sie sich verletzt?«, fragte sie. »Nein, nein. Nur mein Rücken. Es geht gleich wieder«, antwortete die ältere Frau mit weinerlicher Stimme.

Chris hatte die Männer, so gut es aus der Bodenperspektive möglich war, beobachtet, und legte sich in Gedanken vorsorglich eine Täterbeschreibung zurecht:

Der Polizeibeamte musste ungefähr einsachtzig groß sein, leicht übergewichtig, hatte eine Halbglatze mit kurz geschnittenem Haarkranz und trug eine Nickelbrille. Über der linken

Augenbraue war eine markante Narbe zu sehen. *Er sprach akzentuiert und klar in tiefer Tonlage und mochte etwa Ende vierzig sein. Der Bewaffnete war Mitte dreißig, größer als die beiden anderen, schlank, aber kräftig gebaut. Auffällig war seine pickelige, vernarbte Gesichtshaut gewesen, und zusammen mit den strähnigen Haaren passte er eher in das stereotype Gaunerbild. Seine Stimme klang rauchig heiser.*

Den mit der Tasche schätzte Chris auf einsfünfundsiebzig. *Er war schmächtig, fast schon feminin, und dieser Eindruck wurde noch durch seine geschmeidigen Bewegungen verstärkt. Vielleicht ist er schwul,* mutmaßte Chris und musste darüber grinsen. *Ein dünner Oberlippenbart und die randlose Brille verliehen ihm in der Uniform eine verhaltene Autorität.*

Chris blickte zur Decke und fand das Einschussloch. *Eine Übung mit scharfer Munition? Die haben uns verarscht,* war er sich jetzt sicher, und sein Pulsschlag wurde heftiger, angesichts der Gefahr, die ihm mit einem Mal bewusst wurde.

Herr Albrecht blickte sich um, wie jemand, der die versteckte Kamera aus der Fernsehserie »Verstehen sie Spaß« suchte. Er schüttelte gemächlich den Kopf und hob die Schultern an. Seine Augen verrieten Ratlosigkeit. Dann strich er sich mit beiden Händen übers Gesicht und wischte sich die Augen.

»Ich hoffe, dass sich sonst niemand von Ihnen wehgetan oder verletzt hat«, sagte er fürsorglich. Die Leute sahen sich gegenseitig an. Schließlich wandte er sich der älteren Dame zu: »Geht's wieder? Tut mir leid.«

Sie rückte ihre Brille zurecht. »Ja, ja, es geht schon wieder. Danke«, versicherte sie. Die Ärztin bat um einen Stuhl für die Frau.

»Gut«, meinte Herr Albrecht. »Aber bitte bleiben Sie alle noch einen Augenblick hier. Ich möchte mich erst bei der Geschäftsleitung rückversichern, ob sie tatsächlich darüber informiert gewesen war.« Er zog ein Handy aus der Innentasche seiner Anzugjacke, strich über das Display und tippte auf die Anzeige. Dann hielt er das Smartphone ans Ohr und lief vor den Leuten auf und ab, bis er abrupt stehen blieb.

»Ja? Herr Bruns? Albrecht hier. Entschuldigen Sie bitte, aber wir hatten hier soeben eine Übung. Wissen Sie davon?« Er hörte einen Moment seinem Gesprächspartner zu, bis sich seine Miene verhärtete. »Eine Überfallübung der Polizei.« Kurze Pause. »Ja, ein Polizeibeamter war dabei.« Ein paar Sekunden später antwortete er: »Ja, einer war bewaffnet. Sie haben das Bargeld mitgenommen.« Er wechselte hastig das Handy an das andere Ohr und sprach weiter: »Sie haben uns versichert, es bei Ihnen abzuliefern.« Wieder lauschte er eine Weile. »Ist gut. Ich warte.« Er drückte das Gespräch weg und behielt das Smartphone in der Hand.

»Mein Chef weiß nichts von einer Übung, aber er will sich bei der Polizei erkundigen und ruft gleich zurück«, informierte er die gespannt wartenden Mitarbeiter und Kunden. Wieder ging er hin und her. Dann piepte sein Telefon. Er riss es ans Ohr.

»Ja?« Alle schienen mitzulauschen. Chris beobachtete, wie Albrecht langsam kreidebleich wurde. Ohne zu antworten drückte er die Verbindung nach einigen Sekunden weg. Er sah die Leute an und schüttelte den Kopf.

»Wir sind reingelegt worden«, sagte er kleinlaut, »die echte Polizei ist unterwegs. Bitte bleiben Sie noch hier.« Er zeigte auf einen Wasserspender an der Wand. »Und bedienen Sie sich.«

»Ich dachte, das gibt's nur im Kino«, meinte Chris zu der Ärztin, die noch neben ihm stand.

»Sowas von abgebrüht«, bemerkte sie, »zum Glück ist niemand ernstlich verletzt worden.« Sie schaute auf die ältere Dame neben sich auf dem Stuhl, die sich offensichtlich wieder erholt hatte.

»Ich würde gern noch einmal an unser Gespräch von vorhin anknüpfen«, versuchte Chris mit ihr ins Gespräch zu kommen, um die Wartezeit zu überbrücken.

»Warum?« Sie schaute ihn skeptisch an. Erst jetzt bemerkte er, wie bezaubernd sie aussah mit ihren dunklen, kurzgeschnittenen Haaren und dem schmalen Mund. An den Ohrläppchen trug sie Clips mit Halbperlen und um ihren Hals schmiegte sich eine silberne Kette.

»Na ja, ich dachte, wenn man eine Weile, sozusagen als Geiseln, zusammen auf dem Fußboden einer Bank herumliegt, das verbindet doch. Meinen Sie nicht?«, erklärte er.

»Nicht zwangsläufig«, erwiderte sie lapidar.

»Meine ich schon«, widersprach er, »über dieses Abenteuer erzählen Sie später noch Ihren Enkelkindern zur Gute-Nacht. Und die werden bestimmt fragen, wie der Onkel hieß, der mit ihrer Oma am Boden gelegen hatte.« Er reichte ihr die Hand. »Ich bin Chris – Christoph Rohde.«

»Katja Meinhard«, sagte sie und ergriff seine Hand. Ihre Augen strahlten etwas und ein verstecktes Lächeln flog über ihr Gesicht.

»Freut mich, Sie kennenzulernen«, lächelte Chris. Sie lächelte förmlich zurück. »Vielleicht sollten wir...« Er sprach nicht weiter, weil das Heulen der Martinshörner das Gespräch übertönte. Ein Polizeiauto und ein Rettungswagen mit Notarzt fuhren vor. Blaulichter blitzten durcheinander. Die Signalhörner verstummten, Türen wurden aufgerissen und zugeschlagen. Ein Polizeibeamter mit einer Kollegin, zwei Sanitäter und der Notarzt kamen eilig herein.

»Ist jemand verletzt?«, fragte der Arzt und blickte in die Runde.

»Nein. Zum Glück nicht«, antwortete der Filialleiter, »nur die Dame dort hatte über Rückenprobleme geklagt.«

Der Arzt ging zu ihr.

Die Polizeibeamtin bat die Anwesenden, im türnahen Bereich zu warten, bis die Tatortgruppe eintreffen würde, um Spuren zu sichern. Ihr Kollege ging nach draußen, sperrte den gesamten Vorplatz mit Flatterband ab und versuchte, mit einer deutlichen Handbewegung die Passanten, die schaulustig stehen blieben, zum Weitergehen zu bewegen. Mit wenig Erfolg.

Die Polizistin stellte sich mit Martina Simon vor und fragte, ob sich jemand die Nummer des Fluchtautos gemerkt hätte. Sie bekam nur Kopfschütteln als Antwort. *Wer merkt sich schon das Kennzeichen eines Polizeiautos*, dachte Chris, *vor allem, wenn man glaubt, es sei echt.* »Es war ein VW T5«, rief einer aus der Gruppe heraus, der sich scheinbar mit Autotypen auskannte. Sie bedankte sich für die Information und gab sie durch ihr Funkgerät weiter.

Das surrende Geräusch der automatischen Schiebetür lenkte die Aufmerksamkeit der Wartenden auf die vier Männer, die hereinkamen und sich umschauten. Zwei von ihnen trugen weiße Overalls. Einer der Zivilbeamten, Chris schätzte ihn auf Mitte vierzig, trat vor die Gruppe. Auf den ersten Blick sah der Mann ungepflegt aus. Seine dunkelbraunen Haare zeigten keinerlei Spuren von Bürste oder Kamm. Zudem war er unrasiert. Die dunklen Bartstoppeln ließen sein kantiges Gesicht mit der schmalen Nase schmuddelig aussehen. Die Wahl seiner Kleidung hingegen vermittelte einen ordentlichen Eindruck. Er trug eine Jeans, ein blauweiß-gestreiftes Hemd und ein graues Jackett. Besonders augenfällig war die gemusterte Fliege, die seinen Hemdkragen zierte. Trotz dieser Gegensätze strahlte er Autorität aus. Er machte auf Chris den Eindruck eines Mannes, der sich nicht die Butter vom Brot nehmen lässt. »Hallo Martina«, grüßte er die Polizistin mit auffällig tiefer Stimme, gab ihr einen flüchtigen Händedruck und wandte sich der Gruppe zu.

»Mein Name ist Ralf Brauer, ich leite die Ermittlungen«, stellte er sich vor und wies mit der Hand auf den anderen Mann in Zivil. »Das ist mein Kollege Steffen Richter.« Der nickte den Anwesenden freundlich zu. Er musste so um die dreißig sein, fand Chris. Aufmerksame Augen schauten aus seinem jungenhaften Gesicht und seinen Kopf schmückten mittelblonde Haare mit akkuratem Scheitel. *So, wie der aussieht, hätte er auch Model für eine Rasierwasserwerbung werden können*, dachte Chris und presste seine Lippen aufeinander, um das aufkommende Grinsen zu verbergen.

»Und dies sind Polizeioberkommissar Frank Becker und Polizeihauptkommissar Matthias Nolte.« Er zeigte mit der Hand auf die beiden Männer im Overall, die so steril aussahen wie Techniker, die Satelliten montieren.

Brauer fuhr fort: »Vielen Dank, dass Sie so lange gewartet haben. Ich muss Sie leider noch um Geduld bitten, bis meine Kollegen ihre Personalien aufgenommen und Sie als Zeugen befragt haben.« Er sah in die Runde. Niemand hatte etwas einzuwenden. Dann sprach er weiter: »Damit wir schnellstens eine Fahndung einleiten können, brauche ich eine möglichst detaillierte Täter- und Hergangsbeschreibung. Wenn sich jemand dazu in der Lage sieht, würde uns das sehr helfen. Und von Ihnen, Herr Albrecht, brauche ich schnellstens die Aufnahmen ihrer Überwachungskameras.«

»Ich werde das sofort veranlassen«, sagte Albrecht eifrig und redete mit einer der Angestellten, die daraufhin im Seitenflügel verschwand.

Chris meldete sich mit einem kurzen Handzeichen. »Ich kann Ihnen einiges schildern«, bot er sich an. Die Frau vom Kassenschalter und ihr Kollege erklärten sich ebenfalls bereit.

»Das ist doch ein guter Anfang«, lobte Brauer und fragte nach den Namen.

»Okay«, meinte er zufrieden, »wir haben dann also Frau Mertz, Herrn Jakobi und Herrn Rohde. Richtig?« Die drei nickten. »Können wir Ihr Büro benutzen, Herr Albrecht?«, erkundigte sich Brauer.

»Natürlich, kein Problem«, stimmte er zu und wollte vorausgehen.

»Augenblick noch«, stoppte ihn Brauer, »ich bin gleich zurück.« Er ging nach draußen. Dort hatte sich eine Frau hinter die Absperrung gedrängt, redete auf den Polizeibeamten ein und ließ sich nicht abweisen. Sie hatte eine Kamera in der

Hand und ein Schildchen umhängen, was Chris als Presseausweis deutete. Brauer sprach mit ihr.

Chris nutzte die Unterbrechung und suchte Katja Meinhard. Sie war nirgends zu sehen. Er schaute durch die Scheiben auf den Vorplatz und sah Brauer, wie er der Reporterin das rot-weiße Absperrband hochhielt, damit sie drunter durchschlüpfen konnte. Einer der Sanitäter begleitete die ältere Frau hinaus und half ihr, in den Rettungswagen einzusteigen. Katja konnte er nicht entdecken.

ZWISCHEN SCHARZFELD UND PÖHLDE
MITTWOCH, 16.09.2015

»Diese Banker sind auf einen schnöden Trick reingefallen. Banküberfall-Übung. Das habe ich noch nie gehört. Zwanzig Minuten Alarmzeit haben die dadurch vergeudet. Mann, ich fass es nicht.« Brauer schüttelte den Kopf und lachte gekünstelt. Es war schon siebzehn Uhr dreißig geworden, als sie die Bank nach der Zeugenbefragung verlassen hatten. Steffen Richter, der am Steuer saß, bog in die Wissmannstraße ein und setzte die Sonnenbrille zum Schutz gegen die tiefstehende Abendsonne auf. Die Ampel der Schanzenkreuzung zeigte rot und Richter bremste den Wagen langsam ab.

»Versetz dich in die Lage des Filialleiters. Wie hättest du reagiert?«, fragte er und brachte Brauer dazu, noch einmal darüber nachzudenken. Brauer spielte an seinem Ohrläppchen, was er oft unbewusst tat, wenn er konzentriert nachdachte.

»Tja. Schwer zu sagen«, antwortete er und behielt dabei die Ampel im Auge. »Die haben es echt clever angestellt und alle in der Bank zum Narren gehalten. Die Polizeiuniform und das Polizeiauto. Wär doch unnormal, wer dabei nicht an echte

Polizei denkt. Ich glaube, ich wäre auch im ersten Moment darauf reingefallen«, gab er zu und lachte kurz.

»Und dann nehmen die noch ihre Masken herunter und geben sich zu erkennen.« Steffen blickte seinen Vorgesetzten mit einem verschmitzten Lächeln an. »Grün!«, rief Brauer seinem Kollegen zu. Der junge Beamte legte einen Gang ein und gab Gas.

»Darauf kann ich mir, ehrlich gesagt, gar keinen Reim machen«, gestand Brauer nach einer Weile und stützte seinen Kopf ab. »Wenn diese neue Variante bei unseren Kunden Schule macht, werden wir bald einen Boom von Raubdelikten erleben.«

»Das hätte uns noch gefehlt, an Arbeitsmangel leiden wir ja nicht gerade.«

Sie hatten inzwischen Bad Lauterberg hinter sich gelassen und fuhren auf der Schnellstraße. Richter brachte den Dienst-Mercedes ordentlich auf Touren.

»Heh, heh, wir sind hier nicht auf dem Nürburgring, du Möchtegern-Schumi«, ermahnte ihn Ralf Brauer, »ich möchte meine Familie gern wiedersehen.«

»Das sollst du auch«, parierte Richter die Attacke gegen seinen sportlichen Fahrstil, »aber möglichst noch vor Mitternacht, wenn's recht ist.« Er nahm etwas Gas weg. Brauer war kein Freund von flotter Fahrweise, das wusste Steffen. Er hatte es sogar schon gebracht und ihn vom Steuer gejagt, um selber weiterzufahren. »*Dann setz wenigstens einen Hut auf und stell einen Wackeldackel ins Heckfenster, damit die anderen Verkehrsteilnehmer gewarnt sind*«, hatte Steffen seinerzeit gefrotzelt.

»Übrigens. Was macht eigentlich deine Frau? Grüß sie mal wieder von mir«, lenkte Richter vom Thema ab.

»Elke? Danke, es geht ihr so weit gut.«

»So weit?«, fragte Steffen pointiert nach. «Besser nicht?«

»Bis auf den Zickenzoff mit Annika. Die hat ihre Pubertät mit sechzehn noch nicht überwunden und fühlt sich von ihrer Mutter permanent bevormundet. Die beiden liegen sich laufend in den Haaren. Ich hoffe, das ist bald vorbei.« Er verdrehte die Augen und verzog die Mundwinkel.

»Da musst du durch, sei stark«, meinte Steffen.

»Ach ja? Wart's nur ab. Das steht dir alles noch bevor, du Schlaumeier.« Brauer griente ihn von der Seite an.

»Das glaube ich weniger«, meldete Richter Zweifel an.

Da sei dir mal nicht so sicher, dachte Brauer, sprach es aber nicht aus. Steffen Richter war zweiunddreißig Jahre alt und noch Single. Er schraubte lieber an seinem aufgemotzten Opel Astra herum, als Frauen auszuführen, obwohl er ein ausgesprochener Frauentyp war. Ein »Schönling«, wie Ina, die Schreibkraft im Kommissariat, ihn anfangs nannte. Steffen und Ina fanden immer einen Grund, sich wie Hund und Katze zu kabbeln. Brauer musste so manches Mal dazwischenfunken, um sie zur Vernunft zu bringen. Dabei war es seinem kriminalistischen Gespür nicht entgangen, dass in ihren Wortgefechten ein sanfter Zwischenton lag. Brauer hatte Steffen nur ein einziges Mal mit einem Mädchen gesehen. Es war in Hörden, wo Richter wohnte, auf dem Oktoberfest im Eulenhof. Danach nie wieder. Eigenartig fand er das schon. So ein schnittiger Bursche ohne feste Beziehung, aber er würde sicher diese Lücke in Steffens Persönlichkeitsprofil noch ergründen. Steffen war ein talentierter Polizeibeamter. Brauer schätzte den Scharfsinn und die engagierte Arbeitsweise seines jungen Kollegen. Da hatte er schon ganz andere Kameraden unter seinen Fittichen gehabt.

»Was macht Patrick eigentlich, er müsste doch jetzt mit der Schule fertig sein«, erkundigte sich Richter nach Brauers Sohn.

»Ist er auch. Er hat gerade eine Lehre als Mechatroniker begonnen. Wenn ihm der Beruf gefällt, will er vielleicht noch studieren«, berichtete Brauer stolz.

Sie waren bereits auf der Ortsumgehung Scharzfeld, als plötzlich, wie aus dem Nichts, ein Motorrad mit heulendem Motor an ihnen vorbeischoss. Beide zuckten zusammen.

»Idiot!«, rief Richter hinterher.

»Das ist der Nächste, den die Kollegen unter der Leitplanke hervorziehen«, schimpfte Brauer, als sich sein Herzschlag nach dem Schreck wieder beruhigt hatte.

»Was treibt die Leute nur zu dieser Raserei?«, empörte sich Richter.

»Was wohl?«, erwiderte Brauer, sah Steffen fordernd von der Seite an und versuchte, mit zusammengekniffenen Lippen ein Lachen zu unterdrücken. Es gelang ihm nicht. Es prustete schallend aus ihm heraus und Steffen musste mitlachen.

Ihr ausgelassenes Gelächter wurde erst von Brauers Handyton unterbrochen. Das Display im Armaturenbrett zeigte Martin Neumann an. »Unser Feierabendkiller«, bemerkte Brauer genervt. Er drückte die Taste der Freisprechanlage. »Ja, Chef?«

»Wo bist du gerade?«, fragte Martin Neumann, erster Polizeihauptkommissar und Chef der Polizeiinspektion Northeim. Brauer ahnte nichts Gutes bei dieser Frage.

»Kurz vor Feierabend, Martin«, flachste Brauer. Sie kannten sich von der Polizeiakademie in Hannoversch Münden und duzten sich. »Was gibt's Dringendes? Oder wolltest du uns noch auf ein Bier einladen?«

»Über das Bier sprechen wir später, aber vorher reden wir über einen Toten.«

Brauers Feierabendstimmung schlug sofort auf Dienstmodus und Widerstand um.

»Was habe ich damit zu tun? Das ist Sache der FK 1. Warum schickst du Berger nicht hin?«

»Weil der Tote mit einer Kugel im Kopf in einem Maisfeld bei Pöhlde liegt und du schneller vor Ort sein kannst als er. Die Tatortgruppe habe ich schon umgeleitet.«

»Dann haben Richter und ich auch bei Berger ein Bier gut, sag ihm das!«

»Mach ich. Danke, Ralf.«

Brauer beendete das Gespräch und schluckte. Bei der

Vorstellung, einen Toten begutachten zu müssen, würgte es ihn im Hals. Der Anblick von Leichen oder zerschundenen Körpern sowie der Geruch von Blut löste bei ihm einen inneren Überwindungskampf aus. Nach fünf Jahren Dienst in der Mordkommission bekam er jedes Mal Herzrasen, wenn er zum Tatort gerufen wurde. Mörder in den Knast zu bringen, hatte einen gewissen Reiz und vermittelte ein Gefühl der Genugtuung, aber die Auseinandersetzung mit dem Tod belastete ihn bis an seine psychische Grenze. Er glaubte, es zu packen, aber die Toten packten seine Seele. Elke bemerkte es eher als er selbst, dass etwas mit ihm nicht mehr stimmte. Wenn sie ihn auf seine depressiven Launen ansprach, gerieten sie rasch in Streit. Ein Wort ergab das Andere, und das war irgendwann zu viel, und dann gab es keine Worte mehr. Er zog die Reißleine und ließ sich psychologisch behandeln. In vielen Sitzungen fand der Therapeut heraus, dass er im Unterbewusstsein ein schreckliches Kindheitserlebnis vor sich selbst versteckte. Er konnte nie darüber sprechen und unterdrückte jede Erinnerung daran, aber die hatte sich fest in sein Gedächtnis eingebrannt. Es brauchte nur einen Anstoß, wie herbstlicher Nebel, Kastanien oder der Geruch von Blut, und schon durchlebte er den Schrecken erneut, was ihn manchmal tagelang mit Fieber und Erbrechen außer Gefecht setzte. Das Geschehene konnte auch der Psychologe nicht auslöschen, aber er fand eine Möglichkeit, die Brauer half, die Erinnerung anzunehmen.

Niemand auf der Dienststelle wusste davon. Für die Behandlung hatte er extra Urlaub genommen. Später bat er um Versetzung in ein anderes Fachressort, aber das ging nicht von heute auf morgen. Erst als Hauptkommissar Müller in Pension ging, holte ihn Neumann ins FK 2.

An der Kreuzung beim Herzberger Schützenplatz bogen sie links ab in die Bahnhofstraße. Keine fünf Minuten später fuhren sie in den Pöhlder Kreisel ein. Die Herzberger Kollegen hatten die Ausfahrt zur Kreisstraße 9 in Richtung Scharzfeld abgesperrt und den Verkehr umgeleitet. Ein Polizeibeamter, der die ankommenden Fahrzeuge einwies, stoppte ihren Dienstwagen. Steffen ließ die Türscheibe herunter.

»Wo wollen Sie denn hin?«, fragte der Beamte wichtigtuerisch. »Zum Tatort«, antwortete Steffen trocken und hielt ihm seine Dienstmarke vor die Nase. Ohne ein weiteres Wort zu verlieren, schwenkte der Polizeibeamte die Straßenbarriere zur Seite.

Gleich nachdem sie unter der alten Eisenbahnbrücke hindurchgefahren waren, sahen sie die Blaulichter blinken. Das Maisfeld lag zwischen der Brücke und der Kläranlage, die im Hintergrund zu sehen war. Vor dem halb abgeernteten Feld parkten zwei Polizeiautos. Der Rettungswagen und der Notarzt standen mitten auf dem Acker vor dem Mähdrescher. Steffen hielt hinter einem der Dienstwagen an. Sie stiegen aus und wurden von Bernd Wilke, dem Einsatzleiter der Herzberger Ermittler, begrüßt, den Brauer von anderen Einsätzen kannte. »Schreckliche Sache«, bemerkte Wilke und gab beiden die Hand.

»Wo ist die Leiche?«, fragte Brauer.

»Liegt dort drüben im Schnittwerk des Mähdreschers«, antwortete er.

Im Schnittwerk. Brauer lief ein Schauer über den Rücken. Wie musste ein Mensch aussehen, der von den Messern einer solchen Monstermaschine erfasst wurde? Brauers Pulsschlag erhöhte sich merklich. Kalter Schweiß bildete eine feuchte Schicht auf seiner Stirn. Vor dem Anblick, der ihn erwartete, fürchtete er sich. Im Storchenschritt gingen sie über die harten Maisstoppeln zu der Erntemaschine hinüber. Frank Becker und Matthias Nolte liefen bereits wieder in ihren weißen Overalls umher und sicherten Spuren. Nolte kam auf Ralf Brauer und Richter zu, als er sie erblickte.

»So rasch sieht man sich wieder«, flachste er, verzog aber keine Miene dabei.

»Was habt ihr bisher?«, erkundigte sich Steffen Richter.

»Ob er hier im Feld erschossen oder als Leiche versteckt

wurde, lässt sich nicht feststellen. Nach dem Verwesungsstand zu urteilen, müsste er drei oder vier Tage tot sein. Papiere hatte er keine bei sich, die auf seine Identität schließen lassen.«

»Sonstige Spuren?«, hakte Brauer nach.

»Schwierig. Der Mähdrescher hat wenig bis gar nichts davon übrig gelassen. Keine verdächtigen Reifenspuren, keine Fußabdrücke oder Schleifspuren. Nichts!«

»Wo ist der Fahrer der Maschine?«, mischte Brauer sich ein.

»Wird im Rettungswagen behandelt. Steht unter Schock.«

Brauer ging hinüber. »Kann ich mit ihm sprechen?«, fragte er den Arzt, der im Wagen neben ihm saß.

»Aber bitte nur kurz. Er hat den Schreck noch nicht überwunden.« Brauer stieg durch die Hecktür in den Behandlungsraum und beugte sich über die Trage. Ein Infusionsschlauch verlief zum Unterarm des Mannes. Sein Gesicht war weiß, fast transparent. Die Augen lagen tief und blickten glasig ins Leere.

»Mein Name ist Ralf Brauer von der Kripo Northeim. Wie heißen Sie?«

»Ich habe ihn nicht gesehen«, stammelte der Mann, »Was sollte ich machen?« Sein Kinn zitterte.

Brauer tätschelte kurz die Hand des Mannes. »Es wird schon wieder«, sagte er, blickte den Notarzt mit zuckenden Schultern an und stieg von der Plattform runter.

»Willst du dir die Leiche noch ansehen, bevor wir sie in die Gerichtsmedizin bringen lassen?«, fragte Steffen Richter.

»Muss ich ja wohl«, brummte er und ging mit flauem Gefühl im Bauch an dem Messerbalken entlang zu der Stelle, wo die Beine des Opfers zwischen den stoßzahnähnlichen Halmteilern erfasst worden waren. Frank Becker stand dort und machte Fotos. Beim Anblick des Körpers, besser gesagt, was von ihm noch zu erkennen war, rebellierte sein Magen stoßweise. Es grummelte spürbar und verstärkte sich zunehmend zu einem Krampf. Er schmeckte den säuerlichen Magensaft im Mund, wandte sich ab und kämpfte gegen den Brechreiz an. *Jetzt bloß nicht kotzen hier vor den Leuten.* Das würden sie ihm für den Rest seiner Dienstzeit aufs Butterbrot schmieren. *Nein, nicht jetzt.* Er fasste mit der linken Hand an seine Fliege, was ihm Sicherheit gab, dachte an Elke und hatte ihr Gesicht vor Augen, wie sie ihn anlächelte. *Schatz, lass mich nicht im Stich,* ging es ihm durch den Kopf. Die Ablenkung half. Das Würgegefühl ließ nach. Er atmete ein paar Mal tief ein, schnäuzte sich die Nase und ging zurück zu Richter, der mit Bernd Wilke im Gespräch war.

»Also das übliche Programm, und bitte zusätzlich den Mähdrescher beschlagnahmen, vielleicht finden wir noch Spuren darin«, bat Brauer seinen Herzberger Kollegen. »Alles Weitere dann mit Thomas Berger klären«, fügte er noch hinzu, »der ist für Mord und Totschlag zuständig. Ich will mich da nicht weiter einmischen, uns reicht der Banküberfall.« Brauer richtete sich an seinen Kollegen: »Stimmt's Steffen?«

»Allerdings«, bestätigte Steffen Richter die stille Hoffnung seines Kollegen.

Aber es kam anders.

BAD LAUTERBERG
DONNERSTAG, 17.09.2015

»Hier, guck mal, Otto! Gleich auf der Titelseite: BANKÜBERFALL IN BAD LAUTERBERG und TOD IM MAISFELD. Was sagst du dazu?« Chris hielt die Zeitungsseite mit den Bildern seinem Kater entgegen, der auf der Sessellehne lag. Der streckte die Vorderbeine weit aus und gähnte mit aufgerissenem Maul, als wolle er sein Herrchen im Ganzen verschlingen. Dann sprang er mit einem lang gezogenen Knurren herunter und lief mit aufgestelltem Schwanz zielstrebig zur Küchenzeile, wo sein Fressnapf stand.

»Du interessierst dich auch nur fürs Futter. Wir müssen ab sofort kürzertreten. Das Bußgeld hat meine letzten Reserven verschlungen. Dein Herrchen ist arbeitslos, vergiss das nicht?« Otto kommentierte das nur mit einem abfälligen Miauen und leckte die Reste aus dem Napf.

Chris setzte sich derweil an den Schreibtisch, weckte mit einem Tastentipp seinen Laptop aus dem Stand-by-Modus und scrollte seine E-Mails durch. Gott sei Dank waren keine weiteren Hiobsbotschaften darunter. Nur Werbung und anderer Müll, der im Spamordner gelandet war. Eine Mail fand jedoch seine Aufmerksamkeit. Sie war von Maike: *Hi, Chris, wir könnten doch wieder einmal zusammen fliegen. Wie wär's am kommenden Wochenende beim Flugplatzfest? Soll gute Thermik geben. Würde mich riesig freuen. Kuss Maike.*

Das Segelfliegen hatte er in der letzten Zeit total vernachlässigt und Maike ebenfalls. Zuerst die Abschlussprüfungen an der Uni Clausthal, dann das zeitaufwändige Studium der Stellenangebote, von den vielen Bewerbungen ganz zu schweigen. Maike hatte ihn bei der Recherche von Arbeitsstellen als Maschinenbauingenieur wirklich gut unterstützt. Dafür war er ihr überaus dankbar gewesen, aber...

Chris schaute gedankenverloren auf den Bildschirm. Sie länger im Unklaren zu lassen, wäre unfair. Nur – wie sollte er ihr das beibringen? Chris hatte sie auf dem Flugplatz in Hattorf kennengelernt, als er mit dem Segelfliegen angefangen hatte. Das war vor fast drei Jahren gewesen. Schon als Kind hatte er die elegant kreisenden Segler am Himmel beobachtet und sich vorgestellt, wie es sich anfühlen würde, ein solches Flugzeug zu steuern. Einmal war er zum Flugplatz gefahren, um sich das Drumherum aus der Nähe anzusehen. Man hat ihn gleich zu einem Probeflug eingeladen, danach konnte Chris nicht mehr widerstehen.

Mit Maike, die schon länger im Verein war, hatte er sich von Anfang an verstanden und viel Spaß gehabt. So ist es nicht nur beim Segelfliegen geblieben. Chris mochte ihren unverblümten Humor und ihre direkte Art, an Dinge heranzugehen. Manchmal jedoch fühlte er sich abgestellt, wenn sie durch ihre Spontanität unbewusst andere Männer zum Flirten einlud. Und so, wie sie aussah, würde nur ein Blinder sie übersehen. Chris war nicht eifersüchtig, aber furchtbar altmodisch in Beziehungsangelegenheiten, gestand er sich ein.

Er tippte die Antwort: *Gute Idee, Liebes. Bin am Wochenende als Rundflugpilot eingeteilt. Können zusammen den Checkflug machen. Hole dich Samstag früh um acht ab. Chris.*

Maike Adler arbeitete in dem florierenden Fuhrunternehmen der Familie mit. Die Adlers waren wohlhabend, und so spielte Geld für Maike nur eine untergeordnete Rolle. Chris hingegen musste jeden Cent zweimal umdrehen und genau überlegen, was er sich leisten durfte und was nicht. Das Segelfliegen konnte er sich nur erlauben, weil seine Mutter ihm hin und wieder etwas zusteckte. Maike überraschte ihn oft mit Theater- oder Konzertkarten, und wenn sie mal zum Essen ausgingen, übernahm sie meistens die Rechnung. Einmal kaufte sie ihm eine Jeans, weil er seine Lieblingshose mit Autoschmiere versaut hatte. Das ging ihm wirklich zu weit. Er hatte das Gefühl, von seiner Freundin ausgehalten zu werden. Chris zweifelte daran, ob das mit ihr mehr war als nur eine enge Freundschaft, die durch das gemeinsame Hobby getragen wurde. Er musste mit ihr reden, und zwar bald.

Sein Smartphone klingelte und brachte ihn auf andere Gedanken. Er schaute auf das Display – seine Mutter rief an. Chris ahnte, was jetzt kam. Er hatte ihr gestern noch von dem Banküberfall erzählt.

»Hi, Mama. Ja, ich habe die Zeitung schon gelesen«, begrüßte er sie.

»Junge! Mir ist fast das Herz stehen geblieben«, sagte sie mit weinerlicher Stimme.

»Mama, bleib locker, es ist ja nichts passiert«, versuchte er sie zu beruhigen.

»Du bist gut. Sie haben geschossen, davon hast du mir nichts gesagt. Es hätte sonst was passieren können.«

»Könnten wir dann noch so fröhlich telefonieren?«, entgegnete Chris.

»Ach, du wieder mit deiner Logik«, sagte sie erleichtert und schniefte durch die Nase.

»Ich hoffe nur, dass die Bank mein Bußgeld noch überweisen kann«, lachte Chris, »die sind nämlich jetzt genauso pleite wie ich.«

»Wie viel brauchst du?«, fragte seine Mutter spontan.

»Nee, lass mal. So war das nicht gemeint«, lehnte Chris ihr Angebot ab und ergänzte: »Trotzdem danke, aber das krieg ich schon hin.«

Chris war siebenundzwanzig Jahre alt und wollte niemandem länger auf der Tasche liegen. Noch während des Studiums hatte er mit der Jobsuche begonnen. Er hätte auch bereits einen annehmen können, denn Ingenieure wurden händeringend gesucht, aber er wollte in der Region bleiben, was das Angebot einschränkte. Dem Harz hätte er nur den Rücken gekehrt, wenn er hier absolut nichts finden würde. Er liebte die Berge, die Farben der Jahreszeiten und die bodenständigen Menschen. Das würde er vermissen. Aber noch hatte er einige Bewerbungen offen.

Seine Mutter hatte ihm das Ingenieurstudium in Clausthal ermöglicht. Sie arbeitete als Sachbearbeiterin in einem großen Unternehmen in Herzberg und verdiente nicht schlecht. Ein Stipendium, was er wegen seiner guten Leistungen vom Land bekommen hatte, half zusätzlich bei der Finanzierung, sonst hätte er das Studium bis zum Master nicht durchziehen können. Von seinem Erzeuger, wie Chris seinen Vater nannte, hatte er nichts zu erwarten. Davon abgesehen hätte er auch kein Geld von ihm angenommen. Er wusste nicht einmal, wo er sich aufhielt. Dieser Mann war ein dunkles Kapitel seiner

Kinder- und Jugendzeit. Er war ein Choleriker und Trinker gewesen. Beides ergab eine explosive Mischung, die seiner Mutter oft schmerzhafte Blessuren zugefügt hatte. Als Chris achtzehn war, passierte es. Sein Vater kam volltrunken nach Hause, fiel über seine Mutter her und wollte sie zum Sex zwingen. Sie wehrte sich und schrie. Da war Chris völlig ausgerastet und hatte auf seinen Vater blind eingeprügelt, bis der sich nicht mehr rührte. Chris versuchte, diesen Tag aus seinem Leben zu streichen und machte ein Tabu daraus.

Vor mehr als zehn Jahren hatte sich seine Mutter von ihm scheiden lassen und wollte danach mit Männern nichts mehr zu tun haben, aber dann lernte sie Erik kennen. Chris hatte sich von Anfang an gut mit ihm verstanden. Das war vor ungefähr drei Jahren gewesen, seitdem lebte seine Mutter mit Erik zusammen.

»Ich wollte dich noch fragen, ob du von der Firma in Osterode schon eine Rückmeldung auf deine Bewerbungen bekommen hast?« Chris glaubte, in ihrer Stimme ein leichtes Zittern herauszuhören.

»Leider noch nicht«, bedauerte er, »aber ich bin zuversichtlich. Die Stelle würde genau auf mich passen, und das werden die aus meiner Bewerbung sicher herauslesen.« Er hörte ein tiefes Durchatmen im Lautsprecher.

»Ich sage dir sofort Bescheid, wenn ich die Einladung bekomme«, versicherte er und vermied bewusst, die Möglichkeit einer Absage ihr gegenüber auch nur in Erwägung zu ziehen.

»Kommst du am Wochenende zum Essen? Ich mache Ofenkartoffeln mit Quark und Räucherlachs, das magst du doch so gerne.«

»Lieb von dir, Mama, aber ich habe Maike versprochen, mit ihr zu fliegen.«

»Ach. Schön«, sagte sie kurz und er hörte ein wenig Enttäuschung heraus. »Du bist lange nicht mehr geflogen. Pass auf dich auf.«

»Immer!« Chris beendete das Gespräch.

Otto lag wieder auf der Sessellehne und leckte sich die Pfoten. »Ich muss noch einkaufen, Otto. Mach keine Dummheiten, hörst du?« Chris warf sich die Jacke über und verließ die Wohnung. Als er die Tür hinter sich ins Schloss drücke, hörte er von oben Schritte. Er blieb stehen, ohne hinaufzusehen. Er ahnte das Donnerwetter, das jetzt fällig war. »Herr Rohde?«, seine Nachbarin von oben betonte die letzte Silbe mit erhobener Stimme. »Es war gestern Abend wieder sehr laut. So geht das aber nicht.« Chris sah jetzt zu ihr hinauf. Frau Grüneberg hing mit ihrem Oberkörper über dem Treppengeländer. »Es tut mir leid, Frau Grüneberg, ich werde demnächst drauf achten.« Sie legte den Kopf in den Nacken, drehte sich um und ging. »Das sagen Sie jedes Mal!«, ließ sie in ihrem zänkischen Ton noch durchs Treppenhaus schallen. Dann knallte sie die Tür hinter sich zu. Sie hatte ja recht, gestand Chris sich ein. Aber Hip-Hop-Musik auf Zimmerlautstärke zu hören, wäre ja so absurd, wie einen Burger ohne Brötchen zu essen.

Draußen empfing ihn die beschauliche Betriebsamkeit der Ahnstraße, in der er wohnte. Zum Supermarkt waren es nur zehn Minuten zu Fuß, wenn August Breme ihn nicht wieder in ein Gespräch verwickeln würde. Onkel August, wie Chris ihn nannte, war zweiundachtzig Jahre alt und hatte nichts Besseres zu tun, als den lieben langen Tag am Gartenzaun das Geschehen in der Straße zu beobachten. Niemand kam an ihm ohne Unterhaltung vorbei. Jeder kannte ihn hier, und man machte sich Sorgen, wenn er mal längere Zeit im Haus blieb. Chris hatte Glück, August stand so früh noch nicht am Zaun.

Chris schob seinen Einkaufswagen an dem Regal mit den Süßigkeiten entlang und warf noch eine Tüte Schokolinsen hinein. Während des Studiums war er diesem süßen Laster verfallen. Er hatte sich eingebildet, es würde seine Konzentrationsfähigkeit verbessern, wenn er über den Büchern brütete. In Wirklichkeit war es eine Art Selbstbelohnung für seinen Lerneifer, zu dem er sich manchmal überwinden musste, besonders an Wochenenden, wenn bei schönem Wetter der Flugplatz lockte.

Während Chris in Gedanken noch einmal seine Einkaufsliste durchging, reihte er sich mit seinem Einkaufswagen an der Kasse ein. Aus den Augenwinkeln bemerkte er vor sich eine Frau mit kurzen dunklen Haaren und Ohren-clips mit Perlen. Das ist doch... Das muss sie sein... Er war sich sicher: Vor ihm stand Katja Meinhard, mit der er vorgestern einige Zeit bangend auf dem Fußboden der Bank verbracht hatte. Freudig zog er die Mundwinkel hoch und stellte sich neben sie.

»Dies ist keine Übung«, sagte er in einem bewusst formellen Ton. Sie drehte sich zu ihm, schaute überrascht und deutete mit ihrem schmalen Mund ein Lächeln an. »Dies ist ein ernsthafter Versuch, Sie besser kennenzulernen, nachdem wir die Erinnerung an ein gemeinsames Abenteuer als Geisel ein Leben lang in uns tragen werden.« Chris sah erwartungsvoll in ihre dunklen Augen, die das Licht der Neonlampen widerspiegelten.

»Hören Sie«, erwiderte sie lachend, »ich weiß nicht, welche Erinnerungen Sie wie lange in sich tragen. Meine an diese unschöne Geschichte werde ich jedenfalls nicht auf Dauer hegen. Tut mir leid.« Sie drehte sich zurück und begann, ihren Einkauf auf das Band zu legen. Die Kassiererin schob die Teile über den piependen Scanner. Katja Meinhard packte alles in eine Tasche, bezahlte und ging zum Bäckertresen hinüber. Chris schielte ein paar Mal zu ihr hin, während er Katzenfutter, Milch und Schokolinsen in einer Papiertüte verstaute. Am

Ausgang des Marktes trafen beide erneut aufeinander.

»Bitte entschuldigen Sie«, sagte Chris zu ihr, »ich wollte nicht aufdringlich sein, ich...« Er musste stehen bleiben und an die Seite treten, weil einige Leute mit Einkaufswagen hereinkamen. Sie beschleunigte ihre Schritte und ging voraus auf den Parkplatz. Als Chris vor dem Eingang stand und sich umsah, war sie bereits verschwunden.

Enttäuscht machte er sich auf den Weg nach Hause. In der Innenstadt war an diesem Freitagvormittag einiges los. Der Wochenmarkt auf dem Kirchplatz und das sonnige Wetter lockten viele auf den Boulevard, wie die Lauterberger die Einkaufsmeile der Hauptstraße liebevoll nannten. Hier trafen sich Freunde und Bekannte, plauderten und tratschten. Der Banküberfall und der Ermordete in der Pöhl'schen Aue hatten die Titelseite des Harzkuriers gefüllt und waren Stadtgespräch.

Chris entschloss sich, noch Tomaten vom Gemüsestand zu holen und wurde von einer anstehenden Frau mit Habichtgesicht angequatscht. »Haben Sie das mit dem Überfall auch gelesen? Ich hab's ja immer schon gesagt, man muss die Strafen verschärfen«, keifte sie mit kreischender Stimme. »Das ist ja schlimmer wie im Wilden Westen. Wo soll das noch hinführen?«, meinte ein älterer Herr dazu, der sich an einem Rollator festhielt und den Kopf schüttelte. »Ja, ja. Finde ich auch«, gab Chris beiden recht und war froh, dass ihn der Verkäufer in diesem Moment nach seinem Wunsch fragte.

Zurück in der Ahnstraße sah Chris Onkel August am Zaun stehen. *Na, was kommt denn jetzt,* dachte er und ging schmunzelnd auf ihn zu. »Guten Morgen, Onkel August«, grüßte er.

»Wat sähste denn zo diesen Lumpenpack? Man sollte se vorn Koppe schlohn!«, schimpfte er, ohne den Gruß zu erwidern und wedelte mit seinem Gehstock drohend umher. Onkel August sprach nur Lauterberger Platt, was viele Einwohner, besonders die jüngeren, nicht mehr lernten. Auch Chris hatte anfänglich seine Schwierigkeiten damit. Zumindest verstand

er es nach und nach immer besser, auch wenn er es nicht sprechen konnte. Es amüsierte ihn, sich mit August zu unterhalten, obwohl er ihm oft die Zeit raubte.

»Das Wetter ist schön heute, nicht wahr, Onkel August?«,
lenkte Chris vom Thema ab, damit er sich wieder beruhigte.
»Morgen gehe ich zum Fliegen.«

»Pass blos uff dich uff. De fall'n alle Nase lang runger.«

»Keine Sorge, ich bin ein guter Pilot«, versicherte Chris
und ging zwei Häuser weiter, wo er wohnte.

Im Postkasten neben der Haustür leuchtete ein weißer
Umschlag hinter dem Kontrollschlitz. *Bitte nicht schon wieder,*
flehte er im Stillen, öffnete die Klappe und holte einen Fens-
terumschlag heraus. Als er die Wohnung betrat, kam Kater
Otto sofort um seine Beine herumgeschlichen. »Brauchst dich
gar nicht einzuschleimen, es ist noch keine Essenszeit«, wehrte Chris sein Betteln ab, ging in die Hocke und streichelte ihn
am Kopf, wofür er sich mit einem lauten Schnurren bedankte.
Ohne den Absender zu beachten, warf er den Brief im Flur auf
die Schuhkommode und ging mit der Einkaufstüte zum Kühlschrank. *Der ist auch arbeitslos,* stellte er fest und packte die
paar Teile in die leeren Fächer. »Ich glaube, wir müssen Pri-
vatinsolvenz anmelden, Otto«, sagte er zu seinem Kater, der
mit einem Satz maunzend auf die Sessellehne sprang. »Wir
sind pleite!«, schickte er noch hinterher und ging zum Schuhschrank. Missmutig nahm er den Brief und schaute auf den
Absender. »Otto!«, rief Chris im selben Moment, dass der Kater die Augen weitete und die Ohren spitzte. »Vielleicht sind
wir saniert.« Mit dem Finger riss er den Umschlag auf und
holte das Schreiben heraus. Er las laut vor:

Sehr geehrter Herr Rohde,
vielen Dank für ihr Interesse an der ausgeschriebenen
Stelle als Projektingenieur. Wir möchten Sie gerne
persönlich kennenlernen und laden Sie zu einem

Gespräch am Freitag, den 25. 09. 2015 um 15:00 Uhr
in unsere Hauptverwaltung nach Osterode ein.
Unser Personalreferent Martin Störmer erwartet Sie.

Mit freundlichem Gruß

»Was sagst du nun, Otto? – Nein, sag nichts! Ich rufe Mama an.«

FLUGPLATZ HATTORF
SAMSTAG, 19.09.2015

Am nächsten Tag, kurz vor halb acht, parkte Chris seinen betagten Toyota Corolla vor dem kleinen Fachwerkhaus in der Oderstraße in Pöhlde. Maike hatte das Haus mit den grünen Fensterläden und der roten Eingangstür von ihren Großeltern bekommen, die vor Jahren nach Herzberg umgezogen waren. Er ging über den Plattenweg zwischen der niedrigen Ligusterhecke zum Eingang und drückte auf den Klingelknopf. Der vertraute Gong ertönte und Maike öffnete kurz danach stürmisch die Tür. Sogleich zerrte sie ihn am Ärmel herein, presste ihn an die Wand und küsste ihn, als hätten sie sich monatelang nicht gesehen. Nur mühsam konnte Chris sich ihrer überfallartigen Liebkosung entziehen, indem er sie sanft ein Stück von sich schob.

»Nun mal langsam, junge Frau«, lachte er, »willst du mich umbringen?«

Maike ließ nicht ab, knöpfte sein Hemd auf und glitt mit beiden Händen über seinen Rücken. »Müssen wir denn gleich fahren? Mein Bett ist noch warm und das würde dir sicher gefallen«, flüsterte sie ihm ins Ohr und drückte sich erneut an ihn.

Chris spürte jede einzelne Kontur ihres Körpers und war kurz davor nachzugeben. Dann meldete sich die Vernunft zurück. Er hatte seinen Hattorfer Vereinskameraden eine Zusage gegeben. Sie verließen sich auf ihn. Außerdem musste er mit Maike reden. Am besten noch heute. Da war ein Schäferstündchen mehr als unangebracht.

»Das ist eine verlockende Vorstellung, aber ich fürchte, wir müssen das verschieben«, wehrte er ihre Annäherung ab. »Du weißt, dass ich Flugdienst habe, und ich möchte pünktlich sein.«

Maike gab auf. »Du bist ein unromantisches Ungeheuer«, warf sie ihm vor, zog ihre Jeansjacke an und ging aus dem Haus. Ihre blonden Haare, die sie zu einem Pferdeschwanz gebunden hatte, hüpften auf und ab. Chris knöpfte sein Hemd wieder zu und lief ihr nach. Im Auto sprachen sie über den Überfall, den Leichenfund im Maisfeld und die Einladung zum Vorstellungsgespräch. Chris war nicht bei der Sache, verlor oft den Gesprächsfaden und verschaltete sich sogar beim Fahren. Wie sollte er es ihr beibringen, ging ihm dauernd durch den Kopf.

»Was ist denn los mit dir? Du bist ja völlig durch den Wind.« Maike sah ihn besorgt an.

»Ich müsste mit dir etwas besprechen«, begann er zögerlich.

»So? Was denn?«, fragte sie. Ihr Ton verriet ihre Enttäuschung von eben.

»Maike?« Er räusperte sich. »Wir sind doch gute Freunde, oder?« Chris spürte, wie sie ihn weiterhin fixierte.

»Gute Freunde? Wir sind ein Paar, denke ich, oder habe ich die ganze Zeit etwas falsch verstanden?«

Chris war froh, dass er ihr jetzt nicht in die Augen sehen musste, und fingerte nervös am Lenkrad herum.

»Nein, nein... nur. Es ist so...«, stotterte er und suchte nach passenden Worten. Vor ihnen, an der Rechtskurve, ging links eine schmale Fahrspur zum Flugplatz ab. Neben der

Linde gleich hinter der Abzweigung hielt Chris an und drehte sich zu Maike um. »Ich weiß nicht, wie ich es dir sagen soll«, druckste er.

»Wie heißt sie? Kenne ich sie? Ist es Anja, mit der du ja auch dicke bist?«

Anja war neu im Verein und machte ihre ersten Übungsstarts. Chris half ihr dabei, sich mit dem Flugplatzbetrieb rascher vertraut zu machen.

»Nein, Maike, es gibt keine Andere.«

»Was dann? Bin ich dir über? Wolltest du mir das sagen?«, fuhr sie ihn an.

»Ich möchte, dass wir Freunde sind. Ich möchte dir nichts vormachen, zu mehr reicht es bei mir leider nicht.«

Maike stieß die Tür auf, stieg aus und knallte sie hinter sich zu. Wütend aufstapfend ging sie in Richtung Flugplatz. Chris fuhr neben sie und ließ die Fensterscheibe herunter.

»Maike, bitte steig wieder ein.« Sie ging weiter.

»Lass mich! Ich brauche frische Luft«, fauchte sie ihn an.

Chris fühlte sich schlecht, aber es musste sein, es musste einfach raus, er durfte sie nicht länger im Unklaren lassen. Er fuhr an ihr vorbei und parkte den Corolla neben dem Hangar.

Für die Vereinsmitglieder gab es beim jährlichen Flugplatzfest jede Menge zu tun. Während vier Leute die Flugzeuge aus dem Hangar schoben, ging Chris mit einem Kollegen das Flugfeld ab, um Fremdkörper zu beseitigen. Besonders nach windigen Tagen kam es vor, dass Äste und Zweige von den angrenzenden Bäumen auf die Bahn wehten. Als sie zurückkamen, saß Maike auf der Bank neben dem Towergebäude. Sie schaute an Chris vorbei.

»Kommst du trotzdem mit zum Checkflug?«, sprach er sie reumütig an. Sie sprang auf.

»Flieg doch mit Anja«, schleuderte sie ihm ins Gesicht, ging in die Halle und half beim Aufstellen der Tische und Bänke.

Warum nicht, dachte Chris. Anja war Feuer und Flamme,

33

als er sie fragte, und rannte gleich los, um die Fallschirme zu holen.

***

Gegen vierzehn Uhr kamen die Gäste in Scharen. An der Startposition standen die Leute Schlange. Chris blieb nach jeder Landung gleich im Cockpit sitzen. Es war die reinste Massenabfertigung. Zwischendurch gab es die programmgemäßen Flugvorführungen, die ihm kurze Verschnaufpausen brachten. Erst ab siebzehn Uhr wurde es ruhiger. Chris lehnte am Rumpf der doppelsitzigen ASK 21 und trank eine Cola, als ihn Jens Köhne, der die Flugleitung hatte, auf die Schulter tippte.

»Chris? Da möchte noch jemand einen Rundflug machen.«

Chris drehte sich um und sein Herzschlag schnellte nach oben. Neben Jens stand Katja Meinhard mit einem kleinen Jungen an der Hand. Chris brauchte einige Zeit, um Worte zu finden. *Sie hat ein Kind, sie ist verheiratet,* wirbelte es durch seinen Kopf und seine Hoffnung, ihr näherzukommen, sanken auf null. *Deshalb ihre distanzierte Haltung,* schlussfolgerte er. Katja lächelte ihn an, und dieses nur angedeutete Lächeln, fast wie das der Mona Lisa, faszinierte ihn. Chris räusperte sich verlegen und sagte: »Katja, ich freue mich, Sie zu sehen.« Er schaute auf den Jungen an ihrer Hand, der ihre dunklen Augen hatte.

»Das ist mein Sohn Tim«, stellte sie ihn vor, »Tim, das ist Chris, sag mal Guten Tag!« Tim reichte Chris die Hand.

»Hallo Tim. Ich freue mich, dich kennenzulernen. Wie alt bist du denn?«

»Sieben, ich bin schon in der zweiten Klasse«, antwortete er stolz.

»Dann darfst du auch mitfliegen, wenn deine Mama es erlaubt«

»Tim traut sich noch nicht«, sagte Katja, »aber ich würde gern. Ich bin noch nie in einem Segelflugzeug geflogen.«

»Es wäre mir ein Vergnügen, mit Ihnen zu fliegen, da oben können Sie mir wenigstens nicht wieder entwischen.« Sogleich biss er sich auf die Zunge. *Ich flirte schon wieder,* schoss es ihm durch den Kopf. »Entschuldigung«, schob er sofort nach, »ich wollte Ihnen keineswegs zu nahe treten.«

»Wieso? Wie kommen Sie darauf?«, fragte sie nach.

»Nun ja, ich hatte keine Ahnung, dass Sie verheiratet sind.« Er sah dabei den Jungen an.

Sie lachte kurz. »Es gibt doch auch alleinerziehende Mütter«, erklärte sie und sah ihn mit angehobenen Brauen an. Chris nickte ihr mit einem breiten Lächeln zu. »Kommen Sie«, forderte er sie auf und half ihr beim Anlegen des Fallschirmes. Tim kicherte laut, als er seine Mutter mit dem Schirmsack auf dem Rücken sah. Sie gab ihm einen Kuss und sagte: »Tschüss, mein Schatz, bis gleich. Lauf nicht weg.«

»Keine Sorge«, meinte Jens Köhne, »ich pass auf ihn auf und erklär ihm alles.«

Chris half Katja beim Einsteigen in das enge Cockpit und legte ihr den Gurt an, wobei er sich über sie beugte, ihren Atem spürte und den Duft ihrer Haare einsog.

»Sitzen Sie bequem?«, fragte er und prüfte dabei nochmals die Gurte.

»Ja, ich bin ein wenig aufgeregt«, gab sie zu. Chris stieg auf den vorderen Sitz, schnallte sich an und schloss die Cockpithaube.

»Ready for take off«, sagte er und gab mit erhobenem Daumen das Startsignal. Es ruckte kurz, als das Startseil straff zog, dann holperten sie in rasanter Fahrt über die Piste, bis das Flugzeug plötzlich ruhig wurde und die Nase steil nach oben stellte. In fast senkrechtem Steigflug wurden sie von der Erde hochkatapultiert. Allmählich neigte sich der Segelflieger in die Gleitlage, der Seilhaken klinkte aus und sie schwebten in dreihundert Metern Höhe über die Felder rings um den

Flugplatz, die von oben wie bunte Rechtecke aussahen. Nur das leise Pfeifen des Fahrtwindes untermalte die majestätische Stille, die Chris so liebte.

»Katja? Sind Sie noch da?« Sie hatte bisher keinen Ton von sich gegeben.

»Das ist toll«, jubelte sie. »Sie haben ein wunderbares Hobby, Chris.«

»Danke! Ich kann mir auch nichts Schöneres vorstellen.« Er steuerte in eine Rechtskurve, das Flugzeug legte sich schräg und schraubte sich im Aufwind der Thermik weiter hinauf. »Welches Hobby haben Sie, Katja?«

»Freeclimbing.«

»Oh«, verschlug es Chris für einen Moment die Sprache. »Ein sportliches und anspruchsvolles Hobby.«

»Ich kann mir auch nichts Schöneres vorstellen«, teilte sie seine Begeisterung.

Der Flug wurde zwischenzeitlich durch Verwirbelungen unruhiger und Chris musste gegensteuern.

»Etwas Schöneres könnte ich mir allerdings doch noch vorstellen«, begann er die Unterhaltung fortzusetzen.

»Da bin ich aber neugierig«, hörte er hinter sich ihre lachende Stimme.

»Mit Ihnen und Tim bei einem netten Essen über unsere Hobbys zu sprechen. Was meinen Sie?« Sie ließ sich mit der Antwort Zeit und Chris wartete wie auf die Folter gespannt.

»Nur, wenn Sie mich heile wieder runter bringen«, antwortete sie und ihre Stimme hatte einen flehenden Unterton.

»Jetzt gleich?«

»Ja bitte, ich glaube, ich brauche festen Boden unter den Füßen.« Es hörte sich dringend an.

»Verstehe«, sagte Chris, »wenn Sie eine Tüte möchten...?«

»Danke, es geht schon«, lehnte sie kleinlaut ab. Chris flog aus der Thermik heraus und leitete den Sinkflug ein. Nachdem Katja aus dem Sitz geklettert war, bedankte sie sich für den Flug, lief zu ihrem Sohn und drückte ihn an sich. Ein neuer

Passagier wartete bereits auf Chris.

»Wie kann ich Sie erreichen, Katja?«, rief er ihr zu. Sie fischte wortlos eine Visitenkarte aus ihrer Handtasche und reichte sie ihm. »Danke! Ich rufe Sie gleich morgen an. Ist das okay?«

Sie nickte, ging mit Tim an der Hand hinter die Flugfeldabsperrung und tauchte in die Zuschauermenge ein. *Dr. Katja Meinhard* las er auf der Karte. Mit freudigem Lächeln wandte er sich seinem nächsten Fluggast zu.

TORFHAUS
SONNTAG, 20.09.2015

Maike hatte ihn gestern den Tag über auf dem Flugplatz nicht mehr beachtet. Sie schaute an ihm vorbei, als würde er nicht existieren. Chris fühlte sich schäbig. Er hatte sie einfach so abserviert. Einerseits war er froh, dass es endlich gesagt war, andererseits bedauerte er dieses abrupte Ende. Chris blickte auf Otto, der schnurrend auf seinem Schoß lag.

Vor ihm an der Schreibtischlampe steckte die Visitenkarte von Katja Meinhard. Sollte er sie jetzt anrufen? Sein Herz schlug heftiger, als er die Nummer wählte. Das Freizeichen summte einmal..., zweimal..., dreimal...

»Katja Meinhard.«

»Chris Rohde, guten Morgen«, meldete er sich freudig erregt, vielleicht eine Spur zu freudig, fand er im Nachhinein.

»Guten Morgen«, erwiderte sie kühl.

»Ich wollte Ihnen die Chance geben, ihr Versprechen heute noch einzulösen«, schlug Chris vor.

»Versprechen? Sind Sie sicher, dass es rechtlich gilt? Ich habe es in einer Abhängigkeitssituation gegeben«, wandte sie in scherzhaftem Ton ein.

»Sie haben es an eine Bedingung geknüpft, die ich erfüllt habe. Nun sind Sie dran.«

»Was schlagen Sie vor?«, spielte sie den Ball zurück.

»Wir könnten heute Mittag in Bad Harzburg essen gehen und anschließend über den neuen Baumwipfelpfad laufen. Das würde Tim sicher gefallen.«

»Baumwipfelpfad ist eine gute Idee, allerdings wollte er mit mir zum Indoor-Spielplatz nach Bad Sachsa. Wie wär's, wenn wir das Essen auf heute Abend verlegen? Tim wird eh bei meiner Mutter übernachten, weil ich Frühdienst habe.«

»Sehr gerne«, freute sich Chris. »Ich finde das Restaurant auf Torfhaus gemütlich, mit Kaminfeuer und Blick zum Brocken.«

»Gerne. Holen Sie mich um neunzehn Uhr ab?«

***

Zwei Minuten vor sieben klingelte er an der Haustür in der Sebastian-Kneipp-Promenade. Katja wohnte in einer dieser typischen Villen im viktorianischen Stil, die das Straßenbild prägen. Chris musste einen Augenblick warten, bis sie öffnete. Dann stand sie vor ihm, schön und lebendig, als sei sie dem Titelbild einer Modezeitschrift entstiegen, aber keineswegs aufgetakelt, sondern schlicht und geschmackvoll. Eine hellblaue Jeans mit weißer Bluse und dunkelgrauer Feinstrickjacke. Die Lippen hatte sie mit zartem Rot nachgezeichnet.

»Sie sehen toll aus, Katja«, sagte Chris und blickte sie, wie vor Verwunderung erstarrt, an.

»Danke«, erwiderte sie und es klang überrascht, als hätte sie ein solches Kompliment nicht erwartet. Sie warf ihre Steppjacke über den Arm und ging die Treppe der Holzveranda hinunter. Chris folgte ihr, eilte dann mit großen Schritten an ihr vorbei, um ihr die Autotür aufzuhalten.

»Tim geht in die Grundschule am Hausberg«, erklärte sie,

als sie im Auto saßen. »Meine Mutter wohnt nur einen Katzensprung von der Schule entfernt in der Wissmannstraße, und Tim lässt sich gerne von ihr verwöhnen«, schmunzelte sie.

»Die fürsorgliche Oma, so eine hatte ich auch einmal«, bemerkte Chris und bog in die B 27 ab in Richtung Braunlage. Während der Fahrt gaben sie nach und nach einige Meilensteine aus ihren Lebensläufen preis. Chris vom Studium in Clausthal-Zellerfeld und seinen Bemühungen, möglichst in der Region als frischgebackener Ingenieur eine Stelle zu finden. Sie von ihrer Arbeit als Assistenzärztin in der Diabetesklinik und von Tim, dessen Vater in Braunschweig wohnte.

Ehe sie sich versahen, tauchten die roten Lichter des Sendemastes von Torfhaus über den Tannenspitzen des Hochharzes auf. Kurz darauf lenkte Chris seinen Corolla auf den großflächigen Parkplatz. Hier oben in über achthundert Meter Höhe war es recht kühl um diese Jahreszeit. Sie zogen ihre Jacken über und schlugen die Kragen nach oben zum Schutz vor dem frischen Wind, der von Osten herüberwehte. Umso wohliger empfanden sie die Wärme, die der freistehende Kamin im Gastraum des Restaurants ausstrahlte, als sie das Haus betraten. Chris hatte einen Tisch mit Blick zum Brocken reserviert. Es war nicht so voll besetzt, wie er eigentlich erwartet hatte. Am Nebentisch schräg gegenüber saßen zwei Männer und eine Frau, die mit ihrem Essen beschäftigt waren. Chris brachte die Jacken zur Garderobe, setzte sich Katja vis-à-vis und fühlte sich wohl wie seit Langem nicht mehr. Sie schauten hinüber zum Brockenplateau, das in der Abendsonne orange leuchtete. Er schielte unauffällig zu ihr und beobachtete ihr unergründliches, vages Lächeln. *Was hat es nur zu bedeuten? Was denkt sie in diesem Augenblick,* überlegte er und wurde von der Kellnerin aus seinen Gedanken geholt. Sie reichte ihnen die Speisekarten und fragte, ob sie schon einen Getränkewunsch hätten. Chris bestellte ein alkoholfreies Weizenbier und Katja schloss sich an. Dann blätterten sie wortlos durch die bunten Seiten des Menüheftes. Nach einer Weile blickte er sie über den Rand der Karte hinweg an.

»Die Flammkuchen würde ich gerne probieren«, meinte er. Katja nickte.

»Da habe ich auch schon mit geliebäugelt«, stimmte sie zu. Chris bestellte, als die Bedienung die Getränke brachte, dann hob er sein Glas.

»Ich bin den Bankräubern sehr verbunden, dass sie uns zusammengeführt haben«, sagte er feierlich, »auf einen netten Abend.« Sie stießen die Gläser an. Katja schmunzelte.

»Eine außergewöhnliche Verbindung, sozusagen eine Bankverbindung«, bemerkte sie und beide mussten über dieses Wortspiel lachen. »Dass so etwas im beschaulichen Bad Lauterberg passiert, ist schon sensationell«, fand sie.

»Und, dass ich Sie getroffen habe«, fügte Chris hinzu. Sie setzten die Gläser an und tranken. »Wir wollten über unsere Hobbys sprechen. Was fasziniert Sie am Freeclimbing?«, fragte er.

»Das werde ich oft gefragt«, lachte sie. »Schon als kleines Mädchen bin ich gerne auf Bäume geklettert. Ich war flink wie ein Eichhörnchen und kam oft höher als die Jungs. Wir wohnten damals in Braunschweig-Lehndorf und unser Grundstück grenzte an den Lehndorfer Forst. Es gibt dort nur wenige Bäume, die ich nicht bestiegen habe.« Sie unterbrach einen Moment, weil die Bedienung die Flammkuchen brachte, die einen anregenden Duft nach frischem Brot verbreiteten. Nach dem ersten Bissen machte Katja mit ihren Schilderungen über das Klettern weiter und kam regelrecht ins Schwärmen, als wäre sie auf Chris' Frage vorbereitet gewesen. Chris hörte ihr aufmerksam zu und las in ihren Augen jedes Wort mit. Nur etwas störte ihn. Hin und wieder wich sie seinem Blickkontakt aus und schielte zum Nebentisch, wobei sie jedes Mal ins Stocken geriet und den Faden verlor.

»Entschuldigung«, sagte sie erneut, »wo war ich stehen geblieben?«

»Sie hingen gerade am Schierker Feuersteinfelsen«, nahm er ihren Faden auf und brachte sie wieder auf die Spur.

Was hat sie nur mit diesen Leuten am Nebentisch, wunderte er sich, als sie abermals hinüberblinzelte. Chris vermied es, die Gruppe wie ein neugieriger Hahn direkt zu fixieren. Stattdessen suchte er unauffällig in der Fensterscheibe deren Spiegelbild. Sie saßen alle drei noch beim Essen, konnte er beobachten und bemerkte, dass auch sie ab und zu herüberlugten und miteinander tuschelten. Irgendwann, nachdem Katja erneut hinübergeschielt hatte, hörte sie abrupt auf zu reden. Ihre Gesichtszüge verhärteten sich. Sie wurde blass.

»Katja? Ist Ihnen nicht gut?«, fragte Chris und legte seine Hand auf die ihre.

»Bitte lassen Sie uns kurz hier weggehen«, flüsterte sie hinter vorgehaltener Hand, erhob sich und ging ohne weitere Erklärungen. Chris war irritiert, folgte ihr aber sofort zur anderen Seite des Raumes in eine Nische, die vom übrigen Gastraum nicht einsehbar war.

»Was ist mit Ihnen? Liegt es an mir?« Chris sah ihr fest in die Augen, die ihr sanftes Leuchten verloren hatten.

»Nein, nicht Sie, aber haben Sie die zwei Männer und die Frau am Tisch schräg gegenüber gesehen?«, fragte sie.

»Nur beiläufig. Was ist mit denen?« Katja schluckte, bevor sie antworten konnte. »Einer der Bankräuber sitzt dort.« Sie lugte vorsichtig um die Ecke zu den Dreien hinüber.

»Katja!«, flüsterte Chris. Er war wie vor den Kopf gestoßen. »Das wäre mir doch aufgefallen. Sind Sie sicher?«

»Absolut«, sagte sie und ließ keine Zweifel anklingen. Chris guckte jetzt ebenfalls verstohlen zu dem Tisch mit den drei Gästen. Katja zog ihn gleich am Ärmel zurück. »Vorsicht! Die dürfen nicht merken, dass wir sie beobachten.«

»Aber ich kann keinen von den drei Gaunern erkennen«, gab er zu bedenken.

»Sie hatten mich in der Bank aufgefordert, auf Details zu achten, als wir am Boden lagen. Erinnern Sie sich?«

»Und? Haben Sie?«

»Ja! Einer der Maskierten trug schwarze Halbschuhe. Der linke davon, hatte braune Schnürsenkel, die nicht dazu passten, und eine Reißzwecke steckte seitlich am Absatz, und genau diesen Schuh trägt einer der Typen dort.«

Chris' Pulsschlag erhöhte sich. »Welcher ist es?«, wollte er wissen.

»Der Korpulente mit der Brille«, beschrieb sie den Mann. »Wenn der uns erkennt, könnte es unangenehm werden.« Katja spielte nervös an ihrer Armbanduhr herum. Chris strich mit den Fingern über sein welliges Haar und sah Katja an.

»Ich verstehe das nicht«, sagte er nach einer Weile, »er sieht keinem der Männer von dem Überfall ähnlich.«

»Aber es wäre doch höchst unwahrscheinlich, wenn zwei Schuhe dieselben Merkmale tragen würden«, argumentierte sie.

»Allerdings«, stimmte Chris ihr zu, »trotzdem ist das merkwürdig.«

Katja hob die Brauen. »Was machen wir jetzt?« Beide sahen sich eine Weile stumm in die Augen. »Sollen wir die Polizei rufen?«, fragte sie.

»Hm« Chris überlegte. »Ich habe das Gefühl, die haben uns längst wiedererkannt«, meinte er dann. »Ich denke, wir sollten schnellstens verschwinden. Die sind bewaffnet.« Er schaute noch einmal um die Ecke. »Holen Sie die Jacken von der Garderobe und ich bezahle inzwischen die Rechnung hier am Tresen. Dann nichts wie weg hier. Im Auto verständige ich sofort die Polizei«, schlug er vor und äugte nochmals hinüber. Unversehens wandte er sich zurück. »Mist! Die sind weg«, sagte er erschrocken. Katjas Augen drückten Beklemmung aus, und mit einem kleinen Schritt schmiegte sie sich mit einer leichten Berührung an Chris' Schulter. Instinktiv nahm er ihre Hand und beugte sich noch einmal vor, um zu sehen, wo das Trio abgeblieben war. Er konnte sie nirgends ausmachen.

»Gehen Sie jetzt zur Garderobe«, forderte er sie auf und

sah ihr einen Augenblick nach. Dann schaute er sich nach der Kellnerin um und winkte sie zu sich. Katja kam mit den Jacken zurück. Chris nahm das Wechselgeld entgegen und guckte sich noch einmal um. Von den Dreien war niemand zu entdecken. Er sah auf seine Armbanduhr, die Zeiger standen auf einundzwanzig Uhr zehn.

»Es tut mir leid, Katja. Ich hatte mir den Abend etwas anders vorgestellt«, bedauerte er die misslungene Verabredung.

»Ist ja nicht Ihre Schuld«, tröstete sie ihn, »und wenn dadurch die Gangster gefasst werden können, hat sich unser Treffen allemal gelohnt, meinen Sie nicht?«

Sie zog den Reißverschluss ihrer Jacke hoch. »Lassen Sie uns gehen«, sagte sie auffordernd. Das Lokal beäugend, verließen sie die Nische, gingen an dem wärmestrahlenden Kamin vorbei, sahen sich abermals um und traten ins Freie. Ein kühler Wind wehte ihnen entgegen und Katja schob ihre Hände in die Jackentaschen. Die Nacht war sternenklar und das blasse Licht des Halbmondes ließ den Brocken wie ein Schattenprofil vor dem Sternenhintergrund erscheinen.

Aus dem Halbdunkel kamen ihnen lachend zwei Pärchen entgegen. Chris nahm Katja am Arm und beobachtete misstrauisch die Leute im Vorübergehen. Die vier Fremden blieben vor dem Eingang stehen. Einer von denen hatte eine Zigarette in der Hand und wollte wohl erst aufrauchen. Mit raschen Schritten gingen sie weiter zum Parkplatz. Dort war kein Mensch zu sehen. An dem Kassenautomaten, der etwa in der Mitte des Areals platziert war, schob Chris den Parkschein in den Schlitz und wartete auf die Anzeige auf dem Display. Katja stand neben ihm. Er warf ein paar Münzen hinein, die klackernd hinunterfielen, und entnahm kurz darauf das Ticket. Er steckte den Schein in die Tasche und wollte zum Auto gehen, als er hastige Schritte hinter sich hörte. Noch bevor er sich umdrehen konnte, waren er und Katja von drei Personen umstellt. Chris spürte einen harten, stumpfen Gegenstand, der fest in seinen Rücken gedrückt wurde.

»Keinen Mucks!«, sagte eine tiefe Männerstimme, »ihr tut jetzt genau das, was ich sage.«

»Was wollen Sie von uns?«, fragte Chris irritiert.

»Schweigen!« Die Stimme klang kühl entschlossen und Chris erahnte eine fatale Absicht in dieser Antwort. »Ihr geht jetzt schön langsam mit uns mit«, forderte er energisch, presste die Waffe fester in Chris' Rücken und schob ihn von dem flachen Podest des Bezahlautomaten hinunter. Die beiden Anderen nahmen ihn und Katja in ihre Mitte. Sie führten sie weiter hinten zu einem Audi Q7, der an der bewaldeten Seite des Platzes abgestellt war. Ein Stuttgarter Kennzeichen konnte Chris erkennen, mehr nicht. Im faden Schein der Parkplatzlaterne erkannte er die drei Personen. Es waren die Frau und die beiden Männer vom Nebentisch, wie er schon befürchtet hatte. Katja hatte recht gehabt, aber warum hatten sie keine Ähnlichkeit mit den Bankräubern? Und eine Frau war bei dem Überfall gar nicht dabei gewesen. *Aber sie, die Räuber, mussten ihn und Katja erkannt haben,* war sich Chris nun sicher. *Warum sonst sollten sie sie als Geiseln nehmen? Geiseln!* Chris erschrak bei diesem Gedanken. Schlagartig wurde ihm die Gefährlichkeit ihrer Lage bewusst. *Was hatten die mit ihnen vor? Haben wir ihre wahre Identität herausgefunden und sollen mundtot gemacht werden,* überlegte Chris und begann leicht zu zittern. Er suchte Katjas Hand. Sie war eisig kalt. Er griff fester zu. Sie erwiderte den Druck. Dann standen sie vor dem Auto.

»Handys her!«, sagte der mit der Brille. »Wird's bald?«

Chris zog sein Smartphone aus der Jacke und reichte es ihm, Katja tat es ihm gleich. Der Mann warf sie auf den Boden und trat mehrmals drauf. Dann wischte er mit dem Fuß die Bruchstücke unter die Leitplanke hindurch in die Büsche.

Der andere Mann, der neben ihnen gegangen war, öffnete die Beifahrertür, beugte sich hinein und kramte im Handschuhfach herum. Als er sich wieder aufrichtete, sah Chris Handschellen. Mit einer unmissverständlichen Geste verlangte er, dass beide einen Arm ausstrecken sollten. Als sie zögerten, drückte der Mann die Waffe fester in Chris' Rücken. »Na los! Hände nach vorn«, fauchte er mit einer kratzigen Stimme, wie man sie oft bei Kettenrauchern hört. Chris sah Katja an, und sie gab ihm mit einem unmerklichen Kopfnicken zu verstehen, dass sie die Stimme auch erkannt hatte. Es war die rauchige Stimme eines der Bankräuber. »Na, wird's bald«, brüllte er. Chris streckte rasch die rechte Hand aus und Katja ihre linke, dann legte der Mann ihnen die Handschellen an und schloss die Bügel. Die Frau öffnete die hintere Tür des Audi. »Los, rein da!«, krähte sie mit einer schrillen Stimme. Sie stiegen ein, die Frau setzte sich neben sie. Die Männer nahmen vorne Platz, der mit der Waffe am Steuer. Die Pistole übergab er seinem Nebenmann, der sie auf Chris und Katja richtete, als sie losfuhren.

»Wo bringen Sie uns hin?«, fragte Chris.

»Schnauze!«, kam als Antwort.

Vor der Ausfahrtschranke ließ der Fahrer die Scheibe runter und steckte den Parkschein in den Kasten. Nachdem sich die Schranke geöffnet hatte, bogen sie nach links ab. Kurze Zeit danach setzte er den Blinker und fuhr rechts ab in Richtung Altenau. Sofort beschleunigte er den Audi und raste die leicht abschüssige Straße hinunter. Katja klammerte sich an Chris. Er drückte ihre Hand und erschrak, als er in ihre Augen sah. Hilflosigkeit und Panik blickten ihn an. Er fühlte sich verantwortlich für diese fatale Situation. Schließlich war das mit Torfhaus seine Idee gewesen. *Das kann doch alles nicht wahr sein,* ging es ihm durch den Kopf. Gerade saßen sie noch vergnüglich bei einem Essen zusammen, um sich kennenzulernen, und nun fuhren sie als Geiseln aneinandergekettet einem unbekannten Ziel entgegen. Chris versuchte, ihr mit einem Lächeln Halt zu geben. Katja antwortete mit dem unvergleichlichen Mona-Lisa-Blick, den Chris so verführerisch fand. Dann überschlug sich das Auto.

Chris hörte den Aufschrei der beiden Männer vorne und spürte im selben Augenblick, wie das Fahrzeug nach rechts herumgerissen wurde. Direkt danach gab es einen dumpfen Schlag, der sie in die Gurte schleuderte. Poltern, Krachen, berstendes Blech, zerplatzendes Glas, Schreie – Stille – leises Stöhnen.

Chris erfasste nicht, was geschehen war, und fühlte seinen Körper nur noch als einzigen Schmerz. *Ich fühle Schmerzen,* dachte er erleichtert, ein gutes Zeichen. *Wo ist Katja,* war sein nächster Gedanke. »Katja?«, kam es krächzend aus ihm heraus, und er musste husten, was sich wie Messerstiche in seiner Brust anfühlte. Es kam keine Antwort. *Oh mein Gott, ist ihr etwas zugestoßen?* Schreckliche Dinge wirbelten augenblicklich in seinem Kopf herum. »Katja!«, schrie er noch einmal.

»Chris?«, hörte er sie winseln. Es war wie eine Erlösung.

»Ist alles okay mit dir?« Unbewusst duzte er sie jetzt.

»Weiß ich noch nicht«, antwortete sie, aber ihre Stimme klang zuversichtlich.

Chris versuchte, sich in dem Chaos zu orientieren. Er fühlte keinen Sitz unter sich und hing kopfüber mit dem Bauch im Sicherheitsgurt. *Das Auto liegt auf dem Dach,* schlussfolgerte er. »Wir müssen hier raus«, mahnte er und probierte das Gurtschloss zu erreichen, kam aber nicht dran.

»Moment«, rief Katja ihm zu. Sie zog an der Handschelle, dass es ihm schmerzte. Hinter sich hörte er, wie sie vor Anstrengung stöhnte, dann war er plötzlich frei. Auf allen Vieren kroch er weiter und spürte an der Handfessel, dass Katja ihm folgte. Stumpfe Glassplitter stachen ihn in die Handflächen, dann fühlte er steinigen Boden unter sich. Sie waren draußen. Chris half Katja beim Aufstehen. »Bist du verletzt?«, fragte sie.

»Weiß nicht. Ich spüre ein Stechen beim Atmen.«

»Könnte eine Rippenfraktur sein«, diagnostizierte sie. »Kannst du es aushalten?«

»Ja, Frau Doktor«, scherzte er, »es hätte viel schlimmer ausgehen können.«

»Komm«, forderte sie Chris auf, »wir müssen die Anderen aus dem Wagen holen.« Sie zog ihn an der Fessel hinter sich her zum Auto, das wahrhaftig auf dem Dach lag. Im blassen Mondlicht erkannte Chris eine Parkbucht seitlich der Straße, auf der sie gelandet waren. Ein schmaler Weg führte von hier in den Wald hinein. Am Straßenrand, ein Stück weiter oben, lag ein größeres Tier. *Könnte ein Wildschwein sein,* spekulierte Chris. *Höchstwahrscheinlich die Unfallursache. Wildunfälle waren im Harz keine Seltenheit und häuften sich besonders in den Herbst- und Wintermonaten.* Beide bückten sich und schauten durch die aufgesprungene Fahrertür nach innen. »Hallo«, rief Katja hinein, »hören Sie mich?«

»Klar und deutlich«, kam postwendend die tiefe Stimme von hinten. Sie drehten sich erschrocken um und sahen den Fahrer, die beiden anderen und die Mündung der Pistole vor sich. Chris und Katja hatten nicht bemerkt, dass ihre Kidnapper sich ebenfalls befreien konnten. Niemand schien ernsthaft verletzt worden zu sein. Zum Glück – oder zum Pech. Je nachdem, auf welcher Seite man stand. Chris fühlte sich in diesem Augenblick niedergeschlagen, als hätte er gerade eine schlechte Nachricht bekommen. Katja stand starr neben ihm. *Wenn doch jetzt nur ein Auto käme und halten würde,* dachte Chris, dann könnte sich noch alles zum Guten wenden. Aber um diese Zeit gab es hier wenig Verkehr.

Die Frau ging mit einer Taschenlampe zum Heck des Audi und angelte durch die Fensteröffnung eine Tasche hervor, die Chris sofort wiedererkannte. Es war die Nylontasche, in der sie das Raubgeld verstaut hatten. Dann keimte unvermittelt Hoffnung auf. Chris glaubte, ein Motorengeräusch zu hören. Es schallte von der Talseite herauf und wurde allmählich lauter. *Könnte ein schwerer Lkw sein, der sich die Steigung heraufquält,* mutmaßte er. Die anderen lauschten ebenfalls und der mit der Brille wurde sichtlich nervös.

»Los, weg von der Straße. Da lang!«, befahl er und zeigte

mit der Waffe zu dem schmalen Wanderweg, der wie durch eine finstere Öffnung in den dichten Waldrand hinein führte. Chris und Katja mussten vorausgehen. Die Frau folgte direkt hinter ihnen und leuchtete mit der Taschenlampe, danach kamen die Männer. Am Beginn des Weges stand eine Holztafel mit Wegweiser. Die Frau zielte kurz mit der Lampe darauf. »Magdeburger Weg«, las Chris. Er führte nach Altenau, so viel konnte er noch erkennen, und stellte sich schon nach den ersten Schritten als holperiger Kletterpfad heraus. »Los, weiter«, drängelte die Frau. Jeder Schritt war in diesem Dunkel ein Schritt ins Ungewisse. Das lausige Licht der Taschenlampe verbesserte die Sicht nur unwesentlich. Moder und würziger Baumharzgeruch stiegen Chris in Nase. Ein Geruch, den er eigentlich mochte. Aber in diesem Moment waren seine Sinne für derartige Empfindungen blockiert. Vorsichtig tasteten sie sich voran. Wurzeln und Erdstufen bildeten noch die geringsten Hindernisse. Es waren die Klippen, die an manchen Stellen quer über dem Weg lagen und sich als wahre Kletterhürden herausstellten. Selbst bei Tage mit Wanderschuhen war dieser Weg eine Herausforderung, wurde Chris klar. Nun aber war es Nacht, sie trugen leichte Straßenschuhe und waren aneinandergekettet. Die funzelige Taschenlampe konnte den Weg nur erahnen lassen. Häufig stolperte Chris oder trat unversehens ins Leere. Katja erging es nicht anders. Durch die Handschellen brachten sie sich gegenseitig ins Straucheln. Jeder Stoß und jede Verwindung seines Oberkörpers verursachte Schmerzen in der Brust, als würde ein Dolch hineingerammt. Er stöhnte laut auf.

»Weiter, weiter«, trieb die tiefe Stimme zur Eile.

»Sehen sie nicht, dass er Schmerzen hat?«, bat Katja um Nachsicht.

»Halt die Klappe, du Schlampe, sonst mache ich dich gleich hier alle«, brüllte der mit der Rauchstimme.

»Bax! Du weißt, ich mag diese ordinäre Sprache nicht«, ermahnte der etwas Korpulentere.

»Du hast mir gar nichts zu sagen«, gab er hämisch zurück.

»Hehh! Geht's noch?«, kreischte die Frau dazwischen, »als wenn wir keine anderen Probleme hätten.« Keiner der beiden widersprach.

Bax heißt er also, überlegte Chris, *klingt eher wie ein Hundename, aber er passte zu diesem ungehobelten Kerl mit dem kantigen Gesicht und den klobigen Händen.* Sie kamen nur schleppend voran und konnten sich noch nicht weit von der Straße entfernt haben. Das Motorengeheul schallte jetzt laut von der Straße her zu ihnen hinüber. *Gleich werden sie das Autowrack entdecken,* hoffte Chris und lauschte auf den Motor, dessen Geräuschpegel plötzlich nachließ. Bremsen quietschten und das rhythmische Zischen einer Lkw-Druckluftbremse mischte sich darunter. Kurz darauf klappte eine Autotür. *Sie haben das Wrack entdeckt,* dachte Chris erleichtert und drückte kurz Katjas Hand. Sie erwiderte den Druck.

»Keinen Laut!«, warnte der Korpulente. »Wer auch nur einen Piep von sich gibt, ist auf der Stelle tot!«

Die Frau stieß Chris in den Rücken und drängte zum Weitergehen. Im zappeligen Lichtkegel der Taschenlampe tauchten auf einmal mehrere Klippen auf, über die man hinwegklettern musste. Katja stieg als Erste hinüber und half Chris, nachzukommen. Die Steine fühlten sich feucht und rutschig an.

»Hallo! Ist da jemand?«, hörten sie eine Männerstimme in den Wald hinein rufen.

»Keinen Laut!«, wiederholte der Korpulente und richtete die Pistole auf Chris, der wieder zu zittern begann. Er versuchte, es zu unterdrücken, aber es beherrschte ihn. Ein feuchter, kalter Film bildete sich auf seiner Stirn. Sein Herz raste. *So fühlt sich Todesangst an,* wurde ihm bewusst.

»Haaallo! Brauchen sie Hilfe?«, rief der Lkw-Fahrer nach einer Weile erneut. Der Mann richtete den Lauf der Waffe nun genau auf Chris' Stirn. Ein unmissverständliches Zeichen. Chris erstarrte.

Alle lauschten zur Straße hinauf, es blieb still. Der Fahrer hatte es offenbar aufgegeben, auf Antwort zu warten. *Jetzt ruft er die Polizei,* dachte Chris und stellte sich vor, wie die Gangster reagieren könnten, wenn sie den Wald absuchen würden. Er und Katja waren in der Lage, diese Verbrecher zu identifizieren. Deshalb stellten sie eine Gefahr dar. Aber würden sie so weit gehen und sie erschießen? Waren sie so abgebrüht? Der mit der Waffe schien der Kopf der Bande zu sein und machte, im Unterschied zu den anderen, einen gebildeten Eindruck. Würde dieser Mensch einen Doppelmord verüben? Er sah zumindest nicht so aus. Aber wie sehen Mörder aus? Chris zermarterte sich das Gehirn. Adrenalin betäubte die stechenden Schmerzen in seiner Brust.

Schritt für Schritt tasteten sie sich weiter auf dem unwegsamen Pfad in die Dunkelheit hinein. Der Hang auf der rechten Seite wurde auf diesem Abschnitt gefährlich steil. Wer hier den Weg verpasste, fiel unweigerlich in die Tiefe und konnte sich an den herausstehenden Klippen den Hals brechen. Sie drückten sich dicht am Berg entlang und suchten mit den Händen nach Halt. Grasbüschel, Hecken, Äste. Manchmal griffen sie in dornige Zweige, was sie danach, wie ein gebranntes Kind, vorsichtiger zugreifen ließ und ihren Marsch verlangsamte.

Einige Schritte später schallten mit hundertfachem Echo Martinshorne durch den Wald. Chris schöpfte erneut Hoffnung und Katja drückte euphorisch seine Hand. Die Signaltöne verstummten, Türen klappten, erneut Rufe, jetzt von weiter weg: »Hallo, ist da jemand?«

»Die meinen uns nicht«, raunte Bax, »also bewegt euren Arsch.« Sie hangelten sich nach Ästen tastend weiter. Die Rufe wurden lauter und vielstimmiger. »Los, los«, drängelte der andere, aber schneller ging diese umständliche Kletterpartie nicht voran. Die Rufe kamen näher und zwischen den Baumstämmen blitzten hin und wieder helle Lichter auf. Plötzlich spürte Chris einen ebenen Boden unter seinen Füßen.

Er glaubte im vorbeihuschenden Taschenlampenlicht einen Holzsteg zu erkennen. Daneben fiel der Hang fast senkrecht ab.

»Stopp!«, rief der mit der Waffe unverhofft und winkte die beiden anderen zu sich. Chris und Katja blieben auf den Holzplanken stehen und lauschten, um mitzubekommen, was sie zu bereden hatten. Aber nur undeutliche Flüsterlaute drangen zu ihnen herüber. Bald darauf geriet das Trio in Streit und fauchte sich gegenseitig an. Chris konnte einige Satzfetzen heraushören, die jedoch keinen Sinn ergaben. *Was hatten sie vor? Schließlich redeten sie nicht mehr.* Bax kam zurück.

Chris und Katja klammerten sich aneinander, als er dicht vor ihnen stand. Sie erahnten in der Dunkelheit sein Grinsen und hörten seinen Atem durch die Zähne pfeifen. Dann brachte ein heftiger Stoß Chris aus dem Gleichgewicht. Reflexartig versuchte er, sich mit seiner freien Hand an Bax festzuhalten, und erwischte dessen Jackenärmel.

»Hilfe!«, rief Katja aus Leibeskräften. Bax schlug mit der Faust Chris' Hand weg, der rücklings über den Stegrand fiel und Katja mitriss. Chris spürte keinen Halt unter den Füßen und klammerte sich mit beiden Händen an einem herausstehenden Wurzelast fest. Katja hing in der Handschelle über dem steilen Abhang an Chris.

»Hallo? Wo sind Sie? Haalloo!« Der Suchtrupp konnte nicht mehr weit sein.

»Hier. Hilfe!«, rief Katja gequält. Plötzlich trat Bax mit dem Fuß auf Chris' Hand. Ein brennender Schmerz durchzog seine Hand, aber durch die Angst vor dem Absturz verkrampften seine Finger an der Wurzel. Bax trat noch einmal zu. Diesmal spürte Chris nichts mehr. Er sah noch kurz das fratzenhafte Gesicht des Mannes im Licht der Taschenlampe, dann fiel er und beide rutschten die steile Wand hinunter, bis es schlagartig ruckte. Chris stöhnte, als sich die Handschelle in sein Handgelenk schnitt. Sie mussten an irgendetwas hängen geblieben sein. Er hörte Katja schreien und ihm war, als würden sich ihre Rufe immer weiter entfernen, bis sie schließlich verstummten.

»Du, Papa?«, leierte Annika ihre Frage wie eine Melodie herunter. Ralf Brauer wusste, wenn seine Tochter ihn in diesem Sington und mit einem Dackelaugenaufschlag ansprach, dann wollte sie entweder Geld oder ihm eine Zustimmung gegen seine Überzeugung abringen.

»Was sagt denn Mama dazu?«, entgegnete er, ohne weiter nachzufragen, um was es ging. Er durchschaute ihre Strategie und sah Elke fragend an. Die zuckte mit den Schultern und sagte: »Ich habe noch nichts zugesagt.«

»Also raus mit der Sprache. Ich muss gleich los.« Er schaute auf die Uhr und trank einen Schluck Kaffee.

»Ich möchte mir ein Piercing setzen lassen. Nur so ein kleines auf den Nasenflügel, weißt du?«, brachte sie kleinlaut hervor.

»Piercing? Du hast sie wohl nicht mehr alle! Ich will nicht, dass du mit solchen Haken und Stiften im Gesicht rumläufst.«

»Es ist lediglich ein Schmucksteinchen, so wie Mamas Ohrstifte zum Beispiel. Das ist auch Piercing«, argumentierte sie.

»Du, lass Mama aus dem Spiel, ja. Ich finde es unästhetisch und unhygienisch. Sag du mal was, Elke!«

»So ganz unrecht hat sie ja nicht«, stellte sie sich auf die Seite ihrer Tochter. »Ich habe Löcher in den Ohrläppchen und sehe da kaum einen Unterschied.«

»Der Unterschied ist, dass…«, Brauer fühlte sich in die

Ecke gedrängt. Er hatte kein Gegenargument, was ihn ärgerte. »Der Unterschied ist, dass ich es nicht möchte, wenn meine Tochter sich verunstaltet«, polterte er los.

Annika sprang auf. »Du bist ein unmöglicher Beamtenspießer. Deine Paragrafen und Vorschriften haben dich sowas von abgestumpft.« Sie lief aus der Küche. »Ihr könnt mich mal!« Die Tür knallte.

»Du-u! So nicht!«, rief er hinterher.

Patrick, der sich bis jetzt rausgehalten hatte, stand ebenfalls auf. »Echt, Papa. Könntest etwas mehr Verständnis zeigen.« Er lief seiner Schwester nach.

»Na, toll, da sorgt man sich um seine Kinder und macht sich zum Buhmann.«

»Ich finde es wirklich nicht so dramatisch, Ralf«, meinte Elke mit einem vorwurfsvollen Gesichtsausdruck.

»Ach, und du fällst mir auch noch in den Rücken. Der Tag fängt ja gut an«, beklagte er sich, trank seinen Kaffee aus und ging. Im Flur nahm er seine Jacke vom Haken und griff nach dem Autoschlüssel, der auf der Spiegelablage lag. Als er die Haustür öffnen wollte, stand Elke hinter ihm. Er drehte sich zu ihr um.

»Du hast etwas vergessen«, sagte sie und sah ihn aus ihren dunkelblauen Augen an. *Die Ohrstecker stehen ihr wahrhaftig gut,* fiel ihm jetzt auf. Sie gehörten so selbstverständlich zu ihr, dass er sie kaum noch wahrnahm. Sie gab ihm das Handy. Er blieb noch eine Weile stehen, denn es fehlte noch das morgendliche Ritual, wenn er aus dem Haus ging. Elke rückte immer seine Fliege zurecht und gab ihm einen Kuss. Heute nicht. Hat sie seine Sturheit wegen des Piercings so geärgert oder gab es da noch etwas? Er steckte das Handy ein und öffnete die Haustür.

»Na, dann nicht!«, sagte er trotzig und ging hinaus. Elke drückte die Tür hinter ihm ins Schloss.

***

Ina Klein, Schreibkraft und Mädchen für alles, kam Brauer im Kommissariat auf der Treppe mit einigen Aktenordnern entgegen. »Morgen, Ralf«, grüßte sie ihn.

»Morgen«, erwiderte er phlegmatisch.

Ina kam noch zwei Schritte herunter, blieb dann mit ihm auf derselben Treppenstufe stehen und hielt mit dem Kinn den Aktenstapel fest.

»Was ist denn mit dir los?«, fragte sie.

»Wieso? Was soll denn sein?«

Brauer sah sie achselzuckend an.

»Na, du machst ja ein Gesicht«, meinte sie und korrigierte die Lage der Ordner in ihren Händen.

»Was denn für'n Gesicht?«, fragte er verständnislos nach.

»Als sei dir ein Schwarm Läuse über die Leber gelaufen.«

»Keine Läuse, meine Familie«, erklärte er und ging weiter nach oben.

»Ach so«, rief Ina hinter ihm her, »ich dachte schon, es sei was Ernstes.«

Brauer ging den langen Flur im ersten Stock entlang zu seinem Büro, das neben dem von Steffen Richter und Ina Klein lag. Beide Büros waren durch eine Glaswand abgetrennt und hatten eine Verbindungstür, die meistens offen stand. Er trat ein. Es roch nach frischem Kaffee.

»Willst du auch eine Tasse?«, fragte Steffen, der an der Kaffeemaschine hantierte, die auf einem alten Aktenschrank neben der Tür ihren Platz hatte. Steffen war ein Frühaufsteher und fast immer der Erste im Büro. Das machte ihn inoffiziell zum Kaffeekoch, wie Ina ihn neckisch bezeichnete. Er drehte sich zu Ralf Brauer um. »Was machst du denn für'n Gesicht?«, fragte er spontan.

»Jetzt fang du auch noch an. Mach mir lieber einen Kaffee«, raunte er Richter an, setzte sich an den Schreibtisch und schaltete den Computer ein.

»Entschuldigung! Ich wollte ja nur helfen. Übrigens, der Boss will mit dir reden.«

»Ja, später«, brummte Brauer, lehnte sich zurück und wartete, bis der Rechner sich mit einem Biep meldete. Dann tippte er das Passwort ein und starrte auf den Bildschirm. Steffen stellte ihm den Kumpen Kaffee auf den Schreibtisch. »Mit Milch und drei Süßstoff, wie immer.«

»Danke! Gibt's was Neues in unserem Fall?«, erkundigte sich Brauer und trank schlürfend einen Schluck.

»Aus dem Fall sind Fälle geworden«, korrigierte Steffen.

Brauer sah auf. »Ist da irgendetwas an mir vorbeigegangen?«, entrüstete er sich. Er hasste es, wenn er in Vorgänge zu seinem Fall nicht rechtzeitig eingebunden wurde.

»Nein, natürlich nicht, das heißt, eigentlich doch, und deswegen will er mit dir reden«, druckste Steffen rum.

Brauer stand auf. »Ich geh mal eben runter«, sagte er und verließ das Zimmer.

Martin Neumann, der Leiter der Polizeiinspektion, hatte sein Büro im Erdgeschoss, gleich neben dem großen Besprechungsraum. Brauer klopfte an und trat ein.

»Morgen Martin.« Martin Neumann stand vor der Fensterbank und zupfte verwelkte Blüten von seinen Orchideen, die dort aufgereiht standen. Er drehte sich zu ihm um und sah Brauer einen Moment an. »Sag nichts über mein Gesicht«, warnte Brauer ihn vorab.

»Wieso? Was ist mit deinem Gesicht?«, wunderte sich Neumann.

»Ach, vergiss es«, wiegelte Brauer ab. »Du wolltest mich sprechen. Was gibt's?«

»Setz dich«, forderte er Brauer auf. Er rückte den Stuhl ein Stück ab, der vor Neumanns Schreibtisch stand, setzte sich und schlug das Bein über. Neumann warf die trockenen Blüten in den Papierkorb und nahm ihm gegenüber Platz.

»Der Sachbearbeiter der KTU in Hannover, Reimund Krüger, den ich noch aus meiner Zeit dort kenne, rief mich heute früh an. Halt dich fest! Die Geschosse aus der Decke der Bank in Bad Lauterberg und aus dem Kopf des Toten im

Maisfeld stammen aus derselben Waffe. Den Bericht schickt er dir in den nächsten Tagen zu.« Brauer gab seine bequeme Haltung auf und beugte sich leicht vor.

»Oh! Damit bekommt der Raub eine andere Qualität«, kommentierte er diese Neuigkeit.

»Allerdings«, bestätigte Neumann und fügte sofort hinzu, »wir bilden eine übergeordnete Ermittlungsgruppe, und ich möchte, dass du die Leitung übernimmst.«

»Was sagt Thomas dazu?«, fragte Brauer nach. Thomas Berger war Leiter des FK 1, das für Tötungsdelikte zuständig war, und verteidigte sein Ressort wie ein Bullterrier.

»Das lass mal meine Sorge sein. Du hast Erfahrung in beiden Bereichen, mit Mord und mit Raub. Ich möchte, dass du das übernimmst. Also heute Nachmittag um drei. Staatsanwalt Dr. Henrik kommt auch dazu.«

Das war deutlich und keine Aufforderung zum Diskutieren, fand Brauer, stützte sich am Schreibtisch ab und stand auf. »Dann bis nachher«, verabschiedete er sich.

»Danke, Ralf«, schickte Neumann ihm hinterher. Martin Neumann verstand es, klare Weisungen zu erteilen und durchzusetzen, ohne übertrieben autoritär und bevormundend zu wirken. Ein Dankeschön war selbstverständlich für ihn. Das schätzte Brauer an seinem Chef.

Zurück in seinem Büro stellte er sich in die Verbindungstür. Frank Becker von der Tatortgruppe saß auf dem Besucherstuhl vor Steffens Schreibtisch mit einer Tasse Kaffee in der Hand. Ina Klein klapperte auf der Tastatur ihres PCs.

»Richtet euch in nächster Zeit auf Überstunden ein«, begann Brauer, »es kommt einiges auf uns zu.«

»Ja, schon gehört«, sagte Richter, »ich habe eh nichts Besseres vor.«

»Das hätte mich auch echt gewundert, dass du mal was anderes vorhast, als deine Freizeit im Büro zu verbringen oder an Autos rumzuschrauben«, stichelte Ina aus dem Hintergrund.

»Was soll das denn jetzt heißen?«, empörte sich Steffen und drehte sich auf seinem Bürostuhl ihr zu.

»Gar nichts« gab sie schnippisch zurück, »aber du bist sowas von karrieregeil, dass deine Sinne für das Schöne langsam verkümmern.«

Steffen sprang auf und holte tief Luft. »Also, das glaub ich jetzt nicht. Ich reiß mir hier den Arsch auf und das ist der Dank. Und was bei mir verkümmert, geht dich einen feuchten Kehricht an! Ralf, sag du mal was!«, suchte er Beistand.

»Eh, es reicht Leute«, ging Brauer dazwischen, »das ist nicht der Ort für eure Zwistigkeiten. Die könnt ihr nach Feierabend austragen!«

»Gerne, aber das Wort Feierabend musst du diesem Streber erst einmal beibringen. Der kennt das nämlich nicht.«, feixte Ina zurück.

»Schluss hab ich gesagt! Das ist hier kein Kindergarten. Wir haben Wichtigeres zu tun!«, brüllte Brauer in den Raum. Augenblicklich herrschte betretene Stille. Brauer erschrak selber über seinen Gefühlsausbruch. Es war nicht seine Art, Probleme wegzubrüllen.

»Ich will euch ja nicht die gereizte Stimmung verderben«, nutzte Frank Becker das Schweigen, »aber ich bin nicht zum Streiten und Kaffeetrinken gekommen.«

»Entschuldige Frank«, sagte Brauer in versöhnlichem Ton, »normalerweise geht es bei uns harmonischer zu. Was hast du für uns?« Frank Becker setzte seine Tasse an den Mund und trank einen Schluck.

»Ich habe etwas zu dem Toten im Maisfeld«, ließ er wissen und stellte die Tasse wieder ab.

»Darauf haben wir schon gewartet. Raus damit«, sagte Brauer und war froh, damit die Situation wieder auf dienstliches Niveau führen zu können.

»Es deutet einiges darauf hin, dass der Mann Pole ist«, erklärte Becker.

»Was zum Beispiel?«, wollte Brauer genauer wissen.

»Er trug eine polnische Armbanduhr«, berichtete Becker. Brauer verzog argwöhnisch den Mund.

»Armbanduhren aus polnischer Produktion? Noch nie gehört.«

»Es gibt nur wenige Hersteller in Polen. Polpora ist eine davon«, wusste Richter.

»Woher weißt du das denn?«, wunderte sich Brauer.

»Der recherchiert doch stundenlang Wikipedia rauf und runter, damit er bloß nicht von der bösen Freizeit gepackt wird«, schoss Ina einen weiteren Giftpfeil ab.

»Ina! Zum letzten Mal, es reicht jetzt«, fauchte Brauer sie an. Ina drehte sich um und tippte auf der Tastatur weiter.

»Nur weil er eine polnische Uhr trägt, muss er ja kein Pole sein, sonst müssten ja alle, die mit Schweizer Uhren rumlaufen, Schweizer sein«, wandte Brauer ein.

»Sicher, aber auch einige Kleidungsstücke sind aus polnischer Produktion. Der DNA-Abgleich steht allerdings noch aus«, berichtete Becker. Brauer setzte sich auf den anderen Besucherstuhl, streckte die Beine aus und verschränkte die Arme hinter dem Kopf.

»Ich hoffe, du hast Berger informiert. Ich möchte vermeiden, dass er sich übergangen fühlt. Mord ist seine Aufgabe«, mahnte er an.

»Ja, er weiß Bescheid. Aber weswegen ich hauptsächlich gekommen bin. Habt ihr eine Erklärung dafür, warum die Bankräuber ihre Masken heruntergenommen haben?« Becker sah abwechselnd zu Brauer und Richter.

»Nicht nur das«, ergänzte Steffen Richter, »der in der Uniform lief sogar ganz ohne Maskierung herum.«

»Das ist mir ein Rätsel«, gab Brauer zu und spielte am Ohrläppchen, »aber dadurch wirkte der Trick mit der Übung erst glaubwürdig.«

»Echt clever, oder?«, kommentierte Becker.

»Oder echt blöd«, wandte Brauer ein.

»Oder die haben uns echt reingelegt«, meinte Steffen

Richter.

»Wie meinst du das?«, fragte Brauer nach.

»Überleg doch mal, kein Räuber, der von Überwachungskameras beobachtet wird, gibt sich so frei zu erkennen«, antwortete Frank Becker.

»Es sei denn, er wollte es«, meinte Brauer. «Vielleicht als Ablenkungsmanöver?«

»Vielleicht«, stimmte Richter zu.

»Darüber müsst ihr euch den Kopf zerbrechen. Ich besorge nur Fakten«, sagte Frank Becker und verließ das Büro.

Im Besprechungsraum herrschte knisternde Spannung, als Brauer den Sitzungsraum betrat. Er ging um den Tisch herum und begrüßte alle, die er heute noch nicht gesehen hatte, mit Handschlag. Berger hatte sich ans Ende des langen Tisches gesetzt und spielte desinteressiert mit seinem Kugelschreiber. Er quetschte ein gezwungenes »Morgen« durch die Zähne, ohne seinen Kollegen anzusehen. Neben ihm saß seine Mitarbeiterin, Oberkommissarin Beate Jakobi, eine ehrgeizige Beamtin mit Bestnoten, die jede Gelegenheit nutzte, um sich zu profilieren. Sie hatte ihren Laptop aufgeklappt vor sich stehen und tippte unentwegt auf der Tastatur. Neumann hatte außerdem die Tatortgruppen beider Fachkommissariate dazugeladen. Das waren Frank Becker, Matthias Nolte vom FK 2 sowie Hans Sommer und Ulrike Pleschke vom FK 1. Ralf Brauer nahm neben Steffen Richter vor der Fensterreihe Platz und goss sich einen Apfelsaft ein. Während er am Glas nippte, ließ er seine Augen über die Runde schweifen. Es würde nicht einfach werden, aus diesen beiden eingespielten Teams eine neue Mannschaft zu formen, war sich Brauer bewusst. Das Fachkommissariat eins betrachtete sich gern als erste Garnitur im Kriminaldienst und Berger leitete daraus für sich einen Führungsanspruch ab. Brauer hätte sich als Leithengst nicht vorgedrängelt, weil er aus Erfahrung wusste, dass dieser Fall knifflige Ermittlungsarbeit bedeutete. Deshalb brauchte er eine eingeschworene Truppe, um so ein komplexes Verbrechen aufklären zu können. Und nun saßen sich zwei Teams wie feindselige Wölfe gegenüber und beäugten sich misstrauisch.

Mit fünf Minuten Verspätung kamen Martin Neumann und Staatsanwalt Dr. Henrik herein. Neumann begrüßte die Teilnehmer und stellte Dr. Henrik und die Anwesenden gegenseitig vor. Neumann war in Besprechungen kein Freund von Geplänkel und kam gleich zur Sache.

»Diese Ermittlungsgruppe hat die Bezeichnung EG 315-Bank.« Beate Jakobi meldete sich mit Handzeichen zu Wort. »Beate?« Neumann nickte ihr auffordernd zu.

»Bankraub fände ich als Bezeichnung treffender«, meinte sie und wandte sich gleich wieder ihrem Laptop zu.

»Okay, einverstanden«, stimmte Neumann zu und fuhr fort. »Da wir mit personellen Ressourcen nicht gerade protzen können, schlage ich vor, dass jemand von euch die Aktenführung übernimmt.« Beate Jakobi meldete sich erneut. »Beate?«

»Das übernehme ich, wenn's recht ist. Ich habe Erfahrung damit«, sagte sie und lenkte ihren Blick zurück auf den Bildschirm vor sich.

»Das ist gut gemeint, Beate«, mischte sich Brauer ein, »aber du sollst dich auf deine Ermittlungsarbeit voll konzentrieren, das ist mir wichtig. Die Aktenführung macht Steffen unter deiner Anleitung. Ist das okay für dich?«

Beate sah Berger an und erhoffte sich augenscheinlich Rückendeckung von ihm. Die Führung der Ermittlungsakten gehörte weiß Gott nicht zu den Polizeiaufgaben, für die man sich vordrängelte, aber Brauer ahnte Beates Interesse an dieser unbeliebten Routineaufgabe. Der Aktenbulle, wie der Kollege in dieser Funktion scherzhaft genannt wurde, hatte einen nicht zu unterschätzenden Einfluss. Die Akte musste jederzeit den aktuellen und korrekten Ermittlungsstand widerspiegeln. Insofern konnte der Aktenführer auch Druck auf die Gruppenmitglieder ausüben und war über alle Einzelheiten des Falles bestens informiert. Dieses Instrument wollte Brauer unter keinen Umständen aus der Hand geben.

»Ich will dir ja nicht zu nahe treten«, begann Berger das Wort zu ergreifen, »aber die Leitung dieser EG gehört ins FK 1. Schließlich haben wir es hier mit Mord zu tun und, wie wir alle wissen, hast du mit dem Anblick von Toten psychische Probleme. Ich weiß nicht, ob uns das weiterhilft.« Brauer schluckte. Das war ein unfairer Seitenhieb, ihn in dieser Runde so zu diffamieren. *Diese Zecke,* dachte er. *Das kann ja noch nett werden.*

»Stopp!«, ging Neumann energisch dazwischen. »Der Mord geschah nach jetzigem Stand als Vorbereitungstat des Bankraubes. Deshalb leitet Brauer die EG. Und im Übrigen, Ralf ist kein Leichenbeschauer. Die Ermittlungen im Mordfall bleiben in deiner Hand, Thomas, aber die Fäden laufen bei Ralf zusammen.«

Berger lief hochrot an und fingerte nervös mit dem Kugelschreiber. Brauer nahm sofort wieder das Heft in die Hand und wandte sich an Beate. »Nochmal: Ist das okay für dich?«

»Ja«, sagte sie genervt, ohne Brauer anzusehen, dann klappte sie ihren Laptop zu.

Staatsanwalt Dr. Hendrik erklärte, er sei gekommen, um die Ermittlungsgruppe kennenzulernen, und hoffte auf eine enge Zusammenarbeit sowie auf ein rasches Ergebnis.

Brauer und Richter gingen zusammen ins Büro zurück. Ralf Brauer warf seine Notizmappe auf den Schreibtisch und ließ sich mit hängenden Armen in den Bürostuhl fallen.

»Das hätten wir geschafft«, sagte er und pustete die Luft beim Ausatmen hörbar aus. »Und nun an die Arbeit«, redete er sich selbstmotivierend zu. »Aber vorher brauche ich eine Pause. Ina? Hast du noch einen Kaffee?«

»Kommt sofort. Möchtest du auch einen, Steffen?«, fragte sie in einem betont versöhnlichen Ton.

»Gern, wenn es dir nichts ausmacht, Streber wie mich zu bedienen«, flapste er zurück.

»Dann hätte ich nicht gefragt.«

»Kinder!«, rief Brauer dazwischen. »Geht das schon wieder los?« Ina stellte die Kaffeetassen auf den kleinen runden Besprechungstisch. Brauer kam dazu und umschloss die Tasse mit beiden Händen.

»Kennt ihr euch mit Piercing aus?«, fragte er zum Erstaunen der zwei. Ina sah Brauer mit geneigtem Kopf an und fixierte ihn.

»Ja, doch«, meinte sie gespielt ernst, »ein Ring in der Nasenscheidewand würde dir gut stehen. Was meinst du, Steffen?«

»Auf keinen Fall Nase, das behindert die autoritäre Ausstrahlung«, meinte Steffen, »Ein Lippenpiercing wäre passender. Dann gucken dir alle auf den Mund und verstehen besser, was du sagst.«

»Du hast recht«, stimmte Ina zu, »ich freu mich schon auf das Gesicht und den Spruch von Neumann.« Beide lachten schallend.

»Ihr habt einen Knall«, rief Brauer, »nicht für mich, für meine Tochter.«

»Ach so. Sag das doch gleich«, griente Ina. »So ein kleines Steinchen auf dem Nasenflügel würde Annika supergut stehen«, fand Ina. Brauer kniff die Brauen zusammen, senkte den Kopf und schielte Ina von unten herauf an.

»Sie hat dich eingeweiht, gib's zu!«, brummte er.

»Nein, wirklich nicht. Das ist meine ehrliche Meinung«, versicherte sie.

»Wie kommt sie nur auf so'n Quatsch?«, warf Brauer ein.

»Vielleicht ist sie verliebt und möchte Aufmerksamkeit«, meinte Ina, »ist doch normal.«

»Also ich finde Piercings an Mund, Brustwarzen und im Intimbereich unappetitlich«, bemerkte Steffen.

»Intimbereich auch?« Brauer konnte es nicht glauben. »Wie muss ich mir das denn vorstellen?«

»Stell es dir lieber nicht vor, Ralf«, riet Steffen.

Brauers Telefon läutete. Er ging in sein Büro hinüber und

hob den Hörer ab. »Brauer.«

»Corinna Steinbrenner, Polizeikommissariat Clausthal-Zellerfeld«, meldete sich die Anruferin mit einer angenehmen Stimme. »Sie ermitteln doch in dem Fall des Bankraubes in Bad Lauterberg. Ist das richtig?«

»Ja, das stimmt. Was kann ich für Sie tun?«

»Bei uns im Krankenhaus liegen zwei Zeugen des Überfalles, die dringend mit Ihnen sprechen möchten.«

»Zwei Zeugen? Wer? Und warum liegen die im Krankenhaus?«

»Es handelt sich um Frau Dr. Katja Meinhard und Herrn Christoph Rohde.«

»Ja, ich erinnere mich, die haben wir in der Bank vernommen«, bestätigte Brauer, »was ist ihnen passiert?«

»Sie hatten einen Autounfall auf der L 504 in der Nähe von Torfhaus.«

»Ich werde mich umgehend mit dem Krankenhaus in Verbindung setzen und würde es begrüßen, wenn wir uns vorher treffen könnten, Frau Kollegin. Ich melde mich dann«, bot Brauer an.

»Sehr gerne, wenn Sie das wünschen. Bis dann.« Sie legte auf.

»Steffen?«, rief Brauer ihn zu sich ins Büro, »es gibt Arbeit.«

HARLINGERODE
MONTAG, 21.09.2015

Harry lenkte seinen Opel Astra von der Straße in Harlingerode über eine breite Toreinfahrt auf den Innenhof des ehemaligen Bauerngehöftes. Der Kiesbelag des Hofes knirschte unter den Rädern des Wagens, bis Harry ihn neben einem alten Golf abstellte.

Mit einer Tageszeitung in der Hand stieg er aus und sah nach oben zu dem Dacherker, hinter dessen Fensterscheibe er das Gesicht von Jyl entdeckte, die neugierig herunterschaute. Im rückwärtigen Gebäude, in dem früher die Stallungen untergebracht waren, hatte Bax seine Werkstatt eingerichtet. Darüber befand sich die Wohnung von Jyl, mit der Bax seit acht Jahren zusammenlebte.

Bax verdiente sein Geld mit dem Verkauf von aufpolierten Gebrauchtwagen. Ein gutes Geschäft mit stattlicher Gewinnspanne. Sein Geschäftsmodell basierte hauptsächlich auf äußeren Schönheitsreparaturen der Karosserie und der Innenausstattung, aber er schreckte auch nicht vor Manipulationen der Tachometer oder der Checkhefte zurück. Darin lag eine verlockende und für Bax kinderleichte Möglichkeit der Gewinnmaximierung. Als begnadeter Automechaniker hätte er sicher eine beachtliche Werkstattkarriere gemacht, wäre er nicht allzu cholerisch und gewaltbereit veranlagt gewesen. Nachdem er einmal den Meister vor der Kundschaft als unfähigen Seifenkistenschrauber beschimpft und ein anderes Mal einem Kollegen den Schraubenschlüssel an den Kopf geworfen hatte, stand er auf der Straße. Auch Jyl bekam das ein oder andere Mal seine Unbeherrschtheit zu spüren, aber sie liebte ihn und verzieh ihm allzu leicht, wenn die blauen Flecken abgeheilt waren.

Der Türöffner summte, ohne dass Harry klingeln musste. Er drückte die Haustür auf und ging die steile Holztreppe nach oben. Die Wohnungstür stand offen.

»Komm rein!«, rief Jyl, als er im Flur stand. Er drückte die Tür hinter sich zu und betrat den Wohnraum, der auch als Küche genutzt wurde. Jyl und Bax saßen am Esstisch. Sie hielten beide eine Zigarette zwischen den Fingern. Vor ihnen auf dem Tisch standen zwei Tassen Kaffee. Harry blieb mit steinerner Mine vor ihnen stehen und knallte die Zeitung auf den Tisch.

»Schöne Scheiße. Ich dachte, die hätten sich den Hals gebrochen. Stattdessen liegen sie in Clausthal im Krankenhaus.

Und das Geld schimmelt vor sich hin«, blaffte Harry beide an. Jyl nahm die Zeitung und las die Überschrift auf der Seite, die Harry aufgefaltet hatte, laut vor:

»RÄTSELHAFTER UNFALL AUF DER K504 BEI TORFHAUS ... und so weiter und so weiter ... *die beiden Insassen des Fahrzeuges wurden erst nach intensiver Suche im Kellwassertal gefunden und mussten mit Unterstützung der Bergwacht aus der steilen Wand am Magdeburger Weg geborgen werden.*« Sie schob die Zeitung zu Bax rüber.

»Zwei Insassen, kein Wort von uns. Was willst du also?«, entgegnete Bax.

»Sag mal, siehst du nur so aus oder bist du so blöd? Die beiden können uns identifizieren«, schnauzte Harry ihn an. »Die müssen verschwinden, und zwar schnell und für immer. Das wirst du erledigen! Du hast uns in den ganzen Schlamassel reingeritten.« Bax warf die Zeitung zu Boden und sprang auf.

»Wieso ich?« Er packte Harry am Kragen und drückte ihn gegen die Wand. »Du Knalltüte! Wer hatte denn die Idee mit dem Überfall?«, brummte er ihn mit seiner rauchigen Stimme an. Jyl war nun auch auf den Beinen, griff Bax am Arm und riss ihn herum.

»Hör auf damit! Prügeln könnt ihr euch draußen, aber nicht in meiner Wohnung«, schrie sie ihm ins Gesicht. Er ließ nach.

Harry schob ihn von sich. »Es hätte alles bestens geklappt, aber du musstest wieder rumballern. Jetzt schnüffelt die Mordkommission hinter uns her.« Harry zog sein Hemd zurecht. »Die beiden müssen weg«, wiederholte er.

Bax verschränkte die Finger, drehte die Handflächen nach vorn und ließ die Gelenke knacken. »Kein Problem, schaff sie her«, sagte er.

Jyl legte die Zeitung beiseite. »Woran, verdammt, haben die uns erkannt?« Sie fixierte Harry mit ihrem Blick.

»Du meinst, ich habe gepfuscht, ja? Ist es das, was du sagen wolltest?«, fauchte er sie an.

»Du weißt genau, dass das nicht stimmt.« Er zog sich einen Stuhl heran, drehte die Lehne nach vorn und setzte sich. »Irgendeine Kleinigkeit haben wir übersehen, aber ich weiß nicht, welche.«

»Und die Kohle ist auch weg«, beschwerte sich Bax, »das war eine Schnapsidee, sie dort zu lassen.«

»So? Du Schlaumeier. Und wenn uns die Bullen mit einer Tasche voll Geld gefunden hätten? Wie hättest du ihnen das erklärt? Häh?«, konterte Harry.

»Haben sie aber nicht«, brüllte Bax zurück.

»Zum Glück, sonst säßen wir jetzt nicht hier, sondern in Untersuchungshaft«, erklärte Harry und ergänzte: »Dort sitzen wir sowieso bald, wenn wir die beiden nicht mundtot machen.«

»Wie willst du das anstellen? Wir wissen ja nicht einmal, wer die sind«, fragte Jyl und schnippte die Asche von ihrer Zigarette.

»Einer von uns geht in das Krankenhaus und findet heraus, wie die heißen!«

»Klar, einfach so. Die werden uns die Namen auch netterweise auf die Nase binden«, zweifelte Bax das Vorhaben an.

»Einfach so nicht, deshalb wirst du es übernehmen, Jyl! Mit deinem schauspielerischen Talent kannst du sie bestimmt austricksen«, griente Harry kurz, dann erhärteten seine Gesichtszüge. »Aber vorher kümmere ich mich um das Geld. Heute Abend gehe ich zur steilen Wand und hole es.«

Bax zog an seiner Zigarette und blies beim Sprechen den Qualm aus. »Das könnte dir so passen. Und dann greifst du klammheimlich ein paar Scheine ab. Wir gehen mit.«

»Bitte! Wenn ihr mir nicht traut, dann gehen wir eben gemeinsam.«

Harry holte Jyl und Bax am späten Nachmittag ab und fuhr mit ihnen zu der Haltebucht an der K504, wo der Magdeburger Weg abzweigte. Als sie die Stelle mit dem Holzsteg erreichten, sahen sie sich um.

»Da kommt jemand«, sagte Harry leise. Zwei Wanderer kamen von weiter unten auf sie zu. Harry holte aus dem Rucksack eine Wanderkarte, dann steckten sie die Köpfe zusammen und taten so, als wollten sie sich orientieren.

»Hallo«, grüßten die zwei Wanderfreunde, ein Mann und eine Frau, »können wir helfen?«

»Nein danke«, entgegnete Jyl, »wir kommen schon klar. Schönen Tag noch.«

»Ja, ebenfalls.« Sie gingen weiter und waren bald nicht mehr zu sehen. Harry prüfte noch einmal die Umgebung. Die Luft war rein. Er hockte sich hin und hangelte mit einer Hand unter dem Steg herum, während Jyl und Bax den Weg nach beiden Seiten beobachteten.

»Das versteh ich nicht. Ich kann nichts finden.« Harrys Stimme hatte einen besorgten Unterton.

»Mach kein Scheiß«, erwiderte Bax, »lass mich mal.« Er drängte Harry beiseite, kniete sich runter und fuchtelte wild unter den Holzlatten herum. »Au«, rief er auf einmal, zog reflexartig die Hand hervor und hielt sich eine Risswunde an den Mund. »Verdammte Scheiße, da hängt ein Nagel raus«, sagte er und gab schließlich auf. Mit knallrotem Gesicht kam er wieder auf die Beine. »Du hast uns verarscht, du Drecksack. Wo ist das Geld?« Er zog die Pistole aus der Jackentasche und hielt sie Harry an die Stirn.

»Spinnst du?«, fauchte Jyl ihn an, »steck sofort das Ding

weg!« Bax' Lippen zitterten, seine Augen quollen hervor. Harry wusste, wenn Bax so weit in Rage geriet, hatte er sich nicht mehr unter Kontrolle und war zu allem fähig.

»Bax«, schrie Jyl ihn noch einmal an, »krieg dich wieder ein.« Aber er war nicht ansprechbar und drückte den Lauf fester an Harrys Stirn. Harry hielt still, trotz der Druckschmerzen. Bax atmete schwer. Harrys Herz raste, jeden Augenblick konnte es vorbei sein. Er stand da wie versteinert und sah Bax fest in die Augen. Allmählich verblasste Bax' wutrotes Gesicht und sein Blick wurde wieder klar. Er nahm die Waffe runter und steckte sie ein. Harry atmete durch und rieb sich die Druckstelle an seiner Stirn.

»Mach das nie wieder«, zischte Harry ihn an. Seine Augen funkelten vor Wut. Jyl hatte sich vor Bax gestellt und hielt ihn am Arm fest. Die Situation beruhigte sich.

»Wo ist das Geld?«, wiederholte Bax mit drohendem Tonfall.

»Ich habe es genau hier unter diesen Steg geschoben. Ihr seid doch dabei gewesen.« Harry machte eine Pause, bevor er weitersprach. »Ich habe keine Ahnung, wer es entdeckt...« Er brach den Satz ab und setzte ihn mit einem Gedankensprung fort: »... nur unsere beiden Zeugen wussten von der Tasche. Haben die vielleicht...?«

»Wie denn? Die liegen im Krankenhaus«, zweifelte Jyl diese Möglichkeit an.

»Die können doch jemanden geschickt haben«, mutmaßte Harry.

»Ja. Die Polizei«, warf Bax ein.

»Das glaube ich nicht«, meinte Harry, »die haben noch keine Ahnung von uns und dem versteckten Geld, sonst hätten die hier schon alles abgesperrt, um Spuren zu sichern.«

»Harry hat recht«, stimmte Jyl zu. »Aber dass es jemand gefunden hat, will mir einfach nicht in die Birne. Das Versteck war perfekt, nur wer davon wusste, hätte die Tasche hier finden können«, fügte sie hinzu.

»Egal, ich will die Kohle zurück und dann puste ich den beiden im Krankenhaus die Lichter aus«, knurrte Bax und deutete mit Zeigefinger und Daumen eine Pistole an.

»Erst wenn wir wissen, wo das Geld abgeblieben ist«, bestimmte Harry. »Und jetzt lasst uns hier verschwinden!«

Jyl schüttelte den Kopf. »Es ist mir ein Rätsel.«

CLAUSTHAL-ZELLERFELD
DONNERSTAG, 24.09.2015

»Wie läuft es denn so mit der Ausbildung?«, fragte Ralf Brauer seinen Sohn Patrick und angelte sich ein Brötchen aus dem Frühstückskorb.

»Alles paletti«, antwortete er kurz und knapp.

»Ah ja? Danke für die ausführliche Schilderung«, sagte er und schnitt das Brötchen auf.

»Na ja, es läuft eben«, erklärte Patrick missmutig.

»Wer läuft? Was läuft? Wie läuft es?«, fragte Brauer genauer nach.

»Oh Papa, ich hab kein Bock auf ein Verhör am frühen Morgen«, maulte Patrick. Brauer biss ans Brötchen und nahm einen Schluck Kaffee dazu.

»Ich bitte vielmals um Entschuldigung«, gluckste er mit vollem Mund.

»Übrigens, Papa?«, mischte sich Annika ein. Brauer kaute zu Ende und schluckte.

»Bitte kein Verhör, während ich frühstücke«, frotzelte er und sah Patrick dabei an.

»Hast du noch einmal über das Piercing nachgedacht?«, fragte sie zaghaft.

»Wie heißt er denn?« Brauer sah sie auffordernd an.

»Wer?«

»Na dein Schwarm, dem du damit imponieren willst.«

Annika bekam rote Wangen. »Was ist nun Papa?«, wich sie seiner Anspielung aus.

»Ich bin keineswegs überzeugt von solchen Gesichtsverstümmelungen«, murmelte er, »kann man das als Anschauungsbeispiel mal sehen? Ina, unsere Tippse, meinte, es würde dir stehen, aber davon will ich mich selbst überzeugen.«

Annika lächelte zufrieden. »Ich werde den Juwelier fragen. Danke Papa!«

Ralf sah Elke an, die ihm zuzwinkerte. »Es ist nichts entschieden«, dämpfte er ihre Euphorie.

Als Brauer in der Haustür stand, hielt Elke ihn am Arm fest. »Ich werde heute Abend etwas später kommen. Warte nicht auf mich«, sagte sie und lächelte sichtlich gut aufgelegt.

»Wie viel später?« Er war erstaunt über diese Ankündigung, das kam bei Elke fast nie vor. Das letzte Mal vor über einem Jahr, als sie von einem Arbeitskollegen zur Hochzeit eingeladen worden war.

»Kann ich nicht genau sagen. Essen stelle ich in die Mikrowelle«, druckste sie, rückte seine Fliege gerade und gab ihm einen flüchtigen Kuss.

»Darf ich fragen, was du vorhast?« Er sah sie verwundert an.

»Irgendwann erfährst du es, aber jetzt noch nicht«, antwortete sie. Brauer verließ das Haus und ging zur Garage. Der Gedanke, dass Elke etwas ohne ihn unternahm, behagte ihm gar nicht. Warum machte sie ein Geheimnis daraus? Das war doch nicht ihre Art.

***

Ralf Brauer und Steffen Richter hatten für heute verabredet, gleich von zu Hause aus nach Clausthal-Zellerfeld zum Polizeikommissariat Oberharz zu fahren. Da Hörden quasi auf dem Weg lag, holte Brauer seinen Kollegen dort ab. Um zehn Uhr hatten sie sich mit Polizeihauptmeisterin Corinna Steinbrenner verabredet. Sie hätten es auch pünktlich geschafft, wäre der Butterbergtunnel in Osterode nicht schon wieder wegen Wartungsarbeiten gesperrt gewesen. So mussten sie die Umleitung über den Ortsteil Freiheit nehmen, wie viele andere auch, die in den Oberharz wollten. Zu allem Überdruss gab es in der Ortsdurchfahrt auch noch einen Auffahrunfall, der zu einem langen Stau führte.

»Ein Unglück kommt selten allein«, schimpfte Brauer vor sich hin und trommelte mit den Fingern ungeduldig am Lenkrad, als es nicht mehr weiter ging. Richter zog sein Handy heraus und informierte die Kollegin in Clausthal, dass sie höchstwahrscheinlich etwas später eintreffen würden.

»Sag mal, Ralf«, durchbrach Steffen die schweigsame Wartezeit, »wir kennen uns ja schon fast vier Jahre. Darf ich dich mal etwas Persönliches fragen?«

Brauer sah ihn an. »Klar. Nur zu.«

»Aber nicht sauer sein«, sicherte sich Steffen ab.

»Das weiß ich erst, wenn ich die Frage kenne. Lass dich überraschen«, meinte Brauer.

»Was ich seit Langem mal wissen wollte«, druckste Richter verunsichert. »Warum trägst du immer diese altmodischen Fliegen?«

»Findest du die altmodisch?«

»Total«, meinte Richter. Brauer ließ sich mit der Antwort Zeit.

»Tja, weißt du«, begann er nach einer Weile, »die gehört so fest zu mir wie ein Muttermal, das man herausschneiden muss, wenn man es loswerden will«, erklärte Brauer mit wehmütiger Stimme. »Ich trage sie nicht aus Eitelkeit, sondern weil ich damit eine Erinnerung aus meiner Kindheit behüte. Mehr möchte ich darüber nicht sagen, vielleicht ein andermal.«

»Klar, ich wusste ja nicht...«, sagte Richter kleinlaut. »Entschuldige, ich wollte deine Gefühle nicht verletzen.«

Der Stau begann sich gemächlich aufzulösen, und sie nahmen wieder Fahrt auf. Mit zwanzigminütiger Verspätung fuhren sie auf den Parkplatz vor dem Polizeikommissariat in Clausthal. Corinna Steinbrenner kam ihnen gleich zum Auto entgegen und begrüßte sie mit freundlichem Lächeln. Sie war Ende vierzig und hatte ein beherztes Auftreten. Die Uniform saß etwas stramm an ihrer rundlichen Figur und hätte gern eine Nummer größer sein können. Ihren aufmerksamen Augen, die Brauer und Richter abwechselnd fixierten, schien wenig zu entgehen. Immer wieder blieb ihr Blick an Brauers Fliege hängen. Sie bat beide, einzutreten, und ging in forschem Schritt voraus.

»Ach, der Tunnel«, sagte sie, als sie in dem kleinen Besprechungsraum saßen und Steffen ihre Verspätung erklärte, »man freut sich jedes Mal, wenn man einfach so durchfahren kann, nicht wahr?«

»Ich kann mich gar nicht mehr erinnern, wann mir das zuletzt gelungen war«, scherzte Steffen. Sie lachte herzhaft.

»Wie war das mit dem Unfall, Frau Steinbrenner?«, wurde Brauer ungeduldig. Er hatte keine Vorstellung, wie das mit den beiden Zeugen des Bankraubes zusammenging, und war gespannt auf die Geschichte.

»Ein Lkw-Fahrer hat uns Montagnacht um fünf nach zehn informiert. Zwanzig nach zehn waren wir, die Feuerwehr und ein Rettungswagen an der Unfallstelle. Da niemand im Fahrzeug war, haben wir die nähere Umgebung abgesucht. Zwei Wehrmänner sind über den Magdeburger Weg weiter in den Wald vorgedrungen und haben plötzlich Schreie und Hilferufe gehört. Sie entdeckten unterhalb des Weges zwei Personen in der steilen Wand, die erst mit Unterstützung der Bergwacht geborgen werden konnten. Es waren Dr. Katja Meinhard und Christoph Rohde, beide aus Bad Lauterberg, wie wir später vom Krankenhaus erfahren haben.«

»Aber was hat das mit dem Bankraub zu tun, und warum wollen sie uns dringend sprechen?«, fragte Brauer unverständlich nach.

»Darauf bin ich selber gespannt«, gab sie zu und erklärte weiter: »Besonders aufgefallen ist uns aber der Unfallwagen, ein schwarzer Audi Q7 mit Stuttgarter Kennzeichen. Wir haben es überprüft und herausgefunden, dass er auf einen Herrn Richard Krüger aus Stuttgart zugelassen ist. Dessen Auto stand aber am Sonntag in seiner Garage, wie uns die Kollegen dort versichert haben. Also sind wir der Fahrgestellnummer des Unfallautos nachgegangen und konnten den echten Besitzer aus Kassel ermitteln, der den Wagen als gestohlen gemeldet hatte.«

»Der bekannte Autoschiebertrick. Das Kennzeichen eines ähnlichen Autos fälschen. Damit kann man sogar die Polizei an der Nase herumführen«, erkannte Steffen richtig.

»Merkwürdige Geschichte«, fand Brauer und kratzte sich am Hinterkopf. »Was haben unsere beiden Zeugen mit dem gestohlenen Auto zu tun? Gehören sie am Ende mit zu den Tätern, und der Unfall hat ihre Pläne zunichte gemacht?«

»Ich bin gespannt, was die uns mitzuteilen haben«, sagte Richter.

»Das werden wir gleich wissen«, erwiderte Brauer und stand auf. »Dann sollten wir die beiden schleunigst besuchen«, drängte er zum Aufbruch. Das Robert-Koch-Krankenhaus lag praktisch um die Ecke, sodass sie die paar Schritte rasch zu Fuß gingen.

Chris und Katja lagen auf Station drei. Sie meldeten sich bei der Stationsschwester an, die sie skeptisch beäugte. »Ob sie alle zusammen zu Herrn Rohde dürfen, muss der Arzt entscheiden. Augenblick bitte«, sagte sie in einem autoritären Tonfall. Sie ging zwei Türen weiter und kam gleich darauf mit einem Herrn im weißen Kittel zurück. »Guten Tag«, begrüßte er die drei Beamten, »ich bin Dr. Seidel. Also, Herr Rohde braucht noch viel Ruhe, deshalb sollte nur einer von Ihnen mit ihm sprechen. Aber bitte nicht länger als zehn Minuten.«

»Können wir beide dann mit Frau Dr. Meinhard sprechen?«, regte Steffen Richter an. »Das ist kein Problem, es geht ihr so weit gut, dass wir sie morgen schon entlassen können.«

»Vielen Dank, Herr Dr. Seidel, das ist okay, wir wollten uns sowieso aufteilen«, versicherte Brauer. Der Arzt verabschiedete sich und ging.

Neben der Zimmertür hing ein weißes Schildchen, auf dem der Name Christoph Rohde mit schwarzem Filzstift geschrieben war. Brauer klopfte behutsam an und wartete einen Moment, bevor er die Tür öffnete. Es stand nur ein Bett im Zimmer, in dem es intensiv nach Salbe und Desinfektionsmittel roch. Chris Rohdes Oberkörper war komplett mit Binden umschlungen. Am Arm und an den Beinen sah Brauer ebenfalls Verbände. Ein Anblick, bei dem sich gleich wieder seine Armbehaarung aufrichtete. An einer Stange hinter dem Bettgestell hing eine Infusionsflasche, deren Schlauch zu seinem Unterarm führte. Auf einem Stuhl neben dem Bett saß eine Frau, die erwartungsvoll aufblickte, als er das Krankenzimmer betrat. Sie musste so Ende vierzig, Anfang fünfzig sein, schätzte Brauer. Die dunkle Hornbrille mit den schmalen Gläsern passte zu ihren kastanienbraunen Haaren und verlieh ihr eine souveräne Ausstrahlung. Ihre Gesichtszüge ließen vermuten, dass sie Chris Rohdes Mutter war.

»Guten Tag, Herr Rohde. Ich bin Hauptkommissar Brauer. Wie geht es ihnen?«, stellte er sich vor und gab ihm die Hand.

»Hallo«, grüßte Chris mit angestrengter Stimme, »es geht mir schon wieder besser.« Dann schaute er zu der Frau, die neben seinem Bett saß. »Das ist meine Mutter. Ich möchte, dass sie dabei bleibt. Ist ihnen das recht?«

Brauer ging um das Bett herum, reichte ihr die Hand und begrüßte sie. Ihr fester Händedruck bestätigte Brauers Einschätzung von einer selbstbewussten Frau. »Selbstverständlich. Wenn Sie das möchten«, stimmte er Chris'

Wunsch zu und stellte sich an die Fußseite des Bettes, sodass Chris ihn geradeaus ansehen konnte. »Das soll ja kein Verhör werden, sondern Sie wollten mir etwas mitteilen«, erklärte er weiter.

»Allerdings«, begann Chris und stellte per Fernbedienung das Kopfteil in eine steilere Position. Dann erzählte er von Anfang an, was er und Katja Meinhard zusammen in der Bavaria Alm auf Torfhaus und später auf dem Parkplatz sowie nach dem Unfall erlebt hatten.

»Das haben Sie beziehungsweise Frau Meinhard gut beobachtet, dass Sie einen der Täter an einer Reißzwecke am Schuh und einem unpassenden Schnürsenkel erkannt haben«, lobte Brauer seine Schilderung.

»Trotzdem ist mir schleierhaft, wieso die gänzlich anders aussahen als die Personen bei dem Überfall«, wunderte sich Chris.

»Ja, da kann ich mir auch keinen Reim drauf machen«, bestätigte Brauer und fügte an: »Es ist uns ebenso ein Rätsel, warum die noch in der Bank ihre Maskierung heruntergenommen haben.«

Chris Rohde verstellte sein Bett wieder in eine Liegestellung. Er sah ein wenig blass aus.

»Ist soweit alles okay mit Ihnen?«, fragte Brauer.

»Ja, ja. Dumm nur, dass ich durch diese Sache eine aussichtsreiche Arbeitsstelle verpasst habe«, beklagte sich Chris.

»Das tut mir leid«, sagte Brauer. »Was sind Sie von Beruf?«

»Maschinenbauingenieur«, sagte Chris und drehte den Kopf zur Seite.

»Mein Sohn braucht jetzt Ruhe«, meinte Chris' Mutter und stand auf. Brauer verabschiedete sich mit besten Genesungswünschen. Seine Mutter begleitete ihn hinaus auf den Flur.

Bevor er gehen wollte, fragte Brauer noch nach der Adresse und Telefonnummer ihres Sohnes. Er hätte später sicher noch Fragen an ihn, erklärte er.

»Ich hoffe, dass Ihr Sohn bald wieder auf den Beinen ist«, bemerkte Brauer und reichte ihr die Hand. »Auch Ihnen, alles Gute«, wünschte er ihr zum Abschied.

Sie erwiderte den Handschlag nicht, weil sie abgelenkt den langen Flur hinunter schaute. Ein Mann in einer roten Jacke, so wie sie die Rettungssanitäter tragen, kam den Gang entlang auf sie zu. Er suchte links und rechts die Zimmernummern ab, blieb dann vor Chris Rohdes Zimmer stehen und las den Namen vom Türschild. Auf dem Rückenteil seiner Jacke stand »Bergwacht«, konnte Brauer jetzt lesen. Der Mann wollte anklopfen, hielt aber inne, als ihn Frau Rohde energisch ansprach: »Entschuldigung. Da können Sie jetzt nicht rein«, sagte sie. Er drehte sich um. »Warum nicht?« Er blickte Frau Rohde abweisend an und legte nach: »Wer sind Sie, wenn ich fragen darf?« Brauer fiel seine jungenhafte Stimme auf, die nicht so recht zu seinem männlichen Gesichtszügen mit dem Dreitagebart passten wollte.

»Ich bin die Mutter des Patienten, der dort drin liegt«, erklärte sie, »und mein Sohn kann im Moment keinen Besuch empfangen.«

»Waren Sie bei der Bergung der Verletzten in der Steilen Wand dabei?«, fragte Brauer ihn direkt.

»Ja, warum?«, reagierte er überrascht.

»Ich bin Hauptkommissar Brauer von der Kripo Northeim, und ich hätte da einige Fragen an Sie.« Er gab ihm die Hand. Lascher Händedruck für einen von der Bergwacht, fand Brauer. Das waren normalerweise kräftige, durchtrainierte Burschen, die sich in unwegsamem Gelände sicher bewegen mussten und zupacken konnten. Also kein Job für Weicheier. Der Mann sah Brauer plötzlich wie ein erschrockener Wilddieb an, den man auf frischer Tat ertappt hatte. Ohne ein Wort wandte er sich ab, ging in raschen Schritten davon und verfiel kurz vor dem Treppenhaus sogar in einen Laufschritt.

»Er hätte sich ja wenigstens vorstellen können«, meinte Frau Rohde. Brauer war das Verhalten des Mannes suspekt und hatte es auf einmal selbst eilig. Er verabschiedete sich nochmals von Frau Rohde und hastete dem Mann von der Bergwacht wie ein Geher bei einem olympischen Wettkampf nach. Im Treppenhaus nahm er gleich zwei Stufen auf einmal, aber es reichte nicht. Der Mann war verschwunden.

Am Empfangsschalter im Eingangsbereich zeigte Brauer der Dame hinter dem Tresen seinen Dienstausweis und fragte sie, ob der Herr von der Bergwacht schon raus sei. »Ja, ja, gerade eben. Er hatte es sehr eilig«, antwortete sie. »Zu dumm«, meinte Brauer, blickte sie an und fragte: »Kannten Sie den Mann von der Bergrettung?«

»Nein, nicht dass ich wüsste«, antwortete sie, »vielleicht ist es ein Neuer.«

»Hat er gewusst, wen er besuchen wollte?«, wollte Brauer noch wissen.

»Die Namen nicht. Er fragte nach den beiden Verletzten vom Sonntag, die sie am Magdeburger Weg geborgen hätten. Er wollte ihnen noch etwas bringen.«

Brauer sah sie eine Weile nachdenklich an. »Ist es üblich, dass sie Patientennamen an Fremde weitergeben?«

Die Frau bekam ein rot-weiß-fleckiges Gesicht. »Eigentlich nicht«, stammelte sie, »aber er machte so einen vertrauenswürdigen Eindruck, und die Bergwacht geht hier ein und aus.«

»Vielen Dank!«, sagte Brauer und zwinkerte ihr zu. »Keine Sorge, das bleibt unter uns.«

Draußen vor dem Haupteingang warteten bereits Corinna Steinbrenner und Steffen Richter.

»Habt ihr den Mann von der Bergwacht noch gesehen?«, fragte er.

»Ja, der hatte es eilig, so wie der gerannt ist«, meinte Richter, »wahrscheinlich ist er zum Einsatz gerufen worden.«

»Habt ihr auf sein Auto geachtet?«, fragte Brauer weiter.

»Nee! Warum sollten wir?«, fragte Corinna Steinbrenner zurück.

»Schon gut, hätte ja sein können«, beschwichtigte er, »aber wenn der von der Bergwacht ist, fress ich einen Besen.« Brauer erzählte ihnen, warum. Dann wandte er sich an seinen Kollegen. »Steffen, veranlasse bitte, dass Herr Rohde und Frau Meinhard hier im Krankenhaus Personenschutz bekommen.«

Sie gingen zurück zum Kommissariat. »Wo steht denn der Unfallwagen jetzt?«, erkundigte sich Brauer bei Frau Steinbrenner. »Hier in Clausthal in der Werkstatt, die ihn abgeholt hat«, berichtete sie.

»Ich möchte, dass er zur KTU nach Hannover gebracht wird. Vielleicht finden die ja doch noch verwertbare Spuren, und zusätzlich muss der Magdeburger Weg mit der Absturzstelle noch einmal von der Ermittlungsgruppe inspiziert werden.«

»Würden Sie das bitte offiziell bei meinem Chef beantragen?«, bat Frau Steinbrenner.

»Natürlich, es muss ja alles seine Ordnung haben. Stellen Sie sich einmal vor, wir würden einen Verbrecher nicht vorschriftsmäßig fassen«, antwortete Brauer sarkastisch.

»Ich habe die Vorschriften nicht gemacht«, verteidigte sie sich.

»Leider nicht«, warf Brauer ein. »Wenn Sie mit Ihrer Erfahrung die gemacht hätten, wäre die Polizeiarbeit an vielen Stellen einfacher und effizienter«, versicherte er. Brauer ärgerte sich oft maßlos über solche Bürokratenhindernisse, wie er die Verordnungen nannte. Die Gauner kennen keinen Dienstweg und sind deshalb der Polizei oft einen Schritt voraus, hatte er seinen Chefs immer wieder vorgehalten. Die gaben ihm zwar recht, drückten ihm aber im nächsten Augenblick eine neue Vorschrift in die Hand.

»Vielen Dank für Ihre Hilfe. Wir bleiben in Kontakt«, verabschiedete sich Brauer. Er und Richter stiegen ins Auto und fuhren ab in Richtung Northeim. Ein leichter Nieselregen fiel aus der grauen Wolkenschicht, die sich inzwischen über den Hochharz gelegt hatte. Die Scheibenwischer des BMW zogen Schmutzschlieren auf der Frontscheibe. Brauer betätigte die Waschanlage.

»Was hältst du davon?«, fragte er, als sie Clausthal-Zellerfeld hinter sich gelassen hatten.

»Du brauchst neue Wischerblätter«, parierte Richter schlagfertig.

»Quatsch nicht! Du weißt, was ich meine«, erwiderte Brauer.

»Der Kollege Zufall hat gute Arbeit geleistet«, antwortete Richter, »wobei uns das nicht unbedingt auf eine heiße Spur geführt hat.«

»Allerdings!«, stimmte Brauer zu.

»Was mir vielmehr Kopfzerbrechen macht, ist die Aussage, dass sie die Täter nicht wiedererkannt hatten. Wie kann das sein?«, gab Richter zu bedenken.

Brauer überlegte eine Weile. »Dafür gibt es zwei Erklärungen«, begann er zu spekulieren. »Entweder die Bande ist zahlreicher als nur drei Mann. Dafür spricht, dass plötzlich eine Frau auftaucht.«

»Oder?«, drängte Richter, um die andere Überlegung zu erfahren.

»Oder, sie können sich wie ein Chamäleon verändern. Ein Indiz dafür wäre der Schuh mit der Reißzwecke«, fand Brauer.

»Das kann ich mir kaum vorstellen«, meinte Richter.

»Überleg mal: Eine Frau als Mann zurechtmachen – oder umgekehrt, das ist doch schwierig, oder? Das macht man doch nicht mal eben so.«

»Hmm«, überlegte Brauer, »wahrscheinlich hast du recht. Wir wissen ja, dass Zeugen, die einer Stresssituation ausgesetzt waren, fast nie eine einheitliche Personenbeschreibung abgeben.«

»Ja, das stimmt«, gab Richter zu. »Trotzdem, irgendwo ist noch eine undurchsichtige Stelle in unserer Spur.«

Steffen Richter stand im großen Besprechungsraum vor dem Flipchartständer und schrieb mit quietschendem Filzschreiber die aktuellen Ermittlungsergebnisse auf. An der Weißwandtafel hatte er bereits die offenen Fragen notiert, mit einer Spalte für das Datum und den Verantwortlichen.

»Hast wohl wieder Nachtschicht gemacht?«, bemerkte Brauer, als er mit einem Aktenordner unter dem Arm hereinkam. »Lass das bloß nicht Ina wissen, dann kannst du dir was anhören«, lachte er und ließ den Ordner auf den Tisch fallen. Steffen drehte sich ihm zu.

»Kannst du mir erklären, warum die mir gegenüber oft so pampig ist?«

Brauer griente verschmitzt. »Ich habe da einen Verdacht, aber der muss sich noch erhärten, deshalb halte ich mich noch zurück«, erwiderte er.

»Verdacht? Welchen?«, wollte Richter wissen. »Vielleicht kommst du noch selber drauf, Herr Kommissar«, meinte Brauer und wandte sich seinen Akten zu.

Nach und nach trafen die Mitglieder der Ermittlungsgruppe »Bankraub« ein, setzten sich oder standen zusammen und murmelten unverständlich durcheinander. Thomas Berger und Beate Jakobi kamen als Letzte und platzierten sich demonstrativ an der gegenüberliegenden Stirnseite des Tisches. Es ärgerte Brauer, dass sein Kollege von der Mordkommission beleidigt auf Abstand ging. *Einfach kindisch, sein Verhalten.* Er musste mit ihm reden, sonst war die Arbeit der Gruppe gefährdet.

»Guten Morgen zusammen«, begrüßte Brauer das Team, »ich freue mich zum einen, dass wir komplett sind und zum anderen, dass Freitag ist und ein ganzes Wochenende vor uns liegt.«

»Beschrei das man nicht so laut«, rief Ulrike Pleschke von der Tatortgruppe dazwischen, »das Verbrechen kennt kein Wochenende.«

»Da hast du leider recht, Ulrike, aber bis dahin währt die Freude«, flachste Brauer zurück und sah dann zu Steffen Richter, der an seiner Seite saß. »Steffen wird uns nun einen Überblick über den Stand unserer Ermittlungen geben. Steffen bitte.«

Richter stand auf und ging zum Flipchart. Chronologisch spulte er den Tathergang ab und erläuterte dazu die ermittelten Fakten. Zum Schluss berichtete er von dem Besuch im Clausthal-Zellerfelder Krankenhaus und den Aussagen von Chris Rohde und Katja Meinhard.

»Gibt's dazu Fragen?«, beendete er seine Ausführungen.

Beate Jakobi hob die Hand. »Gibt es irgendwelche Spuren oder Hinweise zu dem Polizeifahrzeug, das die Täter benutzt hatten?«

»Nein«, antwortete Richter, »es wird weder vermisst, noch haben wir eine Spur über dessen Verbleib. Wir kennen nicht einmal das Kennzeichen. Wer merkt sich schon die Nummer von einem Polizeiauto?«

»Was eure Chamäleon-Bande betrifft«, wandte Berger ein, ohne sich zu Wort zu melden, »die verfügen offensichtlich über einen beachtlichen Vorrat an Requisiten. Uniform, Jacke der Bergwacht, der Polizeiwagen. Seid ihr der Spur nachgegangen?«

»Nein, noch nicht«, erklärte Richter, »die Chamäleontheorie kam erst gestern auf.«

»Aber guter Hinweis, Thomas«, mischte sich Brauer ein. »Wer klärt das ab?«

Frank Becker meldete sich. »Ich übernehme das.«

»Danke, Frank«, sagte Richter und schrieb den Namen an die Tafel. »Weitere Fragen?«

Beate hob wieder die Hand. Richter nickte ihr zu. »Meines Wissens bevorraten Bankfilialen nur geringe Mengen an Bargeld«, begann sie und holte weiter aus, »und dafür haben die Täter so einen immensen Aufwand betrieben? Das will mir nicht in den Kopf. Wie viel Geld haben die eigentlich erbeutet?«

»Wir haben Montag deswegen einen Termin mit der Geschäftsleitung der Harzer Privatbank, dann wissen wir mehr«, berichtete Steffen.

»So einer wichtigen Spur sollte man doch sofort nachgehen«, intervenierte Berger wichtigtuerisch, »das hätte doch längst schon geklärt werden müssen.«

»Das konnte uns die Bank bisher nicht genau sagen. Die mussten erst einmal einen Kassensturz machen«, erklärte Brauer mit einem gereizten Unterton. Großkotzige Bemerkungen waren jetzt wirklich unangemessen.

»Wenn es keine Fragen mehr gibt, dann bitte ich Thomas um seinen Bericht«, übergab Steffen das Wort an Berger.

Berger kam nicht nach vorne, wie es sonst üblich war, er blieb einfach sitzen. »Wir sind mit unseren Ermittlungen schon ein Stück weiter«, begann er stichelnd. «Die Leiche liegt in der Gerichtsmedizin in Göttingen zur Obduktion, deren Ergebnisse uns noch nicht abschließend vorliegen. Um die Identität zu ermitteln, haben wir Fingerabdrücke und Gebissform ans BKA übermittelt. Die Genanalyse wird nachgereicht. Die Leichenschau und deren Spuren lassen auf eine polnische Staatsangehörigkeit schließen. Dazu Fragen?« Er spulte seinen Bericht betonungslos runter, wie ein Spieß bei der Morgenparole. Niemand meldete sich. Berger fuhr fort. »Das Dreschwerk sowie der Förder- und Ladebereich des Mähdreschers wurden entleert und durchsucht. Eine Waffe wurde nicht gefunden. Fragen?« Es blieb still im Raum.

»Danke, Thomas«, sagte Brauer, nachdem sich keiner rührte. »Ich wünsche ein schönes Wochenende«, sagte er und beendete damit die Sitzung. Kurz darauf entwickelte sich erneut ein Stimmengemurmel, Stühle schliffen über das Parkett und Richter riss mit einem lauten Ratsch den Papierbogen vom Flipchart herunter. »Thomas?«, sprach Brauer seinen Kollegen an, als der eben aus der Tür gehen wollte.

»Ja? Was ist?« Er blieb stehen.

»Kann ich dich gleich noch mal sprechen?«, fragte ihn Brauer.

»Wenn es sein muss, komm in mein Büro.« Berger ging hinaus und verschwand.

Brauer packte seine Akte unter den Arm und ging ihm nach. Die Büros der FK 1 lagen ein Stockwerk höher. Er klopfte kurz an die Tür und trat sofort ein.

»Was gibt's denn?«, empfing ihn Berger kurz angebunden. Brauer setzte sich auf den Besucherstuhl vor seinem Schreibtisch.

»Thomas«, begann er in eindringlichem Ton, »ich habe mir unsere Zusammenarbeit in der Gruppe anders vorgestellt.«

»So? Wie denn?«, entgegnete er, ohne aufzublicken. Er blätterte stattdessen in einer Unterschriftenmappe, als würde ihn das nicht weiter interessieren.

»Etwas kollegialer und nicht so abweisend«, antwortete Brauer.

Berger blickte jetzt auf. »Das muss ich mir von dir nicht vorwerfen lassen, schon gar nicht in meinem Büro«, schrie er ihn an.

»Thomas!« Brauer erhob seinerseits die Stimme, um ihn zur Vernunft zu bringen. »Du hast keinen Grund, die beleidigte Leberwurst zu spielen. Du weißt, warum Martin mir die Leitung der Gruppe übertragen hat.«

»Natürlich weiß ich das«, fauchte er zurück.

»Dann weißt du auch, dass die Entscheidung nichts mit dir zu tun hat. Du kennst die Regeln «, konterte Brauer.

Berger blätterte wieder in der Mappe herum. »War das alles?«, fragte er schnippisch.

»Mensch, Thomas«, versuchte Brauer ihn erneut zu

besänftigen, »was ist mit dir los? Ich...«, Brauer hielt kurz inne und korrigierte sich, »nein, wir alle brauchen deine Kompetenz.«

Berger stand auf, ging zum Aktenregal und suchte etwas. Er tat so, als sei Brauer nicht anwesend und ließ ihn einfach sitzen wie bestellt und nicht abgeholt.

»Schönes Wochenende!«, zischte Brauer und ging. *So hab ich ihn ja noch nie erlebt*, dachte er, *da muss noch etwas anderes sein, was ihn so grantig macht.*

Brauer legte den Ordner auf seinen Schreibtisch und ließ sich in den Bürostuhl fallen. »Jetzt brauche ich noch einen Kaffee«, sagte er. Ina unterbrach ihr Tippen, ging zur Kaffeemaschine und goss aus dem Glasbehälter eine Tasse ein. Wortlos stellte sie den Pott vor ihm ab. »Danke, Ina«, sagte er und sah sie lächelnd an, »was hast du Schönes am Wochenende vor?«

»Im Kino läuft ein hinreißender Film, den ich mir gern ansehen würde«, antwortete Ina betont laut.

Brauer schlürfte den heißen Kaffee aus der Tasse. »So? Welcher Film?«

»Der Weg zu dir«, erklärte sie und fügte seufzend hinzu, »aber ich geh nicht gern allein ins Kino.«

»Da wird sich doch jemand finden, der mitgeht«, meinte Brauer.

»Das ist bestimmt so eine Liebesschnulze mit Tiefgang«, mischte sich Steffen Richter ein, der das Gespräch offenbar mitbekommen hatte und jetzt in der Verbindungstür stand. »Kein Wunder, dass keiner mitgeht.«

»Liebe ist niemals schnulzig!«, konterte Ina belehrend. »Aber davon verstehst du sowieso nichts, du gefühlloses Arbeitsmonster. Weißt du überhaupt, was ein Kino ist?«

»Leute, Leute«, mahnte Brauer mit erhobener Stimme, »es ist echt amüsant, euch beiden zuzuhören. Eure Redeschlachten müsste man vertonen.« Er schüttelte lachend den Kopf. »Und nun raus aus meinem Büro!«

Es klopfte dreimal an der Tür. Chris legte das Buch auf den Nachtschrank und schaute hinüber. Die Tür schwenkte langsam auf und eine weibliche Gestalt kam zum Vorschein.

»Maike!« Chris lächelte ihr entgegen. Sie schloss die Tür hinter sich, trat an sein Bett und nahm seine Hand. Die Wärme und ihre zarte Haut fühlten sich vertraut an. Es war ein gutes Gefühl in diesem Augenblick.

»Ich habe es von deiner Mutter erfahren. Wie geht es dir?« Sie blickte besorgt auf ihn herunter.

»Es geht jeden Tag besser. Ich kann sogar schon wieder aufstehen, aber der Arzt will mich noch einige Tage hierbehalten.« Chris stellte das Rückenteil des Bettes noch etwas steiler. »So weit, so gut. Nur mein Vorstellungstermin in Osterode ist leider geplatzt. Der wäre gestern gewesen. Die Stelle kann ich mir nun abschminken.«

»Ärgere dich nicht darüber. Du wirst eine andere finden. Leute wie du werden überall gesucht«, tröstete sie ihn und berührte seine Hand erneut. »Wer dich nicht einstellt, hat selber Schuld.«

»Danke für deinen Zuspruch« lachte er. »Und wie geht es dir?«

»Der ganze Verein lässt dich grüßen und wünscht beste Genesung«, lenkte sie von sich ab und holte einen Beutel Schokolinsen aus ihrer Handtasche. »Hier, damit du wieder zu Kräften kommst.«

Chris war gerührt von dieser Geste und sah sie reumütig an.

»Danke, das ist sehr lieb von dir. Die habe ich vermisst.« Er riss den Plastikbeutel gleich auf und steckte sich eine in den Mund. Während er die Umhüllung mit Pfefferminzgeschmack lutschte, sahen sie sich für einen kurzen Moment in die Augen. »Es tut mir leid, Maike. Ich wollte ...«, fing er an zu stottern.

»Nein«, unterbrach sie ihn, »lass gut sein. Ich habe schon länger gemerkt, dass etwas zwischen uns steht. Nur eine Lüge hätte ich dir nie verziehen.«

»Freunde?«, fragte Chris und hielt ihr die Hand entgegen.

»Freunde«, erwiderte sie, schlug ein und setzte sich auf die Bettkante. In dem Moment kam jemand ins Zimmer.

»Oh, Entschuldigung«, hörte Chris plötzlich Katjas Stimme. Sie stand in der Türöffnung. Chris hatte ihr Klopfen scheinbar überhört.

»Katja, komm doch rein«, forderte er sie auf.

»Nein, nein, ich will nicht stören«, antwortete sie und schloss die Tür wieder.

»Katja?« Maike sah Chris mit steinerner Miene an.

»Sie saß mit in dem Unfallauto«, erklärte Chris, »ich kann dir das alles...« Maike ließ ihn nicht zu Ende sprechen. Sie stand auf.

»Also doch eine andere Frau. Also doch gelogen.« Sie schnappte ihre Handtasche, riss die Tür auf und stürmte hinaus, ohne sie wieder zu schließen.

Chris drehte sich aus dem Bett, schlüpfte in die Sandalen und zog seinen Bademantel über. Er ging den Flur entlang zu dem Zimmer, in dem Katja lag. Er klopfte und trat ein. Katjas Bett war leer. »Wo ist denn Frau Meinhard?«, fragte er ihre Bettnachbarin, eine ältere Dame.

»Die wird heute entlassen. Sie ist gerade weg«, antwortete sie.

»Danke«, sagte Chris und ging zurück auf sein Zimmer.

Steffen Richter saß bereits vor dem PC und hämmerte auf der Tastatur herum, als Brauer an diesem Montagmorgen das Büro betrat.

»Na, wie war dein Wochenende?«, grüßte Brauer seinen Kollegen, stellte die Ledermappe neben den Schreibtisch und schaltete den Computer an.

»Och, nicht besonders, bisschen Fahrrad gefahren, bisschen am Auto rumgeschraubt«, antwortete Richter lapidar von nebenan.

»So, so, rumgeschraubt«, flachste Brauer, »also frisiert, meinst du?«

»Frisiert! Wie sich das anhört?«, beschwerte sich Steffen Richter. »Leistungsoptimiert«, stellte er richtig. Brauer tippte das Passwort ein.

»Sag mal, Steffen«, druckste er nach einer Weile, »darf ich dich auch mal etwas Persönliches fragen?«

»Natürlich, warum nicht?«, antwortete er.

»Wie alt bist du jetzt genau?«, erkundigte sich Brauer. Steffen stand auf und ging zu Brauer rüber.

»Zweiunddreißig!«, sagte er verwundert, »das war deine persönliche Frage?«

»Nein!«, stotterte Brauer weiter, »in dem Alter haben Männer doch meistens eine feste Beziehung oder sind verheiratet und deshalb...«

»Willst du mich verkuppeln, oder was?«, entgegnete Steffen sofort.

»Quatsch«, erwiderte Brauer, »ich wundere mich nur über deinen selbstlosen Arbeitseinsatz. Hast du keine feste Freundin?«

»Meine Beziehungen gehen dich gar nichts an!«, entrüstete sich Richter und ging zurück an seinen Schreibtisch.

»Entschuldigung, ich wollte dir nicht zu nahe treten«, rief Brauer ihm hinterher und folgte ihm bis zur Verbindungstür. »Steffen. Wir arbeiten jetzt seit mehr als drei Jahren zusammen und kennen uns gut. Dein Arbeitseifer in allen Ehren, aber Ina hat recht, wenn sie...« Brauer unterbrach abrupt. »Was hältst du eigentlich von ihr?« Richter sah ihn skeptisch an.

»Na, das erlebst du doch jeden Tag live. Sie ist eine tolle Frau, leider auch eine dolle Zicke.«

In dem Augenblick ging die Tür auf und Ina kam herein. »Wer ist eine Zicke?«, fragte sie gewetzt.

»Du bist manchmal eine«, warf ihr Steffen an den Kopf.

»So wird also hinter meinem Rücken getratscht«, sagte sie beleidigt und warf ihre Handtasche auf den Schreibtisch. »Gut, dass ich das weiß.«

Steffen und Brauer gaben sich durch Blicke zu verstehen, dass sie etwas zu weit gegangen waren.

»Wie war der Kinofilm?«, fragte Brauer, um abzulenken, aber er bekam keine Antwort. Es war totenstill im Büro. Brauer tippte eine E-Mail an Staatsanwalt Dr. Henrik und informierte ihn über die Besprechung vom Freitag.

»Anstatt wie Waschweiber zu tratschen, solltet ihr lieber mal auf euren Terminkalender schauen«, unterbrach Ina unwirsch die Ruhe, »ihr habt gleich einen Termin in Osterode.«

»Oh Shit, ja«, kam es von beiden wie aus der Pistole geschossen. »Wir müssen los.« Sie sprangen auf, rissen ihre Jacken vom Garderobenständer und stürzten nach draußen.

»Im Auto könnt ihr weiter über mich herziehen!«, rief sie ihnen nach. Sie hatten sich um zehn Uhr mit Herrn Bruns, dem Geschäftsführer der Harzer Privatbank, verabredet.

Im Vorraum des Verwaltungsgebäudes suchten sie auf der Wegweisertafel nach dem Büro der Geschäftsleitung. »Dort«, sagte Richter und zeigte mit dem Finger darauf, »zweiter Stock, Zimmer zwanzig.«

Sie nahmen den Aufzug. Ein zartes »Bimm« ertönte, als der Lift hielt und sich die Tür öffnete. Sie betraten einen lichtdurchfluteten Empfangsraum, der mit Farnen, Zimmerpalmen und Benjaminbäumen dekoriert war. An der Seite hinter einem Glastisch saß eine modisch gekleidete Dame mit streng nach hinten gekämmtem Haar und sah sie freundlich an.

»Guten Tag«, grüßte Brauer, »ich bin Hauptkommissar Brauer und das ist mein Kollege, Kommissar Richter. Wir haben einen Termin mit Herrn Bruns.«

»Guten Tag, meine Herren. Herr Bruns telefoniert gerade noch. Wenn Sie bitte einen Augenblick Platz nehmen möchten. Es dauert bestimmt nicht lange«, sagte sie mit höflicher Betonung. »Ach, ich sehe, er hat aufgelegt. Wenn Sie bitte mitkommen?« Sie kam hinter dem Schreibtisch hervor und führte sie zu einer hochglanzpolierten Holztür. Fast schüchtern klopfte sie an und öffnete. »Die beiden Herren von der Kripo sind da«, sagte sie und hielt den Türflügel fest. Brauer und Richter gingen hinein. Das Büro war mindestens doppelt so groß wie das von Brauer und Richter zusammen. Die fein gemaserte Wandvertäfelung verlieh dem Raum eine gediegene Atmosphäre. Vor einer Schrankwand stand ein Schreibtisch mit ledernem Chefsessel, aus dem sich ein Herr in dunklem Businessanzug und kurz geschnittenem, grau meliertem Haar erhob. Er mochte Mitte fünfzig sein, schätzte Brauer.

»Guten Tag, meine Herren«, begrüßte er beide.

»Guten Tag, Herr Bruns«, erwiderte Brauer den Gruß. »Ich bin Hauptkommissar Brauer und das ist Kommissar Richter.«

»Nehmen Sie bitte Platz«, forderte er sie auf und wies auf eine Sitzecke an der anderen Seite des Raumes. Um einen runden Tisch, der bereits mit einem Kaffeeservice und einer Schale Gebäck eingedeckt war, standen vier einladende Ledersessel. »Das war wirklich eine dreiste Nummer«, begann Bruns das Gespräch und goss dabei Kaffee ein. »Ein Bankraub als Übung getarnt. Haben Sie das schon einmal erlebt, Herr Brauer?«

»Nein, das war eine völlig ungekannte Variante und zeigt uns erneut, wie kreativ Kriminelle sein können«, antwortete Brauer.

»Wir wurden von diesen Kriminellen regelrecht vorgeführt, was uns ziemlich peinlich ist«, gestand Bruns.

»Das muss es aber nicht«, meinte Steffen Richter, »Schauen Sie: Ein Überfall kommt immer überraschend, genau wie eine Notfallübung. Wenn beides zusammenkommt, ist die Verwirrung komplett. Bevor man begriffen hat, was los ist, ist man überrumpelt. Ich denke, davor ist niemand gefeit. Wer etwas anderes behauptet, hat sich mit Sicherheit noch nicht in solch einer Situation befunden.«

Brauer sah Richter erstaunt an. *Sieh mal einer an,* dachte er, *wie helle unser Greenhorn argumentiert.*

»Ja, ich glaube, da ist etwas dran«, schloss sich Bruns der Meinung an.

»Mein Kollege hat recht«, stimmte Brauer zu, »man kann den Mitarbeitern keinen Vorwurf machen.« Brauer angelte sich einen Keks aus der Schale und spülte ihn mit einem Schluck Kaffee nach. »Sagen Sie mal«, fragte Brauer noch kauend, »wie viel haben die Täter erbeutet?«

»Fast dreihundertneunzigtausend Euro.«

Brauer gab seinem Erstaunen durch einen leisen Pfeifton Ausdruck. »So viel?« Er schluckte und nahm noch einen Keks.

»Ist es üblich, so viel Bargeld in den Filialen vorzuhalten?«, hakte Richter nach.

Michael Bruns lehnte sich vor und nahm die Tasse auf. Er trank einen Schluck, stellte sie ab und drehte sie auf der Untertasse hin und her.

»Nein, ist es nicht«, erklärte er und sah beide durch seine randlose Brille wie ein Kind an, das man beim Flunkern erwischt hat. »Ein Geschäftsmann bat uns, eine größere Summe für einen Gemäldeerwerb bereitzustellen«, erklärte er im Flüsterton, als sei das ein Geheimnis.

»Ist es normal, für solche Geschäfte so große Summen in bar zu bezahlen?«, fragte Brauer nach.

»Nein, ist es nicht, aber es ist auch kein normaler Kunde, und ich habe nicht weiter nachgefragt«, antwortete Bruns.

»Wer ist dieser Kunde?«, fragte Brauer direkt. Bruns hob die Schultern und schüttelte leicht den Kopf. »Bankgeheimnis«, stellte er klar.

»Natürlich«, meinte Brauer, »aber wir reden hier über ein Verbrechen, das mit einem Mord in Zusammenhang steht, Herr Bruns. Ich kann auch die Namensnennung mit einem richterlichen Beschluss erzwingen. Das würde unsere Ermittlungen nur unnötig verzögern, was sicher nicht in Ihrem Interesse wäre.«

Michael Bruns verschränkte die Finger und schien zu überlegen. Mehr noch, er schien tief in seinem Inneren mit sich und dem Bankgeheimnis zu ringen. Die ganze Sache war ihm sichtlich unangenehm.

»Kleinschmidt«, sagte er und sprach den Namen so schnell aus, als wäre er froh, dass es endlich raus war.

Brauer zog seine Stirn in Falten. »DER Kleinschmidt?«, fragte er sicherheitshalber nach.

»Ja, genau der. Konstantin Kleinschmidt, Inhaber der Kleinschmidt Elektronik GmbH«, bestätigte Bruns.

»Ich habe davon gehört, dass er ein Kunstkenner und Sammler ist«, erwähnte Brauer. »Wohnt der nicht in Goslar?«, wollte er sich vergewissern.

»Ja genau, dort ist auch das Hauptwerk. Im Bad Lauterberger Zweigbetrieb arbeiten aber fast ebenso viele Leute wie in Goslar«, wusste Richter.

Michael Bruns stand auf, lief im Büro auf und ab und

lehnte sich an die Schreibtischkante. »Sie können sich kaum vorstellen, wie Herr Kleinschmidt reagierte, als ich ihm den Verlust seines Geldes gebeichtet hatte«, berichtete er. »Wir sind zwar versichert, aber das Geld war so kurzfristig nicht mehr zu beschaffen. Das Geschäft war geplatzt.«

»Oh je«, kommentierte Brauer mitfühlend.

»Das können Sie laut sagen«, bestätigte Bruns und fuhr fort, »Konstantin Kleinschmidt ist für seinen exzessiven Lebensstil und seine rüde Art bekannt. Wenn etwas nicht exakt nach seinen Vorstellungen läuft, kann er verdammt ungemütlich werden.« Bruns ging zurück und setzte sich wieder an den Tisch. »Wie geht es jetzt weiter, Herr Brauer?«

»Nun, wir gehen fest davon aus, dass die Täter von dem Geld wussten«, antwortete Brauer und fummelte an seinem Ohr herum, »die Frage ist, von wem?«

»Wer wusste...«, fragten die Polizisten nun wie aus einem Mund. Beide sahen sich an und Richter ließ Brauer die Frage beenden. »Wer wusste alles davon?«

»Da habe ich auch schon drüber nachgedacht«, meinte Bruns und zählte mit den Fingern auf: »Der Kunde selbstverständlich, Herr Albrecht, unser Filialleiter in Bad Lauterberg, Frau Schneider von der Landeszentralbank in Göttingen und ich. Wer im Umfeld des Kunden noch davon weiß, kann ich nicht sagen.« Michael Bruns setzte sich wieder.

»Bedeutet das, dass alle, die ich vorhin aufgezählt habe, verdächtig sind?«, fragte er erschrocken.

»Grundsätzlich ja«, erklärte Brauer, »jeder von denen könnte ein Komplize der Täter sein, verstehen Sie?«

»Dann bin ich auch verdächtig?«, stellte er fest.

»Allerdings«, bestätigte Brauer.

»Das heißt, Sie ermitteln auch gegen mich?«, schlussfolgerte Bruns.

»Das müssen wir«, rechtfertigte sich Brauer und griente dabei. »Es sei denn, Sie legen ein Geständnis ab.«

Bruns lachte. »Übrigens«, fügte er ein, »für Herrn Albrecht lege ich meine Hand ins Feuer. Er ist ein absolut zuverlässiger und integrer Mitarbeiter. Er hat mein vollstes Vertrauen.«

»Natürlich«, erwiderte Brauer und stand auf. Richter und Bruns erhoben sich ebenfalls.

»Vielen Dank für die Auskünfte, Herr Bruns«, verabschiedete sich Brauer, »wir melden uns, sobald wir neue Erkenntnisse oder weitere Fragen haben.« Bruns begleitete beide bis zum Lift.

***

»Wir müssen mit diesem Kleinschmidt reden, und zwar bald«, meinte Brauer zu seinem Kollegen, als sie im Auto saßen.

»Hast du einen konkreten Verdacht?«, fragte Richter, während er den Gurt anlegte.

»Nein, aber wir sollten sein Umfeld beleuchten. Irgendwo muss es eine Verbindung zu den Tätern geben.« Brauer startete den Motor und fuhr zurück ins Büro.

BAD LAUTERBERG
FREITAG, 02.10.2015

»Christoph Rohde, wohnt in Bad Lauterberg, Ahnstraße, Telefonnummer steht auch dabei«, sagte Jyl, während sie auf den Bildschirm ihres PCs starrte. »Sieh an, er ist Segelflieger. Hat diesen Sommer an einem Streckenflugwettbewerb teilgenommen, steht sogar in einem Zeitungsbericht des Harzkuriers.«

»Was so alles in den Maschen des Internets hängenbleibt? Für manche ein Glück, für andere ein Fluch«, sinnierte Harry, als er die Info hörte. »Und wo wohnt die hübsche Ärztin, Frau Dr. Meinhard?«

»Moment, kommt gleich«, murmelte Jyl und tippte auf der Tastatur. »Hier, Katja Meinhard, Sebastian-Kneipp-Promenade, Telefon 05524...«

»Reicht«, rief Harry dazwischen, »schnappen wir uns die beiden.«

»Jyl, du wirst im Auto Schmiere stehen. So kommen wir auch schneller weg, falls etwas schief läuft«, schlug Harry vor.

»Vergiss es!«, kläffte Jyl ihn an, »das macht ihr gefälligst ohne mich. Ich stecke schon tiefer drin, als mir lieb ist.«

»Mitgehangen, mitgefangen«, polterte Bax dazwischen und drückte die Zigarette im Aschenbecher aus. Jyl ging zum Kühlschrank, holte eine Flasche Bier aus dem Türfach und drückte mit beiden Daumen den Bügelverschluss auf, dass es laut plopp machte.

»Das kommt überhaupt nicht infrage. Ich will mit der Theatergruppe proben, das verschafft mir außerdem ein Alibi. Ein Mord reicht mir«, wetterte sie und setzte die Flasche an. Harry riss sie ihr aus der Hand. Ein Schwall Bier spritzte schäumend aus der Öffnung heraus.

»Spinnst du, du Blödmann!«, kreischte sie.

»Wir stecken alle tief drin«, schimpfte Harry scharf und knallte die Flasche auf den Tisch, dass Schaum aus dem Flaschenhals herausquoll, »und wir bringen es gemeinsam zu Ende. Ist das klar? Niemand steigt vorher aus.«

»Leck mich«, zischte sie zurück und griff nach der Bierflasche.

»Weg mit dem Zeug, so früh am Tag«, schnauzte Harry sie an, »du fährst das Auto und basta. Kein Alkohol im Einsatz.« Er nahm die Flasche und goss sie über dem Spültisch aus. »Echt! Ihr benehmt euch wie blutige Anfänger.«

Jyl setzte sich an den Küchentisch, griff nach der Zigarettenpackung und klaubte sich eine heraus. Bax hielt ihr das brennende Feuerzeug hin.

»Ich wollte eigentlich als Schauspielerin Karriere machen, nicht als Kriminelle«, jammerte sie, zog an dem Glimmstängel und atmete den Qualm tief ein. »Hätte ich dich bloß nie kennengelernt«, keifte sie.

»Dann wärst du immer noch ne arme Sau und würdest nach wie vor bei Karstadt auf dem Lüftungsschacht schlafen. Für einen Oscar hätte es bei dir sowieso nicht gereicht. Sei froh, dass ich dich damals aus der Gosse geholt habe«, knurrte Harry zurück.

Bax hielt sich im Zaum. Er war zwar ein Choleriker, aber klug genug, um zu wissen, dass sie alles auf eine Karte setzen mussten, sonst wären ihre Tarnung und das Geld futsch. Dann wartete nur noch der Knast auf sie. »Harry hat recht«, stimmte Bax zu, stellte sich hinter Jyl und massierte ihre Schultern leicht.

»Okay«, gab sie nach, »aber lass die Knarre stecken, Bax, egal was passiert.«

»Was soll denn passieren?«, prustete er verständnislos, als sei ihr Vorhaben so sicher wie eine Gefängniszelle.

»Ich geh nicht ins Loch, auf keinen Fall. Lieber…« Sie sprach nicht weiter, ging ins andere Zimmer und kam mit einem Tischspiegel und einer Kiste zurück. »Lasst uns anfangen«, sagte sie.

***

Ein roter Renault Kangoo mit Braunschweiger Kennzeichen passierte Torfhaus in Richtung Braunlage. Am Steuer saß eine Frau in einer blau-grauen Arbeitsjacke. Ihre rotblonden Haare, die unter dem Rand ihrer Schirmmütze hervorguckten, leuchteten in der Sonne, deren Strahlen durch die Seitenscheibe einfielen.

Aus der Gehrichstraße bog Frau Grüneberg mit zwei Einkaufstüten in den Händen in die Ahnstraße ein. Sie hatte kein Auto und fuhr mit dem Bus zum Einkaufen. Die Haltestelle an der Hauptstraße war nicht weit von ihrer Wohnung entfernt und rasch über die Verbindungsgasse zu erreichen. Wenn es passte, nahm Chris sie auch im Auto mit, vor allem, wenn sie Getränke kaufen musste.

»Chonn Tach, Frau Grüneberg«, grüßte August, »schönes Wetter hiete? Aber morjen rähns wedder.«

Frau Grüneberg blieb stehen und stellte ihre Tüten ab. Es kam ihr gerade recht, aufgehalten zu werden, so konnte sie kurz verschnaufen.

August Breme stützte sich auf die Gartenpforte und schaute die Straße hinunter. Seine Hornbrille saß fast auf der Nasenspitze. Die Enden der Ohrbügel klemmten nur an den Schläfen fest. Die Hosenbeine waren abgewetzt und viel zu kurz, sodass man die selbstgestrickten Socken sah, die wahrscheinlich noch von seiner verstorbenen Frau angefertigt worden waren. Über dem karierten Hemd trug er eine graue Strickweste. Seine dünnen, weißgrauen Haare waren zu einem exakten Scheitel gekämmt. Die Kammspuren konnte man in den getrockneten Haaren noch sehen. *Trotz des hohen Alters ließ seine Statur darauf schließen, dass er früher einmal ein stattlicher Mann gewesen sein musste,* dachte Frau Grüneberg, aber die Zeit und vielleicht auch schwere Arbeit hatten ihn gebeugt.

»Tach Herr Breme«, grüßte sie zurück, »haben Sie schon gehört? Chris Rohde ist wieder zu Hause. Gott sei Dank, dass nichts Schlimmeres passiert ist. Nicht auszudenken.«

»De is alle wedder ungerwejens, bie siene Mutter. Dat hette mich hiete Morjen verzählt.«

»So, bei seiner Mutter. Ich habe mich schon gewundert. Na ja, die wird ihn schon wieder aufpäppeln«, meinte sie und nahm ihre Taschen wieder auf. »Ich muss los, will noch Wäsche machen bei dem Wetter.«

»Na denn machen ses chaut«, verabschiedete sich August und sah ihr nach, wie sie ins Haus ging.

***

Von weiter oben, aus Richtung der Sebastian-Kneipp-Promenade, kam wenig später ein rotes Auto herangefahren und hielt kurz vor dem Haus von August Breme an. Zwei Männer in Arbeitsanzügen stiegen aus. Einer von ihnen trug eine Werkzeugkiste aus Blech in der Hand. Sie sahen sich um, als suchten sie eine Hausnummer. August, der seinen Kopf in die Hand gestützt hatte, richtete sich auf.

»Ich ho juch no nie do jesähn. Wen suchense denn?«, fragte August frei heraus.

Einer von den Männern hatte rings um den Hals herum bunte Tattoos, die Augusts Blicke anzogen. Unter seinen buschigen Augenbrauen schauten rot unterlaufene Augen hervor. *Wie bei einem Säufer,* dachte August. Der andere trug eine dunkle Hornbrille mit Gläsern so dick wie Flaschenböden. Er schmatzte mit offenem Mund auf einem Kaugummi herum, was August abscheulich fand. Diese Männer wirkten auf ihn befremdlich.

»Kennen sie Christoph Rohde?«, fragte der mit den Tattoos.

»Der is nich da Hahme, dat sääich dich gliech«, antwortete er. Der Mann guckte August an, als hätte er einen Außerirdischen vor sich.

»Was sagten sie?«, fragte er nach. August bemühte sich, Hochdeutsch zu sprechen, was für ihn wie eine Fremdsprache war, die ihm schwer über die Lippen ging.

»Der wohnt do drebbene, in jelbe Hus.« August zeigte mit dem Finger in die Richtung.

»In dem gelben Haus da hinten?«, vergewisserte sich der Tätowierte, ob er es richtig verstanden hatte.

»Jo«, bestätigte August Breme.

»Danke«, sagte der mit der dicken Brille und ging zu dem Haus hinüber. Der Andere mit der Werkzeugkiste folgte ihm. Gleichzeitig sprang das Auto an und fuhr im Schritttempo nebenher. Erst jetzt bemerkte August die Fahrerin mit den rotblonden Haaren. Die Männer klingelten zwei Häuser weiter an der Haustür. Die Frau blieb im Auto sitzen.

***

Frau Grüneberg öffnete die Tür und sah die Männer fragend an.

»Guten Tag, Frau Grüneberg. Wir sind im Auftrag der Stadtwerke hier und sollen bei Herrn Rohde den Stromzähler wechseln, der schon längst fällig gewesen wäre«, erklärte der mit den Tattoos und klapperte mit der Werkzeugkiste.

»Herr Rohde ist nicht zu Hause, da müssen Sie später wiederkommen«, entgegnete Frau Grüneberg und wollte die Tür schließen. Der Mann stellte den Fuß dazwischen und drückte den Türflügel weiter auf. Frau Grüneberg wich verstört zurück.

»Ich sagte doch gerade, der Zähler ist überfällig und muss gewechselt werden«, maulte er sie an. »Sie haben doch gewiss einen Zweitschlüssel.«

»Ja schon, aber er hat mir gar nichts davon gesagt. Kommen Sie bitte später wieder oder vereinbaren Sie mit ihm einen Termin«, lehnte sie den Vorschlag ab. Der Mann verlor jetzt die Geduld und schubste sie mit einem Stoß gegen ihre Schulter in den Hausflur hinein. Der andere zog die Tür hinter sich zu.

»Ich vereinbare mit dir gleich was anderes, du Schnepfe, und dann wechseln wir nicht nur den Zähler, sondern auch deine Zähne.«

Frau Grüneberg wurde kreidebleich im Gesicht, kreuzte automatisch ihre Arme vor die Brust und ging rückwärts, bis sie gegen die Wand stieß. Der Mann ließ ein Klappmesser aufspringen und fuchtelte damit vor ihren Augen herum.

»Ich habe keinen Bock auf lange Diskussionen«, blaffte er sie an. »Wir machen einen Deal, verstehst du? Du holst den Schlüssel und wir tun so, so als wäre nichts gewesen.«

Frau Grünebergs Augen wurden glanzlos und grau. »Und

wenn nicht?«, fragte sie weinerlich.

»Dann wird mit Sicherheit etwas geschehen, und niemand kann dich hinterher wiedererkennen«, antwortete er mit kalter Stimme und wedelte weiter mit dem Messer herum. »Und nun beweg deinen Arsch!«, brüllte er mit hochrotem Kopf unvermittelt los und drückte ihr die Klinge an die Wange. Frau Grüneberg traute sich kaum zu atmen und schlotterte am ganzen Körper. Der Mann zog das Messer zurück. Weinend und bibbernd ging sie die Treppe hinauf. Beide Männer folgten. Vor ihrer Wohnungstür fummelte sie aufgeregt in ihrer Jackentasche herum, um den Wohnungsschlüssel zu suchen. Nach einer Weile fand sie ihn und versuchte aufzuschließen, aber sie brachte ihre zitternden Hände nicht unter Kontrolle. Nach mehreren Versuchen schlug einer der Männer ihr den Schlüssel aus der Hand. »Gib her das Ding. Blöde Kuh!«, maulte er sie an. Der Schlüssel schlitterte über den Boden. Mit dem Fuß fing der andere ihn auf, nahm ihn hoch und schloss die Wohnung auf.

»Rein da!«, brummte der mit der Brille, packte sie am Arm und schleifte sie in die Wohnung. Sie stöhnte vor Schmerzen und versuchte, sich aus dem Griff herauszuwinden. Der Mann ließ sie frei. Sie rieb sich die schmerzende Stelle am Arm, ging zur Garderobe und zog eine Schublade auf, aus der sie den Schlüssel ihres Nachbarn Chris Rohde herausholte. Der Mann riss ihn ihr aus der Hand. Panisch vor Angst rannte sie über den Flur zum Wohnzimmer und riss die Gardine zur Seite. Als sie das Fenster öffnen wollte, wurde sie von hinten gepackt. Sie schrie aus voller Lunge um Hilfe. Der Mann drehte ihr den Arm auf den Rücken und drückte ihr die Hand aufs Gesicht, dass sie kaum atmen konnte. So hielt er sie fest, während sein Komplize die Gardine wieder vor das Fenster zog und scheppernd die Werkzeugkiste auf den Tisch stellte. Er zerrte sie auf, holte eine Rolle silbernes Klebeband heraus und riss einen Streifen ab. Der andere nahm seine Hand aus ihrem Gesicht, griff ihr in die Haare und zog ihren Kopf in den Nacken. Sie schrie kurz auf, röchelte und hustete. Das Gewebeband wurde ihr mit kräftigem Druck über den Mund geklebt. Der Kleber fraß sich brennend in ihre Haut und Tränen schossen ihr augenblicklich in die Augen. Der Mann, der sie festhielt, verdrehte ihren Arm weiter und drückte ihn nach oben.

»Auf den Boden«, befahl er und riss sie herunter. Frau Grüneberg heulte vor Schmerzen. Sie hatte das Gefühl, ihr würde der Arm ausgekugelt. Er ließ erst locker, als sie vor dem Heizkörper auf dem Boden saß. Dann fasste er ihre andere Hand und drehte sie ebenfalls auf den Rücken. Sie leistete keine Gegenwehr, schloss die Augen und spürte nur, wie ihre Hände mit einem Kabelbinder gefesselt und am Rohr der Heizung festgebunden wurden. Ihre Nasenschleimhäute schwollen allmählich an. Sie konnte kaum atmen. Hechelnd rang sie nach Luft und hatte das Gefühl zu ersticken. Mit äußerster Kraftanstrengung saugte sie gierig jedes erreichbare Luftmolekül durch die Nase ein. Dabei lief ab und zu Nasensekret in ihre Lunge und verursachte heftigen Hustenreiz. Es war eine Folter, denn sie konnte sich die Bronchien nicht freihusten, da ihr Mund zugeklebt war. Die Männer hörte sie nicht mehr. In Todesangst hechelte sie immer hastiger nach Luft, aber es gab keine mehr. Irgendwann versank alles im Nebel.

HERZBERG
FREITAG, 02.10.2015

»Ich krieg nichts mehr runter, Mama.« Chris hielt eine Hand über den Teller, als seine Mutter noch eine Folienkartoffel nachlegen wollte.

»Wirklich nicht?«, fragte sie noch einmal nach, »du musst

doch wieder zu Kräften kommen.« Erik ihr Lebensgefährte, hatte Chris am Morgen aus dem Krankenhaus in Clausthal-Zellerfeld abgeholt.

Chris wischte sich mit der Serviette den Mund ab. »Noch mehr Kraft wäre kaum auszuhalten«, scherzte er, »aber einen Kaffee zum Nachspülen würde ich noch nehmen.«

»Ich mach uns einen«, sagte Erik und ging gleich nach nebenan in die Küche.

»Hast du noch Schmerzen?«, erkundigte sich Chris' Mutter. »So ein Rippenbruch muss doch wehtun.«

»Es geht schon, ich nehme noch Schmerztabletten, damit kann ich es aushalten«, beruhigte er sie und tätschelte ihre Hand dabei. »Viel mehr schmerzt mich der geplatzte Vorstellungstermin«, lenkte Chris vom Thema ab. »Die Stelle ist leider futsch.« Seine Zuversicht, in der Nähe Arbeit zu bekommen, schwand dahin. »Aber es gibt noch genügend andere, irgendwo wird es schon noch klappen.«

»Irgendwo heißt aber: weit weg«, klagte seine Mutter.

Da hatte sie wohl recht, gestand er sich ein. Während Chris im Krankenhaus lag, hatte seine Mutter die Firma in Osterode angerufen und den Termin für ihn abgesagt. Der Personalchef zeigte sich betroffen und ließ herzliche Besserungswünsche überbringen. Chris hatte sich daraufhin schweren Herzens mit dem Gedanken vertraut gemacht, den Harz verlassen zu müssen, um eine Arbeitsstelle zu bekommen. Das würde ihm gerade jetzt, wo er Katja kennengelernt hatte, besonders schwer fallen. Diese Frau hatte etwas in ihm ausgelöst, was er so intensiv noch nie gespürt hatte. Und die außergewöhnlichen Umstände, die sie zusammengeführt hatten, verband sie beide auf kuriose Weise. Er wäre ihr lieber anderweitig begegnet als bei einem Verbrechen. Auf die Kriminellen, die ihnen obendrein nach dem Leben trachteten, konnte er ganz verzichten. *Aber hätten diese Leute die Bank nicht überfallen, hätte er Katja dann getroffen? Eine absurde Vorstellung,* fand er. Hoffentlich würde sie aus dem Krankenhausbesuch von Maike keine falschen

Schlüsse ziehen. Er musste unbedingt bald mit ihr reden.

Kaffeegeruch breitete sich inzwischen aus und lenkte Chris von diesen Gedanken ab.

»Deutschland ist ja recht übersichtlich«, versuchte Chris, seine Mutter zu beruhigen. Alle Orte sind nicht weiter als eine Tagesreise voneinander entfernt.«

»Bad Lauterberg ist aber nur zehn Minuten von Herzberg entfernt«, entgegnete sie.

Erik kam mit Tassen und Kaffeekanne zurück. Sie gingen ins Wohnzimmer und machten es sich auf der Couch gemütlich. Chris schaute durch das Terrassenfenster auf den Garten und hing seinen Gedanken nach. Vereinzelte Blätter lagen auf dem gepflegten Rasen, und die Sträucher und Büsche, die den Garten umsäumten, zeigten herbstliche Spuren. Auf dem Apfelbaum neben der Gartenlaube hingen noch einzelne rote Äpfel und lockten Vögel an. Einige Früchte von diesem Baum lagen vor ihm in der Obstschale, die auf dem Tisch stand. Alles wirkte so ruhig und friedlich. *Wenn Katja jetzt hier wäre,* ging es ihm durch den Kopf, und er malte sich aus, wie sie miteinander redeten und scherzten. Sie wusste noch gar nicht, dass er wieder zu Hause war. *Ich sollte ihr wenigstens Bescheid geben,* dachte er und griff auf den Tisch nach dem Smartphone, was ihm seine Mutter während seines Krankenhausaufenthaltes gekauft hatte. »Damit du für mich wieder online bist«, hatte sie gesagt.

»Ich ruf mal eben Katja an und sag ihr, dass ich zu Hause bin«, erklärte er. Mit ein paar Wischbewegungen und Fingertipps hatte er die Nummer gewählt.

Als Ärztin brauchte sie auf jeden Fall ein Handy und würde höchstwahrscheinlich die alte Telefonnummer behalten haben. Es tutete einige Male, dann meldete sich die Mailbox und Chris hinterließ eine Nachricht: »Hallo Katja, hier ist Chris. Ich wollte dir nur sagen, dass ich wieder zu Hause bin. Bitte ruf mich an.«

Schade, er hätte gerne persönlich mit ihr gesprochen.

Chris trank seinen Kaffee aus und nahm einen Apfel aus der Schale. Dann bat er Erik, ihn nach Hause zu fahren. Er freute sich auf seine Wohnung und auf seinen Kater Otto. Außerdem war er gespannt, ob Post von Firmen gekommen war, bei denen er sich beworben hatte. »Danke, dass du dich so lange um Otto gekümmert hast, der hat mich sicher sehr vermisst«, sagte Chris und gab seiner Mutter zum Abschied einen Kuss auf die Wange. Sie drückte ihm dabei verstohlen einen Geldschein in die Hand.

»Mama! Ich will das nicht, das weißt du«, lehnte Chris ab.

»Ist der Letzte«, sagte sie und drückte seine Hand zur Faust.

»Das sagst du jedes Mal«, muckte Chris auf.

»Diesmal wirklich«, erwiderte sie und lächelte ihn verschmitzt an. Chris musste lachen.

Gegen fünfzehn Uhr dreißig hielt Erik vor dem Haus in der Ahnstraße. In der Einfahrt stand Chris' Corolla, den seine Mutter mit Erik am Tag nach dem Unfall von Torfhaus abgeholt hatte.

»Warte, ich trage dir die Tasche rein«, sagte Erik als Chris ausstieg.

»Danke! Nicht nötig«, lehnte Chris ab, »wenn ich noch so schlapp wäre, hätten die mich bestimmt nicht entlassen.« Er öffnete die Heckklappe und holte die Reisetasche heraus.

»Pass auf dich auf«, verabschiedete sich Erik schlug die Kofferraumklappe zu und stieg ein. Chris winkte ihm kurz hinterher. Dann schaute er links und rechts die Straße entlang und freute sich, zu Hause zu sein. Nur etwas störte das vertraute Bild – Onkel August stand nicht am Zaun, was selten vorkam. So selten, dass jeder ihn sofort vermisste.

Chris ging den schmalen Plattenweg zum Haus hinüber. Vor der Eingangstür wühlte er in seiner Jackentasche nach dem Schlüssel. Als er ihn gefunden hatte, wunderte er sich, dass die Haustür ein Spalt offen stand. *Wahrscheinlich bringt Frau Grüneberg Abfall zur Mülltonne, die hinter dem Haus in einem Holzverschlag stand,* vermutete Chris und ging hinein. Auch seine Wohnungstür stand ein Stück offen. Dafür hatte er allerdings keine Erklärung. Ein ungutes Gefühl beschlich ihn. *Hoffentlich ist Otto nicht hinausgelaufen,* war sein erster Gedanke. Der nutzte gerne solche Gelegenheiten, zog dann tagelang um die Häuser und kam erst zurück, wenn er es vor Hunger nicht mehr aushielt. Eine bedrückende Stille empfing ihn im Hausflur, so fremd und ungewohnt. Diese Ruhe war ihm nicht geheuer. Es fühlte sich bedrohlich an. Etwas Ungewöhnliches musste geschehen sein. Chris stellte seine Tasche ab und drückte vorsichtig die Tür nach innen auf.

»Otto? Ich bin wieder da«, rief er in den Flur hinein und lauschte nach seinem Kater. Nichts rührte sich. »Otto?« Er ging hinein und das blanke Entsetzen packte ihn. In der Wohnung herrschte das Chaos. Er konnte nicht glauben, was er da sah. Stühle lagen umgekippt herum, Schubladen waren aufgezogen und der Inhalt auf dem Boden verstreut. Seine Bücher, die Aktenordner vom Studium, seine CDs. Alles! Es sah aus wie auf einer Müllhalde. Chris wusste nicht, wie ihm geschah. *Was hatte das zu bedeuten?* Hektisch griff er nach Büchern und Akten und stellte sie gedankenlos ins Regal. Er stieg über das Durcheinander hinweg zum Esstisch, der hinter dem Bücherregal stand, und erstarrte augenblicklich. Er wollte schreien, aber der Ton blieb ihm sprichwörtlich im Halse stecken. Ihm bot sich ein grauenhaftes Bild. Otto, sein geliebter Kater, hing stranguliert an der Esstischlampe. In Bruchteilen einer Sekunde wich Chris die Farbe aus dem Gesicht. Ihm wurde schwindelig. Er sank auf die Knie und starrte zu dem toten Tier hinauf. Wer immer das getan hatte, war ein Teufel. Ein harmloses Tier auf solch bestialische Weise zu töten. Wer konnte so etwas tun? Was machte das für einen Sinn?

Chris' Augen wurden wässrig. Er hatte sich so auf zu Hause und auf Otto gefreut. Und nun das. Seine Welt brach auseinander, und er fiel in eine unendliche Leere. Gedanken wirbelten wie ein Tornado durch seinen Kopf, dass er sie kaum mehr auffangen konnte. Chris umschlang sein Gesicht mit den Armen und heulte seine Wut und Trauer heraus. Das half. Allmählich flaute der Gedankenwirbel ab. Er zog sich an der Tischplatte hoch und kam auf die Beine. Aus der Küchenzeile holte er ein Messer und eine Baumwolltasche. Von unten zog er die Tasche über den steifen Körper der Katze, schnitt die Schnur durch und knotete die Tragebänder zusammen. Dann legte er das leblose Bündel auf den Boden. Chris wischte mit dem Taschentuch über die Augen, schnäuzte die Nase und ging ins Badezimmer, um sein Gesicht zu kühlen. Er stützte sich auf den Rand des Waschbeckens und schaute in den Spiegel. Eine statuenhafte Miene sah ihn an. Mit den Händen warf er sich Schwall für Schwall Wasser ins Gesicht. Das kühle Nass zeigte Wirkung, bis er schließlich wieder einen klaren Kopf bekam.

Frau Grüneberg musste den Tumult in seiner Wohnung doch mitbekommen haben. Wo war sie nur? Er lief hinaus in den Hausflur. »Frau Grüneberg«, rief er nach oben. Er wartete. »Frau Grüneberg?« Es kam keine Antwort. *Komisch,* dachte Chris, *sonst linste sie bei jeder Kleinigkeit von oben herunter, auch wenn man sie nicht ruft.* Die Haustür stand noch offen. War sie vielleicht noch draußen? Chris ging hinaus, aber es war niemand zu sehen. Er lief ums Haus herum. Nichts. Rasch kehrte er zurück und rannte die Treppe nach oben. In der Wohnungstür steckte der Schlüssel. *Ungewöhnlich,* fand Chris. Sie war mit der Sicherung ihrer Wohnung immer sehr gewissenhaft und verließ ihre vier Wände niemals, ohne den Schlüssel zweimal umzudrehen und alle Fenster zu schließen. Chris klopfte an. »Frau Grüneberg, sind sie da?« Er hielt ein Ohr an die Tür, aber es blieb totenstill. Vorsichtig drückte er die Klinke hinunter. Die Tür war nicht verschlossen. Er betrat den Korridor. »Frau Grüneberg?« Schritt für Schritt ging er weiter den Gang entlang und kam ins Wohnzimmer. Hier wartete der zweite Schock auf ihn.

Chris wollte nicht schreien, konnte jedoch einen dumpfen Ausruf des Entsetzens nicht unterdrücken. Frau Grüneberg hing bewegungslos an den Händen gefesselt am Leitungsrohr der Heizung. Ihr Kopf hing weit im Nacken und berührte fast den Boden. Chris lief rasch zu ihr und stützte ihren Kopf. »Frau Grüneberg!« Ihr Gesicht war blau angelaufen und die kalkweißen Augen starrten weit aufgerissen ins Leere. Dann riss er das Klebeband über ihrem Mund mit einem Ruck ab. Das musste höllisch wehtun, aber sie rührte sich nicht. Ihre Lippen waren dunkelblau. Chris legte zwei Finger an ihre Halsschlagader. Sie hatte keinen Puls und ihre Haut fühlte sich kalt an. Chris wusste, was das bedeutete. Vorsichtig legte er ihren Kopf zurück, zog sein Handy aus der Tasche und wollte gerade die Polizei rufen, als es läutete. *Katja,* dachte er im ersten Moment, aber es wurde keine Nummer angezeigt. Er legte das Gerät ans Ohr. »Ja?«, meldete er sich.

»Wie du siehst, verstehen wir keinen Spaß. Wir wollen das Geld zurück. Und keine Polizei, sonst seid ihr dran!«, hörte er eine verzerrte Stimme, die weder als männlich noch weiblich zu identifizieren war. Woher wussten sie, dass er im Haus war? Es gab keinen Zweifel, er wurde beobachtet. Diese Vorstellung machte ihm noch mehr Angst.

»Ich habe das Geld nicht. Und ohne Polizei geht nicht. Ihr habt Frau Grüneberg umgebracht« rief Chris in das Smartphone. »Ihr Schweine«, schrie er noch hinterher, aber der Anrufer hatte bereits aufgelegt. Chris ging in die Küche. Auf dem Tisch an der Wand standen zwei Einkaufstüten, die noch nicht ausgepackt waren. Aus einer Schublade entnahm er ein Schälmesser und lief ins Wohnzimmer zurück, aber er zögerte, sie loszuschneiden. *Das könnte wichtige Spuren verwischen,* dachte er und legte das Messer auf den Couchtisch.

Was würden diese skrupellosen Verbrecher mit Katja machen, zuckte es ihm durch den Kopf. Er musste sie warnen, wenn es nicht schon zu spät war. Noch einmal wählte er ihre Handynummer. Wieder die Mailbox.

»Katja, sie sind hinter uns her. Geh auf keinen Fall nach Hause. Ruf mich an!«, brüllte er auf die Mailbox. Chris flog mit drei Sätzen die Treppe runter. Seine Brust schmerzte wie durch Dolchstöße. Im Hausflur blieb er stehen. Ich muss in der Klinik anrufen, fiel ihm ein. Er tippte die Nummer in sein Smartphone und wartete. »Diabeteszentrum Bad Lauterberg, Sie sprechen mit Frau Heise, was kann ich für Sie tun?«

»Chris Rohde. Verbinden Sie mich bitte mit Frau Dr. Meinhard.«

»Augenblick bitte.« Es knackte einige Male im Hörer. Chris lief ungeduldig den Flur auf und ab und hoffte, dass sie noch in der Klinik war.

»Oberschwester Hildegard«, meldete sich eine resolute Stimme. Im Hintergrund war geschäftiges Treiben zu hören.

»Chris Rohde. Kann ich bitte Frau Dr. Meinhard sprechen, es ist dringend.«

»Es tut mir leid, sie hat vor ein paar Minuten das Haus verlassen«, teilte sie mit.

Chris drückte das Gespräch aus und rannte aus dem Haus. Die Straße bot wie immer ein friedliches Bild, als sei nichts geschehen, selbst Onkel August stand wieder am Zaun. Chris lief zu ihm.

»Onkel August, es ist etwas Schreckliches passiert«, überfiel er ihn, »hast du heute etwas Ungewöhnliches beobachtet?«

»Do warn zwie Männer, de wollten zu dich.«

»Wie sahen die aus?«

»Dat warn Handwerker mit nem roten Wagen.«

»Hast du auf die Autonummer geguckt?«

»De warn us Brunschwieg.«

»Aus Braunschweig, ja?«, fragte Chris nach, ob er es richtig verstanden hatte.

August nickte. »De sinn bohle wedder wech«, ergänzte er.

»Onkel August, ruf bitte sofort die Polizei und den Notdienst an, 112. Frau Grüneberg. Ich muss weg.«

Chris lief zurück, sprang ins Auto und fuhr in die Sebastian-Kneipp-Promenade. Vor Katjas Haus parkte ein roter Renault mit Hannoveraner Kennzeichen auf dem Seitenstreifen. Ihr Auto stand neben der Villa unter dem Carport. Sie war zu Fuß zur Arbeit gegangen, wie sie es gewöhnlich tat. Das Auto benutzte sie nur, wenn sie noch Besorgungen zu erledigen hatte oder bei schlechtem Wetter. Er fuhr im Schritttempo an dem roten Wagen vorbei und drehte seinen Kopf zur Seite, damit sie sein Gesicht nicht sahen. Im Rückspiegel konnte er eine Frau und zwei Männer erkennen, aber sie sahen nicht wie Handwerker aus, eher wie Gäste. Sie trugen alltägliche Kleidung. Sonst stimmte die Beschreibung von August. *Das konnten sie sein. Die haben nur das Kennzeichen gewechselt und lauern Katja auf,* dachte Chris. Die verstehen es, sich zu tarnen, das hatten sie ja mehrfach unter Beweis gestellt. »Diese Dreckskerle«, schimpfte er laut vor sich hin. Er musste Katja unterwegs abfangen, bevor die drei sie zu Gesicht bekamen. Er überlegte, welchen Weg sie nehmen würde. Von der Klinik führte ein schmaler Pfad hinunter zum Scholbenwehr mit der Eisenbrücke über die Oder. Dann durch den Kurpark und an den Tennisplätzen vorbei wäre der kürzeste Weg zu ihrer Wohnung. *Diesen Weg wird sie nehmen,* überlegte er und schaute in den Rückspiegel. Der rote Wagen kam hinterher gefahren. Chris gab Gas und vergrößerte den Abstand. Er parkte auf den Einstellplätzen am Tenniscourt, sprang aus dem Auto und lief in Richtung Kurhaus. Nur wenige Leute schlenderten die Parkwege entlang. Einige führten Hunde an der Leine, Kinder tollten auf den Rasenflächen herum und sammelten Kastanien. Chris rannte im Slalom an den Spaziergängern vorbei und schaute sich immer wieder um. Einige guckten ihn verständnislos an und schüttelten den Kopf. Menschen in Hektik fielen in diesem beschaulichen Park unangenehm auf. Aber das war Chris jetzt egal, er rannte weiter. Seine gebrochenen Rippen fühlten sich wie Messer in der Brust an und erschwerten das Atmen. Die Angst um Katja trieb ihn an und das Adrenalin betäubte nahezu vollständig den Schmerz. *Was, wenn sie ihn im Vorbeifahren doch erkannt haben? Diese Leute waren eiskalte Mörder und würden keine Ruhe geben, bis sie ihn und Katja...*

Chris erschrak vor seinen eigenen Gedanken. Er blieb kurz stehen und schaute sich erneut um, sah aber nur Spaziergänger und die spielenden Kinder. Martinshorne schallten durch das Tal. *Endlich,* dachte Chris. *Aber wo war Katja? Sie mussten sich doch längst begegnet sein,* überlegte er. Hoffentlich verpasste er sie nicht. Chris spürte Panik aufkommen und kämpfte dagegen an. Sein Herz raste. *Weiter, weiter,* trieb er sich selbst zur Eile. Als er den Vorplatz des Kurhauses erreichte, sah er Katja durch die Eingangspforte der Umzäunung kommen. *Gott sei Dank!* Er stoppte seinen Lauf und ging auf sie zu. Seine Knie schlotterten, und die Beine waren kurz davor, ihren Dienst zu versagen.

»Chris, was ist mit dir? Du bist ja kalkweiß«, empfing sie ihn, nahm ihn beim Handgelenk und tastete nach dem Puls. »Du zeigst deutliche Schocksymptome, lass uns dort auf die Bank setzen«, schlug sie vor.

»Nein«, widersprach er vehement, »wir sind in Gefahr, Katja. Sie lauern uns auf. Frau Grüneberg ist tot und Otto haben sie stranguliert. Wir müssen weg.«

Katjas bildschönes Gesicht versteinerte augenblicklich zur Maske. So hatte Chris sie noch nicht gesehen. Sie war sichtlich betroffen und starrte gedankenfern durch ihn hindurch. Einen Moment später löste sich ihre Erstarrung allmählich auf. Ihre Augen tasteten Chris ab.

»Langsam, langsam«, sagte sie zögerlich, »wer ist tot?«

»Ich erkläre dir alles später. Wir müssen hier verschwinden. Bitte Katja!«, drängte Chris, nahm ihre Hand und zog sie hinter sich her.

Gegenüber vom Kurhaus, auf der anderen Straßenseite, lag das Hotel Mühl. *Ein Fünfsternehaus und sicher kein Ort, um sich vor Verfolgern zu verstecken, aber im Augenblick die schnellste Möglichkeit, von der Straße wegzukommen,* dachte

Chris. Er überlegte nicht lange und zerrte Katja über die Fahrbahn zum Eingangsportal. Er hatte dieses Haus nie vorher betreten. Katja schien es ebenfalls fremd zu sein. Sie blieben einen Moment im Foyer stehen und schauten sich um. Die Lobby des Hotels wirkte einladend und nobel. Die Dame an der Rezeption lächelte sie an. »Herzlich willkommen«, begrüßte sie beide und sah sie erwartungsvoll an.

»Wir möchten nur etwas trinken«, erklärte Chris, drehte sich rasch noch einmal um und blickte nach draußen.

»Sehr gerne«, erwiderte sie, »dort drüben ist unsere Bar. Sie können aber auch gerne im Restaurant Platz nehmen.«

Chris taxierte kurz den Barbereich, der sich seitlich auf einem Podest befand. Von dort aus konnte man durch die großen Fenster die Straße einsehen. Er sah Katja an und nickte ihr angedeutet zu, als wenn er fragen wollte: »Ist es dir recht?« Sie nickte zustimmend zurück.

»Danke, wir bevorzugen die Bar«, antwortete Chris und stieg mit ihr die drei Stufen hinauf. Sie setzten sich an den rückwärtigen Teil des Tresens auf Barhocker und hatten einen direkten Blick zum Eingang und nach draußen. Der Barmann in weißem Hemd und Fliege trocknete seine Hände vom Gläserspülen ab, bevor er zu ihnen kam.

Chris wandte sich Katja zu. »Auch ein Wasser?«, fragte er. »Mmh«, gab sie leise von sich. »Zwei Wasser bitte«, rief er dem Barkeeper zu.

»Kommt sofort«, versprach er und hantierte hinter der Theke herum. Das Heulen weiterer Martinshörner drang gedämpft zu ihnen herein.

Der Mann hinter der Bar stellte ihnen zwei Gläser hin, die mit einer Zitronenscheibe dekoriert waren, und füllte sie auf. Chris nippte daran und begann Katja zu schildern, was er vor Kurzem zu Hause vorgefunden hatte. Zwischendurch schielte er immer wieder zur Straße hinaus. Katjas sonst so offenherzige Ausstrahlung verblasste zusehends.

»Sie glauben, wir haben das Geld«, sagte Chris zum

Schluss. »Aber selbst, wenn wir es ihnen zurückbringen könnten, glaubst du, die würden sich bedanken und uns auf ein Glas Wein einladen?«, machte er ihre verzweifelte Lage deutlich.

Katja sah ihn mit durchdringendem Blick an. »Wir müssen die Polizei rufen!«

»Die ist schon längst da. Hast du das Martinshorn vorhin gehört?« Sie sah ihn stumm an. Chris legte seine Hand auf ihren Unterarm. »Katja«, sagte er leise, aber eindringlich, »wir können nicht nach Hause. Wir müssen uns vor denen erst einmal in Sicherheit bringen, dann rufen wir Herrn Brauer an.«

»Ich werde Tim auf keinen Fall allein lassen«, machte sie unumstößlich klar.

»Überleg doch mal«, redete Chris auf sie ein, »das würde deinen Jungen nur unnötig in Gefahr bringen. Ich denke, die wissen nichts von ihm, und das ist gut so.« Katja strich sich mit der Hand durchs Haar und kaute auf ihrer Lippe herum.

»Bei deiner Mutter ist er doch sicher aufgehoben«, meinte Chris noch, »oder vielleicht bei seinem Vater. Es ist ja nur vorübergehend.«

»Sein Vater wohnt in Salzgitter und arbeitet dort im Stahlwerk«, erzählte Katja. »Er holt Tim oft am Wochenende und in den Ferien zu sich. Die Herbstferien beginnen aber erst in zwei Wochen«, gab Katja zu bedenken. Chris rieb sich die Stirn und strich mit beiden Händen durchs Haar, sodass sie strubbelig zurückblieben. »Ich könnte für einige Tage in der Klinik bleiben«, überlegte sie.

»Die werden dich auch dort suchen, und das würde Unbeteiligte in Gefahr bringen«, gab Chris zu bedenken.

»Ja, du hast recht, aber was schlägst du vor?«, fragte sie nach.

Er überlegte eine Weile und trank das Glas leer. »Ich habe einen Studienkollegen in Seesen. Den könnte ich fragen, ob er uns für ein paar Tage aufnimmt. Was meinst du?«

»Und was erzähle ich meinem Arbeitgeber? Ich kann doch

nicht einfach wegbleiben.«

»Schreib deinem Chef eine Mail und erklär ihm die Situation. Dein Leben ist in Gefahr, er wird auf deiner Seite sein. Außerdem wird über kurz oder lang die Kripo dort aufschlagen, spätestens dann muss er die Geschichte glauben.«

Katja schüttelte den Kopf. »Heute Morgen war die Welt noch in Ordnung«, klagte sie, »und plötzlich gerät alles aus den Fugen.« Sie senkte den Kopf und starrte zu Boden.

»Wir sind ahnungslos in ein Verbrechen gestolpert und ein Teil davon geworden. Aber es wird alles gut, ganz bestimmt«, tröstete er sie und strich ihr über die Schulter. Sie hob den Kopf langsam wieder an und Chris sah, wie die Spotlichter der Bar in ihren feuchten Augen flimmerten. »Es tut mir leid«, flüsterte er, »aber wir sind zu Gejagten geworden und dürfen uns keine Fehler erlauben.«

»Deshalb müssen wir jetzt die Polizei rufen«, drängte Katja.

»Sieh mal nach draußen«, sagte Chris. Ein roter Renault Kangoo fuhr im Schritttempo an der Hotelfront entlang und bog in die Oderpromenade ein. Zwei Männer und eine Frau saßen darin und blickten sich aufmerksam um, als würden sie etwas suchen. »Zu spät«, meinte Chris, »das sind sie. Wir müssen schnellstens verschwinden. Bis die Polizei hier ist, haben uns die Gangster längst gefunden.«

Sie bezahlten ihr Wasser beim Barmann und zogen sich in eine Nische im rückwärtigen Bereich der Bar zurück. Chris telefonierte nach einer Taxe. Während sie warteten, rief Chris Daniel Maaß seine ehemaligen Kommilitonen an und fragte, ob er ihn spontan besuchen könne. Der freute sich und meinte, dass das eine tolle Idee wäre. Sie könnten über die alten Zeiten in Clausthal quatschen, über die scharfen Studentinnen und die wilden Klausurpartys. Sein euphorischer Jubel verblasste jedoch rasch, als Chris ihm den eigentlichen Besuchsgrund beichtete. Sein Redefluss kam danach ins Stocken, und er schien zu überlegen. Dann druckste er umständlich herum und wollte sich nur auf zwei bis maximal drei Nächte festlegen. Chris versicherte ihm, dass sie keinen Tag länger bleiben würden. Er war dankbar, einen Unterschlupf gefunden zu haben, obwohl ihm bewusst war, dass die Gefahr sie überall hin begleiten würde und andere in ihrer unmittelbaren Umgebung mitgefährdete.

Als die Taxe vor dem Haupteingang hielt, gingen sie zur Tür, prüften die Umgebung und huschten in das Auto.

»Nach Barbis zum Bahnhof, bitte«, sagte Chris. Sie fuhren los. Unterwegs sahen sie immer wieder zum Heckfenster hinaus.

»Werden wir verfolgt?«, fragte der Taxifahrer schließlich.

»Zum Glück nicht«, antwortete Chris.

»Schade«, meinte der Fahrer, »das wär mal was anderes als immer nur Bahnhof, Klinik oder Hotel.« Er lachte.

Wenn der wüsste, dachte Chris und blickte erneut nach hinten. Der rote Renault war nicht zu sehen. Neunzehn Uhr zwanzig ging der nächste Zug nach Seesen, fand Katja im Internet heraus. Den könnten sie gerade noch erreichen. Im Zug rief Chris seine Mutter an und Katja die ihre.

SEESEN
FREITAG, 02.10.2015

Chris sah Daniel im Neonlicht auf dem Bahnsteig stehen, als der Zug mit quietschenden Bremsen in den Bahnhof einrollte und mit einem Ruck zum Stehen kam. Sie stiegen aus.

»Hi Chris, schön dich zu sehen.« Daniel winkte und kam auf sie zu. Er sieht immer noch wie ein Student aus, fand Chris. Seine schulterlangen Haare, die er im Hörsaal immer zu einem Zopf zusammengebunden hatte, ließen ihn jugendlicher erscheinen, als er in Wirklichkeit war. Sie begrüßten sich per Handschlag und einer angedeuteten Umarmung.

»Das ist Katja«, stellte Chris seine Begleiterin vor. Daniel taxierte Katja kurz. Sein Gesichtsausdruck verriet, dass ihm ein »Wow« auf der Zunge lag, was er jedoch unterdrückte. Stattdessen schlug er mit einem seitlichen Kopfschwung die Haare aus dem Gesicht und lächelte höflich. »Hallo Katja«, sagte er, »ich freue mich, dich kennenzulernen.«

»Hallo Daniel«, erwiderte Katja den Gruß, »vielen Dank, dass ich mitkommen durfte.«

»Ehrensache«, antwortete er knapp.

Daniel wohnte nicht weit vom Bahnhof entfernt in der Jacobsonstraße, die sie zu Fuß in ein paar Minuten erreichten. Die Zweizimmerwohnung im Dachgeschoss des gepflegten Fachwerkhauses hatte noch immer das Flair einer Studentenbude. Während ihrer gemeinsamen Studienzeit war Chris oft hier gewesen und hatte mit Daniel Nächte durch für Prüfungen gebüffelt. Überall lagen Bücher und Hefte herum. *Typisch Daniel*, dachte Chris, *er wird wohl nie erwachsen.*

»Macht es euch gemütlich«, sagte er und kramte hektisch die benutzten Tassen und Gläser beiseite, die auf dem Tisch herumstanden. Er brachte sie zu einer schmalen Küchenzeile, die hinter einem rustikalen Holzbalken die Raumecke ausfüllte. Den Laptop, der auf dem Plüschsofa lag, klappte er zusammen und legte ihn auf den Schreibtisch. Dann kam er mit sauberen Gläsern, einer Flasche Cola und einer Tüte Chips unter dem Arm geklemmt zurück. »Mehr kann ich euch leider nicht anbieten, ich war ja nicht vorbereitet«, entschuldigte er sich.

»Kein Problem«, meinte Chris, »wir wollen dir auch nicht auf der Tasche liegen und sind bald wieder verschwunden.« Daniel riss knisternd die Tüte auf und schüttete den Inhalt in eine Glasschale, in der noch die Krümel einer älteren Füllung lagen. Er setzte sich auf ein Lederkissen neben dem Tisch und schleuderte mit der typischen Kopfbewegung die Haare aus dem Gesicht.

»Ich habe eine Zeitungsnotiz von dem Banküberfall gelesen«, berichtete Daniel, »aber ich wusste ja nicht, dass ihr... Warum geht ihr nicht einfach zur Polizei?«

»Diese Leute sind brandgefährlich und schrecken nicht einmal vor Mord zurück«, antwortete Chris, griff sich einige Chips und erklärte weiter: »Sie glauben, dass wir das gestohlene Geld haben. Weiß der Geier, wie die darauf kommen. Auf jeden Fall drohen sie uns mit der Ermordung, wenn die Polizei ins Spiel kommt. Aber die ist längst im Spiel und fahndet sicher schon nach uns. Ich sehe nur eine Chance, wir müssen das Geld finden, bevor uns die Polizei oder die Gangster finden. Wenn uns die Bullen Personenschutz anhängen, dann können wir uns nicht mehr frei bewegen. Und ich habe keinen Bock darauf, Monate oder Jahre lang unter Polizeischutz zu stehen. Du etwa, Katja?«

»Ganz gewiss nicht«, stimmte sie zu, »aber wo sollen wir das Geld suchen? Ich habe große Angst. Vielleicht sollten wir doch die Polizei verständigen. Das ist eine Nummer zu groß für uns.«

Chris steckte sich Chips in den Mund und kaute mit knirschendem Geräusch darauf herum. Er schluckte. »Ich habe auch die Hosen voll, glaub mir«, versuchte er Katja klarzumachen, »aber das Geld ist unser einziger Schutz, die Polizei können wir immer noch rufen.«

»Wenn es dann nicht zu spät ist«, warf Daniel ein, »Katja hat recht.«

»Okay«, gab Chris ein Stück nach, »aber vorher würde ich mir gerne noch einmal die Stelle ansehen, wo sie uns den Abhang hinuntergestoßen haben, diese Mistkerle.«

»Was versprichst du dir davon?«, wollte Katja wissen und griff jetzt auch in die Schale.

»Gewissheit«, meinte Chris und spekulierte weiter. »Als sie nach dem Unfall mit uns in den Wald geflüchtet waren, hatten sie die Geldtasche noch dabei gehabt. Als die Helfer näherkamen, haben sie uns die steile Wand hinuntergestoßen.

Sie mussten damit rechnen, dass sie selbst gefunden werden. Was macht man in der Situation mit geklautem Geld?«

»Man versteckt es rasch«, gab Daniel zur Antwort. »Aber man holt es sobald wie möglich zurück«, vermutete er.

»Richtig!«, bestätigte Chris und spann weiter, »und wenn es dann nicht mehr im Versteck ist? Was dann?«

»Dann schäumt man vor Wut und verdächtigt jeden, der von dem letzten Standort des Geldes wusste«, meinte Katja, sah Chris und Daniel abwechselnd an und sprach es zugespitzt aus: »Also auch uns! Und deshalb sind sie hinter uns her.«

»Oh Kacke, Mann«, wimmerte Daniel und kräuselte die Stirn, »ich möchte da auf keinen Fall mit reingezogen werden. Diese Typen sind gefährlich. Wenn die euch hier finden, bin ich mit dran.«

So kannte Chris seinen Kommilitonen Daniel. Er war ein Schönwetter-Freund, der sich bei Regen rasch verzog. Chris ärgerte sich im Nachhinein, dass er ihn um Unterschlupf gebeten hatte. »Sollte das jetzt ein Rausschmiss sein?« Chris ließ sich seine Verärgerung anmerken.

»Nein, aber du musst mich verstehen. Ich habe damit nichts zu tun.«

»Wir verschwinden morgen. Okay?«, entschied Chris kurzerhand.

»So war das nicht gemeint«, versuchte Daniel die Situation zu retten, »hast du denn eine Idee, wo das Geld sein könnte?«

»Vielleicht hat es zufällig jemand gefunden, Wanderer oder Pilzsucher zum Beispiel«, mutmaßte Chris, nahm sich noch ein paar Chips und spülte mit Cola nach. »Ich muss auf jeden Fall noch einmal da hin. Könnte sein, dass es eine Spur gibt. Ich muss mich einfach vergewissern.«

»Dann lass uns morgen gleich fahren«, schlug Daniel vor, »ich muss nicht arbeiten, es ist Samstag. Wird bestimmt spannend.«

»Bist du sicher?«, fragte Chris vorsichtshalber nach.

»Ja, und danach könnt ihr dann gerne verschwinden,

wenn ihr wollt.« Chris hatte verstanden und warf Katja einen versteckten Blick der Ernüchterung zu, den sie ebenso erwiderte.

Es war spät geworden und Katja musste bereits mehrfach die Lippen zusammenpressen, um ein Gähnen zu unterdrücken. An dem Gespräch über alten Studentenklamauk in Clausthal-Zellerfeld konnte sie sich eh nicht beteiligen. Sie war sichtlich froh, als Daniel vorschlug, schlafen zu gehen.

»Ich würde euch gern mein Bett anbieten«, sagte er, »aber meine restliche Bettwäsche ist leider noch in der Wäscherei.«

Über die Schlafplatzverteilung hatte Chris in der Aufregung des Tages noch gar nicht nachgedacht. Früher, wenn er über Nacht zu Besuch war, schlief er auf dem alten Sofa, dessen Plüsch an vielen Stellen blank gewetzt war. Trotzdem lag man erstaunlich bequem darauf.

»Das ist okay, Daniel«, meinte Chris, »Katja und ich sind kein Liebespaar. Unsere Beziehung ist rein platonisch, sie ist, könnte man sagen, eine zufällige Bankverbindung.«

Daniel lachte über diese Metapher. »Getrennte Räume kann ich euch leider nicht bieten, nur Zahnbürsten und zwei Schlafanzüge für die Nacht.«

Chris wandte sich an Katja. »Ist es dir recht, wenn du das Sofa nimmst? Ich puste mir die Luftmatratze auf und verzieh mich in die Küchenecke.«

»Kein Problem«, versicherte sie.

Chris konnte schlecht einschlafen, zu viele Gedanken und Bilder drehten sich in seinem Kopf herum. Auch Katja schlief noch nicht, er hörte das Sofa jedes Mal knarren, wenn sie sich umdrehte. Schließlich aber blieb es ruhig und sie atmete gleichmäßig.

Irgendwann in der Nacht weckte ihn ein Geräusch. Er schlug die Augen auf. Die Nachtlichter der Stadt schienen blass durch das Fenster der Dachgaube herein und ließen eine Gestalt vor der Scheibe erkennen. Es war Katja. Sie drehte sich zu ihm um, als er sich von der Luftmatratze rollte und aufstand. Chris ging zu ihr. »Was ist los?«, flüsterte er.

»Ich kann nicht schlafen«, antwortete sie leise, »ich muss immer an Tim denken. Wann sehe ich ihn wieder?« Sie schluchzte. »Ich habe Angst, Chris. Wir sollten Hauptkommissar Brauer um Hilfe bitten.«

»Äh… Katja?«, antwortete Chris verlegen, als kniete er in einem Beichtstuhl und spürte Katjas überraschten Blick durch das Dämmerlicht hindurch. »Ich muss dir etwas sagen.« Er zögerte.

»Na sag schon«, forderte sie ihn auf.

»Es ist mir peinlich, aber ich…«, er stockte, »… ich bin vorbestraft.«

»Bitte?« Katja sah ihn an, als hätte sie ihn missverstanden.

»Ich war achtzehn Jahre alt«, begann Chris zu erklären. »Mein Erzeuger, ein alkoholkranker Choleriker, kam eines Tages sturzbesoffen nach Hause und machte sich über meine Mutter her. Sie schrie um Hilfe. Da bin ich ausgerastet und habe ihn krankenhausreif geprügelt. Die Polizei hat mich danach ordentlich in die Mangel genommen. Zwölf Monate auf Bewährung wegen schwerer Körperverletzung hat mir der Richter aufgebrummt.« Er wartete gespannt auf eine Reaktion von Katja, die bewegungslos vor dem Dachfenster stand.

»Sag doch was!«, drängte Chris.

»Das war ganz klar eine Affekthandlung, um deine Mutter zu schützen. Für mich ist das wie Notwehr.«

Chris schaute durch das Fenster auf die Straße hinunter. Niemand war zu sehen. Nur Autos standen wie an der Schnur aufgefädelt am Straßenrand.

»Ich habe seitdem ein differenziertes Verhältnis zur Polizei. Die werden nicht ausschließen, dass wir das Geld im Besitz haben könnten«, gab er zu bedenken und erklärte weiter: »Ich möchte mich nicht wieder wie ein Verbrecher verteidigen müssen. Das ist kein gutes Gefühl, glaub mir. Aber noch sind wir in der Lage zu agieren, und deshalb wird alles gut werden. Du wirst sehen.«

Katja sah ihn an und hing an seinen Lippen. Ihre Augen glänzten in der Dunkelheit wie schwarze Perlen. Die Sterne spiegelten sich als helle Punkte darin wider. Sie war ihm so nah, dass er ihren Atem spürte und den Duft ihrer Haare in sich einsog. Sein Herz klopfte heftig und er hätte sie in diesem Augenblick am Liebsten an sich gerissen.

»Wir sollten versuchen, noch ein wenig zu schlafen«, schlug sie vor und holte ihn aus seinen Gefühlsträumen zurück.

»Wenn Daniel und ich morgen zurück sind, rufen wir Herrn Brauer an«, versprach Chris.

SEESEN
SAMSTAG, 03.10.2015

»Wo ist denn Katja?«, fragte Daniel verschlafen, als er im Schlafanzug aus seinem Zimmer hereinkam. Chris rollte gerade die Luftmatratze zusammen.

»Ich habe keine Ahnung. Als ich aufgestanden bin, war sie weg. Hoffentlich ist sie nicht in Panik geraten und davongelaufen. Sie vermisst ihren Tim und hat kaum geschlafen.« Daniel strich mit beiden Händen seine langen Haare zurück und band sie mit einem Gummi zu einem Zopf zusammen. »Das wäre nicht klug«, meinte er.

Kurze Zeit später hörten sie draußen vom Treppenaufgang Schritte. Chris und Daniel schauten zur Tür, die behutsam geöffnet wurde. Katja kam auf Zehenspitzen herein. »Ach, ihr seid ja schon auf«, sagte sie, als sie mit einer Tüte in der Hand im Zimmer stand. Es roch nach warmen Brötchen.

»Katja, du solltest auf keinen Fall allein das Haus verlassen«, erinnerte sie Chris eindringlich an seine Warnung, »jeder Fremde könnte einer von denen sein. Regel eins: Zu zweit sind wir sicherer. Regel zwei: Traue keinem, den du nicht kennst!«

»Kommt nicht wieder vor«, versprach sie und schüttete die Brötchen in einen Korb. Sie hatte sogar schon den Tisch gedeckt. Während die Kaffeemaschine schwallweise dampfendes Wasser ausspuckte, telefonierte Katja mit ihrer Mutter.

»Alles okay zu Hause?«, fragte Chris, nachdem sie das Gespräch beendet hatte.

»Ja, Tim geht es gut. Er genießt es, von seiner Oma verwöhnt zu werden«, antwortete sie und lächelte dabei.

»Na siehst du. Er wird es ein paar Tage ohne dich aushalten«, redete Chris ihr zu.

AUF DEM MAGDEBURGER WEG BEI TORFHAUS
SAMSTAG, 03.10.2015

Gleich nach dem Frühstück drängte Chris zum Aufbruch. Er war nervös. *Was, wenn sie keine Hinweise finden würden? Und überhaupt, er war kein Kriminalist, der kleinste Merkmale und Veränderungen als Spuren deuten konnte. Wie sollten sie auf die Fährte des Geldes kommen?* Je länger er darüber nachdachte, um so mehr zweifelte er an den Erfolgsaussichten des Vorhabens. Aber versuchen musste er es auf jeden Fall, zu seiner eigenen Beruhigung. Sie standen auf und zogen ihre Jacken an.

»Chris!« Katja sah ihn mit einem Medizinerblick prüfend an. »Du hast wieder Schmerzen. Ich seh es an deinen Bewegungen.« *Es war ihr nicht entgangen,* stellte Chris geschmeichelt fest. *Sie beobachtete ihn also genau.* Er schmunzelte in sich hinein.

»Nicht so schlimm, es geht schon. Meine Tabletten liegen leider zu Hause, Frau Doktor.«

»Nimm das nicht auf die leichte Schulter. Du weißt, der Weg ist eine einzige Stolperfalle.«

»Ja, Frau Doktor. Und Katja?«, entgegnete Chris, als er mit Daniel an der Tür stand.

»Ja, ja. Ich werde die Wohnung nicht verlassen«, kam sie ihm zuvor.

»Wir beeilen uns und bringen etwas zu essen mit. Bis dann.«

»Viel Erfolg«, rief sie ihnen noch nach.

Vor dem Haus parkte Daniels ockerfarbener Mercedes 200 D, Baujahr 1983, auf den er nichts kommen ließ und gegen alle Spötteleien vehement verteidigte.

»Kann er es beschleunigungsmäßig noch mit einem Pferdefuhrwerk aufnehmen?«, frotzelte Chris, als Daniel auf das Erlöschen der roten Kontrollleuchte wartete.

»Sogar mit zweien!«, prahlte er und drehte den Zündschlüssel durch. Der Wagen schüttelte sich kurz und sprang an. Sie brauchten knapp eine Stunde bis zu ihrem Ziel, dem Magdeburger Weg bei Torfhaus.

Der Parkplatz davor war schon fast belegt. Bei dem sonnigen Wetter an diesem Vormittag waren bereits viele Ausflügler unterwegs. Manche musterten Chris und Daniel skeptisch, wohl wegen ihrer unpassenden Ausrüstung und Kleidung für diesen unwegsamen Pfad. Im Vergleich zu den mit Stöcken und Rucksäcken ausgerüsteten Wanderern kamen sie wie Sonntagsspaziergänger daher. Man grüßte sich mit »Hallo« im Vorbeigehen, drückte sich mit dem Rücken zum Berg und zog den Bauch ein, damit die anderen passieren konnten. Ein Wanderweg war das nicht, eher ein Trampelpfad. Chris musste höllisch aufpassen, nicht angerempelt zu werden und hielt seine Arme schützend wie ein Zaun vor seine schmerzende Brust. Wenn er über Klippen hinwegstieg und unsanft aufkam, verkniff er sich so manches Stöhnen. Daniel blieb mit der Zeit immer weiter zurück. Sein Gesichtsausdruck verriet wachsende Unlust. »Bist du sicher, dass ihr diesen Weg gegangen seid?«

»Absolut«, versicherte Chris.

»Scheiße, Mann!«, fluchte Daniel. Sie gingen weiter.

Der Boden war an vielen Stellen feucht und glitschig. Dort, wo Wasser aus dem Berg drückte, hing tropfnasses Moos an den Felswänden. Als der Hang, der mit Klippen und Felsvorsprüngen übersät war, immer steiler wurde, blieb Daniel stehen und schaute hinunter.

»Was! Diesen Holpersteig seid ihr nachts gelaufen? Den muss der Teufel angelegt haben.« Er schüttelte nur den Kopf. »Ich geh kein Stück weiter. Ich bin doch nicht lebensmüde.«

Darauf hatte Chris schon gewartet. Es bestätigte sich wieder einmal, dass Daniel kein Freund war, mit dem man Pferde stehlen konnte. Wenn es brenzlig wurde, zog er den Schwanz ein. Chris hatte trotzdem ein Nachsehen mit ihm, denn dieser Weg war wirklich kein Vergnügen für ungeübte Wanderer.

»Okay, dann warte hier. Oder geh zurück. Es ist nicht mehr weit.« Daniel antwortete nicht, drehte sich um und ließ Chris einfach stehen. Chris sah ihm noch einen Moment nach, bevor er weiter ging. Es roch moderig nach Waldboden und Fäulnis. Dieser Geruch rief die schrecklichen Bilder jener Nacht in sein Gedächtnis zurück. Er spürte den Pistolenlauf im Rücken, die Angst und den Schock, als sich das Auto mehrfach überschlug. Dann die Hetzjagd im Dunkeln durch den Wald in diesem gefährlichen Gelände. Er sah das grinsende Gesicht des Gangsters vor sich, der ihn den Hang hinunterstieß, und er hörte Katja schreien, die an ihn gefesselt war und mit in die Tiefe gerissen wurde. Die Fessel hatte ihnen höchstwahrscheinlich das Leben gerettet. Sie waren damit nach kurzem Fall an einem Busch hängen geblieben, was sie vor dem sicheren Absturz von den Felsen bewahrt hatte. Chris setzte mit mulmigem Gefühl seinen Weg fort und kam bald an die Stelle, wo der Holzsteg die Mulde überbrückte. Jetzt, bei Tageslicht, sah er erst, wie steil der Hang wirklich war. Sie hatten großes Glück gehabt, den Sturz überlebt zu haben. Auf dem Steg sah er zwei Männer. Einer von ihnen kniete auf den Planken und fummelte mit dem Arm darunter herum, der andere stand davor und tippte dem knienden Kollegen auf den Rücken, als er Chris kommen sah. Der guckte hoch, stand auf und trat zur Seite. Beide grüßten lächelnd mit »Hallo.« Chris erwiderte den Gruß und fragte, ob sie etwas suchen würden und ob er vielleicht helfen könne. »Nein, ich glaube nicht«, sagte der eine, »wir sind Schatzsucher und Schätze sind nicht einfach zu finden. Man braucht Geduld.«

Chris glaubte zu Beginn, die beiden wollten ihn auf den Arm nehmen. »Schatzsucher?«, fragte er mit einem ironischen Unterton, »und warum sollte ausgerechnet unter diesem Steg ein Schatz verborgen sein?« Die Männer lachten.

»Kein Gold und keine Edelsteine«, erklärte der Mann, »unter diesem Steg müsste ein Geocache sein.«

»Geocache? Ja, davon habe ich schon gehört. Das ist diese moderne Schatzsuche mit GPS-Gerät, nicht wahr?«

»Genau«, meinte der eine, kniete sich erneut hin und griff so weit es ging unter den Steg. »Hier unten muss ein Behälter sein«, erklärte er mit angestrengter Stimme. »Aua«, rief er auf einmal und zog seinen Arm heraus. Auf dem Handrücken hatte er eine blutende Risswunde und zwischen den Fingern steckte ein schwarzer Stofffetzen, den er von der Hand abschüttelte. »Mist, da unten guckt ein Nagel raus«, schimpfte er und sah sich die Verletzung an.

Der andere kramte bereits in seinem Rucksack herum und holte eine Blechdose mit Verbandzeug heraus. »Beim Geocaching muss man mit allem rechnen«, sagte er, desinfizierte die Wunde und klebte ein Pflaster darüber.

»Interessantes Hobby«, meinte Chris, »viel Erfolg noch. Auf Wiedersehen.« Er ging weiter.

»Danke! Aber hier werden wir sicher nichts mehr finden.

Dieser Geocache muss kürzlich erst aufgehoben worden sein. Schönen Tag noch«, erwiderte er. Chris blieb stehen und drehte sich um.

»Woher wissen sie das?«, fragte er nach und ging einige Schritte auf die Männer zu. »Jeder, der einen Geocache findet, trägt Namen und Datum im Logbuch ein, das sich im Cache befindet, und meldet den Fund zusätzlich auf der Internetseite. Der letzte Eintrag dort war vor gut zwei Wochen.« Die Männer schnallten ihre Rucksäcke auf und wanderten weiter. Chris ging noch ein Stück den Weg entlang bis zu einem Bachlauf, von dem ein künstlich angelegter Wassergraben abzweigte. Auf der ganzen Strecke suchte er das Gelände nach Verstecken in der Nähe des Weges ab, die für eine Tasche groß genug gewesen wären. Er entdeckte jede Menge Felsspalten und zugewachsene Hohlräume unter Klippen, die sich eignen würden, fand aber keinerlei Spuren. *Wo hätte ich das Geld versteckt,* fragte er sich und grübelte einem Moment darüber nach. *Warum nicht unter einem Steg,* schoss es ihm durch den Kopf. *Wieso hatte jemand diesen Platz als Geocache ausgewählt? Weil man als Letztes ein Versteck unter seinen Füßen vermuten würde,* beantwortete er sich seine Frage selbst und ging zurück zu dem Steg. Auf einem Farnwedel sah er den Stoffstreifen, den der Mann vorhin mit der verletzten Hand hervorgeholt und weggeworfen hatte. Chris nahm den Fetzen auf und befühlte ihn. Es war festes Nylongewebe und könnte von der Tasche stammen, in der die Bankräuber das Geld transportiert hatten, mutmaßte er. *Was wäre, wenn die Bankräuber tatsächlich das Geld hier versteckt hätten und ein anderer Schatzsucher die Tasche gefunden und behalten hätte? Das wäre fast wie im Kino,* dachte er, steckte den Stoffstreifen ein und ging zurück zum Parkplatz.

Bassbummernde Rockmusik schallte ihm schon von Weitem entgegen. Chris konnte es nicht fassen. Daniel hatte seine Beine aus dem Seitenfenster herausgestreckt und das Autoradio bis zum Anschlag aufgedreht.

»Mann, Daniel. Dies ist nicht der Platz für ein Open-Air-Konzert!«, rief er gegen die laute Musik an. Daniel schaltete das Radio aus. »Was hast du gesagt?« Chris winkte ab. »Lass uns fahren!«

Unterwegs dachte er über Geocaching nach. Er musste unbedingt mehr darüber erfahren. Hatte am Ende ein Geocacher die Tasche gefunden und das Geld behalten? Gab es eine Möglichkeit, die Letzten, die den Cache aufgesucht hatten, zu ermitteln?

FLUGPLATZ HATTORF
SAMSTAG, 03.10.2015

Ein silbergrauer Passat mit Goslarer Kennzeichen fuhr vor den Hangar des Flugplatzes in Hattorf. Zwei Männer stiegen aus und schlugen die Autotüren hinter sich zu. Einer von ihnen trug einen schmalen Kinnbart unter seiner auffallend schwulstigen Unterlippe. Buschige Augenbrauen begrenzten den oberen Rand einer schwarzen Hornbrille. Der andere hatte eine rasierte Vollglatze und ungewöhnlich viele Leberflecken im Gesicht, das von einer breiten Nase dominiert wurde. Sie blieben stehen und schauten sich um. Hier draußen war niemand zu sehen. Aber es musste jemand da sein, denn es standen noch drei weitere Autos auf dem Vorplatz. Links neben der Halle überragte das Towergebäude den Hanger. Ein Mann in einem blauen Overall kam um die Ecke herum auf die Männer zu.

»Guten Tag«, grüßte er die beiden, «kann ich Ihnen helfen oder suchen Sie jemanden?«

Sie gingen auf den Mann im Arbeitsanzug zu. »Ja, wir suchen Christoph Rohde. Der soll bei ihnen Vereinsmitglied sein. Ist er zufällig da?«, fragte der Mann mit dem Kinnbart. »Übrigens, ich bin Hauptkommissar Müller und das ist mein Kollege, Oberkommissar Schreiber«, stellte er sich und seinen Begleiter vor. Er griff in sein Jackett, zog ein Ausweiskärtchen hervor und hielt es dem Mann flüchtig hin. »Und wer sind Sie«, fragte Müller.

»Sven Baumann.« Er wischte sich die Hände am Overall ab und begrüßte beide mit Handschlag. »Nein, Chris, ich meine Herr Rohde, ist heute nicht da. Kann sein, dass er noch kommt. Die Flugsaison ist vorüber und wir machen jetzt notwendige Reparaturen. Aber was wollen sie von ihm?«

»Darüber kann ich Ihnen keine Auskunft geben«, entgegnete Müller, fasste sich mit zwei Fingern an die Unterlippe und saugte hörbar Speichel zwischen den Zähnen ein, bevor er weitersprach. »Haben Sie eine Idee, wo er sich zurzeit aufhalten könnte?« Sven Baumann sah ihn verdutzt an.

»Wenn er nicht zu Hause ist oder bei seiner Mutter in Herzberg, dann bin ich überfragt.« Er zuckte mit den Schultern. »Aber warten Sie mal«, schob er auf einmal nach. Er klopfte an eines der Erdgeschossfenster unterhalb des Towers. »Maike!«, rief er laut durch die Scheibe, »kannst du mal rauskommen?« Er winkte heftig mit der Hand. Es kam keine Antwort.

Nach kurzer Zeit erschien eine blonde Frau auf dem Platz, ebenfalls in einem Overall. »Ja? Was ist denn?«

»Diese beiden Herren sind von der Kripo und möchten wissen, wo Chris sein könnte. Hast du eine Idee?«, erklärte Sven Baumann. Sie musterte eine Weile die beiden Fremden.

»Was weiß ich? Ich bin doch nicht sein Kindermädchen, bei dem er sich abmelden muss.«

»Sie kennen ihn näher?«, fragte der Glatzköpfige.

»Ja, aber das ist vorbei«, gab sie lasch zurück.

»Okay, dann bitte ich Sie, mit uns aufs Präsidium zu kommen, damit wir Sie ungestörter befragen können und mehr über ihn herausfinden.« Müller hob die Brauen etwas an und fummelte an seiner Lippe herum.

»Muss das sein? Hat er was ausgefressen?«

»Ja, es muss sein«, bekräftigte er, »es sei denn, Sie können mir hier und jetzt weiterhelfen.«

Maike drehte den Kopf leicht zur Seite und sah die beiden Männer aus den Augenwinkeln an. »Ich kann ja eben bei seiner Mutter anrufen, ob er dort ist«, schlug sie vor.

»Ja, bitte!«, forderte Müller sie auf.

Maike kramte ihr Handy unter dem Overall hervor, wischte über das Display und drückte den Namen. Sie drehte sich um und ging einige Schritte von den Männern weg. Kurz darauf kam sie zurück.

»Er ist nicht bei seiner Mutter«, sagte sie und steckte das Smartphone wieder ein. »Aber warten Sie. Er hat einen Studienfreund in Seesen, wäre möglich, dass er ihn übers Wochenende besucht«, ergänzte sie noch.

»Können Sie dort anrufen?«, maulte der Glatzköpfige mit einer rauen Stimme.

»Die Nummer habe ich nicht«, erwiderte Maike genervt.

»Mann!«, mischte sich Müller ein, »lassen Sie sich doch nicht alles aus der Nase ziehen. Den Namen? Die Straße? Mann eh.«

»Daniel Maaß. Jacobsonstraße, glaube ich. Hausnummer weiß ich nicht. War's das?«

»Vielen Dank. Sie haben uns sehr geholfen.« Sie verabschiedeten sich, stiegen ins Auto und fuhren über die schmale Zufahrt zurück zur Hauptstraße in Richtung Hattorf. Ihr Ziel war Seesen.

Sie parkten das Auto in der Jacobsonstraße vor einer Bäckerei mit Café im Sieben-Türme-Haus. Hauptkommissar Müller stieg aus und betrat den Verkaufsraum. Er stand allein vor dem Tresen und wartete einen Moment. Eine Frau kam aus der Backstube und wischte sich die mehligen Hände am Kittel ab. »Was darf's denn sein?«, fragte sie.

»Zwei Laugenbrezeln bitte.« Die Verkäuferin riss eine Papiertüte von einem Bündel ab und packte mit einer Zange zwei Brezeln hinein, legte sie auf den Tresen und tippte den Preis in die Kasse ein. Während Müller das Kleingeld zusammensuchte, fragte er beiläufig: »Ich suche Herrn Daniel Maaß, der wohnt hier in der Straße. Kennen sie ihn zufällig?« Er legte das Geld klimpernd in die Schale, die auf dem Verkaufstisch stand.

»Daniel? Ja klar, der ist Kunde bei uns. Er wohnt ein Stück weiter, in dem Fachwerkhaus.« Sie zeigte mit der Hand die Richtung an.

»Danke!« Er nahm die Tüte, verließ das Geschäft und fuhr den Wagen bis vor das gesuchte Haus.

Müller und Schreiber stiegen aus, musterten zunächst das Gebäude und die Umgebung. Es war seelenruhig auf der Straße. Sie gingen durch die schmale Zufahrt und erreichten einen gepflasterten Innenhof. In den Fugen wuchs Unkraut und an den Hauswänden schlängelte sich Efeu empor. Auf der oberen Klingel am Hauseingang stand sein Name: Daniel Maaß. Müller wollte soeben den Knopf drücken, als die Tür aufging und ein älterer Herr mit einer Mülltüte in der Hand herauskam.

»Zu wem möchten sie denn?«, fragte er neugierig.

»Wir möchten zu Herrn Maaß«, sagte Müllers Kollege

Schreiber.

»Wenn ich mich nicht irre, ist Herr Maaß vor einer Stunde mit einem Besucher weggefahren«, glaubte der Mann zu wissen, ging durch die Passage zur Straße und blickte zu beiden Seiten. »Sein Auto steht auch nicht da«, rief er nach hinten.

Müller und Schreiber sahen sich an und überspielten ihr Grinsen. »Dann haben Sie bestimmt auch die Frau bei Herrn Maaß gesehen?«, hakte Müller nach. Der Mann kam zurück.

»Ja, stimmt! Die müsste noch oben sein«, bestätigte er beflissentlich, als hätte er eine Quizfrage richtig beantwortet.

»Na sehen Sie. Wir gehen dann mal hoch und klopfen«, sagte Müller, »wir sind nämlich verabredet, wissen Sie?«

»Moment, ich kann Sie nicht einfach so reinlassen, wenn Herr Maaß nicht zu Hause ist«, sagte er und stellte sich in den Weg. Müller zog den Ausweis hervor.

»Wir sind von der Kripo. Ich heiße Müller und das ist mein Kollege Schreiber«, erklärte er.

Der Mann guckte perplex, ließ dann aber beide passieren und schlurfte weiter zur Mülltonne.

Müller und Schreiber gingen die knarrende Holztreppe nach oben und klopften an die Wohnungstür. Niemand antwortete. Sie klopften noch einmal, diesmal etwas heftiger. Wieder keine Reaktion.

»Hier ist die Polizei. Machen sie bitte auf!«, sagte Müller mit Nachdruck. Schreiber lauschte mit dem Ohr am Türblatt. Dann sah er Müller an und schüttelte den Kopf.

»Frau Meinhard, wir wissen, dass Sie hier sind. Öffnen Sie die Tür!«, rief er jetzt unüberhörbar und klopfte erneut. »Wir kommen jetzt rein. Bitte treten sie zur Seite«, warnte Müller und hoffte, dass die Tür doch noch geöffnet würde. Aber es passierte nichts. Er griff in die Innentasche seiner Jacke, zog eine Pistole hervor und schob sie in die Vordertasche.

Schreiber drückte die Klinke nach unten. Die Tür war abgeschlossen. Kurz entschlossen nahm er Anlauf und rammte mit der Schulter gegen den Türflügel, der mit einem berstenden

Geräusch aufflog. Beide traten ein. Vor dem Dachgaubenfenster stand Katja Meinhard mit bleichem Gesicht.

»Frau Meinhard?«, fragte Müller, um sich zu vergewissern, ob er sie persönlich vor sich hatte.

»Ja. Was wollen Sie von mir?« Ihre Stimme klang flach.

Müller zog seinen Ausweis aus der Jackentasche, ging auf sie zu und wedelte damit vor ihren Augen herum.

»Ich bin Hauptkommissar Müller.« Aus seinen Mundwinkeln lief Speichel heraus, den er schlürfend einsog und dabei mit dem Finger die schwulstige Unterlippe stützte. »Und das ist Kommissar Schreiber. Wir müssen Sie bitten, mitzukommen.« Schreiber nahm inzwischen die Wohnung in Augenschein.

»Die Polizei tritt nicht bei anderen Leuten die Tür ein«, entgegnete Katja.

»Wenn Gefahr im Verzuge ist, schon, Frau Meinhard«, erklärte Müller.

»Welche Gefahr?«

»Fluchtgefahr. Sie stehen im Verdacht, zusammen mit Christoph Rohde Geld aus dem Bankraub in Bad Lauterberg unterschlagen zu haben. Wo ist Herr Rohde? Wir wissen, dass er mit Ihnen hier war.«

»Geld unterschlagen? Dass ich nicht lache!«, sagte sie patzig. »Herr Rohde ist unterwegs.«

»Zu dem Geldversteck womöglich.« Er trat dichter an sie heran, von Angesicht zu Angesicht. »Wo ist es?«, zischte er durch seine Zähne. Katja drückte sich mit dem Rücken gegen die Fensterbank und drehte ihr Gesicht zur Seite.

»Ich weiß nicht, wo das Geld ist, und Herr Rohde auch nicht. Und jetzt gehen Sie bitte!«

»Haben Sie was an den Ohren?«, entrüstete sich Müller. »Sie sind vorläufig festgenommen!«

»Dann zeigen Sie mir den Haftbefehl«, verlangte sie in forschem Ton.

Er lachte gekünstelt. »Bei dringendem Tatverdacht und

Fluchtgefahr brauche ich keinen Haftbefehl. Also los jetzt«, kläffte er sie an.

Katja riss die Augen auf. »Ich weigere mich«, entgegnete sie.

Müller griff in die Tasche, zog die Pistole hervor und zielte auf sie. »Weigern Sie sich immer noch?«, fauchte er sie an. Katja erstarrte zur Säule. »Hast du was gefunden?« Die Frage war an Schreiber gerichtet.

»Nichts«, erwiderte er. »Dann such nochmal genauer!«, forderte er ihn auf. Schreiber fegte mit einer Armbewegung die Bücher vom Regal, riss die Schubladen auf und kippte sie um. Nichts blieb an seinem Platz. Als er fertig war, sah die Wohnung aus, als wären gerade die Umzugskartons ausgepackt worden. Katja stand steif da, den Pistolenlauf vor der Brust.

»Ihr Handy«, forderte Müller und hielt ihr die Hand offen entgegen.

»Was wollen Sie damit?«, fragte sie entrüstet.

»Fragen stellen wir. Her damit!«, blaffte er sie an. Katja gab es ihm.

»Wir gehen jetzt nach draußen, als wäre nichts geschehen«, flüsterte Müller ihr zu, »dann steigen wir unauffällig ins Auto und fahren davon.« Er gab Schreiber die Waffe, der sie in seiner Jackentasche auf Anschlag hielt.

»Der kleinste Mucks und ich schieße«, drohte Schreiber und wies mit dem Kinn zur Tür. Sie stiegen ohne Hast die Treppe hinunter und gingen zum Auto. Der Nachbar aus dem Erdgeschoss ließ sich nicht blicken. Sie drängten Katja auf den Beifahrersitz, Schreiber setzte sich hinter sie und drückte die Pistole in die Rückenlehne. Sie fuhren los.

***

»Wo fahren Sie mich hin?«, fragte Katja, als sie Seesen hinter sich gelassen hatten. Die Pistole spürte sie nicht mehr.

Auf den Hinweisschildern erkannte sie, dass sie auf der B242 in Richtung Clausthal-Zellerfeld unterwegs waren.

»Wir fahren aufs Präsidium nach Goslar. Allerdings haben wir zwischendurch noch etwas zu erledigen und müssen einen Umweg machen«, erklärte Müller.

Mittlerweile hatten sie Clausthal-Zellerfeld passiert und fuhren in Richtung Braunlage. Katja starrte gedankenverloren geradeaus. Die Sonne blinzelte durch die Fichtenzweige und ließ Schattenfiguren auf der Frontscheibe tanzen. Ihr kam das alles unwirklich vor. *Verhalten sich so Kriminalbeamte und fuchteln leichtfertig mit der Waffe herum? Und dürfen sie eine Wohnung ohne Durchsuchungsbeschluss einfach durchsuchen, ja beinahe verwüsten?* Ihr kamen Zweifel an der Echtheit der beiden Polizisten. *Waren es am Ende die Bankräuber, die sich erneut geschickt getarnt hatten?* Katja schielte zu dem Fahrer hinüber. Der fasste sich eben wieder an die schwulstige Unterlippe, die diesem Mann ein fremdartiges Aussehen verlieh, und schlürfte erneut Speichel hinunter. *Ekelhaft. War das angeboren oder eine krankhafte Verwachsung? Und der andere auf dem Rücksitz? Der hatte mehr Leberflecken im Gesicht als mancher Sommersprossen. Kann ja alles sein,* überlegte sie, *aber sie sehen eben nicht so aus, wie man sich Kriminalbeamte allgemein vorstellt. Eher wie Comicfiguren.* Dieser Gedanke ließ sie aufschrecken. Sie schielte noch einmal zu Müller herüber. Der Sabber tropfte ihm schon wieder aus dem Mund. Katja lief ein kalter Schauer über den Rücken. *Diese seltsamen Vögel sind nie im Leben Kommissare,* dachte sie. *Warum unterhalten die sich nicht oder fragen mich etwas? Irgendetwas stimmt mit denen nicht. Ich muss hier raus,* wurde ihr klar. *Nur wie?*

»Was wollen Sie von mir? Wie lange soll das hier dauern?«, fragte sie, weil ihr das lange Schweigen Angst machte.

»Warum? Haben Sie noch etwas vor? Es wird eine Weile dauern«, antwortete Müller.

»Vielleicht sogar sehr lange, nicht wahr, Harry?«, fügte Schreiber hinzu und unterstrich seinen spöttischen Ton mit einem hämischen Lachen.

»Mein Sohn wartet nämlich...« Katja erschrak über ihre unnötige Rechtfertigung. Sie hätte sich am liebsten die Zunge herausgeschnitten. Das wollte sie auf keinen Fall preisgeben.

»Ach, einen Sohn haben Sie«, zeigte sich Müller interessiert, »wie alt ist er denn?«

»Das geht Sie nichts an«, fuhr sie ihm über den Mund. Hätte sie sich doch besser unter Kontrolle gehabt.

»Kriegen wir auch so raus«, meinte Schreiber. Katja antwortete nicht.

REHBERG-KLINIK, ST. ANDREASBERG
SAMSTAG, 03.10.2015

Bei Sonnenberg bogen sie rechts ab nach St. Andreasberg. Katja verstand diese Irrfahrt nicht, und das bestätigte nur ihren Verdacht, dass hier etwas oberfaul war. Angst legte sich wie eine Bleiweste auf ihre Brust und schnürte ihr die Luft ab. Was hatten die mit ihr vor? Sie musste sich etwas einfallen lassen, um diesem Wahnsinn zu entkommen.

»Können Sie mal anhalten?«, fragte sie unvermittelt. Müller sah sie von der Seite an.

»Anhalten? Wieso?«

»Mir ist schlecht. Ich brauche unbedingt frische Luft. Ich leide unter Kinetose«, erklärte sie.

»Kine... was?« Die Frage kam von Schreiber auf der Rückbank.

»Kinetose. Das ist die Reisekrankheit. Immer als Beifahrerin erwischt es mich, besonders auf kurvenreichen Strecken.«

»Reißen Sie sich zusammen. Es ist nicht mehr weit.« Er stellte die Seitenscheibe neben ihr einen Spalt offen. Obwohl sie ihre Reisekrankheit nur vortäuschte, tat ihr die kühle Luft gut. Vor ihnen tauchte das Ortseingangsschild von St. Andreasberg auf. Ein Stück weiter zeigte ein Straßenschild die Abfahrt nach Braunlage an. Müller blinkte nach links und bog in die Straße ein.

»Wissen Sie überhaupt, wo Sie hinwollen?«, fragte Katja, als sie abgebogen waren.

»Das lassen Sie mal meine Sorge sein«, entgegnete er barsch.

»Also wenn Sie nicht gleich anhalten, kotze ich Ihnen das Auto voll«, maulte Katja und hielt sich die Hand vor den Mund, so, als würde er sich bereits füllen.

»Oh Scheiße! Wagen Sie es nicht. Ich kann hier nicht halten, warten Sie noch einen Moment«, gab Müller nach. Katja spürte plötzlich wieder die Pistole im Rücken, nur kurz, als sollte es eine Warnung vor möglichen Fluchtgedanken sein.

»Da vorne.« Katja zeigte auf einen Feldweg, der rechts abging und über einen Wiesenhang führte. Gleich nach der Abzweigung konnte Müller auf einen Parkstreifen fahren, der hinter einer Buschreihe lag. Sie stiegen aus. Eine Gruppe Männer kam ihnen entgegen. Sie sahen fremdländisch aus, hatten dunkle Hautfarben und redeten in einer unbekannten Sprache. *Das sind Flüchtlinge aus der nahe gelegenen Rehberg-Klinik, die erst kürzlich zu einer Erstaufnahmeeinrichtung umfunktioniert wurde,* überlegte Katja. Sie hatte die Berichte darüber im Harzkurier gelesen. Die Dächer der Klinik, die in einer Senke gleich unterhalb der Bergwiese lagen, konnte sie bereits sehen.

Katja hielt noch immer die Hand vor den Mund. Schreiber gab ihr mit einer Handbewegung unmissverständlich zu verstehen, dass er die Pistole in seiner Jackentasche schussbereit hielt. Hastig lief sie ein paar Schritte vom Auto weg und verschwand hinter einem Busch, dann holte sie tief Luft und rannte los, als hätte jemand den Startschuss gegeben. Ihr vom Klettersport durchtrainierter Körper und der Überraschungseffekt waren in dieser Situation ihr Vorteil.

»Heh, bleib stehen!«, schrie Schreiber ihr nach. Sie hörte Laufschritte hinter sich. *Würde er schießen?* Bei diesem Gedanken spürte sie das Adrenalin in sich einströmen, dass ihr wie eine Dopingdroge ungeahnte Energie verlieh. Ohne sich umzudrehen, rannte sie weiter und hatte bald einen beachtlichen Vorsprung. Der Weg ging jetzt leicht bergab. Vor ihr lagen eine Reihe Wohnhäuser mit Gärten ringsum. Sie lief daran vorbei, quer über einen Hang mit Grünanlage, hetzte eine Treppe hinunter und stoppte vor dem Zufahrtsrondell des Haupteinganges der Klinik. Eine Traube Menschen stand davor. Frauen mit Kopftüchern, einige trugen Kinder auf dem Arm. Grüppchen von Männern quatschten lauthals, rauchten Zigaretten oder zappten mit ihren Handys herum. Wo Platz war, tollten Kinder und spielten Ball. Seitlich parkten zwei Sanitätsfahrzeuge vom ASB. Einige Männer trugen rot-gelbe Westen mit dem Aufdruck: Security. Es war ein undurchsichtiges Treiben vor dem Gebäude. Katja ging langsam weiter und tauchte in die Menschentraube ein. Man beachtete sie in dem Durcheinander kaum. Ihr Herz pochte wie ein Hammerwerk. Sie rang keuchend nach Luft. Dann schaute sie zurück und sah die beiden vermeintlichen Kommissare oben auf der Grünanlage stehen. Katja schlängelte sich durch das Gedränge hindurch zum Eingang. Das Foyer war überfüllt mit Menschen. Männer mit dem Schriftzug Security auf dem Rücken der orangefarbenen Westen gaben laute Kommandos in verschiedenen Sprachen, die Katja nicht kannte. Der Stress war ihnen anzusehen. Menschen liefen mit blauen Säcken durch die Gänge, andere standen herum, als warteten sie darauf, aufgerufen zu werden.

Katja drängelte sich zum Empfangsschalter durch. Eine Frau schob die Glasscheibe zur Seite. »Ja, was ist?«, fragte sie gestresst.

»Würden Sie bitte…«, weiter kam Katja nicht, denn das Telefon läutete im Hintergrund.

»Einen Moment«, sagte die Frau und nahm den Hörer ab. Als sie ihn wieder aufgelegt hatte, wandte sie sich erneut Katja zu. »Was sagten Sie?«

»Würden Sie bitte die Polizei rufen? Ich werde verfolgt«, bat Katja.

Die Frau legte den Kopf etwas schief. »Die Polizei? Wenn ich die rufe, haben wir hier sofort die Presseleute im Haus, und schon stehen alle Flüchtlinge wieder unter Generalverdacht. Überall sind Sicherheitskräfte, nirgendwo sind Sie sicherer als bei uns. Warten Sie, ich rufe jemanden, der Ihnen weiterhilft.« Sie beugte sich über den Tresen, machte einen langen Hals und blickte sich um. »Mila!«, rief sie gegen die Geräuschkulisse an. »Kannst du mal eben kommen?« Das Telefon läutete wieder. Ein Sicherheitsmann schaute herüber und griff gleichzeitig zum Funkgerät. »Komme gleich«, rief er zurück und verschwand in der Menge. Alle schienen hier in Hektik zu sein. Katja kam sich vor, als würde sie den Leuten im Wege stehen.

Sie stellte sich verunsichert hinter die verglasten Eingangstüren und lugte nach draußen. Müller und Schreiber kamen die Treppenstufen zum Vorplatz herunter. Wo sollte sie sich in diesem Gebäudekomplex verstecken? Sie kannte sich hier nicht aus und blickte suchend um sich.

»Suchen Sie eine Beschäftigung?« Katja drehte sich um. Eine Frau in ASB-Dienstkleidung stand hinter ihr. »Möchten Sie vielleicht mit aushelfen?«, fragte sie. Katja war etwas verdutzt. *Helfen? Warum nicht?* Als Helferin getarnt könnte sie hier für eine Weile untertauchen und war vor ihren Verfolgern sicher. Sie schaute noch einmal zur Tür und zuckte zusammen. Müller und Schreiber standen dort und fixierten sie. Schreiber griente hämisch. Beide kamen langsam näher.

»Ja, das mache ich gerne«, antwortete sie, »und was muss ich tun?«

»Wir können in der Kleiderkammer noch Hilfe beim Auspacken gebrauchen«, schlug die Frau vor.

»Natürlich, würden Sie mich bitte hinbringen?« Die Frau nickte und ging voraus. In den Fluren war reger Betrieb, Kinder rannten herum und Männer und Frauen standen in Grüppchen zusammen. Alle lächelten ihnen im Vorbeigehen freundlich zu. Katja hatte das Gefühl, dass sie mit diesem Blick Dankbarkeit zeigen wollten. Ein kleines Mädchen schaute mit ihren dunklen Augen zu ihr auf und formte mit ihren Händchen ein Herz. Katja lächelte zurück und vergaß beinah ihre bedrohliche Lage. Immer wieder schaute sie sich nach ihren Verfolgern um, die nur wenige Schritte hinter ihr auf eine Gelegenheit lauerten. Die Frau vom ASB brachte Katja ins Kellergeschoss zur Kleiderkammer. In dem langen Gang standen Säcke und Kartons herum, Schuhe und Spielsachen lagen auf den Tresen und Fensterbänken.

»Hallo Patrizia. Ich habe dir Unterstützung mitgebracht«, sagte die Frau vom ASB zu der Dame hinter dem Ausgabetresen.

»Jede Hilfe ist uns willkommen.« Sie reichte Katja die Hand. »Patrizia«, stellte sie sich vor.

»Freut mich. Katja«

Patrizia zeigte auf eine Reihe von Plastiksäcken und Kartons. »Das muss alles noch sortiert werden. Du kannst gleich anfangen.«

Sie führte Katja in den hinteren Bereich des Raumes, wo die Kindersachen lagen und wies sie kurz ein, dann ging sie wieder. Alleingelassen in diesem abgelegenen Teil der Kleiderkammer fühlte sie sich unsicher und ausgeliefert. *Beschäftigung lenkt ab,* dachte sie und griff einen der Säcke, kippte den Inhalt auf einem Tisch aus und begann die Kinderbekleidung auszusortieren. Immer wieder wanderte ihr Blick ängstlich über den Flur und auf die Glastür. Sie erschrak, als plötzlich die beiden Männer hinter der Tür auftauchten. Sie duckte sich und schlich den Kellergang weiter nach hinten, ohne zu ahnen, dass sie in eine Sackgasse gelangte. Am Ende des Ganges, in einem Seitenraum, standen einige Anwendungskabinen, die noch vom Klinikbetrieb stammten. Sie waren die einzige Versteckmöglichkeit. Katja huschte hinein und hielt die Tür von innen zu. Schritte näherten sich. Dann war es still. Sie mussten direkt vor den Kabinen stehen. Das Zuklappen der Eingangstür schallte gedämpft den Flur entlang. *Kam noch jemand?* Mit einem Ruck wurde ihr die Tür aus der Hand gerissen. Katja schrie auf, verstummte aber sofort wieder, als sie in den Lauf der Pistole blickte. Sie hörte das klickende Ladegeräusch der Waffe. Ihr Herz pochte und sie atmete schwer. *Gleich ist es vorbei,* durchfuhr es sie. Sie sah das Bild ihres Sohnes Tim vor Augen.

***

»Entschuldigung?« Eine sonore Stimme unterbrach die beiden Männer, die mit der Pistole vor der Kabine standen. Der Mann, der die Pistole auf Katja richtete, nahm die Waffe reflexartig herunter und schob sie in die Jackentasche. Gleichzeitig wirbelten die beiden Männer herum und traten einen Schritt zurück. Ein älterer Herr mit dunklen Augen und grau meliertem Haar stand vor ihnen. »Ich brauche dringend eine Winterjacke. Wären Sie so freundlich, gute Frau, mir eine zu geben.«

Katja kam zögerlich aus der Kabine heraus. »Selbstverständlich«, sagte sie, »kommen Sie bitte mit.« Sie ging mit dem Mann nach vorne in die Kleiderausgabe zu einem Ständer, auf dem unzählige Jacken aufgereiht hingen. Er blätterte eine nach der anderen durch und wieder zurück. Katja beobachtete derweil Müller und Schreiber, die den Flur entlang kamen. Schreiber drohte Katja im Vorbeigehen kurz mit der Faust und kniff dabei die Lippen zusammen. Müller nickte ihr zu, grinste und zeigte mit dem Finger auf sie. Wir kriegen dich noch, sollte das wohl bedeuten. Sie verschwanden durch die Glastür, die die Kleiderkammer von der Wäscherei trennte.

»Ist alles in Ordnung?«, fragte der Mann mit freundlichem Blick.

»Ja, vielen Dank! Wenn Sie nicht gewesen wären.« Katja holte tief Luft und blies sie langsam aus.

»Als ich sah, wie die beiden Männer Sie bedrängten, musste ich eingreifen«, erklärte er. Katja bekam ein flaues Gefühl im Magen und ihr wurde speiübel. Diesmal war es jedoch nicht vorgetäuscht. Sie schaute neben sich in einen Spiegel, der an einer Säule hing, und fand ihr Aussehen schrecklich. Tief liegende Augen schauten sie aus einem kreidebleichen Gesicht an.

»Ich glaube, Sie müssen etwas essen«, meinte der Mann, »kommen Sie, wir gehen in den Speiseraum.«

»Sie haben recht. Vielen Dank«, sagte Katja.

Sie gingen die Treppe nach oben ins Erdgeschoss. Von Müller und Schreiber war nichts mehr zu sehen. Durch eine Glastür betraten sie den Speisesaal. Geschirrklappern und gedämpftes Stimmengewirr schwelte ihr entgegen. Die Luft in dem Saal war überladen von Essensgerüchen und atmete sich schwer. An langen Tischen saßen die Menschen dicht beieinander und vor dem Ausgabetresen wartete eine Menschenschlange. Katja schaute sich um. Alle saßen über ihre Teller gebeugt, niemand beachtete sie. Mit einem Tablett, Teller und Besteck reihte sie sich in die Schlange ein. *So viele Menschen, die ihre Heimat verloren haben und einer ungewissen Zukunft entgegensehen,* dachte Katja. *Was muss in ihnen vorgehen?* Wenn diese Bankräuber endlich dingfest gemacht sind, und sie sich nicht mehr verstecken muss, würde sie als Ärztin diesen Menschen gerne helfen.

»Hallo!«, sagte die Frau hinterm Tresen und unterbrach ihre Gedanken. »Ihr Essen.« Sie nahm es entgegen.

»Kommen Sie«, sagte ihr Retter und führte sie zu einem Tisch in der Nähe des Ausganges, an dem eine Frau und zwei Jugendliche saßen, ein Mädchen und ein Junge.

»Bitte setzen Sie sich zu uns«, forderte er Katja auf. Sie

rutschte in die Bank. Der Mann setzte sich neben sie. Die anderen am Tisch nickten ihr freundlich entgegen.

»Guten Tag«, grüßte Katja und drehte sich kurz zur Seite, um die Tür im Blick zu haben. Sie fühlte sich noch nicht in Sicherheit.

»Mein Name ist Hamit, wir kommen aus Syrien«, stellte sich der Mann jetzt vor und zeigte auf die anderen. »Das ist meine Frau Adira, mein Sohn Said und meine Tochter Fatima.«

»Sehr erfreut. Ich bin Katja Meinhard«, sagte sie verlegen und wandte sich Hamit zu. »Wo haben Sie so gut Deutsch gelernt?«

»Ich habe in Köln Betriebswirtschaft studiert«, erklärte er stolz, »und danach zu Hause in der Erdölindustrie gearbeitet, bis uns der Bürgerkrieg alles genommen hat.« In seinen Augen flammte der Schmerz über die verlorene Heimat auf. Katja war berührt und konnte darauf nicht antworten.

Die Tür ging auf und Katja blickte sich aufgeschreckt um, aber es kam nur eine Frau mit ihrem Kind herein.

»Wir sind den Menschen hier in Ihrem Land sehr dankbar«, erklärte Hamit in demütiger Haltung. »Besonders denen, die freiwillig helfen, so wie Sie.«
Peinlich berührt von seiner Dankbarkeit lächelte sie ihn an. *Was hatte sie schon geholfen? Sie war ihm viel mehr zu Dank verpflichtet.*

»Nein«, druckste sie und suchte nach Worten, »Sie müssen mir nicht danken.« Katja schluckte. »Das klingt für Sie jetzt sicher paradox, aber ich bin selber auf der Flucht und muss mich verstecken. Meine Verfolger warten sicher draußen auf mich.«

Hamit sah sie aus seinen dunklen Augen an. »Was ist Ihnen zugestoßen, wenn ich fragen darf?«

Katja erzählte ihm in Kurzform von dem Überfall und wie sie darin verwickelt wurde.

»Aber warum rufen Sie nicht die Polizei?«

»Es ist im Moment schwierig. Sie sehen ja selbst, was hier los ist. Ich warte noch auf meinen Bekannten Chris, der auf dem Weg hierher ist. Wir gehen dann zusammen hin.«

»Ich verstehe«, sagte Hamit mit besorgter Miene. »Das ist allerdings kurios, wenn jemand bei Asylsuchenden im eigenen Land quasi selber um Asyl bittet.

»So habe ich das noch gar nicht betrachtet«, antwortete Katja und vergaß für einen Augenblick ihre gefährliche Lage. Sie musste sogar darüber lachen.

»Die Idee ist gar nicht so abwegig. Wo wäre ich im Moment sicherer als hier? Die Männer warten da draußen nur darauf, dass ich herauskomme.«

»Dann bleiben Sie doch«, schlug er unumwunden vor, »meine Familie wird Sie verstecken. So können wir von der Hilfe, die wir hier bekommen, etwas zurückgeben.« Seine Augen strahlten. *Er meint es ernst, dachte Katja. Warum nicht? Hier fällt niemand auf und ich kann mich sicher für die Zeit nützlich machen.*

»Vielen Dank«, sagte Katja, »dürfte ich vielleicht mit Ihrem Handy meinen Bekannten anrufen?«

»Ja, er ist uns ebenfalls willkommen!«, versicherte Hamit und reichte ihr sein Smartphone. Er wandte sich an seine Familie und erklärte ihr gestenreich, was eben besprochen worden war, vermutete Katja. Die sahen sie lächelnd an und nickten zustimmend. Katja hatte Asyl bekommen. Sie rief Chris an.

***

Auf dem Parkstreifen oberhalb der Rehberg-Klinik stand noch immer der silbergraue Passat. Der Mann mit den Leberflecken verteilte eine Creme auf seiner Gesichtshaut und wischte sie mit Kleenextüchern ab. Die Leberflecken verschwanden. Dann griff er hinter die Ohren mit den Fingernägeln unter eine Latexhaut und zog sie ab. Darunter kamen Haare zum

Vorschein, die er mit den Händen zurechtstrich. Danach fasste er sich an die Nase und drehte sie mehrmals herum, bis sich ein Teil löste.

Der andere pulte mit den Fingern eine Polsterrolle aus der Unterlippe hervor, schlürfte den Speichel ein und massierte sich den Mund. Die buschigen Augenbrauen und den schmalen Kinnbart hatte er bereits entfernt. Die Männer waren nicht wiederzuerkennen.

»Wir hätten sie gleich erledigen sollen«, knurrte der mit der kratzigen Stimme, zündete sich eine Zigarette an und sog den Qualm tief in die Lunge.

»Nicht bevor wir das Geld haben. Wann kapierst du das endlich«, blaffte der andere ihn an. Er startete den Wagen, fuhr aber nicht gleich los, sondern überlegte eine Weile.

»Was ist?«, maulte Bax.

»Warum jagen wir denen hinterher? Warum lassen wir sie nicht zu UNS kommen?«, sprach er vor sich hin.

»Schick ihnen doch eine Einladung. Die Bullen sollen sie gleich mitbringen«, feixte Bax und tippte sich an die Stirn »Hast du sie noch alle?«

»Nein, ich hab ne Idee!«, gab er zurück. »Hat sie nicht gesagt, sie hätte einen Sohn?«

»Harry!«, rief Bax außer sich, »merkst du eigentlich noch was? Dann hetzen sie uns die Landespolizei auf den Hals. Mann, wir sinken immer tiefer in die Scheiße.«

»Lass mich nur machen«, entgegnete Harry, stieg aus und ging in die Klinik zurück.

***

Daniel parkte sein Auto vor dem Haus. Als er und Chris den Hausflur betraten, kam Daniels Nachbar aus dem Erdgeschoss vor die Tür, als hätte er ihnen aufgelauert.

»Herr Maaß«, begann er aufgeregt und mit vorwurfsvollem Unterton, »zwei Herren von der Kripo wollten zu Ihnen und haben in Ihrer Wohnung ordentlich Radau gemacht. Ich dachte schon, die demolieren den Dachstuhl. Dann haben sie die junge Frau mitgenommen.«

Chris spürte, wie sein Herz schneller zu schlagen begann. Er ahnte Schlimmes.

»Wieso?«, erwiderte Daniel, »was wollten die?«

»Keine Ahnung. Haben Sie was ausgefressen?«

»Unsinn! Was denken Sie von mir, Herr Wedemeier. Ich komme gerade mit meinem Besuch von einem Ausflug zurück. Lassen Sie mich erst einmal nachsehen.«

Chris und Daniel gingen nach oben. Chris' Befürchtungen bewahrheiteten sich. Die Wohnungstür war aufgebrochen worden, die Wohnung durchwühlt. Es sah ähnlich chaotisch aus wie in seiner eigenen Wohnung, als er aus dem Krankenhaus entlassen worden war. Katja war nicht da. Innerhalb weniger Sekunden schwitzte er am ganzen Körper. Entsetzliche Gedanken wirbelten ihm durch den Kopf und machten ihn schwindelig. Er setzte sich auf das Sofa und stützte seinen Kopf in die Hände. Daniel stand sprachlos in dem Durcheinander wie eine Statue.

»So wütet kein Polizeibeamter«, stellte Chris fest und ahnte, wer dahinter steckte. *Die Gangster hatten Katja und ihn also aufgespürt. Wo war Katja jetzt? Was würden sie mit ihr anfangen? Sie befand sich in großer Gefahr, wenn es nicht schon zu spät war.* »Ich muss weg«, sagte Chris und stand auf.

»Und meine Wohnung?«, beschwerte sich Daniel, »wer räumt auf und bezahlt mir den Schaden?«

»Tut mir leid, Daniel. Ich mach es wieder gut.« Chris lief hinaus, stürmte die Treppe hinunter und rannte zum Bahnhof.

Auf dem Bahnhofsgelände blieb er stehen und sah sich um. Eine Frau mit einem Koffer stand auf dem Vorplatz und schien auf einen Abholer zu warten. Chris suchte nach den Fahrplänen. Seine Rippen schmerzten wieder nach dem Dauerlauf. Rechts, neben einem Verkaufsautomaten, fand er den beleuchteten Schaukasten mit dem Abfahrtsplan. Der nächste Zug nach Herzberg fuhr um 14:16 Uhr von Gleis 4. Er blickte zur Uhr. Das war vor zwei Minuten gewesen, stellte er fest. *Vielleicht hat er Verspätung,* dachte er, *die Züge haben doch oft Verspätung.* Er rannte durch die Unterführung rasch auf den Bahnsteig hinüber. Aber dort gab es keine Hinweise für eine Verzögerung des Zuges. *Mist,* fluchte er leise vor sich hin, *warum musste der Zug ausgerechnet heute pünktlich sein?* Er ging zurück. Der nächste fuhr erst in einer Stunde. Chris stellte sich hinter dem Bahnhofsgebäude neben einen Anbau, sodass er vom Vorplatz aus nicht gesehen werden konnte. Er holte sein Handy heraus und wollte Katja anrufen, als es schon piepte. Auf dem Display wurde keine Nummer angezeigt.

»Katja«, rief er laut, als er ihre Stimme hörte. »Ich habe mir Sorgen gemacht. Wo steckst du?«, sprach er jetzt leiser weiter.

»In Sankt Andreasberg in der Rehberg-Klinik.«

Chris stutzte für einen Augenblick. »Rehberg-Klinik? Die ist doch jetzt Erstaufnahmeeinrichtung für Flüchtlinge?«

»Ja. Ich erzähl dir alles später. Sie sind hinter mir her. Jemand von den Sicherheitsleuten sollte mich zur Polizei bringen, aber es geht hier vieles in der Hektik unter.«

»Dort bist du erst einmal sicher. Rühr dich nicht von der Stelle und warte, bis ich da bin!«, sagte er.

»Nein, bleib wo du bist. Die schleichen garantiert ums Haus und beobachten, wer ein- und ausgeht. Ruf du die Polizei!«, antwortete sie.

»Ja, aber pass auf dich auf«, sagte Chris.

»Ich muss Schluss machen«, rief sie noch und drückte das Gespräch weg.

Chris suchte in seinen Taschen nach der Visitenkarte von Hauptkommissar Brauer, als sein Handy unverhofft wieder piepte. *Katja ruft an,* stand auf dem Display. »Katja?«, meldete er sich.

»Katja ist in guten Händen«, antwortete eine raue Männerstimme. »Komm zur Rehberg-Klinik nach St. Andreasberg. Sehe ich einen Bullen, ist sie tot. Kommst du ohne das Geld, ist sie tot. Kommst du nicht bis achtzehn Uhr, ist sie tot.«

»Ich habe…« Das Gespräch wurde weggedrückt. Chris verstand für einen Augenblick nicht, was das zu bedeuten hatte. *Katja hatte mich doch vor ein paar Minuten angerufen und wähnte sich in Sicherheit,* überlegte Chris. *Was ist in der kurzen Zwischenzeit passiert?* Er lief nun aufgeregt auf dem Bahngelände hin und her und schaute ständig auf die Uhr. *Ich darf Katja auf keinen Fall in Gefahr bringen. Hoffentlich schaffe ich es rechtzeitig nach St. Andreasberg,* ging es ihm durch den Kopf.

Er ging zurück zum Fahrplanaushang und fand heraus, dass ein Bus um halb fünf von Herzberg nach St. Andreasberg fuhr. Den könnte er noch erreichen, falls die Bahn pünktlich wäre. Bis zur Abfahrt des Zuges musste er noch fast eine Stunde warten.

Er setzte sich auf eine Bank und googelte nach *Geocache* auf seinem Handy. Gleich als Erstes wurde die Seite *Geocaching.de* angeboten. Chris tippte sie an, scrollte das Display herunter und las die Informationen. Weiter unten fand er sogar eine Liste mit den E-Mail-Adressen von regionalen Ansprechpartnern, die man bei Problemen anschreiben sollte und die auch den Kontakt zu den »Ownern« herstellen würden. *Oh ja, ich habe ein Problem, und zwar ein dickes,* sagte er in Gedanken zu sich und suchte sogleich die zuständigen Adressen für Süd-Niedersachsen heraus.

Zwischendurch lugte er ab und zu zum Bahnhofsvorplatz herüber. Das Gefühl, das Katja sich in den Händen der Gangster befand, verängstigte ihn derart, dass er sich wie in einem Albtraum vorkam.

Er konzentrierte sich weiter auf die Seite *Geocache.com* und blätterte sie durch. Hier fand er sogar eine Karte, in der alle Verstecke weltweit aufgeführt waren. Chris staunte nicht schlecht, wie viele »Schätze« überall versteckt lagen. Selbst um Torfhaus herum gab es mindestens fünf. Einer davon hieß »Teufelssteg« an der Steilen Wand. *Das muss die Stelle sein,* dachte er zufrieden. »Na bitte, das ist doch schon mal was«, flüsterte er im Selbstgespräch und schob das Handy in die Tasche zurück. Den Owner muss man finden! Er guckte auf die Bahnhofsuhr. Es war 16:05 Uhr. Nach und nach kamen einige Leute, die wohl auch Richtung Herzberg wollten. Chris wagte sich aus seinem Versteck hervor und folgte ihnen zum Bahnsteig hinüber. Unter mehreren Menschen fühlte er sich sicherer.

An der Bahnsteigkante blickte er gedankenverloren den Schienenstrang entlang und versuchte sich auszumalen, was einem durch den Kopf gehen würde, wenn man unversehens so viel Geld fände. *Wäre das ein Glücksgefühl wie bei einem Lottogewinn? Wahrscheinlich nicht,* überlegte er, *denn jedermann weiß, wer Diebesgut unterschlägt, ist selbst ein Dieb. Aber würden nicht trotzdem bei so viel Barem Vernunft und Begehrlichkeit miteinander ringen? Was für ein Mensch mag das sein, der die Tasche gefunden hat? Was, wenn bei ihm die Begierde gesiegt hatte?* Und angenommen, Chris würde ihn finden, was dann? *Der würde doch das Geld nicht einfach so rausrücken.*

Der Pfiff des einfahrenden Triebwagens schreckte ihn aus seinen Gedanken. Kurze Zeit später hielt der Zug mit gleichmäßig orgelndem Motor am Bahnsteig und sogleich kam Bewegung in die Wartenden. Türen klappten, Menschen eilten aneinander vorbei, im Hintergrund plärrte eine Lautsprecheransage über den Bahnhof. Chris stieg rasch ein und setzte sich gleich in die erste Bank neben der Tür, sodass er den Innenraum im Blick hatte. Trotz seiner Verfolgungsängste freute er sich auf Katja.

In Herzberg wartete bereits der Bus der Linie 450 nach St. Andreasberg vor dem Bahnhof. Es stiegen nur eine Handvoll Leute zu. Chris setzte sich direkt hinter den Fahrer, so konnte er besser verfolgen, wer zustieg und hatte auch nach draußen einen guten Überblick. Er fühlte sich nirgendwo sicher. Diese Verbrecher konnten offensichtlich ihre Persönlichkeit nach Belieben verändern und sich somit quasi unsichtbar machen. Chris schaute nach hinten. Auf der Rückbank beschäftigten sich zwei junge Mädchen mit ihrem Handy, eine Frau blätterte in einer Illustrierten und ein älterer Herr schaute gelangweilt aus dem Fenster. Schaukelnd setzte sich der Bus in Bewegung. Chris war schon eine Ewigkeit kein Bus mehr gefahren und froh, als er endlich nach unzähligen Stopps am ehemaligen Stadtbahnhof in St. Andreasberg aussteigen konnte. Taxen warteten hier keine. Ihm fehlte eh das Geld dafür, so blieb ihm nur der Fußmarsch übrig.

***

Die letzten Reste des Tageslichtes verkrochen sich zwischen den Häusern von St. Andreasberg. Der Ort schien nicht auf ihn gewartet zu haben. Er wirkte so leer und verlassen wie ein Stadion nach einem Fußballspiel. Chris war schon lange nicht mehr in diesem kleinen Harzort gewesen. Er hatte nur eine ungefähre Vorstellung, wo die Rehberg-Klinik lag und ging in die vermutete Richtung. Weiter oben, in der Schützenstraße, kam ihm eine Gruppe von drei Männern entgegen. Chris verlangsamte seinen Schritt und beobachtete sie argwöhnisch aus der Distanz. Es wurmte ihn, niemandem mehr trauen zu können. Irgendwie kam er sich vor sich wie eine Maus im Katzenkäfig. Als die Männer näher kamen, erkannte er ihre dunklen Haare und bronzefarbene Haut. *Das müssen Flüchtlinge sein,* schloss er aus ihrem Aussehen und sprach sie auf Englisch an, ob sie ihm den Weg zur Klinik zeigen könnten. Die Männer blieben stehen, lächelten und redeten auf einmal alle durcheinander. Chris hob die Schultern an und signalisierte ihnen mit gekräuselter Stirn, dass er nichts verstanden hätte. Dann ergriff einer von ihnen das Wort und erklärte Chris in akzentfreiem Englisch den Weg. Chris bedankte sich. Die Männer verabschiedeten ihn mit überschwänglichen Worten und winkten ihm freundlich hinterher.

Er ging weiter und bemerkte einen silbergrauen Passat, der ihm scheinbar im Schritttempo folgte, bevor er an ihm vorüberfuhr. Alles Unbekannte machte ihn argwöhnisch. Er beschleunigte seine Schritte und erreichte bald die Braunlager Straße, an der die Rehberg-Klinik liegt. Der Fußweg führte ihn an der Ferienhaussiedlung vorbei und weiter über die Bergwiese bis zur Anhöhe, von wo er die Klinik in der Senke liegen sah. Langsam und die Umgebung taxierend näherte er sich dem erleuchteten Gebäudekomplex. An der Zufahrtsstraße, die an den vorgelagerten Wohnhäusern vorbeiführte, stand der silbergraue Passat, der ihm vorhin schon aufgefallen war. Chris sah nur den Schatten einer Gestalt am Steuer.

»Sei vorsichtig, sie schleichen bestimmt ums Haus«, hatte Katja ihn gewarnt. Chris blieb auf Abstand stehen und beobachtete das Fahrzeug. Die Person am Steuer schien ihn nicht bemerkt zu haben. Dann wurde der Fahrer plötzlich von dem schwachen Licht seines Handys angestrahlt, mit dem er jetzt telefonierte. Vorsichtshalber ging Chris ein Stück zurück und entdeckte noch einen Fußweg, der hinter den Wohnhäusern über die Grundstücke führte. Dort entlang könnte er im Schutz der Gebäude den Passat umgehen, ohne gesehen zu werden. Chris entschloss sich, diesen Weg zu nehmen, und schlich in der Dunkelheit über die Hinterhöfe der Wohnanlage. Am Ende gelangte er wieder auf die Zufahrt. Hier glaubte er sich sicher und wollte gerade seinen Schritt beschleunigen, als hinter der Ecke des letzten Hauses jemand hervortrat und sich ihm in den Weg stellte. Chris erschrak und spürte, wie sich seine Muskeln zur Flucht strafften. Dann blickte er in den Lauf einer Pistole, die zwischen seine Augen zielte.

»Keinen Mucks!«, befahl eine heisere Raucherstimme, die Chris sofort wiedererkannte. Sie gehörte einem der Bankräuber. Chris erstarrte vor Schreck. Angst legte sich wie ein zäher Nebel über seine Gedanken. Er war dieser Verbrecherbande ausgeliefert.

»Wo ist Katja Meinhard?«, fragte er.

»Um die musst du dir keine Sorgen mehr machen«, antwortete der Mann. Chris erschrak und sein Herzschlag stolperte vor Anspannung. *Was wollte der Mann damit sagen?* Schlimmste Befürchtungen beherrschten seine Gedanken und machten ihn schwindelig.

Der Passat rollte mit singendem Rückwärtsgang die Zufahrtsstraße herunter und stoppte neben ihnen. Die hintere Tür wurde von innen aufgedrückt. Chris wurde durch eine kurze Winkbewegung mit der Pistole zum Einsteigen aufgefordert. Er kletterte auf die Rückbank. Der Mann drückte ihm die Schusswaffe in die Seite. Chris rutschte weiter hinein. Der Typ setzte sich neben ihn. Mit aufheulendem Motor fuhren sie die Auffahrt hinauf und bogen nach rechts in die Braunlager Straße ein. Die Reifen quietschten in den engen Serpentinen der steilen Straße, die bergab nach Oderhaus führte. Von dort fuhren sie links ab über die B27 in Richtung Braunlage. Die Männer redeten nicht miteinander, sie hatten ihr Vorhaben offensichtlich genau geplant. Auf der Anhöhe bog der Fahrer rechts ab in einen befestigten Waldweg hinein, so weit, dass sie von der Straße aus nicht mehr gesehen werden konnten. Er kramte im Handschuhfach herum und stieg mit einem langen Kabelbinder in der Hand aus. Er lief um den Wagen herum, öffnete die rechte hintere Tür und stieg ein.

»Hände nach hinten!«, sagte er forsch. Chris konnte sich vor Angst kaum bewegen. Sein Herz überschlug sich und er rang nach Luft. Der mit der Raucherstimme drückte ihm die Pistole an die Schläfe und drohte: »Na, wird's bald?«

Chris legte widerwillig die Hände auf den Rücken. Der Fahrer band sie überkreuz mit dem Kabelbinder so fest zusammen, dass es schmerzte. »Was haben Sie mit mir vor?«, fragte Chris mit flacher Stimme.

»Das hängt ganz von dir ab«, antwortete er, »wenn du uns sagst, wo das Geld ist, lassen wir dich laufen. Wenn nicht«,

er formte aus Zeigefinger und Daumen eine Pistole, »dann...
peng.«

»Wo ist die Kohle?«, fauchte der andere. »Machs Maul
auf!«, brüllte er weiter.

»Ich weiß es nicht«, versicherte Chris.

»Okay! Du hast es so gewollt«, sagte der Fahrer, »steig
aus!«

»Moment«, rief Chris, »ich weiß es wirklich nicht. Ich
weiß nur, dass ihr das Geld unter einem Steg in der Steilen
Wand versteckt hattet.«

»Ach, das weißt du also, aber wo das Geld jetzt ist, das
weißt du nicht«, sagte er mit hämischem Unterton. »Willst du
uns verarschen?«

»Die Stelle ist ein Geocache-Versteck«, erklärte Chris,
»und irgendjemand von diesen Geocachern hat das Geld gefunden und mitgenommen.«

»Du hältst uns wohl für blöd, was?«, fauchte der mit der
Pistole und fletschte die Zähne dabei. »Zum letzten Mal. Wo
ist das Geld?«

»Greifen Sie in meine rechte Jackentasche«, sagte Chris. Der
Mann sah Chris einige Momente mit zusammengekniffenen
Augen an.

»Du hast es wohl immer noch nicht kapiert, du Clown.
Das hier ist keine Spaßveranstaltung.« Er lud die Pistole durch
und setzte sie erneut an die Schläfe. Chris zog verkrampft den
Kopf zwischen die Schultern.

»Bitte greifen Sie in meine Jackentasche!«, wiederholte er
nachdrücklich.

Der Fahrer fasste hinein und fingerte einen Augenblick
darin herum. Dann zog er einen Stofffetzen heraus.

»Was soll das?«, keifte er.

»Erkennen Sie den Stoff nicht? Der ist aus der Geldtasche
herausgerissen. Ich bin noch einmal dort gewesen und habe
beobachtet, wie zwei Männer den Fetzen unter dem Steg hervorgeholt haben, als sie den Cache suchten. Der eine hatte sich

dabei an einem Nagel verletzt, an dem der Stofffetzen hing.«

»Ein Nagel?«, fragte der mit der Pistole nach. »Kann auch eine Holzschraube gewesen sein«, meinte Chris. Die beiden Männer sahen sich wortlos an und nickten sich zu, dann stieg der Fahrer aus und forderte Chris auf, ihm zu folgen. Der Mann mit der Waffe kam ebenfalls heraus und schubste Chris vom Weg ab in den Wald hinein. Der andere leuchtete mit einer funzeligen Taschenlampe. Die Männer trieben ihn vor sich her. Immer weiter vom Weg weg stapften sie durch das krautige Unterholz.

Plötzlich packte einer der Männer ihn an der Schulter. »Bleib stehen und dreh dich um!«, sagte der mit der Raucherstimme.

Chris drehte sich um. Der Mann drückte ihm die Pistole auf die Stirn. Chris stand steif vor Angst wie ein trockener Baumstumpf und erwartete sein Ende. *Es geht schnell,* dachte er, *man hört nicht einmal den Schuss.* Er verkrampfte sich in Todesangst und Adrenalin durchströmte seinen Körper.

Dann knackte es ganz in der Nähe im Gestrüpp. Im gleichen Augenblick sprang ein Tier auf und preschte mit weiten Sprüngen davon. Chris sah nur einen Schatten, vielleicht war es ein Reh, das sich hier versteckt gehalten hatte und aufgeschreckt wurde. Der Mann, der vor ihm stand, drehte sich erschrocken zur Seite und schwenkte dabei die Pistole von Chris' Stirn weg. Blindlings machte Chris kehrt und rannte in die Dunkelheit des Waldes hinein. Äste peitschten ihm ins Gesicht, mit den Haaren blieb er im Buschwerk hängen und riss sich ganze Büschel heraus. Er spürte keinerlei Schmerz dabei. Die Todesangst trieb ihn weiter und weiter. Ohne Orientierung hastete er mit gefesselten Händen drauflos und kam in diesem unwegsamen Gelände nur mühsam voran. Bald hörte er die Schritte seiner Verfolger näherkommen. Dann hallte plötzlich ein Schuss mit hundertfachem Echo durch den Wald. Chris spürte im selben Moment einen Schlag auf den linken Oberarm und einen brennenden Schmerz. Er lief weiter, stolperte und trat unversehens ins Leere. Kopfüber stürzte er nach vorn und rutschte eine Böschung hinab. Es raschelte, als wenn er auf Blättern nach unten schlitterte. Zweige bremsten plötzlich seine Fahrt und kratzten ihn mit ihren Spitzen übers Gesicht, aber sie stoppten seinen Fall. Chris blieb still liegen. Kurz darauf hörte er von oben Stimmen. Durch die dichten Zweige, unter denen er lag, blinzelte das Licht der Taschenlampe hindurch.

»Hier ist er nicht«, sagte die Raucherstimme.

Chris lag zwischen den nadeligen Ästen einer umgestürzten Fichte. Das Laub des Waldbodens bedeckte ihn fast vollständig und machte ihn so gut wie unsichtbar. Der mit der Taschenlampe schwenkte das Licht noch einmal über die Mulde, in die Chris hineingestürzt war.

»Verdammte Hacke, der muss hier doch irgendwo sein«, fluchte er.

»Lass uns verschwinden, den holen wir uns ein andermal, wenn er hier nicht sogar verreckt«, meinte der andere.

Dann hörte Chris, wie sich das Rascheln und Knirschen ihrer Schritte entfernte. Erst jetzt empfand er Schmerzen und konnte kaum atmen. Seine Rippen mussten sich an der Bruchstelle erneut verschoben haben, was höllisch wehtat. Er blieb eine Weile ruhig liegen und atmete flach. Sein linker Oberarm brannte und fühlte sich ungewohnt warm und nass an. Es roch nach Blut. Chris spürte den klebrigen Saft an der Hand herunterrinnen. Offenbar hatte das Geschoss die Armvene verletzt. Die Blutung musste schnellstens mit einem Druckverband gestoppt werden, sonst drohte ihm ein Kreislaufzusammenbruch und der sichere Tod. Das wusste er noch von seiner Ersthelferausbildung. Er versuchte, sich unter den Zweigen herauszuwälzen, aber jede Bewegung schmerzte wie ein Messerstich in den Rücken. Hätte er wenigstens die Hände freigehabt, dann konnte er versuchen, die Blutung selbst zu stillen, aber so hatte er keine Chance. Er wollte rufen, doch nur ein kümmerliches Krächzen kam über seine Lippen. *Ist das das Ende?* Bilder der letzten Tage und Wochen flogen an ihm vorüber. Dann fühlte er, wie mit dem Blut das Leben langsam aus seinem Körper...

***

Katja ging nach draußen unter den säulengestützten Vorbau, um frische Luft zu atmen. Ihr Herz schlug immer noch unnormal heftig. Die Angst um ihr Leben und die Sorge um Tim, der momentan bei ihrer Mutter untergebracht war, machten ihr zu schaffen. *Wann wird dieser Spuk ein Ende haben? Hätten sie nicht doch besser frühzeitig die Polizei einschalten sollen? Klar, Chris hatte recht gehabt. Sich nur mit Personenschutz bewegen zu können, wäre höchstwahrscheinlich umständlich und nervig gewesen. Aber konnten sie sich so ungezwungener verhalten?* Sie hätte nicht auf ihn hören sollen. Nun steckten sie in dem Schlamassel. Sie ärgerte sich mächtig über Chris.

In dem Getümmel auf dem Vorplatz und um sie herum fühlte sie sich einigermaßen geschützt. Katja lehnte sich an die abgewandte Seite einer Säule, um nicht gleich gesehen zu werden. Nach allem, was sie bisher erlebt hatte, konnte sie vor den Kidnappern nie sicher sein, kam ihr in den Sinn. Sie schaute um den Pfeiler herum über den Vorplatz. Das Treiben dort kam ihr so unbeschwert vor, so normal. Trotzdem, sie musste vorsichtig sein. Diese Verbrecher konnten ihr Aussehen wie Verwandlungskünstler beliebig verändern. Wer wusste schon, wie sie wirklich aussahen? Sie durfte keinem Fremden mehr trauen. Jeder in ihrer Nähe könnte im nächsten Augenblick erneut die Waffe auf sie richten. Katja fühlte sich ausgeliefert. Sie ging wieder hinein und setzte sich im rückwärtigen Bereich der Eingangshalle auf einen der niedrigen Heizkörper und beobachtete misstrauisch die Menschen in der Halle. Hier nahm jedoch kaum jemand von ihr Notiz; und wenn, dann brachte man ihr höchstens ein Lächeln oder ein freundliches „Hallo" entgegen.

Katja stand auf, nahm das Handy, das ihr Hamit noch einmal überlassen hatte, und wählte die Rufnummer ihrer Mutter. Mit dem Telefon am Ohr ging sie bis ans Fenster. Neben ihr standen zwei Männer von der Security und redeten miteinander. Katja drehte sich von ihnen ab, um ungestört telefonieren zu können, und sah sich als Spiegelbild in der Scheibe, weil es draußen bereits dunkel war.

Ihre Mutter war außer sich vor Sorge. Katja hatte Mühe, sie zu beruhigen, nachdem sie ihr alles erzählt hatte.

»Hier unter den vielen Menschen bin ich erst einmal sicher und außerdem kommt Chris, ich meine Herr Rohde, bald, dann rufen wir die Polizei. Gib Tim einen Kuss von mir. Ich bin bald wieder...«

Katja unterbrach abrupt. Im Spiegel der Fensterfront erschien ein Gesicht hinter ihr, das sie erschreckte. Sie zuckte zusammen. Einer ihrer Kidnapper stand dicht hinter ihr. Ein Sturm aus Angst und Panik wirbelte ihre Gedanken durcheinander. Sie drückte das Gespräch weg und drehte sich um, konnte aber nur fremde Gesichter im Getümmel der Eingangshalle ausmachen.

»*Ich glaube, ich sehe schon Gespenster*«, sagte sie leise zu sich, »*so weit ist es schon gekommen.*«

Sie steckte ihr Smartphone ein und ging den Gang entlang, um es zurück zu bringen. Dann wollte sie zur Krankenstation. Vielleicht könnte man dort ihre Hilfe gebrauchen, und sie würde auf andere Gedanken kommen. Sie schaute auf die Uhr. Es war Viertel nach sechs. Bald würde Chris eintreffen. Sie musste unbedingt mit ihm reden – aber sie wartete vergebens.

Chris' Herz kämpfte mit rasenden Schlägen gegen den Blutverlust an. »Hilfe«, hauchte er mit angestrengter Stimme in die Stille. Es war der verzweifelte Versuch, das Unabwendbare aufzuhalten.

Das Heulen eines vorbeifahrenden Autos schallte von Weitem herüber und ein Schleier aus Licht flog wie ein Gespenst zwischen den Baumstämmen hindurch. Die Straße musste ganz in der Nähe sein. Ein Hoffnungsschimmer flammte kurz in ihm auf. Doch mit dem Lichtschein, der vorüberhuschte, erlosch dieser schnell wieder. Sollte er in dieser feuchten Kuhle elendig sterben? Erdrückende Stille umklammerte ihn, die nur von den flüsternden Geräuschen des Waldes begleitet wurde. Chris schloss die Augen. Kalter Schweiß benetzte sein Gesicht. Er spürte die Schwäche in sich und eine tiefe Müdigkeit. *Fühlt sich so der nahende Tod an?* Sein Herz raste unentwegt weiter. *Wie lange noch? Nur nicht einschlafen.*

Das Laub raschelte, wie von Schritten verursacht. Ein Geräusch, das Chris vertraut war, wenn er im herbstlichen Harz wanderte. Es wurde lauter. *Oh Allmächtiger, da ist irgendwer,* schoss es ihm durch den Kopf. *Bitte, lieber Gott, lass jemanden kommen,* betete er still in sich hinein. Das Rascheln riss abrupt ab. »Hilfe«, krächzte Chris kaum hörbar heraus. Ein kurzes Tippeln übertönte das Knistern, dann ein Reißverschlussgeräusch und gleich danach das Prasseln eines Wasserstrahles, der auf das Laub traf. *Da oben pinkelt jemand,* realisierte Chris die Geräusche. Dazu entwich ein freizügiger Darmwind dem Mann, der sich dort Erleichterung verschaffte. In Chris keimte letzte Hoffnung auf. »Hilfe«, stieß er mit gepresster Atemluft aus, die seinen Brustkorb zu zerreißen drohte. Es kam wie ein Schmerzensschrei. Chris hielt den Atem an und lauschte erneut. Er hörte den Reißverschluss, dann kurzzeitige Stille.

»Hallo?«, rief eine erstaunte Männerstimme. »Ist da jemand?«

»Hier!«, wisperte Chris heiser mit letzter Kraft. Es wurde still. *Bitte nicht weggehen,* flehte er innerlich.

»Warten Sie, ich bin gleich zurück«, rief der Mann und entfernte sich. Die Aussicht auf Rettung mobilisierte den Rest Leben, der noch in ihm steckte.

Kurz danach hörte Chris die Schritte zurückkommen und sah das Licht einer Taschenlampe. Er trat mit dem Fuß gegen einen der Fichtenzweige, um sich bemerkbar zu machen. Der Lichtkegel blieb darauf liegen. Der Mann hatte es gesehen. »Ich komme«, sagte er.

Chris hörte schlitternde Schuhe auf dem Hang. Zweige knackten. Dann bog jemand die Äste zur Seite und leuchtete Chris an, der die Augen vor dem grellen Licht zusammenkneifen musste. War er gerettet? Chris wollte etwas sagen, aber seine Stimme versagte. Plötzlich wurde es dunkel und still.

POLIZEIINSPEKTION NORTHEIM
MONTAG, 05.10.2015

Brauer saß beim Frühstück hinter der Zeitung verschanzt. Er studierte den Bericht über den Großeinsatz von Polizei und Rettungsdienst vom letzten Freitag in Bad Lauterberg sowie von dem Fund der erstickten Frau und der durchwühlten Wohnung ihres Nachbarn.

»Die von der Zeitung wissen mal wieder mehr als wir. Sollen die unsere Arbeit doch gleich mitmachen«, brabbelte er laut hinter dem Papier.

»So? Was wissen die denn?«, fragte Elke.

»Hier wird über Mord spekuliert und mit dem Bankraub in Verbindung gebracht. Alles noch ungelegte Eier«, antwortete er. Er war wenig erbaut darüber, denn er wusste, dass solche Spekulationen die Ermittlungsarbeit behindern konnten.

»Papa? Kannst du mal gucken?«, fragte Annika dazwischen. Brauer faltete das Blatt zusammen und legte es an die Seite. Annika postierte sich neben ihn. »Guck mich mal an!« Brauer blickte auf. An ihrem Nasenflügel glänzte ein winziger Schmuckstein. »Na? Was sagst du?« Sie lächelte wie ein Model zu ihm runter. Brauer sah sie eine Weile bewegungslos an und spürte die Wut aufsteigen. *Dieses kleine Luder will mich vor vollendete Tatsachen stellen,* fuhr es ihm durch den Kopf. Annikas Lächeln verblasste nach und nach.

»Hatten wir nicht ausgemacht, dass du erst einmal nur zur Probe einen Stein aufkleben solltest?«, fauchte er sie wütend an.

»Er ist aufgeklebt«, schoss sie scharf retour. Brauer stockte für einen Moment.

»Äh. Ach so. Sag das doch gleich!«, ruderte er kleinlaut zurück, »entschuldige. Sieht aber wie echt aus.«

»Und? Wie findest du das?« Annika hatte ihr Lächeln zurückgefunden.

Er sah sie erneut einen Moment lang an. »Ich weiß nicht. Sieht aus wie ein Fremdkörper, der dort nicht hingehört. So, als wenn ein Popel an der Nase klebt.«

»Papaaa!«, rief sie ihn zur Räson.

»Du hast mich nach meiner Meinung gefragt. Wenn sie dir nicht gefällt, ist das dein Problem. Und jetzt möchte ich nichts mehr davon hören.«

Annika lief heulend aus der Küche. Elke folgte ihr und warf ihm noch einen verständnislosen Blick zu. *Ihr könnt mich alle mal,* dachte er, stand auf, ging zur Garderobe und warf sich die Jacke über. Im Vorbeigehen griff er nach Handy und Autoschlüssel von der Ablage und verließ das Haus.

Ohne Abschiedskuss und mit schräg sitzender Fliege.

Auf dem Parkplatz am Polizeigebäude stand Steffen Richters knallroter Opel Astra mit neuem Heckspoiler. Brauer parkte seinen BMW daneben, stieg aus und warf einen Blick auf das hochgestylte Gefährt. Unter der Stoßstange lugten zwei hochglanzverchromte Auspuffrohre hervor und zwischen den Speichen der Leichtmetallfelgen leuchteten rot lackierte Bremssättel. *Sieht aus, als hätte Steffen ein erfolgreiches Wochenende auf dem Rollbrett verbracht,* schmunzelte er und betrat das Gebäude.

Als er in der oberen Etage aus dem Treppenhaus herauskam, hörte er die keifende Stimme von Ina aus der geschlossenen Bürotür hindurch über den Flur schallen. Eine Männerstimme schien dagegen zu halten. Er erkannte Steffens Tonlage. *Das hat mir heute noch gefehlt,* dachte er und öffnete die Tür.

»Du bist voll der Arsch!«, schallte es ihm entgegen, als er das Büro betrat. Brauer schloss die Tür hinter sich und blieb stehen.

»Begrüßt man so seinen Chef?«

Ina blickte ihn mit hochrotem Kopf an. »Du warst nicht gemeint, sondern dieser Vollpfosten hier.« Sie wies mit einer abwinkenden Handbewegung auf Steffen Richter.

»Ina! Mäßige dich«, rief Brauer sie zur Ordnung, »so wollen wir hier nicht miteinander umgehen.«

»Ist doch wahr«, verteidigte sie sich, »ich frage ihn nett, wie das Wochenende war und ob er mit seinem Auto Spaß beim Schrauben hatte. Da pflaumt der mich an, ich hätte auch nur Wochenenden im Kopf und sollte mir stattdessen mehr Gedanken über unsere Arbeit machen.«

»Du hast nicht Auto gesagt, sondern Prolloschlitten«, platzte Steffen dazwischen, »und solche Motzkisten seien bei Männern oft nur Potenzersatz. Das muss ich mir nicht bieten lassen.«

»Das habe ich gelesen«, rechtfertigte sich Ina.

»Ja, in irgend so einem Weiberhetzblatt«, kläffte Steffen zurück.

»Schluss jetzt«, rief Brauer, »ihr bringt mit eurem Gezanke die ganze Abteilung ins Gerede und mich damit in Schwulitäten. Wollt ihr das?« Beide schwiegen und sahen ihn mit erhitzten Köpfen und Dackelblick an.

»Steffen! Sondersitzung der EG, zehn Uhr! Ina! Ich brauche die Adresse von Konstantin Kleinschmidt und einen Termin bei ihm!«, ordnete Brauer im Feldwebelton an, während er in sein Büro rüberging.

»DER Kleinschmidt«, fragte Ina nach.

Brauer grinste, ohne dass Ina es sah. »Genau der!«

»Übrigens, dein Propeller sitzt schief«, rief sie ihm noch hinterher.

Zwei Minuten nach zehn betrat Brauer den Besprechungsraum. Ein Stimmengemurmel schlug ihm entgegen. Er legte seinen Aktenordner auf den Tisch und setzte sich. Angenehm überrascht stellte er fest, dass Thomas Berger seitlich neben ihm saß und nicht mehr auf dem »Schmollplatz«, wie er die gegenüberliegende Tischecke bezeichnete.

»Morgen zusammen«, begrüßte er die Teilnehmer. »Wie ihr bereits wisst, überschlagen sich die Ereignisse, und deshalb habe ich euch außer der Reihe noch einmal zusammengetrommelt. Danke, dass ihr so kurzfristig gekommen seid«, erklärte er im Nachgang. Das Stimmengewirr verstummte. Brauer sprach weiter: »Thomas, du hast die Ermittlungen am Freitag in Bad Lauterberg geführt. Bring uns bitte auf den neusten Stand!«

Berger stand auf und kam nach vorn. »Natürlich«, begann er, räusperte sich und fuhr fort: »Gegen sechzehn Uhr ging bei der Notrufzentrale ein Anruf ein. Ein älterer Herr, August Breme, sagte, es sei etwas passiert. Da der Mann nur Platt sprach, brauchte die Bereitschaft einige Minuten, um herauszufinden, wo sie hinkommen sollten. Im Erdgeschoss des kleinen Zweifamilienhauses befindet sich die Wohnung von Christoph Rohde, der uns als Zeuge des Bankraubes bekannt ist. In den Räumen herrschte das Chaos. Das gesamte Mobiliar war durchwühlt und ausgeräumt. In einer Baumwolltasche fanden wir eine strangulierte Katze. Herr Rohde war nicht anzutreffen. Im Obergeschoss entdeckten die Kollegen Frau Christa Grüneberg. Sie war mit Kabelbindern an der Heizung gefesselt und mit Klebeband geknebelt. Frau Dr. Hülscher von der Gerichtsmedizin stellte den Erstickungstod fest. Todeszeitpunkt etwa um die Mittagszeit. In beiden Wohnungen fanden wir mehrere gleiche Fingerabdrücke, die offensichtlich von den Tätern und Christoph Rohde stammen. Bis hierhin Fragen?«

»Arme Frau«, meinte Brauer, »gibt es Hinweise, dass sie in diesen Fall verwickelt ist?«

»Sie hat die Täter vermutlich gestört und sollte ruhiggestellt werden, dabei ist sie leider erstickt. Mord sieht anders aus.«

»Hat sie Verwandte?«

»Eine Tochter, die in Dortmund wohnt«, antwortete Berger.

Steffen Richter meldete sich flüchtig mit Handzeichen. »Haben die Nachbarn etwas beobachtet?«

»Ja, aber nur Herr Breme«, ergänzte Berger, »und der ist schwer zu verstehen, da brauchst du echt einen Dolmetscher. Mit seiner Personenbeschreibung konnten wir nicht viel anfangen. Wir haben nur so viel verstanden, dass es zwei Handwerker waren, die in einem roten Auto mit Braunschweiger Kennzeichen kamen und nach Christoph Rohde fragten. Der Wagen wurde von einer Frau gefahren. Am späten Nachmittag bat ihn Herr Rohde, den Notruf abzusetzen. Er hatte es eilig und fuhr mit seinem Auto weg. Das wars.«

»Warum hatte Rohde den Notruf nicht selber angerufen und warum hatte er es eilig?«, fragte Beate Jakobi nach, »ich sag euch was: Der hängt da mit drin.«

»Nicht so voreilig«, meinte Berger, »aber wir sollten ihn schnellst möglich verhören.«

Brauer schaute in die Runde. »Wenn wir nur wüssten, wo er steckt.«

Alle schienen nachzudenken oder machten Notizen. Selbst Beate Jakobi, die zu allem ihren Senf dazugab, saß mit aufgestütztem Kopf vor ihrem Schreibblock und brütete.

»Vielen Dank, Thomas. Und wie ist der Stand im Fall des Toten im Maisfeld?«, fragte Brauer anschließend.

»Da kommt Licht ins Dunkel. Die Leiche konnte identifiziert werden. Es handelt sich tatsächlich um einen polnischen Staatsangehörigen. Er heißt Marcin Wojcik und stammt aus Wolsztyn. Ein international gesuchtes Mitglied einer Autoschieberbande, die Luxusschlitten auf Bestellung klauen und verschieben.« Er unterbrach und goss sich Mineralwasser nach. »Und nun haltet euch fest.« Alle Blicke hingen an ihm. »Der bei Torfhaus verunfallte Audi wurde in Kassel als gestohlen gemeldet. Und...«, Berger machte eine Spannungspause, »die KTU fand Fingerabdrücke und Textilfasern von der Jacke des Toten in dem Wagen.« Berger trank einen Schluck Wasser und ließ seinen Kollegen Zeit zum Nachdenken.

»Daraus könnte man schließen, dass unsere Chamäleon-Bande den geklauten Audi geklaut hat. Das heißt, der wurde zweimal geklaut«, schlussfolgerte Richter.

»Das muss man daraus schließen«, berichtigte ihn Beate Jakobi.

»Interessanter Tatbestand«, warf Steffen Richter ein, »wer wird denn nun für den Diebstahl belangt? Der erste oder der letzte Dieb?«

Berger verzog seinen Mund zur Schnute und stutzte. »Mensch Steffen, das ist doch im Moment schnurzegal«, erwiderte er patzig, »ich bin kein Jurist. Also weiter: Die Indizien sprechen dafür, dass es bei dem zweiten Diebstahl zu einer Begegnung der Kontrahenten kam, bei dem Marcin Wojcik erschossen wurde.« Berger blickte in die Runde und setzte sich wieder.

»Viel ist das ja nicht. Und wie bringt uns das in dem Fall weiter?«, warf Beate Jakobi in den Raum. Brauer kochte. *Diese aufgeblasene Tussi, ausgerechnet jetzt, wo auch Berger konstruktiv mitarbeitet, muss die erneut Gift versprühen,* ärgerte er sich.

»Es bringt uns nicht viel weiter, das ist ja das Dilemma«, knurrte er zornig, »diese Saubande raubt und mordet am helllichten Tag. Sie sprechen sogar unverfroren mit etwaigen Zeugen. Hinz und Kunz hat sie zu Gesicht bekommen, und trotzdem wissen wir nicht, wie sie aussehen. Welches Fahndungsfoto sollen wir veröffentlichen? Es ist zum Kotzen!« Brauer schlug seinen Aktenordner zu, legte sich mit verschränkten Armen darauf und ärgerte sich über seinen Gefühlsausbruch. Das durfte ihm nicht noch einmal passieren.

»Beruhige dich, Ralf«, versuchte Berger ihn zu besänftigten.

»Entschuldigung«, sagte Brauer, atmete tief durch und fing an, mit dem Ohrläppchen zu spielen.

»Okay. Also dann«, übernahm er erneut die Wortführung, »ich will diesen Christoph Rohde so bald wie möglich zum Verhör. Und wir müssen dringend mit Konstantin Kleinschmidt reden.«

»DER Kleinschmidt?«, fragte Ulrike Pleschke verblüfft.

Brauer verdrehte genervt die Augen. »Ja, der!«, antwortete er barsch. *Der Name scheint ja berüchtigter zu sein als Al Capone mit Bonny und Clyde zusammen.* Er war gespannt darauf, diesen Mann endlich einmal persönlich kennenzulernen.
»Habe ich noch etwas vergessen?«, fragte Brauer in die Runde und sah Richter dabei an.

»Ja, hast du«, rief Frank Becker, »die Requisiten!«

»Stimmt, Frank. Hast du was rausgekriegt?«

»Ich habe alle Kostümverleihe von Hannover bis Kassel durch und nach verliehenen Polizei- und Sanitäteruniformen befragt. Die haben gesagt, dass solche Kostüme nicht so häufig

ausgeliehen werden. Ich habe trotzdem alle um die Namens-
listen der Entleiher für den entsprechenden Zeitraum gebeten. Sind trotzdem reichlich lang geworden. Die zu überprüfen, wird eine Strafarbeit werden«, berichtete Frank Becker.

»Nimm es nicht als Strafe, sondern als Herausforderung«,
wollte Brauer ihn anspornen.

»Danke, aber vielleicht möchte jemand anderes mit dieser
außergewöhnlichen Herausforderung glänzen.«

»Zu großzügig von dir, aber dieser Erfolg gebührt dir allein, lieber Frank«, frotzelte Steffen. Alle kicherten.

»Wer sagt denn, dass sie die Kostüme geliehen haben? Sie
könnten sie doch auch gekauft haben. Oder?«, gab Beate zu
bedenken. Das Kichern verebbte.

»Oder geklaut«, ergänzte Richter.

»Guter Einwand«, meinte Brauer, »Beate, bitte finde heraus, wo man so etwas kaufen kann.«

»Und Steffen, du fragst bitte nach, ob irgendwo ein ent-
sprechender Diebstahl gemeldet wurde!«

In einem gespielten Gehorsamston mit »Jawohl Chef«
nahm er die Aufgabe an. Beate stand wortlos auf und ging.

»An die Arbeit. Und nochmals danke«, sagte Brauer und
erhob sich. Stühle schrappten über den Boden und Stimmengewirr wallte erneut auf. Richter nahm noch einige Protokolle
und Gutachten für die Akte entgegen, dann gingen sie gemeinsam ins Büro zurück.

Brauer ließ sich in seinen Schreibtischstuhl fallen, streckte die
Beine aus und reckte sich mit lautem Grunzen die Verspannung aus dem Nacken. Als er wieder die normale Sitzposition erlangte, sah er vor sich auf dem Schreibtisch einen Zettel
mit der Adresse und Telefonnummer von Konstantin Kleinschmidt liegen. Darunter stand der Termin: Donnerstag, den
8.10.2015, 15:00 Uhr.

»Danke, Ina!«, rief Brauer ins andere Büro hinüber.

»Wird bei der nächsten Gehaltsverhandlung Thema
sein«, gab sie zurück.

»Dafür? Ich glaube, du träumst«, amüsierte er sich. Ina kam zu ihm ins Büro.

»Du kannst dir kaum vorstellen, wie seine Haushälterin mich am Telefon abgekanzelt hat.«

»So? Wie denn?«

Ina nahm eine gespielt grazile Haltung ein und äffte den vornehmen Ton ihrer Gesprächspartnerin nach: »*Einen Termin? Herr Kleinschmidt ist bis Weihnachten voll belegt. Rufen Sie bitte in vier Wochen noch einmal an.*

Ich: Hauptkommissar Brauer muss ihn dringend sprechen! Vier Wochen sind zu spät.

Sie: *Herr Kleinschmidt hat NUR dringende Termine, oder glauben Sie, er führt sein Unternehmen zum Zeitvertreib? Herr Brauer muss warten wie alle anderen auch.*

Ich: Entschuldigung, aber wir können Anhörungen auch anderweitig durchsetzen.

Sie: *Was erlauben sie sich? Herr Kleinschmidt ist nicht irgendjemand, den man herumkommandiert.*

Ich: Ich habe nicht kommandiert, sondern gebeten.

Sie: *Frau Klein, Sie verkennen offensichtlich Ihre Position. Ich betrachte das Gespräch als beendet.*

Ich: Ich nicht. Ich betrachte Ihre Haltung als unkooperativ. Unter diesen Umständen werden wir Herrn Kleinschmidt vorladen müssen. Guten Tag.

Zehn Minuten, nachdem ich den Hörer aufgeknallt hatte, rief sie zurück und nannte mir den Termin.«

Brauer griente breit. »Gut gemacht!«

»Und? Kriege ich jetzt eine saftige Gehaltserhöhung?«

»Das könnte dir so passen. Einen saftigen Apfel kannst du kriegen.« Er griff in die Obstschale, die auf dem Sideboard stand, und warf ihr einen zu. Ina fing ihn auf.

»Dieser Kleinschmidt scheint ja eine schillernde Persönlichkeit zu sein. Ich bin außerordentlich gespannt auf diesen Typen«, sagte er. Ina biss in den Apfel und ging zurück an ihren Platz. Brauer rollte mit dem Stuhl an den Schreibtisch heran und vertiefte sich in seine E-Mails.

Es wurde eine Weile auffallend ruhig im Büro, nur die Computertastaturen klapperten im Hintergrund.

»Steffen?«, durchbrach Brauer die Ruhe. Steffen Richter rollte, ohne aufzustehen, mit seinem Bürostuhl rückwärts zur Verbindungstür der beiden Büros.

»Ruf doch bitte die Kollegen in Bad Lauterberg an. Die sollen herausfinden, wo Christoph Rohde und diese Frau Dr. Meinhard sich aufhalten«, beauftragte er Richter. »Und gib eine Fahndung für beide raus«, fügte er noch an.

»Glaubst du wirklich, die waren an dem Raub beteiligt?«

Brauer zuckte mit den Schultern. »Glauben ist nicht wissen, und deshalb müssen wir es herausfinden. Wir können es nur ausschließen, wenn wir Beweise haben. Es könnte zumindest anders gewesen sein, als uns Rohde erzählt hat.«

»Hast du eine Vermutung?« Richter beugte sich weiter nach vorn.

»Nur eine These: Nach dem Unfall sind die mit dem Geld in den Wald geflüchtet, um unerkannt zu bleiben. Dort könnte es zum Streit gekommen sein, bei dem die beiden den Kürzeren gezogen haben.«

Brauer strich sich mit der Hand über sein unrasiertes Gesicht. Richter sah Brauer mit geschlitzten Augen an und nahm die Idee auf.

»Deren Plan könnte folgender gewesen sein: Die beiden treten als Zeugen auf und verschwinden mit dem Geld. Während wir den anderen nachjagen, die sich zudem noch perfekt tarnen können, waschen die falschen Zeugen unbehelligt das Geld. Wäre ein denkbares Szenario«, meinte Richter.

Brauer nickte. »Denkbar ja, aber ich kann es mir nicht vorstellen.«

»Ich rufe in Bad Lauterberg an«, sagte Richter und rollte zu seinem Schreibtisch zurück.

»Haben sich die Kollegen aus Bad Lauterberg schon gemeldet?«, erkundigte sich Ralf Brauer, als er am nächsten Tag das Büro betrat. Er ging gleich durch zu seinem Platz und krachte die Tasche neben den Schreibtisch. Steffen und Ina sahen sich mit fragender Miene an.

»Ja, haben sie«, ließ Steffen ihn wissen.

»Und? Was haben sie gesagt?«

»Zuerst haben sie *Guten Morgen* gesagt«, antwortete Steffen Richter mit beleidigter Betonung. Brauer hatte den Seitenhieb verstanden und kam zurück.

»Guten Morgen, ihr zwei. Hab schlecht geschlafen und bin dann noch mit dem falschen Fuß aufgestanden«, entschuldigte er sich.

»Deine Fliege hängt auch wieder auf halb acht. Und rasieren könntest du dich auch mal wieder, wenn ich das sagen darf«, verwies Ina auf sein schluderiges Äußeres. »Was ist denn los mit dir?«

»Warst du mit sechzehn auch so eine Zicke wie meine Tochter?«, überging er Inas Frage.

»Nee. Ist sie heute noch«, warf Steffen dazwischen.

»Du hältst dich da raus! Wer mit dir zusammen in einem Büro arbeiten muss, wird automatisch zur Zicke«, keifte sie ihn an.

»Hast du wieder Zoff mit ihr wegen des Piercings?«, fragte sie Brauer, ohne Steffen weiter zu beachten.

»Das Thema weitet sich langsam zum Familiendrama aus«, gab er murrend zu. »Alle haben sich gegen mich verbündet.«

»Verstehe«, sagte sie, »da kann ich dir leider nicht helfen.

Meine Meinung kennst du ja.«

»Ist ja auch meine Privatsache«, wich er aus. »Die schlaflose Nacht bereitet mir eher unser Fall, mit dem wir auf der Stelle treten. Martin wird allmählich ungeduldig.«

»Vielleicht lösen ja Hauptkommissar Müller und Oberkommissar Schreiber den Fall«, gab Steffen zum Besten.

Brauer guckte verdutzt auf. »Wer?«

»Kenne ich auch nicht, aber die haben beim Luftsportverein in Hattorf ermittelt und dort erfahren, dass Rohde einen Studienfreund in Seesen hat. Haben mir die Lauterberger heute Morgen erzählt. Und die haben es im Segelfliegerverein erfahren.«

Brauer zuckte mit den Schultern. »Und weiter?«

»Von Göttingen bis Goslar gibt es keine Kommissare mit diesen Namen, die am Sonntag in Hattorf ermittelt hätten.«

Brauer und Richter sahen sich eine Weile mit steinerner Miene an. »Denkst du auch, was ich jetzt denke?«, fragte Brauer dann.

»Ich denke schon«, erwiderte Richter.

»Das habe ich mir gedacht«, warf Ina ein und reichte Brauer einen Zettel mit der Adresse in Seesen.

Beide sprangen wie auf Kommando auf und streiften sich die Jacken über.

»Gut gemacht, Ina«, rief Brauer ihr zu. Dann stürmten sie aus dem Büro. »Heute darfst du fahren.« Brauer hielt ihm den Schlüssel vom Dienstwagen entgegen.

»Richtig fahren oder chauffieren?« Brauer musste grinsen. Er kannte Steffens rasante Fahrweise nur zu gut und hatte ihn schon einige Male vom Steuer gejagt, wenn es ihm zu heikel wurde.

»Fahren!«, bestätigte Brauer.

Steffen griff nach dem Schlüssel. »Okay! Aber ohne zu meckern«, machte Steffen zur Bedingung.

Sie fuhren über die Autobahn. Schon auf der Beschleunigungsspur der Auffahrt hing Brauers Blick am Tacho, was ihm ein ungutes Gefühl bescherte. Erstaunlich, was Steffen aus dem Dienstwagen herausholte. Erst kurz vor der Abfahrt Seesen ging Richter wegen der Baustelle vom Gas und verließ die linke Spur. Brauer atmete innerlich auf und war froh, als sie vor dem Haus in der Jacobsonstraße hielten.

»Welche Fahrschule hat dir nur das Autofahren beigebracht?«, lästerte Brauer.

»Die gibt's nicht mehr«, sagte Steffen.

»Das hätte mich jetzt auch gewundert«, meinte Brauer abfällig.

»Entschuldige, ich habe dich schnell und heil nach Seesen gebracht. Du hast es so gewollt«, verteidigte sich Steffen.

»Schon gut, reg dich ab. Aber zurück fahre ich wieder selber«, beschwichtigte Brauer und stieg aus. Steffen brummelte einige Sätze vor sich hin, die Brauer zwar nicht verstand, aber ihre Bedeutung am Tonfall erahnte.

Sie gingen durch die Zufahrt zum Innenhof, klingelten an der Haustür und hörten kurz darauf Schritte über eine Treppe herunterkommen. Die verschwommene Silhouette einer Person tauchte hinter der Türverglasung auf, dann wurde die Tür geöffnet. Brauer hatte schon seinen Dienstausweis gezückt und hielt ihn hoch.

»Guten Tag, ich bin Hauptkommissar Brauer und das ist mein Kollege, Kommissar Richter.« Er steckte den Ausweis in die Innentasche seines Jacketts zurück. »Sind Sie Daniel Maaß?«

Daniel musterte Brauer und sein Blick blieb eine Weile an seiner Fliege hängen. »Allerdings«, murrte er ihn an.

Brauer wunderte sich über seinen unwirschen Ton. »Wir haben einige Fragen an Sie. Können wir reinkommen?«

Daniel wischte sich die langen Haare aus dem Gesicht. »Erst erklären Sie mir, warum Sie am Sonntag meine Wohnung demoliert haben?«

»Wer hat ihre Wohnung demoliert?«, fragte Brauer zurück.

»Zwei Kriminalbeamte sind hier gewesen. Mein Nachbar von unten, Herr Wedemeier sagte mir, sie hätten nach Chris Rohde gefragt, seien dann in meine Wohnung eingebrochen, haben alles auf den Kopf gestellt und Katja Meinhard mitgenommen. Wenn Sie es nicht waren, wer dann?«

»Wissen Sie deren Namen?«, fragte Brauer.

»Nein, aber wir können Herrn Wedemeier eben fragen.« Daniel klingelte bei ihm.

Herr Wedemeier kam kurz darauf mit zerzaustem Haar und in Hauslatschen an die Wohnungstür geschlurft. »Ja, was ist denn?«, fragte er mürrisch, als hätte man ihn beim Mittagsschlaf gestört.

»Hier sind zwei Herren von der Kripo«, erklärte Daniel.

»Schon wieder? Was haben Sie nur angestellt, Herr Maaß?«

»Gar nichts«, versicherte Daniel.

»Herr Wedemeier«, mischte sich Brauer ein, »ich bin Hauptkommissar Brauer«, »können Sie sich an die Namen der beiden Beamten, die neulich hier waren, erinnern?«

»Klar. Müller und Schreiber. Die sahen nicht wie Kriminalbeamte aus«, meinte er. »Sie übrigens auch nicht«, fügte er hinzu.

Brauer räusperte sich wegen der Anspielung auf sein Äußeres und zeigte ihm seinen Ausweis. Er war es gewohnt, dass die Leute auf die Fliege und sein unrasiertes Gesicht gafften, besonders wenn sie erfuhren, wen sie vor sich hatten. Aber so deutlich hatte es ihm noch keiner gesagt.

»Können Sie die beiden beschreiben?«

»Die erkennt man sofort«, sagte er, »Herr Müller hatte eine auffallend schwulstige Unterlippe und hat gesabbert wie ne Bulldogge. Der mit der Glatze, also Schreiber, hatte das Gesicht voll gesprenkelt mit Leberflecken, so wie andere mit Sommersprossen. Die beiden würde ich jederzeit wiedererkennen.«

»Haben Sie deren Auto gesehen?«, fragte Brauer weiter.

»Ein silbergrauer Passat mit Goslarer Kennzeichen. Die Nummer habe ich mir nicht gemerkt.«

»Das ist doch schon mal was! Vielen Dank, Herr Wedemeier. Wir werden sie noch einmal brauchen, um Phantombilder zu erstellen.« Er verschwand in seiner Wohnung. Brauer richtete sich an seinen Kollegen. »Steffen, gib bitte gleich eine Fahndung durch.«

Steffen drehte sich zur Seite und telefonierte mit der Dienststelle.

»Können wir jetzt reinkommen?«, wiederholte Brauer die Frage von eben.

»Natürlich, kommen Sie«, sagte Daniel und ging voraus.

Oben untersuchte Brauer zunächst die Wohnungstür, bevor er hineinging. Die Tür wurde regelrecht eingetreten, fand er heraus. Das Schlossblech war aus der Zarge herausgerissen, das Türblatt eingedrückt und gesplittert. Brauer und Richter sahen sich in der Wohnung um, die Daniel inzwischen aufgeräumt hatte. Sie setzten sich auf das Plüschsofa.

»Können Sie uns sagen, wo sich Herr Rohde jetzt aufhält?«, begann Richter die Befragung.

»Nein. Nachdem wir die Wohnung durchwühlt vorgefunden hatten und Frau Meinhardt verschwunden war, ist er sofort auf und davon.«

»Was für ein Auto fährt er? Welches Kennzeichen?«

»Sie waren beide mit der Bahn gekommen«, antwortete Daniel und wedelte erneut mit dem Kopf die Haare beiseite.

»Was wollten Herr Rohde und Frau Meinhard bei Ihnen?«, fragte Brauer.

»Sie sind auf der Flucht vor den Bankräubern. Die haben ihnen angedroht, sie umzubringen, wenn sie das Geld nicht herausrücken oder die Polizei ins Spiel bringen. Chris, also Herr Rohde und ich, sind am Sonntag nach Torfhaus gefahren. Er wollte sich dort am Magdeburger Weg noch einmal umsehen, wo die Gangster das Geld vielleicht hätten versteckt haben können.«

»Und? Hat er was entdeckt?«, fragte Richter ungeduldig.

»Nur einen Stofffetzen und zwei Männer, die einen Geocache gesucht hatten«, berichtete Daniel, »als wir dann zurückkamen, sahen wir die Bescherung.«

»Was für einen Geocache und was für einen Stofffetzen?«, hakte Richter nach.

»Keine Ahnung. Er hat es nur beiläufig erwähnt«, antwortete er.

Brauer und Richter schauten sich an und sprachen durch ihre Blicke miteinander.

»Danke, Herr Maaß«, sagte Brauer und hangelte sich mühsam aus dem weichen Polster. »Sie haben uns sehr geholfen.« Er gab ihm seine Visitenkarte. »Wenn Ihnen noch etwas einfällt, rufen Sie mich an.«

Daniel begleitete beide noch bis vor die Haustür. Brauer gab ihm die Hand.

»Falls sich Herr Rohde bei Ihnen meldet, geben Sie uns bitte sofort Bescheid«, sagte er, dann stieg er mit Richter ins Auto. Brauer umklammerte das Lenkrad mit beiden Händen und stierte nach draußen ins Leere.

»Steffen, was meinst du?«, bat er Richter um seine Einschätzung.

»Frau Meinhard und Herr Rohde sind in ernsthaften Schwierigkeiten«, meinte Steffen.

»Das Dumme ist, die Täter sind uns einen Schritt voraus. Wir müssen die beiden schnellstens finden.« Brauer sah Richter mit zusammengezogenen Brauen an. »Lebend!«, fügte er hinzu und startete das Auto.

Sie redeten nicht viel unterwegs. Brauer grübelte und machte sich Vorwürfe, weil er nicht eher nach Katja Meinhard und Christoph Rohde gefahndet hatte. Die schlimmsten Befürchtungen quälten sein Hirn.

Als er auf der Beschleunigungsspur der A7 den Dienst-Mercedes in den Verkehr einfädelte, klingelte das Handy.

»Ja, Brauer«, meldete er sich über die Freisprechanlage.

171

»Thomas Berger hier. Ich wollte dir nur Bescheid geben, habe gerade von den Kollegen aus Clausthal die Meldung bekommen, dass dein Zeuge Christoph Rohde mit einer Schussverletzung im Robert-Koch-Krankenhaus liegt.«

»Gott sei Dank«, rutschte es Brauer raus.

»Du freust dich darüber?« Eine verständnislose Verwunderung lag in seiner Stimme.

»Ja – das heißt nein« korrigierte er sich, »ich bin nur froh, dass er lebt und dort in Sicherheit ist. Die Bande ist hinter ihm her, haben wir gerade erfahren. Frau Meinhard hatte weniger Glück und wurde von den Mistkerlen in Seesen geschnappt. Wenn ihr nur noch nichts passiert ist.« Brauer fingerte nervös am Lenkrad. »Danke für die Info.«

Er drückte das Gespräch weg. »Verdammte Sauerei«, schimpfte er vor sich hin.

»Wir sollten besser Personenschutz beantragen«, schlug Steffen Richter vor, »was meinst du?«

»Auf jeden Fall«, stimmte Brauer zu. »Wird wieder ein Riesenpapierkram«, brummelte er und gab Gas.

Sie hatten gerade das Büro betreten, als das Telefon läutete. Brauer nahm ab und nach wenigen Sekunden verhärteten sich seine Gesichtszüge. »Ich komme«, sagte er und legte auf.

»Was ist denn, Ralf«, fragte Steffen besorgt.

»Frau Meinhards Sohn Tim wurde entführt.« Steffens jungenhaftes Gesicht schien in sich zusammenzufallen.

Brauer informierte sofort Martin Neumann und das LKA in Hannover. Anschließend fuhr er mit Steffen Richter nach Bad Lauterberg zu Katja Meinhard, die sich bei ihrer Mutter in der Wissmannstraße aufhielt. Zwei Polizistinnen und Pastor Reinhardt kümmerten sich um die beiden Frauen. Ein Arzt war verständigt worden. Katja Meinhard und ihre Mutter saßen kreidebleich mit geröteten Augen auf dem Sofa nebeneinander. Sie starrten vor sich hin und weinten immer wieder schluchzend auf.

Viel konnte Brauer von Katja Meinhard aufgrund ihrer Verfassung nicht erfahren. Nur soviel, dass sie einen Anruf erhalten habe, indem die Entführer das Geld aus dem Bankraub gegen den Jungen eintauschen wollten. Brauer versicherte, dass alles Erdenkliche getan würde, um den Jungen zu finden und bat um Bilder von Tim sowie eine Beschreibung der Kleidung, die er zuletzt trug. Die Fahndung lief auf Hochtouren.

HERZBERG
MITTWOCH, 07.10.2015 (ABENDS)

Das Klappern der Porzellanteller und Tassen war das einzige Geräusch am Tisch. Brauer beobachtete gedankenverloren den züngelnden Dampfschleier über seiner Teetasse.
»Ralf?«, hörte er im Hintergrund seinen Namen. »Ra-half!«
Die Stimme kam jetzt lauter und eindringlicher. Brauer löste seinen Blick von dem Tanz des Dampfes und sah verdutzt auf.
»Was ist denn?«, fragte er.

»Grübelst du schon wieder über deinen Fall. Könntest du dich wenigstens beim Abendessen davon trennen?« Ein flüchtiger Vorwurf klang in Elkes Stimme.

»Entschuldigung«, sagte er, »ja, der Fall bringt MICH noch zu Fall, wenn nicht bald eine greifbare Spur auftaucht.« Er legte sich eine Käsescheibe aufs Brot, schnitt es durch und biss an.

»So schwierig?«, staunte Patrick.

»Noch viel schwieriger«, erklärte er kauend, »zwei Tote, ein Bankraub, Geiselnahme und nun auch noch eine Kindesentführung.« Er schluckte den Bissen herunter. »Keine heiße Spur, widersprüchliche Täterbeschreibungen. Und zu allem Überfluss mischt nicht nur die Staatsanwaltschaft mit, sondern jetzt auch noch das Landeskriminalamt mit meinem speziellen Freund, Kriminalrat Karsten Trüter.«

Brauer merkte, wie ihn das echauffierte und seine Stimme immer lauter wurde. Er atmete einmal tief durch, um wieder runter zu kommen.

»Also ich würde mich freuen, wenn ich bei meiner Arbeit Hilfe bekäme«, meinte Elke.

»Trüter ist keine Hilfe, sondern ein hoffnungsloser Klugscheißer«, gab er zu verstehen.

»Wieviel Geld wurde denn geraubt?«, wollte sein Sohn wissen. Brauer führte gerade die Tasse zum Mund, hielt inne und sah der Reihe nach, Patrick, Annika und seine Frau Elke mit verkniffenem Blick an.

»Das dürft ihr aber nicht rumposaunen, sonst bin ich dran – schwört!« Alle hoben wie auf Kommando die Hand zum Schwur. Brauer guckte verstohlen in die Runde. »Fast vierhunderttausend!« Einen Moment lang herrschte staunende Ruhe. Brauer nippte an der Teetasse.

»Wow!«, raunte Patrick, »ich wüsste was damit anzufangen.«

»Mir würde es schon reichen, wenn ich wüsste, wo das Geld geblieben ist«, entgegnete Brauer, »die Bande hat es nicht, und die beiden Zeugen, die als Geiseln genommen wurden, auch nicht.«

»Bist du sicher?«, mischte sich Annika in das Gespräch ein.

»Seit heute ja. Sonst wäre der Sohn der Zeugin nicht entführt worden, und sie hätte spätestens jetzt das Geld rausgerückt.«

»Aber wo ist es dann?«

»Darauf suche ich eine Antwort, ich weiß nur, wo es zuletzt war«, ließ er sie rätseln.

»Bei der Bank. Wo sonst?«, feixte Patrick dazwischen.

»Schlaumeier!«, griente Brauer zurück, »ich meine, wo es nach dem Raub versteckt wurde.«

»Nun sag schon«, forderte Elke.

»Wir wissen bloß, dass sie es nach ihrem Unfall in der Nähe von Torfhaus im Wald versteckt hatten. Aber allem Anschein nach ist es dort nicht mehr.« Brauer biss wieder in sein Käsebrot.

»Dann hat es jemand gefunden. Ein Wanderer oder so«, mutmaßte Annika.

»Oh cool eh«, jauchzte Patrick, »stell dir das mal vor. Du spazierst durch den Wald und stolperst plötzlich über einen Schatz.« Er trank seine Tasse leer. »Wir sollten öfters wandern«, schlug er vor.

»Du und wandern, das möchte ich erleben. Dir ist ja der Weg zur Garage ja schon zu weit«, frotzelte Annika. Patrick antwortete nicht darauf. Sie aßen einige Minuten schweigend weiter. Dann meinte Annika beiläufig: »Matze Meier, dieser urige Vogel aus meiner Klasse, faselt immer was von Schatzsuche mit irgend so einem komischen Gerät.«

»GPS!«, sagte Patrick, »Geocaching nennt sich das. Der neue Trendsport.«

»Genau, jetzt wo du es sagst?«, bestätigte sie.

»Es soll sogar Leute geben, die laufen mit Metalldetektoren durchs Gelände und hoffen, einen Goldschatz zu finden. Echt durchgeknallt diese Typen«, meinte Patrick und schüttelte den Kopf dabei.

»Sag das nicht«, mischte sich Elke ein, »ich habe gehört, die spüren sogar manchmal Munition aus dem Zweiten Weltkrieg auf.«

»Oder vierhunderttausend Euro aus einem Bankraub«, ergänzte Annika.

Brauer griff die Teekanne, goss etwas nach und stellte sie auf das Stövchen zurück. Dann hob er die Tasse zwischen den Händen zum Mund, pustete kurz und schlürfte an dem heißen Tee. Sein Blick schweifte dabei zum Fenster hinaus in den bläulich leuchtenden Abendhimmel und blieb dort gedankenversunken hängen.

Nach schweigenden Minuten drehte er sich mit einem

Mal zu Annika und starrte sie an. *Der Freund von Chris Rohde, Daniel Maaß, hatte doch auch von einem Geocache gesprochen,* fiel ihm ein. Warum ist er dem Hinweis nicht gleich nachgegangen?

»Du hast mich auf eine Idee gebracht«, sagte er, »über den Tipp mit der Schatzsuche muss ich noch einmal ernsthaft nachdenken.«

»Habe ich jetzt etwas gut bei dir, Papa?«, hakte sie sofort nach und tippte mit dem Finger auf ihren Nasenflügel.
Brauer wusste im Moment nicht, was sie meinte und zog die Schultern hoch.

»Papa, Piercing«, half sie ihm auf die Sprünge.
»Das nenne ich korrupt. Da mache ich nicht mit!«, lehnte er ab.

»Ich nenne das Finderlohn. Darauf habe ich ein Anrecht. Ich habe einen Hinweis für dich gefunden.«

»Stimmt«, stellte sich Patrick auf die Seite seiner Schwester, »das steht ihr zu.« Brauers Blick ging Hilfe suchend zu seiner Frau, die ihm gegenübersaß. Doch die blieb gelassen und schmunzelte.

»Okay! Aber nur, wenn der Hinweis zum Erfolg führt«, stellte er zur Bedingung.

Annika hielt ihm die Hand zum Abklatschen hin. »Schlag ein!«, sagte sie. Er schlug ein.

»Übrigens«, rief Elke ihm aus der Küche zu, als er nach dem Abendessen im Wohnzimmer saß und den Harzkurier durchblätterte, »ich gehe heute Abend nochmal weg.«

Ralf nahm die Zeitung zur Seite. »Schon wieder? Wo willst du denn hin?«

»Was soll das denn heißen, schon wieder? Nun übertreib mal nicht«, entgegnete sie. Er legte die Zeitung auf den Tisch und schaltete mit der Fernbedienung die Heute-Nachrichten ein.

»Wenn du meinst, dann musst du eben gehen«, sagte er mit lässigem Unterton. In Wirklichkeit wurmte es ihn, dass sie ihn im Unklaren ließ, aber er wollte sich nichts anmerken lassen. Er hörte noch, wie sie die Klappe des Geschirrspülers zudrückte, dann ging sie ins Schlafzimmer. Nach einer Weile sah er sie chic umgezogen an der offenen Wohnzimmertür vorbei zur Flurgarderobe gehen. Sie zog ihren Mantel über und griff die Autoschlüssel von der Ablage.

»Bis später«, rief sie ihm knapp zu. Dann fiel die Haustür ins Schloss. *Was hat sie nur,* dachte Ralf, *das sieht ja nach Flucht aus.* Er bemühte sich, gelassen zu bleiben, aber es gelang ihm nicht, stattdessen wühlte es ihn auf, je mehr er darüber nachdachte. Sie hatten doch nie Geheimnisse voreinander gehabt. Und nun ließ sie ihn einfach ahnungslos hier sitzen.

Ralf Brauer lag diese Nacht lange wach, grübelte und wälzte sich von einer zur anderen Seite. Zu viele Probleme nagten sich durch seinen Kopf. Erst als er im Halbschlaf bemerkte, dass Elke ins Bett gekrochen kam, schlief er ein.

POLIZEIINSPEKTION NORTHEIM
DONNERSTAG, 08.10.2015

Wenn doch schon Feierabend wäre, wünschte sich Brauer an diesem Morgen bei dem Gedanken an das erste Meeting mit Karsten Trüter. Ihm war gar nicht wohl dabei. Er warf einen Blick auf die Armbanduhr, als er vor die Haustür trat. Die Zeiger verstärkten sein ungutes Gefühl, denn er war spät dran. Ein feiner Frühdunst schwebte noch wie ein Tuch über den abgeernteten Feldern oberhalb der Dr.-Frössel-Allee in Herzberg. Vom nahe gelegenen Wald wehte ihm ein feuchtmoderiger Geruch nach Herbst in die Nase und weckte unwillkommene Erinnerungen in seinem Unterbewusstsein. Nebel tauchte in seinen Gedanken auf, Kastanien lagen auf dem Rasen und es roch nach Fäulnis und Blut. Eine entfernte Stimme rief: »*Weg hier, Ralf! Lauf!*« Sofort beschleunigte sein Herzschlag und der Hals schnürte sich zu. Er atmete schwer, wankte und lehnte sich haltsuchend an den Handlauf des Geländers. Instinktiv fasste er an seine Fliege und fühlte den Stoff zwischen Daumen und Zeigefinger. Allmählich verblassten die Bilder und sein Puls normalisierte sich. Er holte tief Luft, ging zur Garage und stieg in seinen BMW. Im Rückspiegel erschrak er über sein eigenes, blasses Gesicht. *Geht das jetzt wieder los,* ängstigte er sich und kämmte mit den Fingern durch sein Haar. In den letzten Jahren wurde er von diesen traumatischen Erinnerungen verschont. Hatte der Anblick der verstümmelten Leiche im Maisfeld doch alles wieder aufgewühlt? *Das fehlte gerade noch.* Brauer steckte den Schlüssel ins Zündschloss und startete den Wagen.

Auf dem Parkplatz im Innenhof der Dienstgebäude stach Steffens roter Astra unübersehbar ins Auge wie in der Herde das schwarze Schaf. *Braucht dieser Mensch denn keinen Schlaf,* staunte er über dessen Arbeitseifer. *Das ist wirklich unnormal. Wenn der so weitermacht, muss ich ihn bald in Zwangsurlaub schicken,* ging ihm durch den Kopf. *Das hält doch auch ein junger Mensch nicht unbeschadet durch.* Brauer ging auf das Bürogebäude zu und zog die Eingangstür auf. Im Foyer kam ihm Ina mit stampfenden Schritten und ausladender Armbewegung entgegen. Ihr blonder Pferdeschwanz wedelte aufgeregt hin und her. Brauer blieb verwundert stehen. Weinend und mit schniefender Nase kam sie auf ihn zu. Als sie vor ihm stand, blickte er in ihre verheulten Augen.

»Ich nehme heute frei. Mit diesem Schwachkopf arbeite ich keine Sekunde länger zusammen«, ließ sie ihn wissen. »Entweder versetzt du mich in eine andere Abteilung oder ich kündige.« Sie schluchzte laut. *Himmelsakrament,* schimpfte er innerlich, *nicht das auch noch. Wenn heute noch ein Erdbeben stattfindet, würde mich das nicht mehr wundern.*

Brauer legte den Arm um ihre Schulter. »Komm, nicht hier. Das muss ja niemand mitkriegen«, sagte er und schob sie sanft neben sich her bis in das kleine Besprechungszimmer, das am frühen Vormittag meistens frei war. »Setz dich«, sagte er und zog ihr einen Stuhl hervor. Er setzte sich an die Tischecke neben sie und reichte ihr ein Papiertaschentuch. Ina schnäuzte sich. »Also, ganz von vorn. Was war los?«

»Was los war?«, begann Ina mit stotteriger Stimme, »was immer los ist. Du kennst ihn doch. Nichts kann man dem recht machen. Das ist plumpes Mobbing.«

Brauer legte seine Hand auf die ihre. »Ich möchte es genauer wissen.«

Ina zog kurz die Nase hoch. »Er bat mich gestern, ein Schreiben für die Ermittlungsakte zu tippen. Nachdem er sich den Ausdruck heute Morgen angeguckt hatte, sagt der mir doch kackfrech ins Gesicht, es gäbe an der Volkshochschule Kurse für Analphabeten, er würde mir dringend raten, einen zu besuchen. Der Blödmann. Ein Tippfehler und ein Kommafehler kann jedem mal passieren, oder?«

Dicke Tränen rollten ihre Wange herunter und tropften auf die Tischplatte. Brauer reichte ihr ein neues Taschentuch.

»Warum macht der das mit mir?«

Brauer deutete ein Lächeln an. »Ich bin kein Psychoanalytiker, aber ich habe eine Theorie. Ich glaube, er fürchtet sich vor seinen eigenen Gefühlen.«

»Wie meinst du das?« Sie zog wieder die Nase hoch und wischte mit dem Ärmel die Tischplatte trocken.

»Im Vertrauen, Ina: Er hält dich für eine tolle Frau«, verriet Brauer.

»Zicke hat er mich genannt«, entgegnete sie.

»Das war nicht ernst gemeint, ehrlich«, versicherte er, »und außerdem habe ich Augen im Kopf. Auch ein Mann sieht sowas.«

Inas rot unterlaufene Augen begannen zu leuchten. »Sowas?«, fragte sie nach.

»Steffen kennt nur zwei Freunde«, fuhr Brauer fort, »seine Arbeit und seinen Opel. Eine Frau würde ihn davon ablenken, und dagegen wehrt er sich. Ich bin sicher, er schätzt dich mehr, als ihm lieb ist, und deshalb macht er sich dir gegenüber zum Kotzbrocken.«

»Hast du noch ein Taschentuch?«, fragte sie schniefend. Brauer schob ihr die Packung zu.

»Ich glaube, ich weiß, wie du ihm beikommen kannst«, schmunzelte er.

»So? Wie denn?«, klagte sie skeptisch.

Brauer beugte seinen Kopf seitlich an ihr Ohr und flüsterte zu: »Auch wenn er dich provoziert, sei nett zu ihm. Ich glaube, das bringt ihn aus der Fassung.«

»Meinst du?« Ina wischte sich mit den Händen über die feuchten Augen. »Vielleicht hast du recht. Wäre einen Versuch wert«, meinte sie.

»Okay. Ich werde dich also nicht versetzen und kündigen wirst du auch nicht. Das ist der Deal.« Brauer hielt ihr die Hand hin. Sie schlug ein. »Wir gehen jetzt zusammen hoch. Und du machst deine Arbeit wie immer.« Beide standen auf.

»Du bist ein toller Chef, Ralf«, sagte sie lächelnd und umarmte ihn. In dem Moment ging die Tür auf und ein hochgewachsener Mann in schwarzem Anzug, Seidenkrawatte und einem Pilotenkoffer kam herein. *Da ist das Erdbeben, ich habe es geahnt*, schoss es Brauer in dem Augenblick durch den Kopf. Ina ließ von Brauer ab und blickte den Mann verstohlen an. Der stellte den Koffer auf den Tisch.

»Guten Morgen, Herr Brauer«, grüßte er betont und musterte beide eindringlich. Dann pendelte sein Blick zwischen Inas Busen und seiner Fliege einige Male hin und her.

»Guten Morgen, Herr Trüter,«, grüßte Brauer zurück. »Das ist unsere Schreibkraft, Frau Klein. Ina, das ist Kriminalrat Trüter«. Ina nickte ihm verlegen zu. »Wir hatten gerade ein Personalgespräch«, erklärte er weiter.

»Ein sehr vertrauliches, scheint mir«, bemerkte er spitz.

»Solche Gespräche müssen vertraulich sein«, konterte Brauer. Die zweideutige Situation von eben brachte ihn in die Defensive und das ärgerte ihn. Trüter schob sein Kinn hochmütig nach vorn und baute sich vor ihm auf. Er war fast einen Kopf größer als Brauer. Sein hageres Gesicht mit den herausstehenden Wangenknochen und dem kahl geschorenen Schädel erinnerten Brauer an die Figur des eiskalten Killers in alten Westernfilmen.

»Da ich Sie gerade sehe, können wir kurz reden?«, fragte Trüter forsch und warf einen Blick auf Ina.

»Klar«, antwortete Brauer knapp. »Ina? Gehst du schon mal vor?« Sie verließ den Raum und machte die Tür hinter sich zu.

»Ab sofort übernehme ich die Leitung Ihrer Ermittlungsgruppe Bankraub«, ließ er ihn wissen. »Bandenkriminalität verbunden mit Mord und Kindesentführung fallen in die Zuständigkeit des LKA. Abgesehen davon scheinen Sie mit ihren Ermittlungen nicht recht voranzukommen.« Er öffnete seinen Koffer, zog einen Laptop heraus und klappte ihn auf. »Diese skrupellose Bande treibt ihr Unwesen unbehelligt weiter und scheint Ihre Polizeiarbeit gar nicht wahrzunehmen.« Seine hohe Stimmlage hangelte sich während des Sprechens rasch die Tonleiter empor und endete in einem heiseren Fiepsen. Er räusperte sich und fand zu seiner normalen Tonlage zurück. »Das muss geändert werden!«, bestimmte er.

»Dafür sind Sie ja jetzt da«, erwiderte Brauer lapidar.

»Allerdings«, bestätigte er. »Übrigens, Neumann hat mir diesen Raum vorübergehend als Büro zur Verfügung gestellt. Für zehn Uhr habe ich die Soko einberufen und möchte vorher die Ermittlungsakte einsehen. Das wär's fürs Erste.« Er beugte sich über seinen Koffer und packte Büroutensilien aus, ohne Brauer weiter zu beachten. *Arroganter Schnösel* betitelte Brauer ihn in Gedanken und verließ den Raum.

Steffen und Ina saßen hinter ihren PCs und guckten kurz auf, als Brauer das Büro betrat. Ein tonloses »*Morgen*« streute er ziellos in den Raum wie eine Handvoll Hühnerfutter. Er ging gleich durch die Verbindungstür an seinen Platz, stellte die Aktentasche an die Seite und schaltete den PC ein. »Steffen?«, rief er ins Nebenbüro.

Steffen kam sogleich zu ihm. »Morgen!«, sagte auch er knapp, als er vor seinem Schreibtisch stand. »Ist was mit dir?«

»Alles bestens«, sagte Brauer und tippte dabei das Kennwort in die Tastatur. Steffen sah ihn steif an und erwiderte nichts. Brauer spürte den fordernden Blick seines Kollegen und schaute auf. Beide sahen sich einige Sekunden in die Augen. »Alles Scheiße«, gestand Brauer schließlich freimütig, lehnte sich zurück und strich mit beiden Händen durch das dunkelbraune Haar. Eine Strähne fiel ihm dabei über die Stirn.

»Du siehst ziemlich fertig aus, Ralf. Mach ein paar Tage frei«, schlug Steffen vor.

»Kommt gar nicht infrage. Ich überlasse doch Trüter nicht kampflos das Feld. Den Triumph gönne ich ihm nicht.« Er wischte sich die Strähne aus dem Gesicht. »Um zehn ist Soko Meeting. Trüter möchte vorher die Ermittlungsakte einsehen. Bring sie ihm bitte in den kleinen Besprechungsraum.«

»Alles klar«, sagte Steffen, ging zurück an seinen Platz, klemmte sich die Akte unter dem Arm und verschwand.

Es dauerte eine Weile, bis er zurückkam. »Meine Fresse«, entrüstete er sich, noch den Türgriff in der Hand haltend. Er drückte die Tür zu und blieb davor stehen. »Der Mann ist brandgefährlich. Stell dir vor, ohne Hemmungen versuchte er mich auszufragen. Wieso du so eine Fliege trägst, ob Ina in festen Händen ist, was ich von Martin Neumann halte und ob ich mit deiner Ermittlungsarbeit konform bin. Sag mal, geht's noch?«

»Was hast du geantwortet«, fragte Brauer. »Gar nichts. Ich

hab ihm die Akte auf den Tisch geknallt und bin gegangen. Mann eh!«

»Hör zu, Steffen«, sagte Brauer in ruhigem Ton, »Trüter ist bekannt für seine unorthodoxen Methoden. Er hatte vor Jahren den Frauenmörder von Hannover überführt, an dem viele vorher gescheitert waren. Das hat ihn nach oben katapultiert, und die Luft da oben ist ihm nicht gut bekommen. Wir dürfen uns nicht provozieren lassen, auch wenn es schwerfällt. Er ist jetzt der Boss.«

»Hoffentlich nicht zu lange«, maulte Steffen, goss sich an der Maschine Kaffee nach und verschanzte sich damit hinter seinem PC.

»Ina? Bevor ich es vergesse«, rief Brauer. Sie drehte sich auf ihrem Bürostuhl zu ihm um. »Finde bitte alles über Geocaching heraus.«

Steffen schielte über den Bildschirm hinweg. »Hast du dir ein neues Hobby zugelegt?«, flachste er dazwischen. »Vielleicht wird es das, aber vorher möchte ich wissen, ob am Magdeburger Weg bei Torfhaus ein Geocache versteckt wurde, wo er genau liegt, wer ihn angelegt hat und möglichst, wer ihn zuletzt aufgesucht hat. Kriegst du das hin?«

Ina griente. »Ich denke schon. Endlich mal echte Polizeiarbeit.«

»Ja«, lachte Brauer, »du bist ab sofort zum Hilfssheriff ernannt.«

»Ich nehm dich beim Wort.« Sie schwang sich mit dem Drehstuhl zurück und sogleich flitzte ihre Computermaus über das Pad.

»Ich bereite schon mal das Meeting vor«, sagte Steffen, klaubte einige Hefter, Schreibblock und Stifte zusammen und ging zur Tür.

»Ja, ist gut. Ich komm sofort nach«, sagte Brauer, griff zum Telefon und wählte die Nummer von Jens Pohl, der als Personenschützer bei Katja Meinhard eingeteilt war.

»Guten Morgen, Herr Brauer«, meldete er sich nach dem

ersten Klingelton.

»Morgen«, grüßte Brauer kurz zurück und kam gleich auf den Punkt, »haben sich die Entführer noch einmal gemeldet?

»Nein!«, kam knapp retour.

»Wie geht es Frau Meinhard und ihrer Mutter?«

»Nicht gut. Sind beide völlig am Ende. Der Arzt hat ihnen etwas zur Beruhigung gegeben.«

»Was ist mit dem Vater des Jungen? Ist der inzwischen informiert?«

»Ja«, bestätigte Pohl, »aber der ist zurzeit in Thailand im Urlaub und wartet auf einen Rückflug.«

»Ist die Fangschaltung in Betrieb?«, wollte er noch wissen.

»Wird gerade vorbereitet. Ein Kollege vom LKA, Michael Schreiner, ist eingetroffen und leitet den Einsatz hier in der Wohnung von Frau Meinhards Mutter.

»Okay«, sagte Brauer zufrieden, »halt mich auf dem Laufenden.«

»Klar«, versicherte Jens Pohl. Brauer drückte das Gespräch weg und starrte an die Wand. Er versuchte sich vorzustellen, welche Hölle die Familie gerade ertragen musste.

»Ralf? Es ist gleich zehn. Du musst los.«

Ina hielt ihr Handgelenk hoch und tippte auf ihre Armbanduhr. Brauer blendete seine leidvollen Gedanken aus, nahm einen Block und verließ wortlos das Büro. *Wenn bloß dieses Meeting schon vorbei wäre,* ging ihm durch den Kopf.

Als er das große Besprechungszimmer betrat, wunderte er sich über die ungewohnte Ruhe. Er vermisste das vertraute Gemurmel vor den Besprechungen und guckte schweifend in die Runde. Alle saßen am Tisch wie Schüler, die bei Anwesenheit des Lehrers auf den Beginn des Unterrichtes warteten. Vor der Fensterreihe sah er Steffen Richter, der gelangweilt mit dem Kugelschreiber Strichmuster auf seinen Schreibblock malte. Steffen schaute zu ihm auf, schielte dann zu Trüter, der gerade seinen Laptop mit dem Beamer verkabelte, und zuckte unauffällig mit den Schultern. Brauer setzte sich auf seinen Platz neben Steffen. Thomas Berger, der ihm gegenübersaß, nickte ihm zu und verdrehte die Augen dabei. Trüter fummelte noch immer mit den Steckern herum.

»Kann ich Ihnen irgendwie helfen?«, fragte Brauer genervt.

»Am meisten helfen Sie mir, wenn Sie kurz in sich gehen, sich mental vorbereiten und mich hier machen lassen«, kanzelte er Brauer ab. *Arschloch,* entgegnete Brauer, ohne es auszusprechen. »Gerne doch«, sagte er laut und breit grinsend. *Na, das wird spannend heute,* dachte er voll Unbehagen.

Endlich flackerte das Desktopbild seines Laptops an der Leinwand auf. Eine gedämpfte Unruhe entstand augenblicklich am Tisch, als sie das Hintergrundfoto betrachteten. Es zeigte groß eine Polizeipistole und Handschellen vor den Mauern einer Haftanstalt. Steffen stieß Brauer unterm Tisch mit dem Fuß an.

»Ich erkläre es Ihnen«, begann Trüter mit Blick auf die Leinwand, »das sind meine Dienstwaffe und die Handschellen, mit denen ich damals Bruno Malke, genannt der Stecher, in den wohlverdienten Knast gebracht habe.« Er wandte sich zurück und zeigte keine Gefühlsregung. Brauer schüttelte nur den Kopf.

Dann huschte der Mauszeiger über das Bild und öffnete eine Powerpoint-Präsentation mit der Überschrift: »Strategie zur Aufklärung von Bandenkriminalität« und darunter »Vorgehensweise für die EG 315 – Bankraub«. Trüter stellte sich an die Kopfseite des langen Tisches und schaute aus dem Fenster, als habe er kein Interesse an der Gesprächsrunde.

»Viele von Ihnen kennen mich ja bereits«, sprach er scheinbar mit den Tauben, die am Fenster vorbeiflogen, »und für die Anderen: Ich bin Kriminalrat Karsten Trüter vom LKA in Hannover. Man hat mich mit der Leitung dieser Ermittlungsgruppe beauftragt, um die Bande, die Sie Chamäleonbande nennen, baldigst dort hinzubringen, wo sie hingehört. Ich erwarte Professionalität und Kooperation.«

Was folgte, war ein Vortrag über Ermittlungsstrategien, wie ihn alle am Tisch mehrfach an der Polizeiakademie in Hann. Münden gehört hatten. Brauer biss sich auf die Lippen, um ein Gähnen zu unterdrücken. Die ruhelose Nacht hing ihm noch nach. Etwa zwanzig Minuten später kam Kriminalrat Trüter endlich zum Thema.

»Ich habe mir heute Morgen anhand der Akte einen Überblick Ihrer Ermittlungen verschafft.« Er guckte wieder zum Fenster hinaus, als scheute er den Blickkontakt. »Viel ist das ja nicht, anders ausgedrückt: Sie tappen noch immer im Dunkeln. Weder der Verbleib des geraubten Geldes noch die Identität der Bandenmitglieder sind ansatzweise berührt. Der Grundsatz, in alle Richtungen zu ermitteln, scheint mir untergegangen zu sein.« Langsam schwenkte er den Blick vom Fenster weg in den Raum. Alle saßen da wie gescholtene Pennäler, nur Beate Jakobi hing an seinen Lippen und nickte zustimmend. *Schleimerin*, dachte Brauer, kriech ihm doch gleich in den... Er dachte das Wort nicht zu Ende.

»Warum wurde im Umfeld des ermordeten Marcin Wojcik nicht weiter ermittelt?«, setzte er seine Lektion fort. »Warum wurde Interpol nicht eingeschaltet? Ich bin sicher, die Gangster und das Geld finden wir in Polen.« Er machte eine kurze Denkpause. »Meine Damen und Herren«, fuhr er förmlich fort, »die Chamäleonbande hat Sie an der Nase herumgeführt!« Seine Stimme versagte erneut, als sie das hohe C erreicht hatte. Er hustete zweimal. »Herr Berger«, sprach er danach weiter, »ich möchte, dass Sie das umgehend anschieben. Und Sie, Herr Brauer, schauen sich im Umfeld der beiden gekidnappten Zeugen und der Bankleute um. Um den Entführungsfall kümmere ich mich persönlich.« Er schaltete den Beamer aus und klappte seinen Laptop zu. »Noch Fragen?«

Brauer schielte neugierig in die Runde und sah erhitzte Gesichter. Alle packten rasch ihre Utensilien zusammen und standen auf.

»An die Arbeit. Nächste Woche erwarte ich erste Ergebnisse«, forderte er abschließend, klemmte sich den Laptop unter den Arm und verließ den Besprechungsraum. Es war inzwischen Mittag geworden.

Steffen Richter ging gleich mit Brauer durch in dessen Büro und setzte sich auf den Besucherstuhl.

»Haben wir uns im Falle des Polen von der schnellen Aufklärung der Todesursache blenden lassen?«, zweifelte Richter und kräuselte die Stirn. Brauer lehnte sich zurück und legte seinen Kopf in die verschränkten Hände.

»Es hätte zumindest nicht geschadet«, gab er zu, »aber ich bin davon überzeugt, dass der mit dem Raub nichts zu tun hat. Der Mord geschah vor dem Bankraub und keine Zeugenaussage verwies auf einen Akzent in der Aussprache. Außerdem ist mir kein Fall bekannt, wo Autoschieber auch Banken ausrauben. Nein, Steffen, das war wegen des Autos. Ein Verlegenheitsmord.«

Ina kam mit zwei Tassen in den Händen in Brauers Büro. »Ihr seht ganz schön geschafft aus«, bemerkte sie und stellte den Kaffee auf den Schreibtisch.

»Danke«, sagte Brauer, »den brauchen wir jetzt.« Beide griffen zur Tasse und schlürften in kleinen Schlucken das dampfende Getränk.

»Schmeckt dir der Kaffee, Steffen?«, fragte Ina höflich. Steffen sah sie verwundert an. »Wenn du alles so gut könntest wie Kaffee kochen, wärst du echt gut«, wehrte er ihre Anspielung ab.

»Deshalb bin ich auch nur Hilfssheriff und du schon Kommissar«, konterte sie mit spöttischem Unterton. Brauer kniff die Lippen zusammen, um den Lachreiz zu unterdrücken.

»Und?«, fragte Brauer, um abzulenken, »hast du etwas über Geocaching erfahren können?«

»Oh ja. Das Versteck habe ich rausgekriegt. Es heißt: Teufelssteg. Allerdings hat mir der zuständige Ansprechpartner der Region Südniedersachsen von einer Suche abgeraten. Dort lauere eine Verletzungsgefahr und deshalb habe er die Stelle aus der Liste gestrichen. Den Namen des Owners wollte er nicht nennen. Erst als ich ihm erklärt hatte, dass ich einen Sheriffstern trage...« Ina sah Steffen dabei groß an. »... kam er mit der Sprache raus. Unser Mann heißt Sascha Meißner, aus Duderstadt«, sagte sie stolz und legte ihm einen Zettel auf den Tisch. Brauer sah ihn sich an.

»Sogar die Koordinaten: 51,79554° Nord und 10,51730° Ost. Das hast du aber schnell rausgekriegt«, staunte er. «Gut gemacht«, fügte er mit einem Augenzwinkern hinzu.

»Kunststück. Kann ja nicht schwer gewesen sein«, wiegelte Steffen ab.

Ina verzog das Gesicht und sagte gekünstelt: »Klar, du hast ja auch Abi und ich nur Mittlere Reife«. Sie zeigte ihm die Zungenspitze und ging zu ihrem Platz.

»Denkt an den Termin mit Kleinschmidt heute Nachmittag«, rief sie beiden zu, ohne sich umzudrehen.

»Ach Ina. Versuch doch bitte noch herauszubekommen, wie es mit Haftpflichtansprüchen gegen diesen sogenannten Owner aussieht«, rief Brauer hinterher.

GOSLAR
DONNERSTAG, 08.10.2015

Auf Konstantin Kleinschmidt war Brauer wirklich neugierig. Er kannte ihn nur vom Hörensagen, aber das, was er gehört hatte, vermittelte ihm das stereotype Bild des neureichen Prolls, der sein Geld offen zur Schau trägt. Schicke Autos, Designerklamotten und eine Rolex am Handgelenk, ganz abgesehen von seiner Kunstsammlung. Dieser Mann war prominent, keine Frage, selbst in der Klatschpresse stand er den Stars und Sternchen der Glitzergesellschaft in nichts nach. Trotz allem er musste ein gewiefter Geschäftsmann sein, denn seine Firma, die Kleinschmidt Elektronik GmbH, brummte.

»Wer hier wohnt, hat eine Sorge weniger«, bemerkte Steffen, als sie den Stadtteil Ohlhof in Goslar erreichten.

»Wer hier wohnt, hat andere Sorgen, ob es weniger sind, bezweifele ich«, entgegnete Brauer. Das Navi führte sie über die Ohlhofbreite in den Theodor-Heuss-Ring. Brauer ließ den Wagen im Schritttempo rollen und schaute sich interessiert die Häuser und geschmackvollen Anlagen an. *Hier wohnen Mittelständler und Wohlhabende,* registrierte er. »Gepflegtes Wohnviertel, nicht wahr?«

»Zu gepflegt. Das wirkt auf mich wie ne Schrebergartenanlage für Betuchte«, meinte Steffen. Brauer lachte. »Da vorne ist es«, sagte Steffen und zeigte voraus auf einen weiß gestrichenen Winkelbungalow mit großzügig verglasten Fronten. An Größe und Bauweise hob er sich deutlich von den anderen Häusern ab, ebenso die breite Einfahrt, die von hohen Zaunpfosten gerahmt wurde. Auf einem davon glänzte ihnen die gesuchte Hausnummer auf einem Messingschild entgegen. Brauer parkte den Wagen auf der gegenüberliegenden Straßenseite am Bordstein. Sie stiegen aus, zogen ihre Jacken an und schauten sich um. Niemand war zu sehen, nur ein blauer Audi GT kam vorbei und bog zwei Häuser weiter in die Einfahrt ein. Beide überquerten die Straße und gingen durch die Torpfosten über die gepflasterte Zufahrt zum Haus. Brauer schlenderte den Weg entlang und schaute sich nach rechts und links um, als besichtigte er eine Gartenschau. Rhododendronbüsche wechselten mit japanischem Ahorn, Gräsern und Heide. Findlinge zwischen den Pflanzen erweckten den Eindruck einer natürlich gewachsenen Fläche.

»Ich bin begeistert«, sagte er, »sowas hätte ich auch gerne.«

»Der macht locker dreihundert Spitze«, kommentierte Steffen die Bemerkung.

Brauer sah ihn schief von der Seite an. »Ich rede von dem Garten, du Scherzkeks«, stellte er klar.

»Und ich von dem roten Flitzer dort vor der Garage.« Steffen ging hinüber, legte seine Hand als Blendschutz über die Stirn und stierte durch die Seitenscheibe. »Sowas hätte ICH gerne«, sagte er.

»Bleib lieber bei deinem Astra«, riet Brauer, »der Porsche passt nicht zu deiner Besoldungsgruppe.«

Sie erreichten den Eingang, der von zwei dorischen Säulen flankiert wurde. Ein melodisches Ding-Dong war zu hören, als Brauer den Klingelknopf betätigte. Schritte näherten sich nach wenigen Augenblicken, dann wurde geöffnet. Eine Frau mit stechenden Habichtsaugen und kantigem Gesicht stand in der Tür. Wie ein Rammbock platzierte sie ihren massigen Körper in der Türöffnung. Ihr Blick scannte Brauer und Richter von unten nach oben ab.

»Nicht schon wieder! Verschwinden Sie sofort, sonst rufe ich die Polizei!«, blaffte sie die beiden an und schloss die Tür, ohne auf eine Erklärung zu warten. Brauer und Richter standen wie abgekanzelte Rotzlöffel vor dem Eingang und sahen sich verdutzt an. Dann zogen sie ihre Dienstausweise aus der Tasche und Brauer drückte erneut den Klingelknopf. Die Tür ging auf. »Zum letzten Mal, ich...« Abrupt unterbrach sie ihre Androhung, als sie auf die hochgehaltenen Ausweise blickte.

»Ich bin Hauptkommissar Brauer und das ist mein Kollege, Kommissar Richter. Wir sind bei Herrn Kleinschmidt angemeldet«, lächelte Brauer ihr entgegen.

»Warum sagen Sie das nicht gleich?«, franzte sie ihn an. »Sie sehen nicht wie Kriminalkommissare aus«, rechtfertigte sie sich, trat einen Schritt zur Seite und winkte beide herein. »Es gab in letzter Zeit einige seltsame Hausbesuche in der Gegend. Und Wohnungseinbrüche«, erklärte sie weiter, »es treibt sich allerhand Gesindel herum.«

Als sie die Eingangshalle betraten, hatte Brauer das Gefühl, in eine Kunstausstellung zu kommen. An den Wänden protzten farbenprächtige Gemälde, allesamt modern und abstrakt gemalt. Der reichlich verzierte Garderobenschrank aus Eichenholz musste allein schon eine antiquarische Kostbarkeit sein, schätzte er. Vor der raumhoch verglasten Seitenwand stand eine gesteppte Leder-Sitzgarnitur.

»Bitte nehmen sie doch einen Augenblick Platz«, sagte sie und verstaute ihre Jacken in dem Schrank. »Ich werde sie bei Herrn Kleinschmidt melden.« Sie verschwand mit kurzen Schritten. Tack-tack-tack, klapperten ihre Absätze auf dem Marmorboden. Brauer setzte sich. Steffen stand mit zusammengekniffenen Augen dicht vor einem Gemälde und stieß beinah mit der Nase daran.

»Fass bloß nichts an«, warnte ihn Brauer, »die kosten sicher mehr, als du in einem Jahr verdienst.«

»Meinst du? Dann können sie ja nicht so wertvoll sein«, scherzte Richter und griente dabei.

Die tackernden Schritte kamen zurück. »Herr Kleinschmidt hat jetzt Zeit für Sie. Folgen Sie mir.« Sie ging voraus den Flur entlang, hielt vor einer zweiflügeligen Tür und klopfte zaghaft an. Ohne eine Aufforderung abzuwarten, öffnete sie. »Die Herren von der Kripo, Herr Kleinschmidt.« Sie trat zur Seite und ließ Brauer mit Richter passieren.

Hinter einem modernen Glasschreibtisch, der von der Länge einem Tapeziertisch in nichts nachstand, saß er vor dem Bildschirm eines Laptops. *Das ist er also, DER Kleinschmidt,* dachte Brauer, *über den sich alle das Maul zerrissen.* Er hatte ihn sich ganz anders vorgestellt, nicht so schmächtig und jungenhaft. Brauer schätzte ihn auf Ende vierzig. Seine vollen, dunklen Haare und die solariumgebräunte Haut ließen ihn fast jugendlich aussehen. Er fuchtelte mit dem Finger in Richtung einer Besprechungsecke mit rundem Tisch.

»Nehmen Sie dort Platz«, sagte er in einem glasklaren

Ton und richtete seinen Blick weiterhin auf den Bildschirm. Brauer und Richter setzten sich auf die bequemen Metallstühle und guckten sich um. Auch dieser Raum war gespickt mit Kunstgegenständen. In einer Vitrine des wandfüllenden Schrankes hinter dem Schreibtisch standen drei Bronzeskulpturen. Vor der Fensterfront posierte die Marmorstatue einer nackten Frau auf einem Steinsockel.

»So, und nun zu Ihnen«, sagte er, als wolle er eine Standpauke ankündigen, stand auf und kam zu ihnen herüber. Er trug einen dunkelblauen, maßgeschneiderten Anzug und Brauer fühlte sich in seiner Einschätzung bestätigt, als er die Rolex an seinem Handgelenk entdeckte.

»Ich sag es Ihnen gleich«, begann er ohne Grußworte, »ich habe nur wenig Zeit. Er setzte sich dazu und musterte seine beiden Besucher knapp. »Sie sehen nicht wie Kripobeamte aus.«

Brauer gingen diese Bemerkungen über sein Äußeres langsam auf die Nerven. Er ignorierte diese Taktlosigkeit und sagte: »Wir haben nur eine einzige Frage.«

Kleinschmidt beugte sich etwas vor und holte Luft. »Und deshalb kommen Sie extra hierher und stehlen mir meine Zeit? Das hätten wir auch am Telefon klären können«, entrüstete er sich.

»Ich mache mir gerne ein umfassendes Bild bei meinen Ermittlungen, und außerdem bekommen Worte oft ein anderes Gewicht, wenn sie den Menschen dabei in die Augen sehen«, konterte Brauer. Richter sah Brauer verdattert an, aber mischte sich nicht ein, sondern wandte sich seinem Notizblock zu.

»Also, was wollen Sie wissen«, wich Kleinschmidt aus.

»Wer hat von Ihrer Absicht, ein Kunstwerk zu ersteigern, und von dem deponierten Geld in der Bank gewusst?«

Kleinschmidt rückte seine Seidenkrawatte zurecht.

»Der Kunsthändler in den Niederlanden, Herr Luuk de Jonge, und die Harzer Privatbank selbstverständlich. Ich habe keine Ahnung, wie dort die Informationen weiter laufen. Allerdings ist bei solchen Geschäften absolute Vertraulichkeit selbstverständlich, und ich konnte mich bisher immer darauf verlassen. Haben Sie einen konkreten Verdacht?«

»Nein«, antwortete Brauer, »aber wir müssen in alle Richtungen denken.« Er räusperte sich und fragte: »Wer wusste in Ihrem privaten Umfeld davon?«

Kleinschmidt machte sich auf dem Stuhl größer und seine Augen zogen sich ein bisschen zusammen. »Nur meine Frau«, antwortete er zögerlich.

»Ich würde gerne mit ihr sprechen, wenn möglich«, sagte Brauer.

»Sie glauben doch wohl nicht, dass meine eigene Frau«, empörte er sich und korrigierte erneut die Krawatte. Brauer bemerkte diese eigenartige Angewohnheit und glaubte darin eine gewisse Unsicherheit zu erkennen.

»Wie ich schon sagte, wir müssen in alle Richtungen gehen, bitte verstehen Sie das. Ich möchte es nur zweifelsfrei ausschließen können.«

Konstantin Kleinschmidt sah beide eine Weile abwechselnd an, dann stand er auf, ging zum Schreibtisch und drückte eine Taste am Telefon. »Frau Krüger, bitten Sie meine Frau zu mir ins Arbeitszimmer.«

Er blieb am Schreibtisch sitzen und tippte etwas auf der Computertastatur. Wenig später betrat eine schlanke, hochgewachsene Frau den Raum. Sie trug eine hellblaue Jeans, eine rote Bluse mit grauer Weste darüber. Ihre brünetten Haare hatte sie linksseitig schulterlang wachsen lassen, sonst kurz. Ungewöhnliche Frisur, fand Brauer, aber es stand ihr. Auffällig war, dass sie ihren Kopf leicht verdreht hielt. Lächelnd schaute sie zu ihrem Mann, dann zu den beiden Gästen. Brauer und Richter erhoben sich.

»Entschuldige, Melina«, sagte Kleinschmidt und strich seine Krawatte glatt, »das sind zwei Herren von der Kripo, wegen des Banküberfalles in Bad Lauterberg, weißt du? Sie möchten dich dazu befragen.«

Sie kam zu ihnen an den Tisch. Brauer und Richter standen auf. Um Melina Kleinschmidts blaugrüne Augen herum zeigten sich Lachfältchen, als sie Brauer die Hand reichte. »Guten Tag. Sehr gerne, aber wie kann ich Ihnen helfen?« Ihre Augen streiften kurz Brauers Fliege.

»Guten Tag, Frau Kleinschmidt«, grüßte er. »Ich bin Ralf Brauer von der Kripo Northeim und das ist mein Kollege Steffen Richter.« Sie gab Steffen ebenfalls die Hand.

»Aber bitte nehmen Sie doch wieder Platz«, sagte sie und setzte sich an die Stirnseite des Tisches. Brauer wunderte sich, dass sie fortwährend ihre linke Gesichtshälfte abgewandt hielt, als wollte sie etwas verbergen.

Konstantin Kleinschmidt stellte sich hinter seine Frau und legte die Hände auf ihre Schultern. »Ich denke, Sie brauchen mich nicht mehr«, sagte er, »ein dringender Termin ist noch zu erledigen.« Er gab seiner Frau einen flüchtigen Wangenkuss und verließ das Arbeitszimmer, ohne sich zu verabschieden.

»Darf ich Ihnen etwas zu trinken anbieten?«, fragte sie.

Brauer schaute kurz zu Steffen, der den Kopf schüttelte. »Nein danke, sehr freundlich, aber wir wollen Sie auch nicht lange aufhalten.«

»Gut! Was möchten Sie wissen?«, fragte sie in ernsterem Tonfall und schlug ein Bein über.

»Nun«, begann Brauer, »wir müssen davon ausgehen, dass die Bankräuber von dem Geld, das Ihr Mann in der Bank deponieren ließ, gewusst haben.«

»Wie kommen Sie zu der Annahme?«, unterbrach sie ihn.

»Bankfilialen halten nur wenig Bargeld vor«, erklärte er, »dafür lohnt sich das Risiko eines Überfalles kaum, jedenfalls nicht für eine skrupellose Profibande, mit der wir es hier zu tun haben.«

»Ich verstehe«, sagte sie. »Wie gefährlich sind die?«, fragte sie nach.

»Die haben inzwischen zwei Menschen auf dem Gewissen und ein Kind entführt«, antwortete Brauer.

»Was? Ein Kind?«, rief sie entrüstet und richtete erschrocken ihren Blick ruckartig auf Brauer. Ihre einseitig langen Haare wehten dabei nach hinten und gaben den schrecklichen Anblick frei. Brauer verzog reflexartig den Mund, als spürte er ihren Schmerz mit. Eine blaurote Brandnarbe bedeckte die linke Gesichtshälfte bis zum Ohrläppchen. Sofort drehte sie den Kopf zurück und sortierte hastig die Haare mit den Fingern über die entstellende Narbe. Brauer spürte ihre Verlegenheit. Auch ihm war die Situation peinlich. Richter schaute starr auf seinen Notizblock und tat so, als hätte er nichts gesehen.

Brauer räusperte sich genierlich, bevor er antwortete: »Ja, das sind Teufel, und sie gehören hinter Schloss und Riegel.« Er beugte sich etwas nach vorn. »Deshalb meine Frage an Sie«, fuhr er fort, »haben Sie mit irgendjemandem über den geplanten Kunstdeal Ihres Mannes gesprochen?«

Melina Kleinschmidt schlug das andere Bein über und zuckte nervös mit den Schultern. »Mit wem sollte ich darüber gesprochen haben?«, stellte sie die Gegenfrage in einem Tonfall, als hätte man sie ertappt. Brauer spürte ihre Verunsicherung. Hatte sie etwas zu verheimlichen? Er sah ihr einen Moment lang fest in die Augen, denn er wusste, so konnte man Menschen aus der Reserve locken und von ganz alleine zum Reden bringen. »Haben Sie sonst noch Fragen«, parierte sie seinen Blick souverän und stand auf. Brauer und Richter erhoben sich ebenfalls.

»Nein, im Augenblick nicht«, antwortete Brauer und gab ihr seine Visitenkarte. »Falls Ihnen doch noch etwas zu dieser Sache einfällt, rufen Sie mich bitte an.«

»Gerne«, sagte sie und ging einige Schritte zur Tür, »ich bringe sie nach draußen.«

Im Korridor nahm sie die Jacken aus dem Garderobenschrank. Während Brauer in seine Steppjacke schlüpfte, fragte er zögerlich: »Darf ich sie etwas Persönliches fragen?«

»Die Narbe in meinem Gesicht stammt von einem Auto-unfall. Das wollten Sie doch wissen, nicht wahr?«, antwortete sie geradlinig.

»Ich wollte Ihnen nicht zu nahe treten. Entschuldigung«, sagte er und zog den Reißverschluss seiner Jacke hoch.

»Ist schon gut«, erwiderte sie, »ich kenne diese Blicke und die Fragen dahinter, trotzdem werde ich mich nie daran ge-wöhnen.«

»Es tut mir leid, dass Ihnen so etwas passiert ist«, bedau-erte Brauer.

Sie öffnete die Haustür. »Zum Glück kann man solche Makel heutzutage kosmetisch gut verbergen, zumindest zeit-weilig.«

Brauer und Richter traten nach draußen auf das Podest und verabschiedeten sich von ihr.

»Was hältst du von ihr?«, fragte Brauer, nachdem sie eine Weile auf dem Rückweg unterwegs waren.

»Hm«, grübelte Richter, »sie wirkte unsicher, als wenn sie etwas zu verbergen hat«, mutmaßte er.

»Das ist auch mein Eindruck«, schloss sich Brauer der Einschätzung an. »Wir sollten uns die Frau noch etwas ge-nauer ansehen. Finde bitte alles über ihre Vergangenheit und diesen Unfall heraus.«

Kurz nach siebzehn Uhr betraten sie das Büro. Ina saß noch am Schreibtisch und telefonierte gerade. »Selbstver-ständlich, ich sag ihm sofort Bescheid, wenn er zurück ist«, sagte sie und sah Brauer dabei an. Sie legte auf.

»Wem sagst du worüber Bescheid?«, fragte Brauer und hing die Jacke an den Haken. Steffen goss Kaffee ein.

»Herrn Trüter, dass du wieder zurück bist. Er möchte dich nämlich umgehend sprechen. Also jetzt.«

»Jetzt«, betonte Brauer, »trinke ich erst meinen Kaffee.«

Er ging mit der Tasse, die ihm Steffen gereicht hatte, zu seinem Schreibtisch.

»Wieso bist du um diese Zeit noch im Büro?«, stichelte Steffen, »das kenne ich ja gar nicht von dir.«

»Nun arbeiten wir schon so lange zusammen und du weißt so wenig über mich«, gab Ina zynisch zurück. »Ich wollte wissen, wie dieser Kleinschmidt so ist. Frauen sind nämlich neugierig. Nur dass du nicht denkst, dein Arbeitsfieber hätte mich angesteckt.«

»Ganz bestimmt nicht«, konterte er, »dagegen bist du absolut immun.« Er lachte und setzte sich an seinen Platz.

»Freut mich, dass du Spaß hast, aber erzähl mal. Wie ist der Kleinschmidt so?« Ina blickte über ihren Bildschirm hinweg.

»Nun ja, er ist eben ein Ekelpaket, und das Gespräch hat uns nicht wirklich weitergebracht. Nur seine Frau scheint etwas zu verheimlichen.«

Ina sprang plötzlich von ihrem Stuhl auf. »Ihr habt mit seiner Frau gesprochen?«, fragte sie mit gekünstelter Fistelstimme. »Habt ihr ihre Narbe gesehen?« Sie verzog den Mund dabei.

»Du hast davon gewusst?«, mischte sich Brauer ein, der das Gespräch aus seinem Glaskasten heraus mitverfolgt hatte. »Woher?«, wollte er wissen.

»Kennst du Marie Kaiser?«, fragte Ina, »die wohnt in Herzberg.«

»Nee, kenn ich nicht«, sagte Brauer.

»Sie arbeitet in der Rehaklinik in Bad Lauterberg«, fügte sie hinzu.

»Na und? Weiter«, drängelte Brauer.

»Als Physiotherapeutin«, ergänzte Ina.

»Schön für sie«, raunte Brauer und verdrehte die Augen.

»Marie ist eine alte Freundin von mir.«

»Och Ina! Jetzt komm endlich auf den Punkt, Mensch!«, funkte Steffen dazwischen.

»Bleib mal locker«, pfiff sie ihn zurück. »Jetzt kommt's: Melina Kleinschmidt hat in der Klinik vor einigen Jahren nach einem schweren Verkehrsunfall eine Reha gemacht. Daher weiß ich von der Narbe.«

»Na endlich«, stöhnte Steffen. »Ruf deine Freundin bitte an und frag, wann wir mit ihr sprechen können.«

Ina sah Brauer an. »Soll ich?«

Brauer nickte. »Aber das machst du allein, Steffen«, bat er, »ich brauche mal wieder einen Bürotag.«

»Geht klar«, sagte Steffen, »und ruf jetzt Trüter an.«

Brauer griff zum Telefon. »Mensch Brauer«, brüllte Trüter aufgeregt, als er den Anruf annahm, »ich habe mir die Akte noch einmal genauer angesehen. Was ist an diesem Geocacheversteck dran? Warum haben Sie den Owner noch nicht ermittelt? Muss man denn alles selber machen?«

»Den haben wir ermittelt. Sascha Meißner aus Duderstadt«, antwortete Brauer gelassen.

»Und warum steht das noch nicht in der Akte?«, beschwerte er sich.

»Weil die noch bei Ihnen liegt«, erwiderte Brauer.

»Ach so – ja«, stotterte er, »was schlagen Sie vor, Brauer?«

»Wir könnten noch Unterstützung gebrauchen. Was halten Sie davon, Beate Jakobi und Frank Becker nach Duderstadt zu schicken?«

»Das könnte Ihnen so passen«, blaffte er durchs Telefon, »die beiden musste Neumann kurzfristig aus der Soko abziehen. Die sollen sich um die Automatensprengung am Bahnhof in Katlenburg kümmern. Zu diesem Meißner müssen Sie schon selber fahren, aber bald, wenn ich bitten darf. Sie haben schon viel zu viel Zeit verstreichen lassen.«

Trüter legte einfach auf. Brauer schüttelte ärgerlich den Kopf. Aber was sollte er machen? Er brauchte endlich konkrete Verdachtsmomente. Und am besten eine Festnahme, sonst würde dieser Fall eine herbe Niederlage für ihn werden. Was Trüter gnadenlos für sich ausschlachten würde. Und nicht nur der, auch Beate Jakobi. Ihr schadenfrohes Grinsen sah Brauer schon vor sich, und der Gedanke daran behagte ihm ganz und gar nicht.

»Marie hat morgen Dienst«, rief Ina durchs Büro. Sie hatte in der Zwischenzeit telefoniert.

»Okay, dann fahre ich gleich morgen nach Bad Lauterberg«, sagte Steffen.

»Sie ist hübsch. Sie wird dir gefallen«, schickte Ina noch nach.

»Das wird eine Befragung, kein Rendezvous!«, stellte Steffen klar.

»Ich mein ja nur«, neckte sie.

BAD LAUTERBERG
FREITAG, 09.10.2015

Marie Kaiser war nicht nur hübsch, sie war bezaubernd. Mit einem grazilen Gang, wie ihn sonst nur Mannequins beherrschen, kam sie den Flur entlang auf Steffen Richter zu. Ihre mittelblonden Haare fielen ihr bis auf die Schulterblätter herunter und wogten leicht hin und her. Sie trug einen blütenweißen Kittel, und ihre Knie schoben sich bei jedem Schritt durch den unteren Schlitz der Knopfreihe und zogen Steffens Blicke fast magisch an. Er musste sich zwingen, seine Augen davon abzuwenden. Ihr rot geschminkter Mund lächelte und weiße, ebenmäßige Zähne strahlten zusammen mit ihren blauen Augen zu ihm herüber.

»Guten Tag, ich bin Marie Kaiser«, grüßte sie mit beinah kindlicher Stimme. Steffen reichte ihr die Hand.

»Guten Tag. Ich bin Steffen Richter.« Er zeigte ihr seinen

199

Dienstausweis. »Kripo Northeim«, fügte er hinzu.

»Ich habe aber nichts ausgefressen«, sagte sie und lächelte noch immer.

»Davon bin ich überzeugt, Frau Kaiser. Ich möchte Sie auch nicht vernehmen, sondern zu einer ehemaligen Patientin, Frau Melina Kleinschmidt, befragen, die in dieser Klinik eine Reha gemacht hat.«

Ihr Lächeln verblasste ein wenig. »Ja, ich kann mich erinnern. Das ist die Frau von dem Unternehmer Kleinschmidt.«

»Genau, die meine ich«, bestätigte Richter.

»Ich habe gerade Mittagspause, lassen Sie uns ein Stück gehen«, schlug sie vor und führte Steffen Richter nach draußen. Sie gingen die Straße entlang, die zum Wiesenbeck führte. Steffen Richter kannte diesen Weg, den er früher schon einmal zum Schwimmbad entlang gefahren war. Ein Stück weiter setzten sie sich auf eine Bank. Sie schlug ein Bein über das andere, als wenn sie absichtlich ihre schlanken Knie präsentieren wollte. Steffen sah ihr bewusst ins Gesicht, aber im Blickfeld tauchte immer wieder ihr reizendes Bein auf. *Macht sie das mit Absicht,* fragte er sich. Steffen wusste, dass ihm die Frauen zugetan waren. Aber es nervte ihn, wenn sie ihn mit ihren Reizen provozierten. Ina war ganz anders, und das gefiel ihm an ihr. Dennoch konnte er keine feste Beziehung gebrauchen. Frauen und Autos vertrugen sich wie Feuer und Wasser.

»Herr Richter? Sie wollten mich etwas fragen.«

Steffen blinkerte nervös mit den Augen.

»Ja. Entschuldigen Sie, ich war gerade in Gedanken«, lenkte er ab und kam zum Thema. »Frau Kleinschmidt hatte vor fünf Jahren einen Autounfall und ist seitdem im Gesicht entstellt. Wie ist sie ihrer Meinung nach damit fertig geworden?«

»Ich weiß nicht, ob ich Ihnen darüber erzählen darf. Aber warum fragen Sie das Frau Kleinschmidt nicht selber?«

»Ermittlungstaktik, Frau Kaiser. Es geht um die Aufklärung schwerer Bandenkriminalität, wozu auch der Bankraub vor einigen Tagen hier in Bad Lauterberg gehört. Wir ermitteln auch im Umfeld der Betroffenen und sind auf solche Aussagen angewiesen«, erklärte Richter.

Marie Kaiser schaute ihn eine Weile unschlüssig an.

»Was wollen Sie wissen?«, fragte sie dann zaghaft.

»Erzählen Sie mir einfach, wie sie Frau Kleinschmidt erlebt haben, und vielleicht, welche Kontakte sie hatte.«

»Nun ja, sie hat darunter gelitten und sich anfangs wie ein scheues Kaninchen in seinem Bau verkrochen. Sie verließ selten ihr Zimmer, und wenn, trug sie ein Kopftuch, um die Vernarbung zu verbergen. Selbst das Essen mussten wir ihr bringen. Es war schwer, ihr Leid mit anzusehen.« Marie Kaisers Lächeln war nun gänzlich in eine Mitleidsmiene übergegangen. Sie schaute eine Weile stumm ins Leere. Steffen Richter wartete.

»Das gesamte Klinikteam hat sich einfühlsam um sie bemüht«, berichtete sie weiter. »Der Durchbruch kam, als eine Kollegin von einem Maskenbildner erzählte, der früher am Theater tätig war und nun selbstständig als Visagist, Friseur und Kosmetiker arbeitet. Der hatte es echt drauf und die Narbe fast unsichtbar geschminkt. Weiß der Kuckuck, wie er das gemacht hat.« Marie Kaisers Augen glänzten wieder. »Danach habe ich Frau Kleinschmidt zum ersten Mal lächeln gesehen. Sie war ihm unendlich dankbar, und ich glaube, die beiden hatten...« Sie sprach nicht weiter.

»Ein Verhältnis?«, beendete Richter den Satz.

»Ich will ja nichts gesagt haben, aber für mich sah das so aus«, meinte sie unverbindlich.

»Wer ist dieser Wunderkosmetiker?«

»Harald Komalke aus Goslar. Vergess ich nie. Alle nannten ihn Harry. Er hatte bald mehrere Kundinnen im Hause.«

»Aus Goslar, sagen Sie.« Richter ahnte bereits die Pointe. »Das ist doch ein super Hinweis«, freute er sich, stand auf. »Vielen Dank, Frau Kaiser, Sie haben uns sehr geholfen.«

Sie erhob sich ebenfalls und ihre anziehende Ausstrahlung flackerte erneut auf. Sie gingen zurück und blieben vor dem Eingangsportal stehen.

»Haben Sie keine weiteren Fragen?« Sie ließ etwas Enttäuschung durchklingen.

»Im Augenblick nicht«, antwortete Steffen und musste dabei schmunzeln.

»Schade. Grüßen Sie Ina bitte.«

»Mach ich. Auf Wiedersehen!« Richter ging zum Parkplatz und sah sich noch einmal um. Marie Kaiser stand hinter der Glasfassade des Einganges und winkte ihm zu.

***

»Na, hab ich dir zu viel versprochen?«, empfing ihn Ina, als er am späten Vormittag aus Bad Lauterberg zurückkehrte und das Büro betrat.

»Was hattest du denn versprochen?«, fragte Steffen, zog die Jacke aus und hängte sie an den Haken.

»Dass sie hübsch ist«, antwortete sie.

»Das sind nur Äußerlichkeiten«, wiegelte er ab.

»Ach, sie hatte wohl weder Heckspoiler noch Rallyestreifen, die wären dir bestimmt sofort aufgefallen – Mann! Du bist ein hoffnungsloser Fall.«

»Übrigens, ich soll dich von ihr grüßen«, schob er ein, »und der Fall ist nicht hoffnungslos. Ich hab Neuigkeiten.«

»Schieß los«, sagte Brauer, der aus seinem Büro gekommen war.

»Aufgepasst«, begann er zu berichten, »sie hatte während der Reha einen Visagisten kennengelernt, der ihr die Narbe so gut wie weggeschminkt hatte. Er heißt Harald Komalke, genannt Harry, und wohnt in Goslar. Und – haltet euch fest: Er hat sie nicht nur geschminkt.«

»Sondern?«, fragte Ina wie aus der Pistole geschossen und sah ihn erwartungsvoll an.

»Auch frisiert«, lachte Steffen, »was hast du denn

gedacht?« Schadenfroh schielte er in ihr enttäuschtes Gesicht. »Und noch etwas«, er machte eine kurze Spannungspause, »sie hatte offenbar ein Verhältnis mit ihm.«

»Hm«, überlegte Brauer, »den Harry sollten wir schnellstens besuchen. Steffen, zieh die Jacke wieder an. Ina, such die Adresse raus.«

»Hab ich schon«, sagte sie und schob einen Zettel über den Schreibtisch. Steffen und Brauer sahen sich an und nickten Ina erstaunt und anerkennend zu.

GOSLAR
FREITAG, 09.10.2015

Eine nicht enden wollende LKW-Kolonne schob sich auf der rechten Spur über die A7 in Richtung Norden. Auf der linken ging es nur wenig zügiger voran. Weit vor der Baustelle bei Seesen schien sich der dichte Freitagsverkehr zu sammeln, um sich dann als endloser Korso durch den Engpass zu zwängen. Zu allem Überfluss legte sich ein feiner Nieselregen auf die Autobahn und Hunderte Reifen spritzten die Nässe auf die Frontscheibe, sodass die Wischerblätter einen schmierigen Halbkreis auf die Scheibe zogen und die Spritzdüsen kaum dagegen halten konnten.

»Du hast doch auch bald Geburtstag«, fragte Steffen beiläufig.

»Ja, nächste Woche Sonntag«, antwortete Brauer in tiefer Tonlage. Er verzog keine Miene dabei.

»Freust du dich gar nicht darauf?«

»Die Zeit der Kindergeburtstage ist vorbei«, erklärte Brauer, »aus Vorfreude ist mehr und mehr Nachfreude geworden.«

»Wie meinst du das denn?«, fragte Steffen.

»Ich bin immer froh, wenn der Trubel wieder vorbei ist. Ich bin kein Partymensch.«

»Aber über ein kleines Geschenk freust du dich trotzdem. Oder?«

»Ich hab doch alles«, sagte er.

»Wirklich alles?«, hakte Steffen nach. Brauer blickte kurz zu Steffen rüber.

»Willst du mich aushorchen, Herr Kommissar? Keine Chance!«

»Du hast mal was von Schachspielen gefaselt«, sagte Steffen.

»Keine Chance«, wiederholte Brauer, »gib lieber die Adresse ins Navi ein.«

»Spielverderber«, raunte Steffen, holte den Zettel von Ina aus der Tasche und tippte das Ziel ins Navi.

In der Bozener Straße reihten sich zweigeschossige Wohnblöcke aneinander, alle im gleichen Baustil. Vor einem dieser Mietshäuser fuhr Brauer rechts ran und stellte den Motor ab. »Hier ist es«, sagte er.

Sie stiegen aus und liefen rasch durch den Regenschleier hinüber in den Eingang. Steffen suchte den Namen auf den Klingelschildern. »Hier, Komalke!«, sagte er und drückte sogleich auf den Knopf.

Es dauerte einen Moment, bis es in der Gegensprechanlage knackte. »Wer ist da?«, fragte eine verzerrte Stimme aus dem Lautsprecher.

»Ralf Brauer und Steffen Richter von der Kripo Northeim«, sagte Steffen dicht vor dem Lochgitter oberhalb der Klingelreihe. Nach einer längeren Pause meldete sich die Stimme erneut: »Was wollen Sie?«

»Mit Ihnen sprechen. Es ist wichtig«, antwortete Richter. Im Hintergrund schien sich eine andere Person einzumischen, die Brauer aber nicht verstand.

Abermals brauchte es eine Weile, bis sich jemand meldete. »Im Augenblick passt es schlecht. Ich bin beschäftigt!« Es knackte wieder, dann war die Verbindung unterbrochen.

»Na, so einfach lassen wir uns nicht abschütteln«, meinte Brauer.

Steffen Richter klingelte erneut. Es knackte wieder im Lautsprecher. »Wir können Sie auch vorladen«, sagte Richter und schnitt ihm das Wort ab. »Wie hätten Sie es gern?«, schob er noch nach. Es dauerte einige Sekunden, bis er Antwort bekam.

»Also gut, warten Sie«, sagte die Stimme nachgiebig. Der Türöffner summte und Richter drückte das Türblatt mit der Schulter auf.

»Geht doch«, meinte er selbstzufrieden. Sie gingen hinein und suchten die Türschilder ab. Im ersten Stock auf der linken Seite wurden sie fündig. Brauer drückte den Knopf und ein elektronisch geleierter Ton war gedämpft zu hören. Schritte kamen von der anderen Seite auf die Tür zu, verstummten für einen Moment, dann wurde ein Schlüssel im Schloss gedreht und die Tür geöffnet. Ein korpulenter Mann mit dunklen, kurz geschnittenen Haaren und einer schwarzen Hornbrille erschien, stützte die rechte Hand gegen den Türrahmen und hielt mit der linken das Türblatt fest. Brauer und Richter zeigten ihre Ausweise vor.

»Hauptkommissar Brauer. Das ist mein Kollege, Kommissar Richter. Sind Sie Harald Komalke?« Sie steckten die Ausweise ein.

»Was wollen Sie von mir?«, sagte er mit tiefer Stimme und versperrte weiterhin die Tür.

»Das sollten wir nicht hier im Treppenhaus besprechen«, schlug Brauer vor.

Komalke gab den Eingang frei. Brauer und Richter gingen ein Paar Schritte in den Korridor hinein. Der Rest von Essensgeruch wehte ihm in die Nase. Brauer ließ seine Augen schweifen und verschaffte sich einen ersten Überblick. Eine Wandgarderobe, an der einige Jacken hingen, ein Schirmständer ohne Inhalt und ein Paar braune Halbschuhe, das ordentlich auf einer Gummimatte abgestellt war. Neben einer Holzkiste stand ein übergroßer Trolley mit verchromten Verschlüssen und Schubfächern, wie Brauer ihn noch nicht gesehen hatte. Der Raum wirkte aufgeräumt. Komalke führte sie zwei Türen weiter ins Wohnzimmer, das mit Kiefermöbeln eingerichtet war. Ein Schrank, eine Anrichte und ein raumhohes Bücherregal. Vor dem Fenster stand ein Schreibtisch mit einem aufgeklappten Laptop. Auf dem Tisch lagen eine Tageszeitung und ein Pornomagazin, das Komalke eilends unter die Zeitung schob.

In einem der beiden Sessel seitlich vom Tisch saß ein Mann mit halb fertig verbundener rechter Hand. Ein Stück der Mullbinde baumelte noch herunter. Er hatte volles, dunkelblondes Haar und eine kräftige Figur.

»Guten Tag«, grüßte Brauer und stellte sich und Richter vor.

»Tach«, sagte er kurz angebunden mit heiserer Stimme.

»Was ist mit ihrer Hand passiert?«, erkundigte sich Brauer.

»Mit meiner Hand? Ja – äh.«, stotterte er, als müsse er sich eine Antwort überlegen. »Na ja, ich bin Automechaniker und habe Harrys Auto repariert. Manche Schrauben sind aber auch verdammt fest, wenn man da abrutscht. Sie sehen ja selbst.« Seine Finger zeigten Spuren von handwerklicher Arbeit. *Schwarze Riefen in der Hornhaut konnten von Autoschmiere stammen,* dachte Brauer.

Komalke wickelte ihm den Rest der Binde um die Hand und fixierte den Verband mit einer Gummikralle. Brauer schaute sich inzwischen genauer um. Im Bücherregal entdeckte er neben Fachliteratur über Kosmetik auch Handbücher für Maskenbildner und Special Effects Make-up sowie Krimis und Romane. Sogar Namen wie Günter Grass und Berthold Brecht fand er unter den Büchern.

»Wie heißen Sie bitte?«, fragte Steffen den Mann mit der Verletzung. Der sah zu Komalke auf, als wolle er ihn um Erlaubnis fragen, bevor er antwortete.

»Sebastian Schmidtke«, sagte er nach einigem Zögern.

»Sie beide sind gute Bekannte, nehme ich an«, mutmaßte Steffen.

»Moment mal«, mischte sich Komalke energisch ein, »jetzt sagen Sie mir bitte erst einmal, was Sie von mir wollen, ehe Sie uns ausfragen.«

»Natürlich«, meinte Brauer und erklärte: »Wir ermitteln in dem Bankraub vor drei Wochen in Bad Lauterberg.«

Ein vages Zucken huschte über Komalkes Brauen.

»Was habe ich damit zu tun?«, fragte er entrüstet.

»Haben Sie denn etwas damit zu tun?«, fragte Brauer zurück.

»Nein! Genügt das?«, antwortete er frostig.

Sebastian Schmidtke zog eine Packung R6 aus der Brusttasche seines Hemdes und fummelte eine Zigarette heraus.

»Bax! Nicht hier drin!«, fauchte Komalke ihn an.

Schmidtke steckte die Kippe zurück und schmiss die Schachtel verachtungsvoll auf den Tisch. Komalke kaute nervös auf der Unterlippe herum.

»Darf ich mir Ihre Bücher ansehen?«, fragte Richter beiläufig dazwischen.

»Aber bitte genau wieder an ihren Platz stellen«, sagte Komalke, wobei sein Blick auf Brauer fixiert blieb. »Wie sind Sie ausgerechnet auf mich gekommen?«, fragte er.

»Ermittlungsarbeit«, ließ Brauer ihn wissen und bemerkte, wie Komalke nun deutlich seine Brauen hob. »Was machen Sie beruflich?«, fragte Brauer unvermittelt.

»Ich betreibe ein mobiles Kosmetikstudio und behandle meine Kundinnen zu Hause. Das ist mein Geschäftsmodell.«

»Der große Trolley im Flur, ist das Ihr Utensilienkoffer?«

»Ja, einer davon«, gab er zu verstehen.

»Kosmetikstudios gibt's wie Sand am Meer«, meinte Brauer, »lohnt sich das denn?«

»Ich pudere den Damen nicht nur die Nase, sondern

mache aus einem Nullachtfünfzehn-Gesicht ein Charakter-Face«, erklärte er und Brauer hörte eine Dosis Stolz in seiner Stimme mitschwingen.

Brauer zeigte sich überrascht. »Wie muss ich mir das vorstellen?«, fragte er nach.

»Ich bin gelernter Maskenbildner und verstehe mich außer auf Schminken auch auf Gesichtskorrekturen von – sagen wir – kleinen Makeln oder Unebenheiten.« Komalke schlurfte, während er antwortete, zum Fenster, und blickte durch die Maschen der Gardine nach draußen.

»Nur kleine Unebenheiten?«, bohrte Brauer nach.

»Nein, auch solcherlei Unzierde wie Feuermale oder Narben«, erklärte er und blickte weiter stur nach draußen.

»Auch solche wie bei Frau Kleinschmidt?«, brachte es Brauer auf den Punkt. Komalke drehte sich augenblicklich vom Fenster weg wobei sein Adamsapfel einmal rauf und runter tanzte. »Sie ist eine Kundin von mir«, gab er zu.

»Nur eine Kundin?«, fragte Brauer und ließ in der Betonung durchblicken, dass er mehr wusste.

»Eine gute Kundin«, wehrte er die Anspielung ab.

»So gut, dass Sie Ihnen Bücher mit Dankeswidmung schenkt«, fragte Richter dazwischen.

Komalke richtete seine Augen mit dunklem Blick ruckartig auf Steffen Richter, stampfte mit gerötetem Gesicht auf ihn zu und riss ihm das Buch aus der Hand.

»Was fällt Ihnen ein?«, brüllte er los, »Finger weg von den Büchern. Oder haben Sie einen Durchsuchungsbeschluss?«

»Nein«, antwortete Richter ruhig , »aber ich habe Sie vorhin gefragt.«

Komalke schob das Buch ungestüm ins Regal zurück und wirkte angespannt. Auch Schmidtke war aufgesprungen, und seine Augen zuckten wie bei einem gereizten Rottweiler zwischen Brauer und Richter hin und her. Die beiden Männergruppen beäugten sich misstrauisch. Schmidtke legte die Hände auf den Rücken und schlich sich Schritt für Schritt rückwärts auf den Schrank zu. *Lag dort eine Waffe?* Brauer wurde unruhig.

»Bax!«, rief Komalke, als wolle er einen Hund zurückpfeifen, und deutete ein Kopfschütteln an. Schmidtke nahm die Hände nach vorn und blieb stehen. *Beide haben etwas zu verbergen, sonst würden sie nicht so aufgeregt reagieren,* überlegte Brauer. Eine aggressive Atmosphäre beherrschte urplötzlich den Raum und drohte zu eskalieren. Brauer führte keine Waffe mit sich. Seine P7 nahm er nur zu brenzligen Einsätzen mit oder wenn sie vorhatten, jemanden festzunehmen. Richter hielt es genauso.

»Wollen wir uns nicht setzen?«, schlug Brauer vor, um die Situation zu entspannen. Komalke verteilte noch einige skeptische Blicke, dann setzte er sich auf das Sofa. Schmidtke nahm neben ihm Platz. Brauer und Richter platzierten sich gegenüber auf die beiden Sessel.

»Wo waren Sie am 16. September so gegen dreizehn Uhr?«, fragte Brauer unvermittelt.

Komalke stand auf, ging zum Schreibtisch rüber und kam mit einem Buchkalender zurück. Er schlug ihn auf und blätterte darin.

»Sechzehnter September, sagten sie?« Brauer nickte. Er schlug noch einige Seiten hin und zurück und schien dann die richtige Stelle gefunden zu haben. »Da war ich bei einer Kundin.«

»Hat die auch einen Namen?«, fragte Brauer.

»Julia Heitkamp«, antwortete er.

»Das kann ich bezeugen«, warf Schmidtke ein. Brauer staunte nicht schlecht.

»Wie das?«, fragte er.

»Jyl, ich meine Julia, ist meine Lebensgefährtin«, erklärte Schmidtke.

»Und wo wohnen Sie?« Er gab Brauer die Adresse in Harlingerode.

»In welcher Werkstatt arbeiten Sie als Automechaniker«,

fragte Richter.

»Ich bin selbständig«, erklärte er, »ich möbele Gebrauchtwagen auf oder flicke Unfallautos wieder zusammen.«

»Verstehen Sie sich auch auf Tuning?«, fragte Richter nach. Brauer schielte Richter von der Seite an. *Der fängt doch jetzt keine Fachsimpelei über Autofrisieren an,* befürchtete er.

»Klar!«, legte Schmidtke schwärmerisch los, »Fahrwerk, Karosserie, Sound, Spur verbreitern, was Sie wollen. Ich mache Ihnen aus jeder Nuckelpinne einen heißen Rennofen. Da träumen Sie von.«

»Das heißt, Sie sind beide echte Tuning-Künstler und können Gesichter von Menschen oder Autos beliebig verändern. Sehe ich das richtig?«, mischte sich Brauer ein.

Komalke sah ihn stur an und ließ sich Zeit. »Sie sollten jetzt gehen«, wich er der Antwort aus. »Ich muss noch einen Hausbesuch machen und mich vorbereiten.« Er stand auf und wartete, bis sich Brauer und Richter ebenfalls erhoben. Dann ging er voraus auf den Flur und öffnete ihnen die Wohnungstür.

»Eine Frage noch, Herr Komalke«, bat Brauer noch in der Tür stehend. »Wie gut kennen Sie Herrn Kleinschmidt?«

Komalke schien überrascht zu sein und überlegte kurz. »Er ist ein großkotziges Arschloch«, gab er zur Antwort. In seinem Gesicht konnte man Verachtung erkennen.

»Vielen Dank! Auf Wiedersehen«, verabschiedete sich Brauer. Es hallte im Treppenhaus, als die Tür hinter ihnen ins Schloss fiel.

Der Nieselregen hatte aufgehört. Brauer schaute zum Himmel. Die Wolkendecke hatte sich aufgehellt. In der Ferne, an den Hängen des Harzes, schwebten Dunstschleier über den tropfnassen Wäldern. Brauer und Richter stiegen in den Dienstwagen und schlugen die Türen zu.

»Weißt du, wo wir jetzt hinfahren?« Brauer ließ im Tonfall erkennen, dass es eine rein rhetorische Frage war.

»Nach Harlingerode in die Viehweide«, bestätigte Richter und grinste breit. Brauer nickte und drehte den Zündschlüssel um. Steffen tippte rasch die Adresse von seinem Zettel in das Navi, dann legte Brauer den ersten Gang ein und ließ die Kupplung kommen.

Eine Viertelstunde später stoppte er den Wagen neben der Toreinfahrt vor dem Haus von Julia Heitkamp in der Viehweide. Sie stiegen aus und schauten sich um. Fachwerkhäuser mit Nebengebäuden und ausgebauten Stallungen prägten das Straßenbild, das wie eine abgedrehte Filmkulisse zu schlummern schien. Keine Menschenseele weit und breit. Ein Stück weiter überquerte eine Katze die Fahrbahn, blickte erschrocken die beiden Männer an und rannte davon.

Brauer und Richter gingen durch die Toreinfahrt in den Innenhof. Vor ihnen lag die Werkstatt von Sebastian Schmidtke, eine umgebaute ehemalige Scheune, deren offenes Holzschiebetor den Blick nach innen freigab. Im Dachgeschoss sah Brauer einen ausladenden Erker. *Offenbar eine Dachwohnung,* mutmaßte er. In der Werkstatt, über einer Montagegrube, stand ein roter Ford Mustang aus den Siebzigern, der sofort Richters Aufmerksamkeit fand. Er ging schnurstracks hinein und verschwand hinter der geöffneten Motorhaube des Oldtimers.

»Halt dich zurück. Wir sind hier nicht auf Gebrauchtwagensuche«, ermahnte ihn Brauer, doch Richter ließ sich nicht beirren. Augenblicke später tauchte er wieder auf und schaute sich um. Plötzlich winkte er Brauer gestenreich zu sich.

»Was gibt's?«, fragte er, als er die Werkstatt betrat. Es roch nach Öl und Benzin, so, wie er es von seiner Autowerkstatt in Osterode kannte.

»Sieh mal, dort!« Steffen Richter zeigte auf das Regal an der Seitenwand, in dem allerhand Ersatzteile lagen, die Brauer kaum zuordnen konnte. Er verstand nicht viel von Autos und Motoren.

»Was meinst du denn?«, fragte er irritiert.

»Na, da ganz oben.« Richter stellte sich dicht davor und zeigte zum obersten Fach. Brauer traute seinen Augen nicht. Dort lugte unter einer verrutschten Stoffplane die Blaulichtanlage eines Polizeifahrzeuges hervor.

»Sieh da, sieh da«, meinte Richter, »die Indizien verdichten sich.«

»Allerdings«, stimmte Brauer zu.

»Hallo! Kann ich Ihnen helfen?«, rief plötzlich eine kräftige Frauenstimme vom Hof her. Beide wirbelten erschrocken herum. Eine zartgliedrige Frau mit langen schwarzen Haaren stand vor dem Werkstatttor.

»Wenn Sie Julia Heitkamp sind, können Sie uns helfen«, erwiderte Brauer und schaute sie mitleidig an. Auf ihrer rechten Gesichtshälfte klaffte eine Platzwunde. Die Wange war geschwollen und blau unterlaufen. Ihr schmales Gesicht wurde durch die Schwellung leicht deformiert und wirkte wie eine Fratze.

»Die bin ich«, gab sie sich zu erkennen. Ihre feste Stimmlage harmonierte nicht so recht mit der schmächtigen Figur, fand Brauer. Sie musterte beide Männer. Ihr Blick blieb für einige Momente, wie gewohnt, an Brauers Fliege hängen. Dann schmachtete sie Steffen an und verzog den Mund zu einem misslungenen Lächeln. Es sah komisch aus in ihrem Zustand.

»Was ist denn mit Ihrem Gesicht passiert, wenn ich fragen darf?«, erkundigte sich Brauer.

»Das geht Sie nichts an«, gab sie kantig zurück. »Was wollen Sie hier? Wenn es um Autos geht, müssen Sie auf Herrn Schmidtke warten.«

Brauer war von ihrem abweisenden Ton überrascht. Beide zückten zugleich ihre Ausweise und hielten sie ihr vor. »Hauptkommissar Brauer«, sagte er knapp und wies auf Steffen, »Kommissar Richter.«

Ihre Augen verengten sich und sie leckte unbeholfen über ihre Lippen. »Was kann ich für Sie tun?« Ihre Stimme klang auf einmal kleinlaut.

»Wir haben ein paar Fragen an Sie«, erklärte Brauer, »aber vielleicht sollten wir besser hineingehen.«

»Können wir das nicht hier klären?«

»Nicht hier draußen«, lehnte Brauer ab und ging unaufgefordert auf den Hauseingang zu. Richter folgte ihm.

»Es sieht ziemlich unaufgeräumt aus«, sagte sie, lief voraus und stellte sich abweisend vor den Eingang. »Wir können auch in die Werkstatt gehen, da sind wir ungestört«, schlug sie vor. *Sie hat etwas zu verbergen,* ging es Brauer durch den Kopf.

»Frau Heitkamp«, begann er förmlich, »Ermittlungsarbeit ist mehr als nur reden, und Polizisten sind von Berufs wegen neugierig.« Sie blickte Brauer skeptisch an. »Ein Durchsuchungsbeschluss macht nur Arbeit«, drohte Brauer unterschwellig, denn er wusste, er hatte dafür zu wenig in der Hand.

»Aber vorher möchte ich aufräumen. So lasse ich Sie auf keinen Fall in meine Wohnung!«, gab sie zu verstehen. *Typisch Frau,* dachte Brauer.

»Kein Problem, wir warten«, sagte er. Sie verschwand im Haus. Steffen Richter ging zurück in die Werkstatt und schaute sich dort weiter um.

***

Jyl rannte die Treppe nach oben und schloss die Tür zu ihrem Arbeitszimmer auf, in dem Tim eingesperrt war. Er saß am Schreibtisch und zeichnete irgendetwas mit einem Buntstift auf ein Blatt Papier. Sie hatte ihm das Zeichenmaterial besorgt, damit er sich beschäftigen konnte und sich ruhig verhielt. Ein Radio hatte sie ihm ebenfalls reingestellt. Das Essen verweigerte er beharrlich und aß nur wenige Bissen, wenn man ihm Strafen androhte wie Radioverbot oder Malverbot. Auch einige Ohrfeigen hatte er deshalb schon einstecken müssen.

Er sprang auf, als Jyl das Zimmer betrat, und drückte sich in die Ecke neben dem Schrank.

»Wir kriegen Besuch«, sagte sie zu ihm, »wenn du einen Laut von dir gibst, muss deine Mama leiden. Hast du das verstanden?«

Aus Tims feuchten Augen starrte die blanke Angst ins Leere. Eine Träne rollte an seiner Wange hinunter.

»Setz dich auf den Boden!«, fauchte sie ihn an und wies mit dem Finger unwirsch zum Schreibtisch. Geduckt kam er vorsichtig aus der Nische hervor. Sie packte ihn am Arm, zog ihn heraus und schupste ihn vor sich her. Er setzte sich vor den Schreibtisch, legte die Hände nach hinten um das Tischbein herum, so, als wüsste er, was jetzt mit ihm geschehen würde. Jyl tastete auf Zehenspitzen stehend auf dem Schrank herum und holte ein Bund lange Kabelbinder und eine Rolle silberfarbenes Klebeband herunter. Zwei Kabelbinder zog sie daraus hervor. Vom Klebeband rollte sie einen Streifen ab, biss ihn mit den Schneidezähnen am Rand ein und riss es durch. Sie warf die Restrolle und das Bund zurück auf den Schrank. Mit einem Binder fesselte sie Tims Hände hinter dem Tischbein, mit dem anderen band sie seine Füße zusammen. Tim ließ es ohne Protest über sich ergehen, nur gegen das Klebeband, das Jyl ihm über den Mund ziehen wollte, wehrte er sich und drehte den Kopf zur Seite. »Wirst du wohl«, keifte sie ihn an, griff in seine Haare, zog ihm den Kopf in den Nacken und pappte ihm das Klebeband auf den Mund. Tim stammelte unverständliche Worte hervor, dann ließ er den Kopf hängen. Jyl verließ das Zimmer und schloss ab. In der Küche leerte sie eilig den Aschenbecher aus und stellte die Biergläser, die noch herumstanden in die Spülmaschine. Die Flaschen verstaute sie im Besenschrank. Mit einem letzten prüfenden Blick und einer raschen Korrektur der Tischdecke ging sie nach unten.

***

»Kommen Sie«, rief sie ihnen in der Haustür stehend zu. Brauer und Richter folgten ihr die Treppe hinauf in den Korridor, der durch ein Dachfenster mit Tageslicht erhellt wurde. Rustikale Fachwerkbalken und helle Wände verliehen dem Raum eine bäuerliche Beschaulichkeit. Am Garderobenhaken hingen einige Mäntel und Jacken. Daneben stand eine bunt bemalte Milchkanne, in der ein Stockschirm steckte. Gegenüber, auf einem halbhohen Schuhschrank, lag allerhand Krimskrams herum und seitlich, an einem Haken, baumelte eine Lederhandtasche.

Julia Heitkamp führte sie in eine geräumige Wohnküche. Brauer ließ unmerklich seinen Blick kreisen. Auch dieser Raum war mit Fachwerkbalken durchzogen. Eine Dachgaube mit breitem Fenster zeigte zum Innenhof. Davor stand ein schwerer Tisch mit Holzstühlen drumherum. In der hinteren Ecke, unter der Dachschräge, standen ein Sofa und ein Bücherschrank. Gegenüber der Gaube war die Küchenzeile. Es roch unappetitlich nach abgestandenem Zigarettenqualm und Brauer glaubte, dazwischen einen süßlichen Bierdunst heraus zu schnuppern. Das passte nicht so recht zu der geschmackvoll eingerichteten Wohnung. Auch nicht zu den Blutspritzern an der Wand. Hatte das vielleicht mit ihrer Verletzung zu tun? Auf der Ablage neben dem Spülbecken stand ein Teller mit einer angebissenen Scheibe Brot, die mit Nutella beschmiert und Salamischeiben belegt war. Die Wurstscheiben wellten sich schon angetrocknet nach oben. *Manche Leute haben einen absonderlichen Geschmack,* wunderte sich Brauer.

Julia Heitkamp bemerkte scheinbar sein Interesse, nahm den Teller rasch weg und entleerte ihn über dem Mülleimer. »Ist noch vom Frühstück übrig geblieben«, kommentierte sie.

»Sie leben mit Herrn Schmidtke zusammen. Ist das richtig?«, begann Brauer mit der Befragung und zog einen Notizblock aus der Jackentasche. Steffen Richter warf inzwischen einen Blick auf das Bücherregal.

»Woher kennen Sie ihn?«, fragte sie überrascht und leckte ihre Lippen.

»Ermittlungsarbeit, Frau Heitkamp«, ließ er sie im Ungewissen. »Wo waren Sie am 16. September so gegen dreizehn Uhr?«, fragte er unvermittelt weiter.

»Da war ich hier zu Hause mit Sebastian und Harry zusammen. Warum?«, fragte sie nach.

»Das wissen Sie noch so genau?«, wunderte sich Brauer über ihr Erinnerungsvermögen.

»Ja, das ist mein Geburtstag«, sagte sie, »warten sie.« Sie ging hinaus und kam nach kurzer Zeit mit einem Personalausweis wieder. Brauer sah ihn sich an. Es stimmte.

»Aber auf dem Foto sehen Sie ganz anders aus«, stellte er fest. Sie sah ihn groß an und zeigte dabei auf ihr Gesicht. »Ich sah nicht immer so aus«, sagte sie und ergänzte, »außerdem trug ich die Haare damals noch kurz und ungefärbt.«

»Und wer ist Harry?«, fragte Richter aus dem Hintergrund.

»Harald Komalke, ein Freund von uns, wohnt in Goslar«, antwortete sie.

»Was machen Sie beruflich?«, fragte Brauer.

Sie zögerte einen Moment mit der Antwort. »Ich bin Schauspielerin ohne festes Engagement. Für einen Oskar reicht es leider nicht, aber für gelegentliche Nebenrollen an verschiedenen Bühnen in Hannover oder Braunschweig bin ich noch gefragt.«

Brauer ging zum Fenster und schaute in den Hof. »Hat Herr Schmidtke auch mit Polizeiautos zu tun? Wir haben im Regal eine Blaulichtanlage gesehen«, fragte er.

»Der macht aus jedem Schrotthaufen 'ne Limousine, kann sein, dass 'ne Bullenkutsche, äh, ich meine, ein Polizeiwagen dabei war. Ich kümmere mich nicht um seine Geschäfte.«

Brauer drehte sich wieder zurück. »Hast du noch Fragen, Steffen?« Richter schüttelte den Kopf.

»Okay, das war's dann. Danke!«, sagte Brauer, steckte seinen Block ein und ging zur Tür. »Auf Wiedersehen!« Sie verließen den Raum.

Auf dem Flur hörte Brauer ein Wimmern hinter einer Tür. »Entschuldigung«, sagte Brauer, »weint dort jemand?«

Jyl Heitkamp stellte sich abwehrend vor die Tür. »Das ist sicher die Katze, die raus will«, antwortete sie.

»Dann lassen Sie sie raus«, meinte er.

»Später«, gab sie knapp zurück.

Brauer wurde skeptisch. Er fummelte in seiner Jacke herum. »Ich glaube, ich habe meinen Kugelschreiber drinnen liegen gelassen«, sagte er.

»Warten Sie, ich hole ihn«, erwiderte Julia Heitkamp und verschwand durch in der Küche.

Gleich darauf lauschte Brauer kurz an der Tür. *Hört sich anders an als eine Katze,* dachte er. Er drückte die Klinke. Die Tür war verschlossen. Gleichzeitig verstummte das Wimmern. Dann öffnete Brauer die Klappe des Schuhschrankes und sah sich die Schuhe an. Er holte seinen Kugelschreiber aus der Jacke und kritzelte an einigen Schuhen Markierungen an die Außenseite der Absätze.

Steffen sah ihn perplex an. »Was soll das denn?«

In dem Augenblick tauchte Julia Heitkamp in der Tür auf. »Tut mir leid, ich habe Ihren Kuli nicht gefunden«, sagte sie.

Steffen Richter stellte sich rasch neben seinen Kollegen, damit sie den offenen Schank nicht sah, den Brauer, mit den Händen im Rücken, vorsichtig verschloss.

»Vielen Dank«, antwortete Brauer und wedelte mit dem Kugelschreiber, »er hatte sich in die falsche Tasche verirrt.«

»Dann ist ja alles klar«, sagte sie. »Ich bringe Sie noch nach unten.« Sie wartete in der Haustür, bis beide im Auto saßen.

»War das ein neuer kriminalistischer Trick, den ich noch nicht kenne, oder stehst du neuerdings auf Frauenschuhe?«, flachste Steffen, als Brauer losfuhr.

»Erkläre ich dir im Büro«, sagte er.

»Da bin ich aber gespannt«, meinte Steffen.

»Wir sollten uns einen Durchsuchungsbeschluss besorgen. Ich möchte mir die Wohnung noch einmal genauer ansehen«, fügte Brauer hinzu.

***

Ina saß noch an ihrem Schreibtisch, als beide gegen 18 Uhr ins Büro kamen.

»Was ist denn mit dir los«, bemerkte Steffen spitz und hing seine Jacke an den Haken. »Keinen Bock auf Wochenende oder hast du vergessen, dass Freitag ist?« Brauer stand noch in der Tür zu seinem Glaskasten und zwinkerte Ina mit einem Auge zu.

»Ach weißt du«, begann sie gespielt sachlich, als würde sie ihm eine Selbstverständlichkeit erklären müssen, »Wochenenden beginnen normal samstags und nicht schon freitags. Und denk mal an diejenigen, die Schicht arbeiten müssen, wie zum Beispiel unsere Kolleginnen und Kollegen im Bereitschaftsdienst. Hast du da mal drüber nachgedacht? Wochenenden sind für Familien wichtig und...«, sie grinste breit, »... für Autoschrauber.« Steffen schluckte und suchte offenbar nach einem passenden Konter.

»Nun tu man nicht so, als...«, setzte er an, aber Ina funkte sofort dazwischen und schnitt ihm das Wort ab.

»Kriminalrat Trüter war vorhin hier und sagte, dass sich die Entführer bisher nicht wieder gemeldet hätten. Das wollte ich euch noch mitgeben.« Sie schaute Steffen dabei frech an.

»Ungewöhnlich«, kommentierte Brauer, »gefällt mir gar nicht.« Er pulte wieder am Ohrläppchen und setzte sich auf Steffens Schreibtischkante. »Kann ich noch einen Kaffee haben?«, lenkte er ab.

»Die Kaffeemaschine hat schon Wochenende«, zischelte Ina und verzog ihren Mund dabei.

»Du wolltest mir deinen Schuhtrick noch erklären«, erinnerte Steffen an Brauers Versprechen.

Brauer lächelte verschmitzt und zog seine Schuhe aus. Dann drehte er sich weg, hantierte mit einem Kugelschreiber daran herum, breitete eine alte Zeitung auf dem Besprechungstisch aus und stellte die Schuhe darauf. Dann setzte er sich bequem auf den Stuhl und schlug das Bein über.

»Was fällt euch an den Schuhen auf?«, fragte er, als sei es eine Rätselaufgabe. Steffen und Ina guckten ungläubig auf die schwarzen Halbschuhe.

»Die müssten dringend mal geputzt werden«, meinte Steffen und sah Brauer schelmisch an.

»Entschuldige Ralf, aber du hast fürchterliche Käsefüße«, meinte Ina.

»Danke für eure freundlichen Hinweise. Aber das war nicht die Frage?«, sagte Brauer.

Steffen ging in die Hocke und peilte über die Tischkante auf die Schuhe. »Ich weiß«, sagte er auf einmal, »an der rechten Sohle hast du was drangekritzelt. Mit Kugelschreiber oder so.«

»Gut erkannt«, sagte Brauer.

»Was willst du damit beweisen?«, fragte Steffen.

»Nur, dass man an solchen unscheinbaren Markierungen jemanden erkennen kann.«

Brauer wechselte das Bein. »Christoph Rohde und Katja Meinhard haben mich auf die Idee gebracht. Ihr erinnert euch an die Reißzwecke am Schuh eines der Täter?«

»Hm«, grübelte Richter und strich mit Daumen und Zeigefinger über seine Mundwinkel. »Bringt uns das jetzt weiter?«, meinte er. Zweifel färbten den Klang seiner Stimme.

»Vielleicht. Vielleicht auch nicht«, antwortete Brauer stoisch. Nach einer kurzen Pause erklärte er: »Überleg doch mal. Ein Maskenbildner, eine Schauspielerin, ein Autoschrauber. Und intime Kontakte zu Melina Kleinschmidt. Na, dämmert's?«

»Lass sie uns festnehmen«, riet Steffen.

»Damit wir sie morgen wieder frei rumlaufen sehen«,

gab Brauer zu bedenken, »uns fehlen die Beweise.« Er zog die Schuhe wieder an, ging zu seinem Schreibtisch und setzte sich. Dann sah er das Herbstgesteck neben dem Telefon stehen. Eine flache Pappschale, mit Moos, Blättern und Kastanien dekoriert. Brauer starrte auf die braunen Baumsamen und spürte sofort, wie sich seine Kehle zusammenzog. Sein Herz schlug schneller und wie aus einem Nebelschleier tauchten die Bilder wieder auf. Der LKW, die Kastanien und das Blut. *»Weg hier, Ralf! Lauf!«*, rief die Stimme und dann das Geräusch eines zerberstenden Körpers. Brauer spürte den kalten Schweiß auf der Stirn, er taumelte aus seinem Büro zum Waschbecken, drehte den Hahn auf und schippte sich mit den Händen einen Schwall kaltes Wasser ins Gesicht. Sein Spiegelbild war kalkweiß wie eine Totenmaske. Rasch fasste er an den Stoff seiner Fliege, ein Gefühl, das sein Herz beruhigte. Er atmete tief durch.

»Ralf, was ist mit dir?« Steffen fasste seinen Arm und stützte ihn.

»Es geht schon wieder«, sagte er mit flacher Stimme.

Ina stand wie angewurzelt vor dem Besprechungstisch und hielt beide Hände vor den Mund.

»Wer hat das auf meinen Schreibtisch gestellt?«, beschwerte sich Brauer mit fester Stimme.

»Meinst du das Gesteck?«, fragte Ina, »das ist von mir. Ich wollte das Büro ein bisschen herbstlich schmücken.«

»Mach das sofort weg!«, franzte er sie an. »Sofort!«, setzte er nach.

Ina stand verdattert da. Ihre Augen füllten sich mit Tränen, dann heulte sie laut los und rannte zur Tür.

»Nichts kann man euch recht machen. Ihr könnt mich mal!« Mit schluchzendem Seufzer riss sie ihre Jacke vom Haken, rannte hinaus und knallte die Tür zu. Es wurde eine Weile still im Büro.

Brauer setzte sich auf Inas Stuhl, der am nächsten stand, und stützte auf dem Schreibtisch seinen Kopf in die Hände. Er wollte Ina nicht anmaulen, es kam einfach in der Erregung aus ihm heraus. Es tat ihm leid.

Steffen kam mit seinem Stuhl an seine Seite gerollt.

»Was ist mit dir, Ralf?«

»Ich möchte jetzt nicht darüber reden«, entgegnete Brauer kalt.

Steffen sprang auf und wurde grantig. »Du musst darüber reden, verdammt noch mal. Ich bin dein Kollege und habe ein Recht darauf, zu erfahren, wenn du Probleme hast, die unsere Zusammenarbeit betreffen. Und du hast Probleme. Dass du kein Blut sehen kannst, okay, aber wenn dich harmlose Kastanien fertigmachen, wird es höchste Zeit zu reden.«

»Wir fahren morgen nach Duderstadt und fühlen diesem Sascha Meißner auf den Zahn. Und du beantragst bitte gleich einen Durchsuchungsbeschluss für die Wohnung von Julia Heitkamp«, wich er aus.

»Lenk nicht ab«, beharrte Steffen auf seiner Forderung, »nur, wenn wir geredet haben.«

Brauer nickte einige Male stumm vor sich hin. »Gut, wir reden«, gab er nach. »Ich komme heute Abend in den Eulenhof. Elke ist eh nicht zu Hause.«

»Ich werde da sein«, sagte Steffen, gab ihm einen freundschaftlichen Klaps auf die Schulter und rollte zurück an seinen Schreibtisch.

HÖRDEN
FREITAG, 09.10.2015 (ABENDS)

Brauer war schon eine Ewigkeit nicht mehr im Eulenhof in Hörden gewesen. Früher, als junges Ehepaar, hatten er und Elke fast jeden Sonntag dort zu Mittag gegessen und waren hinterher über die Feldflur bis zum Hainholz rübergegangen.

Elke liebte dieses Wäldchen mit seinen Teichen und Felskanten inmitten der Karstlandschaft. Sie hatten dabei über Hinz und Kunz geredet, Pläne geschmiedet, Träume geträumt oder einfach nur ausgelassen rumgealbert. Es war eine unbeschwerte Zeit gewesen, die er gerne noch einmal wiederholen würde. Aber wie das immer so ist, der Alltag hatte sie unbemerkt überrollt. Die Kinder wurden selbstständiger, der Beruf nahm sie beide mehr und mehr in Anspruch, und so verfiel man in einen Trott und lebte nebeneinander her. Es lief, aber außer Urlaub an der Ostsee oder auf Mallorca gab es kaum Glanzlichter. Die Glotze bestimmte hauptsächlich ihre Freizeit und ließ wenig Gelegenheit zum Reden.

Vielleicht war es das, was Elke vermisste, und deshalb abends oft alleine ausging. Traf sie sich mit einer Arbeitskollegin oder sogar mit einem Kollegen? Brauer stutzte bei diesem Gedanken. Elke war eine ansehnliche Frau. Es entging ihm nicht, wenn andere Männer auf ihren Po und ihre Beine schielten. *Nein, das würde Elke nie tun, niemals – wirklich nicht?* Wie konnte er da sicher sein? Man hört doch immer wieder davon, dass Ehepartner fremdgehen. Selbst im Bekanntenkreis gab es einen Fall, den er nicht für möglich gehalten hätte. Brauer fühlte sich nicht gut bei diesem Gedanken daran. Er hatte im Moment genug Probleme an der Hacke.

Er fuhr die nächste Ausfahrt von der Schnellstraße ab, bog nach links ein und parkte seinen BMW wenig später auf dem Parkplatz der Gaststätte. Es war nasskalt an diesem Abend und ihn fröstelte, als er ausstieg.

»Guten Abend«, grüßte ihn die Kellnerin freundlich, »wo möchten Sie gerne sitzen?«

»Weiß nicht«, sagte Brauer, »ich bin mit Steffen Richter verabredet. Kennen Sie ihn?«

»Ja! Steffen wartet im Kaminzimmer«, sagte sie.

»Schön! Bringen sie uns zwei Weizen, ohne bitte.«

»Kommen sofort«, sagte sie und verschwand im Schankraum.

»Hi, Steffen. Ich habe uns zwei Weizen bestellt«, sagte Brauer, warf seine Jacke über die Lehne des Sofas und setzte sich in den Sessel gegenüber. Im Kamin knisterte ein Feuer und strahlte eine angenehme Wärme aus. Brauer rieb sich frierend die Hände und richtete sie danach gegen die lodernden Flammen. »Der Herbst ist nicht meine Jahreszeit«, meinte er nebensächlich. »Wartest du schon lange?«

Steffen sah ihn mit besorgter Miene an. »Ich habe viel zu lange gewartet, hätte längst mit dir reden sollen.«

»Worüber denn?« Brauer tat gespielt überrascht.

»Mensch Ralf, das weißt du ganz genau. Ich mache mir wirklich Sorgen. Jetzt rede endlich. Du musst das loswerden!«, sagte Steffen in ruhigem Ton.

Brauer wollte gerade sprechen, als die Bedienung mit einem Tablett hereinkam. Sie stellte die Gläser auf den Tisch. »Sehr zum Wohle, die Herren«, sagte sie und verließ den Raum wieder.

Brauer schaute eine Weile ins Feuer und beobachtete das Spiel der Flammen.

»Ich habe noch mit niemandem außer mit meiner Familie darüber geredet«, begann er zögerlich. »Es fällt mir schwer, überhaupt davon zu sprechen.« Er machte eine Pause und schluckte. »Es ist so, ich hatte als Kind ein schreckliches Erlebnis.« Seine Stimme wurde zittrig. Er nahm das Glas und trank einen Schluck, dann erzählte er weiter: »Es war an einem Freitag im Herbst, so wie heute, nasskalt und diesig. Ich war damals neun Jahre alt und mein Großvater sollte mich von der Schule abholen, weil meine Mutter mit einer Grippe und hohem Fieber im Bett lag. Ich hatte ein inniges Verhältnis zu meinem Opa. Er war zwar nach meinen damaligen Vorstellungen ziemlich altmodisch, aber ein aufrechter Mann und ein Vorbild für mich. Übrigens, die Fliegen, die ich trage, gehörten einmal ihm. Er war Buchhalter bei Hohmann gewesen, absolut korrekt, so wie seine Kleidung.« Brauer huschte ein Lächeln übers Gesicht. Er nahm sein Bierglas. Steffen trank ebenfalls und hörte weiter aufmerksam zu. Brauer wurde wieder todernst. »In der Hindenburgstraße, da, wo die Kastanienbäume auf dem breiten Grünstreifen stehen, musste ich mir natürlich erst einmal die Taschen mit Kastanien vollstopfen.« Seine Stimme verlor erneut an Kraft und er atmete einmal tief durch, bevor er weitersprechen konnte. »An der Straße parkte ein Lkw mit Anhänger – und...« Er schluckte. »... und, und...« Er blieb stecken und sprang plötzlich wie angestochen auf. »Moment mal«, sagte er verdattert und lief aus dem Zimmer. *War das Elke, die gerade an der Tür vorbeiging?* Er folgte der Frau, die es offensichtlich eilig hatte, und sah sie gerade noch nach draußen zum Parkplatz verschwinden. Brauer blieb in der Tür stehen und sah, wie sie auf der Beifahrerseite in einen Opel Insignia stieg. Am Steuer saß ein Mann. Das Auto kannte er nicht, aber das musste Elke gewesen sein, war er sicher, der helle Mantel, die Frisur. Der Wagen fuhr vom Parkplatz hinunter und bog in die Herzberger Straße ein. Wie betäubt stand er einen Moment da und versuchte, seine Gedanken zu ordnen. *Nein, nicht das auch noch,* schoss es ihm durch den Kopf. *Das darf doch nicht wahr sein.*

»Ist alles in Ordnung?«, hörte er die Stimme der Kellnerin hinter sich. Brauer ging wieder hinein und schloss die Tür.

»Ja ja. Alles okay«, sagte er, »aber eine Frage. Kennen Sie die Frau, die gerade hinausgegangen ist?«

»Nicht mit Namen«, antwortete sie, »aber sie ist in letzter Zeit öfters hier gewesen. Warum fragen Sie?«

»Ach, nur so. Ich dachte, es wäre eine Bekannte.« Er ging wieder zurück ins Kaminzimmer.

»Was war denn?«, fragte Steffen pikiert. »Haust einfach ab!«

»Ich dachte, ich hätte Elke eben gesehen.«

»Elke?«, fragte Steffen verwundert.

»Hab mich wohl geirrt, aber ich möchte jetzt lieber gehen. Lass uns ein andermal weiterreden.« Er stand auf und zog die Jacke über.

»Wenn du meinst?«, sagte Steffen enttäuscht, »aber ich trinke mein Bier noch aus.«

»Klar. Wir sehen uns morgen, ich hol dich ab, so gegen halb zehn.« Brauer ging zum Tresen und bezahlte die beiden Weizen, dann stieg er ins Auto und fuhr nach Hause.

***

Elkes Twingo stand unter dem Carport. Ralf Brauer stellte sein Auto vor der Garage ab, ging zu dem Renault und legte die Hand auf die Motorhaube. Sie war kalt. *Jetzt spioniere ich schon meiner eigenen Frau nach,* dachte er und betrat mit einem schlechten Gewissen das Haus. Im Flur schmiss er den Schlüsselbund in die Schale und hing die Jacke auf. Dann ging er ins Wohnzimmer. Elke guckte Fernsehen.

»Da bist du ja«, sagte sie, »wo warst du denn so lange?«

»Mit Steffen im Eulenhof«, antwortete er.

Elke blickte überrascht auf. »Im Eulenhof?«, wiederholte sie, »da warst du doch schon ewig nicht mehr.«

»Ja, aber heute... gerade zur rechten Zeit. Du warst doch auch dort, gib's zu!«

Elke bekam den roten Flecken auf der Nase, der verriet, dass sie aufgeregt war. »Spionierst du mir etwa nach?«, fragte sie mit flattriger Stimme.

»Nein, es war reiner Zufall, dass ich dich mit diesem Mann gesehen habe. Wer ist das?«, stellte er sie zur Rede.

Elke stand auf. »Du glaubst doch nicht, dass ich... Ohh!« Sie stand auf und lief mit stampfenden Schritten auf und ab.

»Ich glaube gar nichts«, fuhr er sie an, »ich habe dich mit einem anderen Mann gesehen, den ich nicht kenne. Was soll ich davon halten?«

»Okay, ich war dort, mit einem Mann, aber es ist nicht das, was du denkst«, gab sie zu.

»So? Was denke ich denn?«

»Dass ich was mit ihm habe. Das denkst du doch.« Sie

blieb stehen und ihre feuchten Augen flackerten.

»Seit einiger Zeit kommst du abends spät nach Hause oder gehst alleine aus, ohne Erklärung. Dann sehe ich dich mit einem fremden Mann. Soll ich glauben, du spielst mit ihm Mensch-ärgere-dich-nicht? Für wie naiv hältst du mich?«
Elke kam langsam auf ihn zu und stellte sich vor ihn. Ihre Augen waren feucht. »Du solltest mich besser kennen, Ralf«, sagte sie im versöhnlichen Ton, »ich halte dich keineswegs für naiv, aber dein Misstrauen mir gegenüber tut weh. Ich werde mich noch zweimal mit ihm treffen, und frag bitte nicht, warum. Es ist mein Geheimnis. Vertrau mir.«

Er sah ihr eine Weile in die nassen Augen. *Besser nichts mehr sagen,* dachte er, *sonst wird es nur noch schlimmer.* Er drehte sich um, schlurfte in die Küche und goss sich ein Glas Rotwein ein, das er mit einem Zug leerte. Dann ging er zu Bett.

***

Ralf und Elke saßen beim Frühstück, noch unter dem Eindruck des gestrigen Streites, schweigend am Tisch. Er verbarg sich hinter der Samstagsausgabe des Harzkuriers und kam nur zum Vorschein, wenn er zur Tasse griff. Mit nackten Füßen und im Schlafanzug kam Annika mit schlürfendem Schritt zur Essecke und setzte sich dazu.

»Es dürfte nur noch Samstage geben«, sagte sie mit lang gezogenem Gähnen. »Immer Wochenende und keine Schule.« Sie griff zum Orangensaft und goss sich ein Glas voll. »Wetter ist auch besser geworden, nicht?« Niemand antwortete darauf. »Habt ihr ein Schweigegelübde abgegeben? Oder was ist los?«, fragte Annika verwundert.

»Halt dich da raus!«, brabbelte Brauer und schüttelte die Zeitung zurecht.

»Entschuldigung«, sagte sie geleiert, »wo soll ich mich raushalten?«

»Ach nichts«, gab er patzig zurück, faltete die Zeitung zusammen, legte sie auf den Tisch und trank im Stehen den Rest Kaffee aus. »Ich muss heute zum Dienst, wartet mit dem Essen nicht auf mich«, gab er kurz und bündig zu verstehen. Er ging zum Wohnzimmerschrank, öffnete die linke Tür, hinter der sich ein Möbeltresor befand.

Elke drehte sich zu ihm um. »Brauchst du deine Waffe dazu?« Sie stand auf und bekam wieder ihren typischen roten Flecken auf der Nase.

Brauer schloss den Tresor auf und steckte die Pistole in das Schulterhalfter, das zusammengerollt im Fach darüber lag, und warf sich das Geschirr um. Danach ging er zur Flurgarderobe und zog sein Sakko über. Elke kam hinter ihm her. Annika folgte.

»Warum die Waffe?«, fragte sie eindringlich und schob ihre Brauen eng zusammen. »Die hast du schon ewig nicht mehr gebraucht.«

»Papa?« Ein flehender und ängstlicher Klang lag in Annikas Stimme.

»Nur eine Vorsichtsmaßnahme«, versuchte er zu beruhigen, zog seine Jacke über und griff in die Schale nach dem Schlüsselbund. Dann ging er hinaus. Als er rückwärts aus der Einfahrt fuhr, sah er Elke, Annika und jetzt auch Patrick, ebenfalls im Schlafanzug, in der Haustür stehen.

Brauer fuhr davon und ahnte nicht, dass er seine Waffe heute noch benutzen würde.

»Was hast du denn noch vor?«, fragte Anke Meißner, als ihr Mann Sascha in Arbeitsklamotten in die Küche kam, und räumte weiter das Frühstücksgeschirr in die Spülmaschine.

»Ich werde heute die Winterreifen aufziehen«, sagte er, »es soll bald kälter werden. Sicher ist sicher.«

»Meine auch bitte, wenn du schon dabei bist«, sagte sie und griente ihn verschmitzt an. »Denk aber daran, dass heute um zehn dieser Mann wegen der Schmerzensgeldforderung kommt«, fügte sie noch hinzu. »Wie heißt der noch?«

»Brakebusch«, meinte Sascha.

»Ich darf gar nicht daran denken«, stöhnte Anke. »Das hat uns gerade noch gefehlt. Ich bin wirklich gespannt, wie viel der haben will. Vielleicht kannst du ihn abwimmeln.«

Sascha umarmte seine Frau von hinten, zog sie an sich und legte seine Wange an die ihre. »Sei unbesorgt, Schatz. Wir sollten auf keinen Fall lange rumeiern und mit ihm feilschen«, flüsterte er ihr sanft ins Ohr. »Ich möchte um Himmels willen keinen Streit, um nicht am Ende schlafende Hunde zu wecken.«

Anke wand sich aus seiner Umarmung. »Mensch Sascha, wir sind knapp bei Kasse«, gab sie ihm zu verstehen.

»Aber nicht knapp bei Tasche«, erwiderte er mit einem Augenzwinkern, legte seine Hände um ihre Hüfte und zog sie wieder an sich.

Sie verstand dieses Wortspiel, denn sie wusste, dass das Geld nach wie vor in der schwarzen Nylontasche unter den Fußbodendielen des Gartenpavillons lag.

»Du hast gesagt, wir rühren das Geld vorläufig nicht an.« Sie drückte ihn erneut von sich. »Sascha, mir ist nicht wohl bei der Sache. Das Geld wird uns kein Glück bringen, glaub mir.«

»Beruhige dich, Schatz. Niemand weiß von dem Geld«, versuchte er sie zu besänftigen, »wart's erst mal ab, was der überhaupt will«. Anke bemühte sich um ein Lächeln. »Wo steckt eigentlich Tobias?«, fragte Sascha, um sie abzulenken.

»Der ist oben. Wollte irgendetwas für die Schule machen.«

»Am Samstag? Für die Schule?«, wunderte er sich, »was ist denn in den gefahren?« Er schüttelte den Kopf und lachte dabei.

»Er wird eben erwachsen, gewöhn dich daran«, meinte Anke.

Sascha ging hinaus, holte Wagenheber und Werkzeug aus dem Blechschrank in der Garage und bockte zuerst Ankes Clio, der in der Einfahrt stand, an der Vorderachse auf. Als er den Kreuzschlüssel an der Radmutter ansetzte, lenkte ihn ein ankommendes Auto ab, das draußen neben der Einfahrt hielt. Sascha zog das Werkzeug ab und richtete sich auf. Zwei Männer stiegen aus dem silbergrauen Golf, guckten sich flüchtig um und sahen Sascha an, der mit dem Kreuzschlüssel in der Hand vor der Garage stand.

»Herr Meißner?«, erkundigte sich der größere von beiden mit rauchiger Stimme. Er hatte die rechte Hand aufwendig verbunden. Mit seinem buschigen Bart und der Löwenmähne auf dem Kopf erinnerte er Sascha ein bisschen an Reinhold Messner.

»Ja?« Er legte den Schlüssel auf den Boden. Die beiden Männer kamen auf ihn zu.

»Brakebusch«, stellte der Mann sich vor, »das ist mein Bekannter, Richard Pietsch, der mich freundlicherweise chauffiert hat.« Er hielt seine verbundene Hand hoch. »Damit kann ich kein Auto fahren«, erklärte er. Sascha nickte zustimmend. Pietsch machte einen gepflegteren Eindruck. Etwas korpulent, aber mit seinen rötlichen, kurz geschnittenen Haaren sowie der randlosen Brille wirkte er wie ein Oberstudienrat, fand Sascha. Er reichte ihnen die Hand. Sie reagierten nicht darauf

und behielten ihre stur, bis auf die verbundene, in den Man-
teltaschen. *Na dann eben nicht*, brummelte er im Gedanken.

»Lassen Sie uns doch reingehen«, schlug er gleich vor und
ging voraus.

»Möchten Sie Ihre Mäntel ablegen?«, fragte Sascha im
Korridor.

»Nein, nicht nötig. Wir wollen uns auch nicht lange aufhalten«, sagte Brakebusch. Sascha führte beide ins Wohnzimmer und machte sie mit Anke bekannt.

»Nehmen Sie doch Platz«, sagte sie, »darf ich Ihnen einen
Kaffee anbieten?«

»Vielen Dank, machen Sie sich keine Umstände. Ich denke wir werden uns rasch einig«, lehnte Brakebusch ihr Angebot ab. Sie setzten sich an den Esstisch. Die Männer vergruben
immer noch stur ihre Hände in den Taschen.

»Ja, wissen Sie«, begann Sascha und schaute auf die verbundene Hand, »das mit der Verletzung tut mir leid, aber jeder, der auf Geocachingtour geht, macht das auf eigenes Risiko. So steht es in den Regeln.« Pietsch legte seinen Kopf schief.

»Das ist richtig, Herr Meißner«, entgegnete er, »aber jeder Owner hat die Pflicht, das Versteck so auszuwählen, dass
von ihm keine Verletzungsgefahr ausgeht. Steht auch in den
Regeln. Also nicht auf Bäumen, steilen Felswänden oder so«,
er unterbrach kurz und deutete auf die verletzte Hand. »Und
nicht, wo lange Nägel herausstehen, die keiner sehen kann.«

»Ich habe dort keinen Nagel gespürt, als ich den Cache
eingerichtet habe«, rechtfertigte sich Sascha.

»Herr Meißner«, sagte Pietsch mit erhobener Stimme,
»wir wollen nicht mit Ihnen lange rumdiskutieren. Wir sind
davon ausgegangen, dass wir das unter uns regeln können,
ohne Anwalt, meine ich.«

Anke sah Sascha besorgt an, der nervös wurde und mit
den Fingern spielte. »Ja, das möchte ich auch«, stimmte Sascha zu. »An wieviel haben Sie denn gedacht?«

Brakebusch grinste breit. »Alles!«, sagte er in einer Betonung, als ginge es um einen Flohmarkthandel.

Sascha war wie vor den Kopf gestoßen. Die Stimmung kippte augenblicklich.

»Alles?«, wiederholte Sascha verdutzt. »Wie meinen Sie das?« Anke setzte sich auf ihrem Stuhl kerzengerade auf.

»Wie ich gesagt habe. Alles. Und versuchen Sie nicht, uns zu verarschen!«, kläffte Brakebusch auf einmal los.

Sascha spürte die aufkommende Aggressivität in der Luft und wie das Blut in sein Gesicht stieg und die Hände feucht wurden. *Wussten die von dem Geld? Hatte er am Ende die Bankräuber am Tisch sitzen?* Sascha rieb seine Hände an den Hosenbeinen.

»Ich versteh nicht recht«, stotterte er.

Pietsch griff in die Manteltasche und legte seine Hand, die in einem Gummihandschuh steckte, auf den Tisch. Darin hielt er eine Pistole, deren Schalldämpfer bedrohlich auf Sascha zielte.

»Verstehst du jetzt?«, zischte Pietsch mit verbissener Miene. Sascha schlug das Herz wie ein Presslufthammer in der Brust und die Angst um seine Familie lähmte seine Gedanken. Anke Meißner saß regungslos und kalkweiß auf dem Stuhl.

»Anke, gehst du bitte nach oben?«, forderte er seine Frau auf.

»Anke geht nirgendwo hin«, schnauzte Pietsch ihn an, »und nun her mit der Kohle, oder...«

Er hielt Sascha die Pistole an die Schläfe. Anke sprang mit einem Satz hoch, der Stuhl kippte nach hinten um, sie schrie auf.

***

Hatte seine Mutter eben laut geschrien? Tobias klickte das Computerspiel aus und lauschte angespannt nach unten. Was war denn da los? So hatte er sie noch nie schreien gehört. Es musste etwas Schlimmes passiert sein, ruckte es durch seinen

Kopf, er hatte keine andere Erklärung dafür. Verstört rollte er mit dem Schreibtischstuhl zurück, schwang sich hoch und ging zur Tür hinaus auf das Treppenpodest. Er wollte gerade hinunterstürmen, als er fremde, aufgeregte Stimmen von dort hörte.

»Wo ist das Geld? Mach's Maul auf!«, brüllte eine tiefe, kratzige Männerstimme. Tobias erschrak. Vorsichtig schlich er auf die Treppe zu und tippelte auf Zehenspitzen Stufe für Stufe nach unten. Am Ende des Flurs lugte er um die Ecke und sah im Spiegel der Garderobe, die schräg gegenüberstand, seine Eltern und zwei Männer am Esstisch. Einer von ihnen richtete eine Waffe auf seinen Vater. Tobias spürte, wie sein Hals enger wurde. Er schluckte.

»Wir wissen, dass du die Knete gefunden hast«, maulte der andere Mann seinen Vater an. »Also, was ist? Oder soll ich deiner Anke das Näschen aus ihrem hübschen Gesicht blasen?« Er schwenkte die Pistole zu seiner Mutter und richtete das Schalldämpferrohr auf ihr Gesicht. Tobias würgte es augenblicklich in der Kehle. Er drückte die Hand fest auf den Mund, um keinen Laut von sich zu geben, dann schlich er zurück. Er musste die Polizei verständigen, war sein einziger Gedanke. Mit beiden Händen drückte er den Griff der Kellertür lautlos runter und schwenkte die Tür behutsam auf. Sie quietschte an einer Stelle, und er öffnete sie deshalb nur einen Spalt, sodass er eben hindurchschlüpfen konnte. Mit Zweistufenschritten rannte er die Kellertreppe hinab und weiter durch den Hinterausgang hinaus zum Garten.

***

»Die nächste Straße rechts, dann nach links«, leierte die Frauenstimme des Navis ihre Ansage herunter.

»Mathildenstraße«, las Steffen vom Straßenschild laut vor. Die Straße war schmal und holperig, einige Gullideckel ragten wie runde Podeste aus dem Asphalt. »Ich glaube, da vorne ist es schon, da... wo der Golf steht.«

Brauer parkte seinen BMW hinter dem silbergrauen Wagen mit Braunschweiger Kennzeichen. Sie stiegen aus.

Der macht's richtig«, bemerkte Brauer, als er in der Einfahrt den aufgebockten Clio sah. Die Winterreifen muss ich auch noch aufziehen.«

Sie gingen die Zufahrt entlang auf die Garage zu. Brauer dachte, Sascha Meißner dort zu finden, aber außer den herumliegenden Reifen und dem Kreuzschlüssel auf den Pflastersteinen, konnten sie niemanden entdecken.

»Hallo?«, rief Ralf Brauer, um sich bemerkbar zu machen. Keiner antwortete. »Macht wahrscheinlich Pause«, mutmaßte Steffen. Sie schauten noch einmal hinter dem Haus in den Garten hinein, aber auch der lag verlassen in der Vormittagssonne.

»Na, dann klingeln wir mal«, schlug Brauer vor, wollte gerade nach vorne gehen, als er von einem Jungen fast umgerannt wurde. »Langsam junger Mann, warum denn so eilig?« Brauer hielt ihn fest, damit er nicht über seine Füße fiel. Der Junge schien mächtig verstört zu sein.

»Polizei«, stammelte er aufgelöst, »sie haben eine Pistole. Meine Mama. Sie schießen...« Der Schock des Jungen schaute ihnen aus seinen weit aufgerissenen Augen entgegen, als hätte das Kind den leibhaftigen Teufel gesehen.

»Moment Junge, komm hier rein.« Brauer schob ihn in den Schutz der Garage. »Nun mal von vorn. Was ist passiert?«

»Die Polizei muss kommen. Zwei Männer sind mit einer Pistole drin und wollen meinem Papa und meiner Mama was tun!« Die ersten Tränen quollen jetzt aus seinen Augen und rollten die Wangen hinunter.

»Wir sind die Polizei«, sagte Brauer und zeigte ihm seine Marke. »Siehst du? Du bist bei uns in Sicherheit«, versuchte er ihn zu beruhigen. »Wie heißt du?«

»Tobias Meißner«, antwortete der Junge und wischte sich schniefend mit dem Pulloverärmel über die Augen. Brauer beugte sich zu ihm hinunter und sah ihm geradewegs ins Gesicht.

»Tobias, wie komme ich ungesehen ins Haus?«

»Durch den Keller«, seufzte er und zog die Nase hoch.

»Okay. Und wie viele Pistolen haben die Männer?«

»Eine«, sagte der Junge.

»Gut beobachtet, Tobias«, lobte Brauer ihn, dann richtete er sich an seinen Kollegen. »Steffen, informiere die Zentrale und fordere Verstärkung an. Aber die sollen sich unbemerkt anschleichen. Ich möchte keine Geiselnahme riskieren.«

»Alles klar«, bestätigte Richter, zog sein Handy aus der Tasche und telefonierte.

»Tobias?«, sagte Brauer und legte die Hände auf seine Schultern, »wir verhalten uns jetzt ganz ruhig. Okay? Deinen Eltern wird nichts geschehen. Gleich kommt Hilfe.« Tobias blickte ihn ängstlich an und nickte.

»Kann mit der Verstärkung dauern. Die sind mit einigen Hundertschaften zum Fußballspiel nach Hannover geschickt worden. 96 gegen Braunschweig«, sagte Steffen. »Der Rest musste zu einem schweren Unfall auf der 446 ausrücken«, fügte er noch hinzu.

»Na klasse. Und die da oben glauben immer noch, sie müssten Personal abbauen. Sollen die doch selber mal ihren Arsch hinhalten«, echauffierte sich Brauer und kniff knurrend die Lippen zusammen.

Dann hörten sie Schritte. Brauer drückte seinen Zeigefinger vor den Mund. Im Storchenschritt schlich er leise zur Garagenöffnung und schielte um die Mauerkante. Zwei Männer kamen die drei Stufen des Kellereinganges herauf, der sich unterhalb der Terrasse befand, und gingen hintereinander auf dem Kiesweg entlang in den Garten. Der Mann, der vorweg ging, trug einen Arbeitsanzug. *Das musste Sascha Meißner sein*, überlegte Brauer, *er wollte die Winterreifen montieren.* Der Andere sah aus wie ein Versicherungsvertreter, taxierte Brauer. Ein wenig erinnerte er ihn sogar an seinen Kollegen

Thomas Berger. Nur die Latexhandschuhe, die er trug, passten nicht zu einem Versicherungsonkel.

Brauer schlich in die Garage zurück. Tobias stand reglos vor ihm und schaute ihn aus blassen und ängstlichen Augen an. Brauer strich ihm über den Blondschopf. »Alles wird gut«, tröstete er ihn. »Geh wieder rein und versteck dich hinter dem Auto. Und keinen Mucks!« Er gehorchte und duckte sich runter. Brauer zog seine P7 aus dem Schulterhalfter.

Steffen kam nach vorne. »Was hast du vor?«, fragte er mit tiefen Falten auf seiner jungen Stirn.

»Du bleibst hier und sicherst. Ich will sehen, was die im Garten suchen.« Steffen Richter zog ebenfalls seine Waffe unter dem Sakko hervor.

»Ralf, sei vorsichtig«, flüsterte er ihm zu. Brauer nickte, hielt seine Pistole mit beiden Händen und angewinkelten Armen, jederzeit bereit, in Anschlag zu gehen. Den Kopf eingezogen, huschte er aus der Garage und suchte hinter der halbhohen Ligusterhecke, die die Rasenfläche begrenzte, Deckung. Geduckt und im Entengang watschelte er weiter bis zum Ende der Hecke. Die Männer standen in dem offenen Gartenpavillon, der unter einem Schatten spendenden Wallnussbaum stand. Er lauschte.

»Mach endlich, sonst helfe ich nach«, fluchte der Mann, der wie ein Vertreter aussah. Sascha Meißner kniete sich auf die Dielen und hebelte mit einem Schraubendreher ein Fußbodenbrett hoch, dann noch zwei andere Bretter. Die Nägel lösten sich ächzend und quietschend aus dem Holz. Als sich Meißner wieder aufrichtete, hatte er eine schwarze Nylontasche in der Hand, die ihm der andere sogleich entriss. Der setzte die Tasche auf den Handlauf des Pavillongeländers, zog den Reißverschluss auf und warf einen flüchtigen Blick hinein. Mit dem Kopf deutete er an, zurückzugehen.

Sollte Brauer jetzt vorpreschen und den Mann festnehmen? Sicher hielt sein Komplize als Rückversicherung Frau Meißner im Haus die Waffe vor die Brust. Zum Glück hatte bisher niemand von denen bemerkt, dass die Polizei auf dem Grundstück lauerte. Aber wenn er jetzt aus der Deckung käme, könnte es zu Kurzschlusshandlungen kommen. *Bloß keine Schießerei provozieren.*

In der Nachbarschaft war alles ruhig, wahrscheinlich nutzten die Leute das schöne Wetter an diesem Samstagvormittag für Einkäufe oder Ausflüge. *Wo blieb denn nur die Verstärkung? Kein Mensch war zu sehen. Verdammt! Wenn man sie schon mal braucht.*

Die beiden Männer gingen durch den Keller zurück ins Haus. Brauer lief wieder nach vorn und verschwand in der Garage. Richter sah ihn entschlossen an.

»Soll'n wir sie stellen?« Die Frage klang eher wie eine Aufforderung, aber Brauer schüttelte den Kopf.

»Wir warten auf die Kollegen, die hoffentlich bald anrücken werden. Ich will kein Risiko eingehen«, bestimmte er. Der Junge hob indes seinen Kopf hinter der Motorhaube hervor. Steffen gab ihm ein deutliches Handzeichen.

»Du bleibst unten, bis ich dich rufe«, schickte er ihn erneut auf Tauchstation. Tobias zog seinen Kopf wieder ein. Dann drang der dumpfe Knall einer schallgedämpften Pistole nach draußen.

Brauer und Richter hielten reflexartig ihre Waffen anschlagbereit. »Wir gehen durch den Keller ins Haus«, entschied Brauer kurzerhand. Tobias guckte erschrocken auf. »Du bleibst in Deckung, bis dich einer von uns rausholt. Und keinen Laut!« Tobias duckte sich wieder.

Brauer und Richter liefen zum Kellerabgang hinunter und drückten sich links und rechts neben der Tür an die Hauswand. Brauer öffnete mit der linken Hand, blieb dabei aber in Deckung. Sein Herz schlug schneller. Er atmete tief durch und konzentrierte sich. In Gedanken zählte er bis drei, dann drehte er sich blitzartig mit vorgehaltener Waffe in die Türöffnung. Routiniert scannte er mit wenigen Blicken den Raum ab, wie er es in der Polizeischule bis zum Erbrechen trainiert hatte.

Die Luft war rein. Er gab Richter ein Handzeichen. Sie schlichen weiter den Kellerflur entlang bis zum Treppenaufgang. Brauer tippelte nach oben, Richter folgte mit Abstand und sicherte nach hinten ab. Vor der Wohnungstür lief die gleiche Prozedur ab. Brauer zog die Tür auf. Ein schrilles Quietschen ließ beide erstarren.

»Scheiße!«, entwich es Brauer beinahe. Sie lauschten gespannt.

»Idiot! Los weg hier«, rief der mit der tiefen Stimme. Dann ein Poltern, angestrengtes Stöhnen, hastige Schritte und Türenschlagen. Brauer betrat vorsichtig die Wohnung und peilte die Lage.

»Hilfe«, rief eine Frauenstimme. Er ging mit den Rücken an die Wand den Korridor entlang. Am Ende wartete er einen Augenblick und sprang mit vorgehaltener Waffe um die Ecke herum. Zwei Personen kauerten mit Kabelbindern gefesselten Händen am Boden und überall lagen Geldscheine wie Konfetti verstreut herum. Brauer und Richter steckten ihre Waffen zurück in das Schulterhalfter, dann beugte sich Brauer zu Meißner hinunter, unter dessen Bein sich eine Blutlache ausbreitete. Bei dem Anblick hatte er sofort wieder diesen Modergeruch in der Nase und die schrecklichen Bilder der Kindheit drängten sich in sein Gedächtnis zurück. Er drehte den Kopf zur Seite, schloss die Augen und konzentrierte sich auf seine Familie, auf Elke, Annika und Patrick. Meistens half das, die Erinnerung zu verdrängen.

»Wo ist eine Schere oder ein Messer?«, fragte er hastig. Er bekam sich wieder unter Kontrolle. Steffen hatte inzwischen sein Handy herausgeholt und rief den Notarzt.

»In der Küche drüben«, antwortete Anke Meißner und deutete mit dem Kopf die Richtung. Brauer lief hinüber und fand auf der Arbeitsplatte einen Messerblock, aus dem er eines mit kurzer Klinge herauszog. Im Vorbeigehen schaute er durch das Küchenfenster zur Straße hinaus und sah noch, wie die beiden Männer in den Golf einstiegen. Der eine guckte noch einmal zum Haus zurück, sah Brauer erschrocken an und sprang ins Auto. Brauer rannte zurück und schnitt eiligst Anke Meißner den Kabelbinder durch.

»Der Notarzt ist verständigt. Tobias ist in der Garage«, rief er, während er schon aus dem Zimmer rannte. »Komm Steffen, die kriegen wir«, entschloss er sich kurzerhand, die Verfolgung aufzunehmen. Die Schussverletzung war nicht lebensbedrohlich und seine Frau würde sich um ihn kümmern. Er rannte nach draußen und Steffen Richter hinterher. Vor der Tür drückte ihm Brauer den Autoschlüssel in die Hand. Mit einem Piep sprang die Verriegelung des BMW auf und beide hechteten in den Wagen. Richter startete den Motor und spurtete mit durchdrehenden Reifen die enge Gasse entlang. Erst dann legten sie den Gurt an. Der Golf war nicht mehr zu sehen. Richter fuhr links in die Herzog-Otto-Straße. An deren Ende sahen sie einen silbergrauen Wagen links in die Kurmainzer Straße abbiegen. Es war ein Golf. Das mussten sie sein. Steffen wäre am liebsten mit Vollgas hinterher gejagt, aber auf dem Gehweg tollten Kinder herum, deshalb verloren sie das Auto zunächst aus den Augen.

Per Handy blieb Brauer mit der Einsatzleitung in Verbindung und gab ihnen die Position durch. Steffen folgte der Straße bis zur Einmündung in die Herzberger. Beide sahen sich nach rechts und links um, der Golf war jedoch nicht zu sehen. *In welche Richtung war er abgebogen?* »Fahr links«, entschied Brauer. Steffen ließ die Kupplung kommen und gab Gas. Brauer wurde in den Kurven wieder hin und her geschleudert und fasste nach dem Haltegriff. Mit der linken Hand drückte er das Smartphone ans Ohr und gab ihre neue Fahrtrichtung durch.

Nach einer lang gestreckten Rechtskurve sahen sie den silbergrauen Wagen. Brauer hatte den richtigen Riecher gehabt. Ungefähr zweihundert Meter voraus spurtete der Golf die langgezogene Steigung hinauf in Richtung Hilkerode. Brauer hoffte, dass die Kollegen der Polizeistation noch rechtzeitig vor dem Ortseingang die Straße sperren würden, aber das war wohl jetzt ein Wunschdenken.

Mit aufheulendem Motor jagte Steffen dem Wagen auf dieser kurvenreichen Strecke dem Golf hinterher. Brauer stemmte sich gegen die Fliehkräfte und grapschte nach dem Türgriff, um nicht an Steffen gedrückt zu werden, der in seinem Element zu sein schien. Gas geben, Kuppeln und Schalten gingen ineinander über. Brauer staunte, wie traumwandlerisch er den Wagen beherrschte. Er verschmolz mit dem Auto förmlich zu einer Einheit, so wie Pferd und Reiter auf einem Turnier. Steffen konnte zweifellos Auto fahren, und diese Verfolgungsjagd schien ihn zu beflügeln.

Abgesehen von Steffens überlegenen Fahrkünsten hatten sie den Golf noch vor der Anhöhe eingeholt. Aber irgendetwas stimmte nicht. Brauer wunderte sich, dass die Männer in dem Golf es scheinbar nicht übertrieben eilig hatten. Offensichtlich ahnten sie noch gar nichts von ihren Verfolgern. Dann erkannte er das Duderstädter Kennzeichen.

»Steffen? Verfolgen wir die Falschen? Sieh mal das Kennzeichen.«

»Die haben uns schon mal verarscht«, meinte er, überholte den Wagen und bremste dann ab. Brauer ließ die Seitenscheibe herunter und deutete mit der Hand an, das Fahrzeug anzuhalten. Dann der nächste Schock: Brauer wollte es nicht glauben. Hatte er was an den Augen? Oder saßen da tatsächlich zwei Frauen in dem Auto?

»Verdammter Mist. Das darf doch nicht wahr sein!«, schimpfte er vor sich hin. *Hatte die Chamäleonbande sie erneut an der Nase herumgeführt?* Brauer wollte sich die Blamage gar nicht ausmalen und sah das hämische Grinsen von Karsten Trüter plastisch vor sich. Mit einem Mal startete der Golf durch, überholte sie und verschwand hinter der nächsten Linkskurve. *Was hatte das jetzt wieder zu bedeuten?* Brauer kam sich vor wie in einem Katz und Maus Spiel. Steffen schaltete einen Gang tiefer und trat aufs Gaspedal. Der Motor heulte auf und der BMW schoss mit einem Satz nach vorn und hing fast auf der Stoßstange des vorausfahrenden Autos. Brauer sah Steffen mit einem verkniffenen Seitenblick an.

»Was ist?«, fragte Steffen.

»Du kennst die Strecke, oder?« Brauer deutete mit einem Kopfnicken auf den Tacho.

»Klar doch. Serpentinen«, sagte er lapidar und griente dabei. »Ist unser Vorteil«, fügte er noch hinzu.

»Na, hoffentlich nicht unser Verderben oder das Ende meines Autos«, befürchtete Brauer.

»Kann bei einer Verfolgung alles passieren, Herr Hauptkommissar«, meinte Steffen und lächelte immer noch. Brauer war nicht zum Scherzen zumute, er starrte angespannt auf die Straße und sah mit Sorge die nächste Kurve auf sie zurasen.

Die Fahrerin des Golf hatte keine Chance, sie abzuschütteln. Steffen blieb dicht hinter ihnen, als wären die beiden Autos mit einer Abschleppstange verbunden. Nach der letzten scharfen Rechtskurve bremste der Golf urplötzlich ab. Steffen hatte Mühe, den BMW zum Halten zu bringen, er riss das Lenkrad ruckartig nach links, um auszuweichen. Der BMW brach mit dem Heck aus, schlingerte nach links, dann nach rechts. Steffen reagierte mit hektischen Lenkradbewegungen, um den Wagen wieder unter Kontrolle zu bekommen. Brauer krallte sich mit beiden Händen in den Haltegriff. Die Baumreihe auf der rechten Seite kam immer näher und er rechnete jeden Augenblick mit einer Kollision. Aber der Wagen gehorchte Steffen wie ein dressierter Tiger und fing sich wieder. Etwa zwanzig Meter weiter brachte er das Fahrzeug zum Stehen. Steffen zog den Zündschlüssel ab, schaltete den Warnblinker ein und sprang gleichzeitig mit Brauer aus dem Auto.

Die Frauen in dem Golf stiegen ebenfalls aus und kamen mit stampfenden Schritten auf sie zu. Die kupferroten Haare der einen Frau schienen zu glühen. Die andere sah am Kopf wie ein Buntspecht aus, fand Brauer. Ihre Haare waren lila gefärbt und von einigen schwarzen und blonden Strähnen durchzogen. Beide mochten so um die dreißig sein, waren korpulent und hatten etwas zu eng stehende Augen. *Wahrscheinlich Geschwister,* schloss Brauer daraus.

»Können Sie mal erklären, was das soll?«, keifte die Rote sie bereits aus der Entfernung an. Mit knallrotem Gesicht und Funken sprühenden Augen baute sie sich vor ihnen wie ein Feuerdrache auf. »Das ist ja wohl die Höhe! Was wollen Sie von uns?«, wetterte sie los.

»Ich habe die Polizei verständigt, nur dass Sie es wissen«, schrie die andere sie an und fuchtelte mit dem Zeigefinger wild umher.

»Entschuldigung«, sagte Brauer seelenruhig, um die Situation zu entspannen, »das wäre nicht nötig gewesen. Wir sind nämlich die Polizei.« Brauer zeigte den Frauen seinen Dienstausweis. Zusehends legte sich ihre Aufregung und die Funken in ihren Blicken erloschen.

»Sind wir zu schnell gefahren?«, fragte die Bunte.
»Ja, das auch, aber darum geht es nicht«, beruhigte Brauer sie.
»Warum haben Sie vorhin nicht angehalten?«, wollte er wissen.

»Na, Sie sind gut«, hielt sie ihm vor, »woher sollten wir wissen, dass Sie Polizisten sind? Sie haben keine Uniform an und könnten ja sonst wer sein, man weiß ja nie«, erklärte sie.

»Können wir bitte Ihre Ausweise sehen?«, bat Brauer. Es war Routine, in solchen Fällen die Personalien zu überprüfen.

»Ich weiß zwar nicht, was das soll, aber bitteschön!«, sagte die Rote in schnippischem Tonfall und rollte dabei mit den Augen. Beide Frauen kramten ihre Personalausweise aus den Handtaschen heraus und hielten sie Brauer kommentarlos unter die Nase.

»Vielen Dank, Frau Schröder, und Ihnen auch, Frau... äh... auch Schröder«, sagte Brauer.

»Wir sind Schwestern«, erklärte die Rote.

»Nochmals Entschuldigung und gute Fahrt«, verabschiedete sich Brauer. Die Frauen steckten die Ausweise in die Taschen und gingen zu ihrem Auto.

»Schöne Scheiße«, fluchte Steffen, als er die Autotür zuge-schlagen hatte. »Wie konnten wir uns so irren?«

Brauer spielte nervös am Ohrläppchen herum. »Ganz ein-fach«, meinte er, »beide Frauen wohnen in der Mathildenstra-ße, jetzt weißt du, warum.«

»Verstehe«, sagte Steffen nachdenklich und fuhr sich mit den Fingern durchs Haar.

»Dann hat uns ein blöder Zufall auf die falsche Fährte geführt. Silbergraue Golfs gibt's wie Sand am Meer, die kann man schnell verwechseln.«

Steffen nickte mit dem Kopf. »Das dürfen wir keinem er-zählen«, fügte er noch hinzu.

»Ich bestimmt nicht«, versicherte Brauer, »aber wo ist die Verbrecherbande abgeblieben? Ich habe sie doch wegfahren gesehen.« Beide sahen sich an, als dachten sie dasselbe. Dann schoss es wie ein Blitzlicht aus Brauer heraus. »Die sind be-stimmt die nächste Querstraße abgebogen und haben sich in irgendeiner Einfahrt versteckt. Die fahren doch nicht ohne das Geld weg! Er stockte. »Der Junge!«, rief er wie unter Schock. Ein Schauer lief ihm bei dem Gedanken über den Rücken.

Wie von der Tarantel gebissen startete Steffen den Motor und spurtete los. Erst kurz vor Hilkerode konnte er wenden, und dann zeigte sich sein ganzes Können. Wie ein erfahrener Rallyepilot holte er das Letzte aus dem BMW heraus. Brau-er saß steif in seinem Sitz, die Hände verkrampften sich am Armaturenbrett, als würde er an der Dachrinne eines Hoch-hauses hängen. Aber zum ersten Mal meckerte er nicht über Steffens rasante Fahrweise. Und nicht nur das, es ging ihm sogar noch zu langsam. Ihn plagte die Angst um die Familie Meißner, er hatte die Verantwortung, er allein. *Nicht auszu-denken, wenn ihnen in der Zwischenzeit noch etwas passieren würde.* »Schneller, Steffen!«, rutschte es ihm heraus.

»Werd nicht übermütig«, meinte Steffen, »ich tu, was ich kann.« Auch er war sich zweifellos bewusst, was auf dem

Spiel stand. Die nächste Halbkreis-Linkskurve schnitt er hart an, um nicht zu stark abbremsen zu müssen. Und dann der Schreck. Gleich am Ende der Kurve kam einer dieser Monstertraktoren von rechts aus einem Wirtschaftsweg herausgefahren und bog in dieselbe Fahrtrichtung ab. Er schleppte zwei Hänger mit Zuckerrüben hinter sich her. »Das musste ja kommen. Der hat uns gerade noch gefehlt«, wetterte Steffen, trat auf die Bremse und schaltete runter. Bei Tempo dreißig zockelten sie eine Weile hinter dem Gespann her. Steffen trommelte ungeduldig auf dem Lenkrad herum und fuhr immer wieder über die Fahrbahnmitte, um den Gegenverkehr zu beobachten. Direkt vor dem Traktor schien alles frei zu sein, nur die Anhöhe versperrte die weitere Sicht. Kurz entschlossen zog er nach links rüber und trat das Gaspedal auf Anschlag. Der Motor jaulte auf, aber beschleunigte den BMW gegen die Steigung nur mäßig. Der Schlepperzug schien kein Ende zu nehmen. Als er sich bis neben den Trecker vorgearbeitet hatte, tauchte plötzlich ein Pkw über der Kuppe auf. Steffen lenkte den Wagen reflexartig weiter nach rechts und Brauer rutschte automatisch zur Mitte rüber, um dem Hinterrad des Traktors, das wie ein riesiges Schaufelrad dicht am Seitenfenster vorbeidrehte, auszuweichen. Der Fahrer des entgegenkommenden Autos betätigte panisch die Lichthupe und wich, soweit es möglich war, mit den rechten Rädern auf den Seitenstreifen aus. Staub und kleine Steinchen wirbelten auf und prasselten gegen den BMW. Der andere Fahrer drohte mit geballter Faust und rief ihnen mit heftigen Mundbewegungen etwas zu. Brauer konnte die Worte zwar nicht hören, aber ihm war durchaus bewusst, dass sie nicht jugendfrei waren. »Ja, du mich auch!«, rief er laut und wütend zurück. Steffen scherte vor dem Traktor scharf ein und trat das Gaspedal fester als nötig gegen den Anschlag.

Wenn man es eilig hat, geht alles zu langsam. Nach einer gefühlten Ewigkeit befanden sie sich endlich wieder auf der Kurmainzer Straße.

»Steffen, fahr hier gleich mal rechts rein und halt dann an. Ich denke, wir schleichen uns besser an.«, sagte Brauer.

Steffen nickte und stellte den Wagen kurz darauf auf einem Parkstreifen ab. Sie stiegen aus und eilten zu Fuß in die Mathildenstraße, in der die Meißners wohnten. Der silbergraue Golf mit dem Braunschweiger Kennzeichen war nirgends zu sehen, aber auch kein Rettungswagen, den Steffen ja noch gerufen hatte. Die Straße lag verlassen da. Sie gingen weiter. Die Anspannung steigerte sich mit jedem Schritt, den sie näher an das Haus herankamen. Am Nachbargrundstück blieben sie stehen und sahen sich gründlich um. Alles ruhig. In der Einfahrt der Meißners stand nach wie vor der aufgebockte Clio, die Winterreifen mit dem Kreuzschlüssel lagen unberührt daneben.

Brauer und Steffen huschten dicht an der Hauswand entlang zum offenen Garagentor.

»Tobias?«, rief Steffen im Flüsterton in die Garage hinein, aber nichts rührte sich. Steffen sah nach. »Er ist weg«, stellte er erschrocken fest.

Was hatte das zu bedeuten? Brauer ahnte nichts Gutes und spürte ein flaues Gefühl in der Magengegend. Er brauchte Gewissheit, was inzwischen mit der Familie geschehen war. Die Frequenz seines Herzschlages schien sich zu verdoppeln.

»Wir gehen ins Haus und sehen nach«, entschied er kurzerhand. »Auf die Verstärkung warten, ist mir zu vage. Wer weiß, ob die überhaupt noch kommen. Also – Ablauf wie gehabt!«

Sie zückten ihre Waffen, schlichen erneut um die Hausecke herum und die drei Stufen des Kellerabganges hinunter. Brauer probierte die Tür. Sie war nicht verschlossen. In gewohnter Routine drangen sie in den Keller ein. Im Dunkel des Ganges lauschten sie nach oben. Kein Laut war zu hören. Auf Zehenspitzen, Stufe für Stufe, tippelte Brauer die steile Treppe nach oben, Steffen dicht hinter ihm. Um das Quietschen zu vermeiden, schwenkte er die Kellertür nur einen Spalt auf, dass er gerade mit eingezogenem Bauch hindurchschlüpfen konnte. Drinnen sicherte er mit vorgehaltener Waffe, dann folgte Steffen. Wie auf Katzenpfoten schlich er sich bis zum Ende der Flurwand.

»Beeil dich, wir haben nicht ewig Zeit!«, hörte Brauer die raue Stimme des Mannes mit der Löwenmähne. Sie waren also im Haus. Er hatte recht gehabt, die Männer hatten sie geschickt getäuscht, aber lange konnten sie noch nicht zurück sein. *Jetzt muss rasch gehandelt werden,* dachte Brauer, um den Überraschungseffekt für sich zu nutzen.

Er sah Steffen an und nickte ihm wortlos die Frage zu: »Bist du bereit?« Steffen nickte zurück. Mit den Fingern gab er ihm das Zeichen, dass sie bei drei vorstürmen wollten. Er hielt drei Finger hoch und knickte sie als Countdown nacheinander ab. Als Brauers Daumen verschwand, sprangen beide mit vorgehaltener Waffe aus der Deckung heraus.

»Polizei! Hinlegen! Sofort! Auf den Boden!«, schrien sie in den Raum hinein.

Schreckgeweitete Augen schauten zu Brauer und Richter herüber und die zugehörigen Personen erstarrten kurzzeitig zu Statuen. Brauer erfasste in Bruchteilen einer Sekunde die Situation, die für ihn in der Anspannung wie in Zeitlupe ablief.

Anke Meißner stand vor dem Terrassenfenster. In einer Hand hielt sie die schwarze Nylontasche, in der anderen ein Bündel Geldscheine. Sie musste wohl das Geld einsammeln, das im Raum verstreut lag.

Sascha Meißner hockte mit schneeweißem Gesicht am Boden. Die Blutlache unter seinem Bein hatte sich ausgeweitet. Seine Hände waren mit einem Kabelbinder hinter dem Rücken zusammengebunden. Er hatte viel Blut verloren.

Der Mann, der wie ein Versicherungsvertreter aussah, stand an der Tür, die zum Korridor führte. Er sicherte offenbar den Rückzug. Der andere mit der Löwenmähne stand neben seinem Komplizen, hielt Tobias mit der verletzten Hand und dem Arm umklammert und zielte mit der Pistole auf dessen Schläfe. Der Junge war leichenblass.

Anke Meißner ließ die Tasche und die Geldscheine fallen und warf sich auf den Boden.

»Alle runter!«, wiederholte Brauer. Steffen richtete seine Waffe auf den Mann mit der Pistole. Der drehte sich rasch zu Richter, sodass Tobias in der Schusslinie stand, und zielte auf Steffen. Der andere stellte sich hinter die beiden und nutzte sie als Schutzschild.

Steffen Richter und der Mann beäugten sich einige Sekunden misstrauisch wie die Schlange und das Kaninchen.

»Die Knarre runter«, fauchte der Mann, »sonst stirbt der Junge!« Er fuchtelte mit der Waffe hin und her.

Anke Meißner heulte auf. »Tun Sie ihm nichts, bitte«, bettelte sie mit wimmernder Stimme.

»Schnauze, du Schlampe«, brüllte er zurück und tänzelte von einem Bein auf das andere.

Der ist zum Zerreißen angespannt und kämpft mit seiner Beherrschung, dachte Brauer. Er wusste, solche Leute waren unberechenbar. »Bleiben Sie ruhig«, sagte Brauer in normaler Stimmlage, »wir müssen jetzt alle einen kühlen Kopf bewahren.« Brauer hielt seine Waffe flach in der Hand und ließ sie mit dem Abzugsbügel über dem Zeigefinger baumeln. Dann legte er sie langsam vor seinen Füßen ab und stieß sie nach hinten weg.

Der andere kam plötzlich aus der Deckung seines Kumpanen hervor, nahm die Tasche auf und fing an, das Geld einzusammeln.

»Nehmen Sie die Waffe runter«, forderte Brauer den anderen Mann auf, es ihm gleichzumachen.

»Tun Sie, was er sagt«, hauchte Sascha Meißner kraftlos, dann sank er in sich zusammen.

»Papa!«, rief der Junge panisch und versuchte, sich aus dem Griff herauszuwinden, aber gegen die Kraft des Mannes hatte er keine Chance. Der andere klaubte unbeeindruckt weiter die Geldscheine vom Fußboden, als hätte er mit dem Geschehen nichts mehr zu tun.

Aus der Ferne drang nun das Geheul von Martinshörnern zu ihnen herüber, das rasch lauter wurde. Brauer dachte, er hört nicht recht. *Verstehen die dieses Spektakel etwa unter Anschleichen,* fluchte er in sich hinein. *Erst kommen sie gar nicht und dann mit Gebrüll. Das darf doch alles nicht wahr sein. Hoffentlich drehen die Gangster nicht durch,* war seine Sorge. Er musste auf sie einreden, um die Kontrolle nicht zu verlieren. Die Martinshörner verstummten so plötzlich, wie sie aufgetaucht waren.

»Geben Sie auf, Schmidtke«, sagte Brauer. Als der Mann den Namen hörte, ging ein kaum wahrnehmbares Zucken durch sein Gesicht und die Hand mit der Waffe sank ein Stück tiefer. Der andere unterbrach das Aufsammeln der Banknoten und blickte erstaunt herüber. »Es ist vorbei, Komalke«, rief Brauer ihm zu. Beide Männer schienen kurzzeitig irritiert zu sein und warfen sich Blicke zu.

Tobias drehte in dem Augenblick seinen Kopf zur Seite und biss dem Mann in die Hand. Ein Schuss krachte durchs Haus. Brauer duckte sich instinktiv. Anke Meißner schrie hysterisch auf. Die Waffe polterte auf den Boden. In dem Moment schubste der Mann den Jungen auf Steffen zu und schmiss sich nach der Waffe. Brauer hechtete nach vorn, um die Pistole noch vorher zu erwischen. Der Junge stolperte in Steffens Arme. Der ließ seine Waffe los und stürzte mit dem Jungen zu Boden. Tobias schlug im Fallen mit dem Kopf gegen die Türkante und stöhnte laut auf. Der Mann landete halb auf Brauer und streckte sich nach der Pistole.

»Guten Morgen«, trällerte Schwester Christina gut gelaunt, als sie mit einem Tablett in den Händen das Krankenzimmer betrat. »Ihr Frühstück, Herr Rohde«.

Sie stellte es auf den Klapptisch des Beistellschränkchens. Chris kannte die Krankenschwester noch von seinem ersten Aufenthalt hier im Robert-Koch-Krankenhaus von Clausthal-Zellerfeld. Er legte seine Segelflieger-Zeitschrift zur Seite und zog sich an dem Haltegriff, der über dem Bett hing, in Sitzposition. Aufstehen durfte er nicht, da ihm der Arzt strenge Bettruhe verordnet hatte. Sein Brustkorb war mit einem straffen Verband umwickelt, um die gebrochenen Rippen zu fixieren. Der linke Arm lag in einer Schlinge. Er hatte großes Glück gehabt. Wenn der Autofahrer nicht dringend hätte pinkeln müssen, wäre er mit Sicherheit im Wald verblutet. Das Geschoss hatte seine Armvene zerfetzt.

»Es scheint Ihnen ja bei uns gut zu gefallen«, bemerkte die Schwester und öffnete einen Fensterflügel. Ein Hauch junger Herbstluft strömte ins Zimmer. Chris goss sich Kaffee aus dem Kännchen in die Tasse.

»Wie meinen Sie das?«, fragte er nach.

»Na, kaum sind Sie raus, da liegen Sie schon wieder drin. Ihr Bett wird gar nicht mehr kalt. Wenn das so weiter geht, werden wir Ihnen eines fest reservieren.« Sie steckte ihm kichernd ein elektronisches Temperaturmessgerät ins Ohr. »Und dann noch mit einer Schussverletzung. Das hatten wir schon lange nicht mehr. Herr Rohde, Herr Rohde, was treiben Sie nur.« Sie umfasste sein Handgelenk, zählte die Pulsschläge und machte Notizen auf einem Klemmbrett. Chris wollte gerade das Brötchen aufschneiden, als sie ihm das Messer aus der Hand nahm. »Moment noch. Erst der Blutdruck.« Sie legte ihm eine Manschette um den rechten Arm und schaltete das Messgerät ein. Surrend pumpte das Gerät die Armmanschette auf und ließ anschließend die Luft gleichmäßig entweichen. Nach dem Piepton notierte sie die Werte.

»Kann ich jetzt endlich frühstücken? Oder wollen Sie durch Ihre endlosen Untersuchungen meinen Hungertod riskieren?«, scherzte Chris.

Schwester Christina kicherte wieder, löste mit einem Knistergeräusch den Klettverschluss der Manschette und streifte sie von seinem Arm. »Sie, als bestbehütetster Patient dieses Krankenhauses, haben es gerade nötig, sich zu beschweren«, gab sie zurück, rollte den Schlauch mit der Manschette um das Messgerät und korrigierte danach die Tropfinfusion.

»Bestbehütet?«, lachte Chris und verkrampfte ein wenig den Mund dabei vor Schmerzen. »Dass ich nicht lache, Sie lassen mich ja nicht einmal zum Essen kommen. Wenn Sie das behütet nennen.« Chris nahm das Messer, hielt einen Augenblick inne und sah sie dabei beobachtend an. Erst dann schnitt er das Brötchen auf.

»Ja ja, Sie müssen etwas Besonderes sein«, sagte sie, »die Polizei hat Ihnen sogar einen Bodyguard vor die Tür gesetzt.« Chris legte flugs die Brötchenhälften und das Messer auf den Teller zurück.

»Einen Bodyguard? Davon weiß ich nichts«, sagte er überrascht.

»Sie haben ja auch die ersten Tage kaum etwas mitbekommen. Es ging Ihnen bis gestern ziemlich mies«, erklärte die Krankenschwester. »Der ist bissig wie ein Wachhund. Außer dem Personal und ausgewählten Personen kommt kein Fremder in Ihr Zimmer.«

Chris schielte sie aus den Augenwinkeln zweifelnd an.

»Sie wollen mich auf den Arm nehmen«, sagte er schmunzelnd.

Schwester Christina stellte sich vor das Fußende des Bettes. »Gleich, nachdem wir die Schussverletzung gemeldet hatten, schickten sie einen Polizisten zu Ihrer Bewachung.« Sie erhob kurz ihre Hand. »Augenblick«, sagte sie, ging zur Tür und lugte um die Ecke. »Herr Neuse, würden Sie bitte einmal hereinkommen?«

Kurz darauf kam ein uniformierter Polizeibeamter herein. Er musste ungefähr in Chris' Alter sein. Das hagere Gesicht und die schlanke Nase erinnerten ihn an Clint Eastwood. Hinten am Gürtel baumelten Handschellen und seitlich im Halfter steckte eine Pistole. An der Schulter, in Kinnhöhe, klemmte ein Funkgerät an der Jacke. *Wie in einem Tatort-Krimi*, dachte Chris.

»Guten Morgen, Herr Rohde. Ich bin Hauptmeister Neuse und zu Ihrem Schutz abkommandiert«, erklärte er und kam schrittweise weiter hinein bis an sein Bett.

Chris war wie vor den Kopf geschlagen. Genau das wollte er vermeiden, um sich ungestört bewegen zu können. Er hatte mit dem Geocache-Versteck eine Spur entdeckt, die ihn unter Umständen zu dem Finder des geraubten Geldes führen würde. Mit dem Geld hätten er und Katja die Gangster in der Hand und könnten ihnen Bedingungen stellen. Aber mit der Polizei an der Hacke? Nun konnte er keinen Schritt mehr unbeobachtet machen. Chris überlegte. *Vielleicht wäre es klug, jetzt doch mit der Polizei zu kooperieren, die würden sich eh nicht mehr abschütteln lassen.* Die Situation war außerordentlich brenzlig für ihn und Katja geworden. *Besser, sie hätten von Anfang an die Kripo eingeschaltet, dann würde er jetzt sicher nicht mit einer Schusswunde untätig hier rumliegen müssen.* Hauptmeister Neuse stand am Fußteil des Bettes und wartete geduldig auf eine Reaktion. »Wer hat denn das angeordnet?«, fragte Chris.

»Hauptkommissar Brauer«, antwortete er und erläuterte weiter: »Frau Meinhard steht ebenfalls unter Personenschutz und wird psychologisch betreut.«

Chris horchte auf. »Psychologisch betreut? Wieso denn?«

»Ach, das wissen Sie noch gar nicht?«, fragte er.

»Was weiß ich nicht?« Chris spürte, wie sein Puls beschleunigte.

»Tim, der Junge von Frau Meinhard, ist entführt worden.«

Eine undurchdringliche Stille erfasste augenblicklich den Raum. Chris glaubte, zu ersticken. *Das ist meine Schuld,* war sein erster Gedanke, der wie ein Schwerthieb durch seinen Kopf fuhr. Hätte er doch nur... Zahllose Selbstvorwürfe drehten Runde für Runde durch sein Hirn und sorgten für ein Schwindelgefühl. *Mit der Polizei wäre es nicht so weit gekommen. Wenn Tim etwas zustößt – das würde Katja ihm nie verzeihen.* Er musste schnellstens zu ihr.

Wie von der Tarantel gestochen sprang Chris aus dem Bett. »Ich muss sofort hier raus«, rief er. Schwester Christina, die die ganze Zeit still neben dem Bett gewartet hatte, stellte sich vor ihn und drückte ihn sanft mit beiden Händen zurück in das Bett. »Herr Rohde, seien Sie vernünftig. Sie können nicht weg, nicht in Ihrem Zustand.« Chris legte sich ins Kissen und starrte zur Decke.

»Tut mir leid, Herr Rohde«, sagte Hauptmeister Neuse, »ich darf Sie keineswegs gehen lassen. Das wäre unverantwortlich. Die Typen der Chamäleonbande, wie Brauer sie nannte, haben tausend Gesichter, das macht sie so gefährlich.«

»Katja und ich kennen ihre wahren Visagen«, behauptete Chris.

»Sind Sie sicher?«, zweifelte Neuse.

Chris antwortete nicht. Er schloss die Augen und drehte den Kopf zur Seite.

»Herr Rohde braucht jetzt Ruhe«, wandte Schwester Christina ein, »kommen Sie.« Sie schob Hauptmeister Neuse am Schulterblatt mit leichtem Druck aus dem Zimmer und schloss sachte die Tür hinter sich.

Gleich nachdem die Tür zuschnappte, schlug Chris die Augen auf und lauschte zum Flur hinaus. Er hörte den

Servierwagen weiter unten im Gang über die Fliesen poltern, begleitet von leisem Geschirrklappern. *Die sind noch mit dem Frühstück beschäftigt,* deutete er die Geräusche, richtete sich auf und drehte sich aus dem Bett. Ein Stechen zuckte durch seine Brust, aber in leicht gebeugter Haltung ließ es sich ertragen. Der Verband stützte zusätzlich wie ein Korsett. Er nahm den Infusionsschlauch in die Hand und zog den Rollständer hinter sich her bis zum Fenster, dessen Flügel noch offen stand. Das Zimmer lag im Erdgeschoss, zum Garten hin, stellte er erleichtert fest. Von der Fensterbrüstung bis zum Boden waren es ungefähr zwei Meter, keine unüberwindliche Höhe. Man brauchte sich nur am Fensterrahmen festhalten und dann fallen lassen. Aber mit seinem verletzten Arm? Chris war fest entschlossen, er musste zu Katja, ihr beistehen in dieser schweren Zeit. *Jetzt oder nie,* entschied er kurzerhand. Er sah sich das Etikett auf dem Beutel der Infusionsflüssigkeit an. Eine gewöhnliche Salzlösung wurde ihm zugeführt, wahrscheinlich, um die Braunüle frei zu halten, vermutete er. Chris nahm den linken Arm aus der Schlinge und warf sie zur Seite. Dann löste er den Verband und den Klebestreifen an der Steckverbindung und zog die Nadel aus der Unterarmvene heraus. Die Mullbinde wickelte er als Druckverband über die blutende Einstichöffnung. Mit einem Ohr horchte er dabei gespannt zur Tür. Wenn jetzt die Schwester hereinkäme, gäbe es ein Donnerwetter und er könnte weitere Fluchtpläne begraben. Dann sah er das Frühstückstablett auf dem Tischchen stehen. »Mist!«, fluchte er vor sich hin. Daran hatte er in der Eile nicht mehr gedacht. Jeden Moment könnte jemand hereinkommen, um das Geschirr abzuräumen. Chris ging zur Tür und lauschte. Er hörte nebenan die Tabletts klappern. Es wurde knapp, er musste sich beeilen, lief zum Wandschrank, streifte sich hastig den Schlafanzug ab und ließ ihn auf den Boden fallen. Dann kramte er seine Sachen aus dem Schrank heraus und schmiss sie aufs Bett. Sein linker Arm schmerzte, als er sich das Hemd überzog. Er biss die Zähne zusammen.

Das Scheppern des Servierwagens schallte erneut über den Flur. Sie hatte bereits das Nebenzimmer erreicht. Chris wurde nervös. Beim Anziehen der Hose kam er ins Straucheln und hüpfte auf dem nackten Bein, um nicht umzufallen. Aber es reichte nicht, er fiel mit dem verletzten Arm aufs Bett. Chris stöhnte vor Schmerzen kurz auf und drückte sich sogleich die Hand auf den Mund. Ächzend hangelte er sich wieder auf die Beine, zog den Reißverschluss der Hose zu und steckte den Gürtel in die Schnalle. Er schlüpfte in die Schuhe, humpelte zum Fenster und warf sich dabei die Jacke über. Mit zusammengekniffenen Lippen und unterdrücktem Stöhnen kletterte er auf die Fensterbrüstung. Draußen auf dem Gang polterte der Servierwagen weiter und hielt vor dem Zimmer. Die Tür ging auf.

»Herr Rohde!«, hörte er die Schwesternschülerin empört rufen.

DUDERSTADT
SAMSTAG, 10.10.2015

Der Mann blieb wie schockgefroren über Brauer liegen.

»Ganz langsam aufstehen«, sagte Brauer langgezogen, »ganz langsam.«

Der Mann erhob sich im Zeitlupentempo. Brauer lag noch mit dem Rücken auf dem Parkett, hielt die Waffe in beiden Händen und zielte auf Schmidtke.

»Steffen?«, rief er, ohne den Blick abzuwenden. Steffen antwortete nicht.

»Er ist nach draußen gegangen«, sagte Anke Meißner, die sich mit ihrem Körpergewicht auf das Bein ihres Mannes stützte, um die Blutung zu stoppen.

Spinnt der? Wieso ist er rausgegangen und lässt mich mit

dem Schlamassel zurück? Die Antwort bekam Brauer umgehend. Wie aus dem Nichts stürmten vier maskierte und in Schutzwesten gekleidete Männer mit Maschinenpistolen durch den Vordereingang und aus dem Keller in die Wohnung und schrien: »Alle auf den Boden. Gesicht nach unten. Sofort!«

Komalke und Schmidte lagen augenblicklich flach und legten unaufgefordert die Hände auf den Rücken. Handschellen klickten. Vier rotgekleidete Sanitäter und ein Notarzt kamen jetzt herein.

»Zuerst den Mann. Er hat viel Blut verloren«, rief Steffen dem Notarzt zu und zeigte auf Sascha Meißner. Der lag gekrümmt auf der Seite, totenbleich, und zitterte am ganzen Körper. Der Notarzt tastete den Puls am Hals und leuchtete in die Augen. »Zugang legen, Hämoglobin! Sauerstoff! Schnell!«, wies er an. Der Sanitäter klappte seine Tasche auf und reichte dem Arzt die geforderten Dinge.

»Ist es schlimm?«, fragte Anke Meißner weinend.

»Er hat sehr viel Blut verloren«, antwortete der Arzt mit besorgter Miene, »er muss schnellstens in die Klinik.«

Ein zweiter Sanitäter schnitt derweil das Hosenbein auf. Ein weiterer kniete vor Tobias und fummelte ihm die blutverschmierten Haare auseinander.

Brauer hatte sich inzwischen wieder auf die Beine gehangelt und sah sich nach Steffen um. Der stand neben der Tür, etwas blass um die Nase, und drückte mit der rechten Hand seinen linken Oberarm. Dann sah Brauer Blut von dessen Fingerspitzen abtropfen. »Steffen, was ist mit dir?« Brauer ging zu ihm rüber. »Zieh die Jacke aus!«, sagte er.

»Ist nur ein Streifschuss«, antwortete er.

»Zieh sie trotzdem aus!«, sagte Brauer energisch und winkte den vierten Sanitäter heran.

»Lassen Sie mal sehen«, forderte der ihn auf, die Hand wegzunehmen. Der Jackenärmel war blutdurchtränkt. Brauer half ihm, die Jacke auszuziehen. Den Hemdsärmel schnitt der

Sanitäter mit der Schere auf.

»Heh«, beschwerte sich Steffen mit einem verschmitzten Lächeln, »wissen Sie, wie teuer das Hemd war?«

»Nö«, erwiderte der Sani trocken, »aber dafür sparen Sie die Wäsche.« Beide mussten schmunzeln.

»Glück gehabt«, meinte der Sani, als er die Wunde begutachtete, »Streifschuss. Ich lege Ihnen einen Verband an.«

Zwei Mann des Sondereinsatzkommandos führten Komalke und Schmidtke in Handschellen ab. Komalke blieb vor Brauer stehen und warf ihm einen verächtlichen Blick zu. »Woran haben Sie uns erkannt?«, fragte er mit verkrampftem Mund.

»Das verrate ich Ihnen, wenn Sie mir sagen, wo der kleine Tim ist«, fauchte Brauer ihn an.

»Leck mich doch am Arsch«, knurrte er zurück.

»Abführen!«, kläffte Brauer wie ein Donner seine ganze Wut heraus und ein unbeschreibliches Gefühl der Genugtuung erfüllte ihn. Er setzte er sich auf einen Stuhl und atmete tief durch. Die Anspannung löste sich allmählich aus seinem Körper. Erst jetzt begriff er die Zusammenhänge dessen, was geschehen war. Besonders wunderte er sich über sich selbst, weil er in dieser Stresssituation sogar seine Erinnerungsneurose beim Anblick von Blut überwunden hatte. Eine neue Erfahrung, die ihn hoffen ließ, das Trauma eines Tages doch noch zu überwinden. Er lehnte sich zurück, ließ gedankenlos den Blick durch den Raum schweifen und nestelte dabei an seiner Fliege herum.

Das Sondereinsatzkommando war abgerückt. Zwei Sanitäter trugen gerade Sascha Meißner auf einer Trage hinaus. Einer lief nebenher und hielt einen Infusionsbeutel hoch. Frau Meißner und Tobias folgten der Trage. Tobias hatte einen Verband um den Kopf und schluchzte vor sich hin.

Männer in weißen Overalls, Handschuhen und Kopfhauben wuselten inzwischen in der Wohnung herum und sicherten Spuren. *Wie eine Invasion Außerirdischer*, dachte Brauer und schmunzelte angesichts dieser absurden Vorstellung in sich hinein. Blitzlichter zuckten über die Wände. Einer von der Spurensicherung begann, die restlichen Geldscheine aufzusammeln. Draußen auf der Straße klappten Autotüren, Motoren sprangen an und Martinshörner heulten auf.

Dann hörte er die vertraute Stimme seines Kollegen: »Ralf?« Es tat unendlich gut, ihn zu hören.

»Wo sind unsere P7?«, fragte Brauer in gespielt dienstlichem Ton.»

»Habe ich sichergestellt, Herr Hauptkommissar«, antwortete Steffen und legte ihm seine Dienstwaffe auf den Tisch. Brauer hörte Erleichterung in der Stimme seines Kollegen und war froh, dass ihm nichts Schlimmeres passiert war. Zufrieden erhob er sich aus dem Stuhl.

»Lass uns nach Hause fahren, Ralf«, schlug Steffen vor.

»Kommt gar nicht infrage«, erwiderte Brauer, »dich fahre ich ins Herzberger Krankenhaus. Danach werde ich nach Katja Meinhard sehen.«

»Das könnte dir so passen. Vergiss es«, konterte Steffen, »wir haben diesen Mist zusammen angefangen und werden ihn gemeinsam beenden. Ich fahre mit zu Frau Meinhard und Montag gehe ich ins Krankenhaus – vielleicht.«

Draußen stand ein Pulk Schaulustiger auf der Straße sowie vor den Eingängen der Nachbarhäuser und an den Gartenzäunen. Natürlich wurde getuschelt. Solch einen Großeinsatz der Polizei hatten die meisten noch nicht erlebt. Endlich mal was los in dem sonst so beschaulichen Wohnviertel. Sie schienen es zu genießen. Brauer und Richter hatten Mühe, sich einen Weg durch das Gedränge zu bahnen. »Entschuldigung, dürfen wir mal? – Danke!« Die Leute starrten sie mit großen Augen an. Brauer kam sich vor wie zur Schau gestellt. Ein Scheißgefühl. Solche Gaffermengen hatte er öfters schon bei ähnlichen Einsätzen erlebt, aber er konnte sich nie daran gewöhnen und war froh, als sie in der Quedlinburger Straße endlich im Auto saßen. Brauer setzte sich ans Steuer und schaltete sein Handy ein. Sie hatten sie beide vor dem Einsatz ausgeschaltet, um nicht durch überraschende Anrufe verraten zu werden. Er drückte auf »Zuhause«, um Elke und die Kinder zu beruhigen, falls sie von dem gefährlichen Einsatz schon erfahren hätten. Es wäre nicht das erste Mal gewesen, dass die Buschtrommeln schneller waren als Telefon und Medien.

»Hier ist Annika Brauer«, hörte er die feinmelodische Stimme seiner Tochter und augenblicklich wich die letzte Spannung aus seiner Brust.

»Hallo Schatz, gibst du mir Mama mal?«

»Hi, Papa. Mama ist nicht da, sie ist vorhin weggefahren. Weiß nicht, wohin«, sagte Annika.

Brauer stutzte ein wenig. *Ist sie wieder mit diesem Mann zusammen? Wer ist dieser Kerl und was will sie von ihm? Der Macker soll es ja nicht wagen, meine Elke anzufassen, dann...* Brauer versuchte, seine Gedanken zu zügeln. War er am Ende gar eifersüchtig, nach einundzwanzig Ehejahren? *Ja*, gestand er sich ein, *er war eifersüchtig. Na und?* Er liebte seine Frau über alles und die Vorstellung, dass sie mit einem anderen... Nein, was für ein absurder Gedanke, es würde sich alles aufklären, er musste ihr vertrauen.

»Sonst alles okay zu Hause?«, fragte er, um sich abzulenken.

»Ja, klaro! Warum fragst du?«

»Ach, nur so. Ich komme heute später, sag ihr das.«

»Mach ich. Tschüss Papa!« Sie drückte das Gespräch weg.

Er startete den Motor und fuhr los, aber der brennende Gedanke an Elke ließ ihn nicht los.

»Sag mal, Ralf«, begann Steffen, als sie wieder auf der Herzberger Straße fuhren, »woran hast du Komalke und Schmidtke erkannt? Also, ich hatte die ganz anders in Erinnerung... bis auf die verbundene Hand.«

Brauer schmunzelte. »Komalke ist Maskenbildner, vergessen? Und ein sehr guter, das hat er uns heute eindrucksvoll bewiesen. Aber Schmidtke hätte sich die Hände gründlicher waschen sollen.«

»Die hatten doch Gummihandschuhe an«, staunte Steffen.

»Bis auf Schmidtkes verbundene Hand. Der ist Automechaniker und an den Fingern hat er Schmiere in der Hornhaut.«

Steffen schielte zu ihm rüber. »Ich glaube, Sherlock Holmes könnte von dir noch was lernen.«

»Na, ich weiß nicht, obwohl die Kombinationsgabe von Sherlock Holmes hätte ich schon gern«, antwortete Brauer und griente kurz. Dann wurde er ernst. »Ich mache mir Sorgen um den kleinen Tim. Ruf doch mal Jens Pohl an, ob es was Neues gibt.«

Steffen zog sein Handy aus der Tasche, wischte einige Male über das Display und drückte es ans Ohr. »Steffen Richter hier«, meldete er sich kurz danach, »ich bin der Assistent von Hauptkommissar Brauer und soll fragen, wie der aktuelle Stand ist.« Brauer hörte eine undeutliche Stimme aus dem Handylautsprecher und achtete auf Steffens Reaktionen. »Hm-hm... ja... verstehe... verdammt!« Steffen nahm das Smartphone runter und sein Gesicht wurde hart.

»Red schon?«, drängte Brauer.

»Kein Anruf, keine Forderungen, nichts. Katja Meinhard und ihre Mutter sind ziemlich fertig«, sagte Steffen bedrückt.

»Was ist mit dem Vater?«, wollte Brauer wissen.

»Hat erst für morgen einen Rückflug aus Thailand bekommen.«

Brauer schwieg mit steinerner Miene. Als Vater konnte er sich ohne Weiteres in Tims Eltern hineinversetzen und mitfühlen, was sie durchmachten. Dass sich bisher niemand mit weiteren Forderungen oder Anweisungen gemeldet hatte, war ungewöhnlich und bekümmerte ihn, aber er wollte nicht über seine schlimmsten Befürchtungen sprechen.

»Wo mag der Junge sein?« Die Frage war mehr an sich selbst gerichtet.

»Diese Julia Heitkamp steckt doch mit denen unter einer Decke«, meinte Steffen, »kannst du dir vorstellen, dass sie ihn bei sich in Harlingerode versteckt?«

Brauer spielte erneut an seinem Ohrläppchen. »Wo würdest du als Kidnapper ein Kind verstecken?«

»Im Keller. Die sind schallschluckend und haben kleine oder gar keine Fenster, da kriegt so rasch keiner was mit, wenn jemand ruft oder sich sonst bemerkbar machen will«, meinte Steffen.

»Genau«, gab ihm Brauer recht, »aber das Haus hat keinen Keller. Ich habe weder eine Treppe noch Kellerfenster gesehen.« Brauer ließ von seinem Ohrläppchen ab.

»Ist ja wohl auch ein umgebautes Stallgebäude, die wurden normalerweise nie mit Keller gebaut«, glaubte Steffen zu wissen.

»Diese Julia Heitkamp werden wir festnehmen, und zwar heute noch. Die Verdachtsmomente reichen dicke aus«, entschied Brauer kurzerhand. »Der Dame müssen wir mal auf den Zahn fühlen, aber vorher besuchen wir Frau Meinhard.«

»Und dann sollten wir uns schnellstens Durchsuchungsbeschlüsse für Komalkes und Heitkamps Wohnungen besorgen«, schlug Steffen vor.

Gegen dreizehn Uhr hielten sie auf dem Parkstreifen vor dem Haus in der Wissmannstraße in Bad Lauterberg, in dem Katja Meinhards Mutter wohnte. Eine ältere Villa in Fachwerkbauweise mit ausgetretener Steintreppe davor, die zu einer überdachten Veranda führte. Brauer drückte den Klingelknopf. »Wer ist da bitte?«, tönte kurz darauf eine Männerstimme aus der Gegensprechanlage. »Brauer und Richter.« Der Türöffner summte. Sie betraten den etwas düster wirkenden Hausflur, von dem aus eine breite Holztreppe nach oben führte. Die Stufen knarrten unter ihren Schritten. Jens Pohl wartete oben bereits in der Wohnungstür. »Hallo, Herr Brauer. Hallo, Herr Richter. Nichts Neues bisher«, informierte er beide noch in der Tür. Sie gingen hinein. Ein großzügiger Flur mit hoher Decke lag vor ihnen. Jens Pohl führte sie ins Wohnzimmer. Eine bedrückende Stille im Dämmerlicht empfing sie. Die Vorhänge waren halb zugezogen. Auf einer Sitzgruppe saßen Frau Meinhard und ihre Mutter. Beiden stand der Kummer ins Gesicht geschrieben. Ihre Gesichtshaut schien transparent zu sein, die Augen lagen tief und hatten dunkle Ringe unter den Tränensäcken. Sie schauten auf und bemühten sich um ein Lächeln, das gleich darauf in Tränen ertrank. Katja Meinhard vergrub ihr Gesicht in den Händen und schluchzte. Ihre Mutter legte den Arm um sie. Brauer und Richter standen hilflos im Raum und kamen sich wie Eindringlinge vor. Wie konnte man den beiden Frauen Trost spenden, ohne besonders gute Nachrichten im Gepäck zu haben? Eine Kindesentführung hatte er noch nie aufklären müssen. Gott sei Dank. Er fühlte sich absolut unwohl und mit der Situation überfordert. Brauer sah sich um. Neben der Glastür, die zu einem Balkon führte, hatten die Techniker einige Geräte aufgebaut, mit denen man Gespräche aufzeichnen und zurückverfolgen konnte. Zwei Kollegen saßen auf Stühlen davor, bereit, die Anlagen zu bedienen. Sie nickten Brauer und Richter stumm zu.

»Entschuldigen Sie bitte«, hörte er plötzlich die kraftlose Stimme von Katja Meinhard, »bitte nehmen Sie doch Platz.«

Brauer wandte sich ihr zu. »Es gibt nichts zu entschuldigen, Frau Dr. Meinhard«, sagte er.

Er und Steffen setzten sich in die Sessel, die den beiden Frauen gegenüberstanden. Katja Meinhard angelte nach einer Packung Papiertaschentücher, die auf dem Tisch lag, und fummelte mit zittrigen Händen vergeblich darin herum. Steffen nahm ihr die Packung ab und zog ihr ein Taschentuch heraus. Sie schnäuzte sich die Nase. »Haben Sie etwas Neues für uns?«, fragte sie zaghaft.

»Was Tim betrifft, leider nein«, gab Brauer ehrlich zu, »aber wir haben eine heiße Spur und gehen davon aus, dass sie uns zu Ihrem Sohn führen wird.«

Katja Meinhard blickte gedankenverloren geradeaus. Ihre Augen füllten sich mit Tränen. Andächtige Stille, wie man sie sonst in Kirchen vorfindet, erfüllte erneut den Raum.

Die Türklingel zeriss jäh die Ruhe. Jens Pohl ging in den Flur an die Gegensprechanlage. Brauer lauschte mit einem Ohr. »Wer ist da bitte?«, fragte Pohl und nach einer Sekunde: »Warten Sie bitte.« Er kam zurück. »Ein Herr Rohde möchte zu Ihnen, Frau Meinhard«, sagte er. Katja Meinhard blickte zu ihm auf, ohne eine Regung zu zeigen und nickte stumm. Pohl ging zurück an die Tür. »Herr Rohde? Ich öffne.«

Nach zwei Minuten kam Chris Rohde in schräg nach vorn gekrümmter Haltung herein. Er bemühte sich, gerade zu gehen, aber Schmerzen in der Brust schienen ihn daran zu hindern. Ab und zu presste er die Lippen aufeinander, um das Schmerzstöhnen so weit wie möglich zu unterdrücken. Zielstrebig schlich er zu Katja Meinhard und beugte sich etwas weiter zu ihr hinunter, was ihm offensichtlich Erleichterung verschaffte. »Es tut mir so leid, Katja«, sagte er und suchte nach ihrer Hand.

Sie sah an ihm vorbei und zog ihre Hand zurück. »Es war falsch«, sagte sie tonlos, »sonst wäre Tim bei mir. Bitte geh.« Tränen rollten die Wangen herunter und benetzten ihre Lippen.

Chris stützte sich von der Tischkante ab und ging in schmerzschonender Haltung zur Tür, hielt sich am Rahmen fest und sah noch einmal zu Katja hinüber. Sie beachtete ihn nicht.

Brauer drehte sich im Sessel zu ihm um. »Augenblick bitte, Herr Rohde«, sprach er ihn an, »ich denke, Sie liegen noch im Krankenhaus unter Personenschutz. Wie sind sie hierher gekommen?«

»Das erzähle ich Ihnen ein andermal«, antwortete er mit peinvoller Stimme. Er blieb noch eine Weile dort stehen und atmete tief durch.

»Hoffentlich wird er gut behandelt und kriegt genug zu essen«, weinte Katja Meinhard leise vor sich hin. »Er ist so ein lieber Junge. Er braucht sein Lieblingsbrot.«

Sie schluchzte tief, und das traf Brauer in der Seele. Er litt mit ihr. »Was ist denn sein Lieblingsbrot?«, fragte er, um sie von ihrem Kummer etwas abzulenken.

»Nutellabrot mit Salami«, antwortete sie und ein leises Lächeln zuckte über ihre Lippen.

Brauer sprang mit einem Mal aus dem Sessel. »Was sagten Sie?«, fragte er mit erhobener Stimme nach.

Katja Meinhard sah ihn aus ihren blassen Augen erschrocken an. »Nutellabrot mit Salami«, wiederholte sie kleinlaut.

»Jetzt weiß ich, wo Tim ist«, schoss es aus ihm heraus. »Herr Pohl, rufen Sie die Kollegen in Goslar an, sie sollen das Haus in Harlingerode observieren, aber nicht eingreifen, bevor wir dort sind.« Er nannte ihm die Adresse. »Steffen, komm!« Brauer eilte ohne weitere Erklärungen an Chris Rohde vorbei aus der Wohnung, stürmte die Treppe hinunter und nach draußen. Steffen folgte ihm.

»Du fährst!«, sagte Brauer und warf Steffen den Autoschlüssel zu. Sie sprangen in den BMW und fuhren die Wissmannstraße zurück in Richtung Herzberg und weiter nach Osterode.

»Das glaub ich jetzt nicht«, wetterte Steffen wütend, als er an der Kreuzung vor dem Butterbergtunnel den Hinweis las: TUNNEL GESPERRT. »Warum ist diese verdammte Röhre überhaupt gebaut worden?«, echauffierte er sich.

»Weil der Weg ohne Tunnel ständig gesperrt wäre, darum«, frotzelte Brauer. »Komm, reg dich ab und fahr über Freiheit«, versuchte er seinen Kollegen zu beruhigen, aber innerlich ärgerte es ihn ebenso. Sie verloren wertvolle Zeit. Zu allem Überfluss gab es in der Hauptstraße noch eine Baustellenampel.

»Das war ja klar«, lästerte Steffen und ruckelte knurrend am Lenkrad, während sie genervt auf Grün warteten. Die Rotphase schien unendlich zu sein. Steffen hatte nicht in den Leerlauf geschaltet und hielt den Wagen mit schleifender Kupplung an der seichten Steigung, um sofort durchstarten zu können. »Komm endlich, blöde Ampel«, schimpfte er vor sich hin und startete unvermittelt durch.

»Spinnst du, es ist noch rot«, meckerte Brauer ihn an.

»Kannst mich ja anzeigen«, erwiderte Steffen, gab Gas und huschte an der Baustelle vorbei. Der Fahrer eines entgegenkommenden Pkws tat mit wilder Lichthupe seinen Unmut kund. Brauer schaute beschämt zur Seite.

Mit heulendem Motor jagte Steffen den BMW über den Anstieg Richtung Clausthal-Zellerfeld.

***

Chris hielt sich mit beiden Händen an der oberen Scheibenkante der Tür fest und setzte sich seitlich auf den Fahrersitz seines bejahrten Corolla. Mit Schmerzlauten drehte er sich hinter das Lenkrad und zog die Beine nach. Seine gebrochenen Rippen fanden bisher keine Gelegenheit, zusammenzuheilen. Der Sprung aus dem Krankenhausfenster hatte ihnen den Rest gegeben und seitdem spürte er einen stechenden Dauerschmerz seitlich im Rücken. Kein gutes Zeichen, das wusste er, aber die Sorge um Tim schmerzte noch heftiger in seiner Brust. *Katja hatte sicher recht gehabt, sie hätten gleich zur Polizei gehen sollen, anstatt selber Detektiv zu spielen.* Wenn Tim was zustoßen würde, dann wäre er mitverantwortlich. Ein unerträglicher Gedanke, der ihn zwang, etwas zu tun. Er drehte den Zündschlüssel. Der Dieselmotor orgelte zunächst einige Umdrehungen lang, bis er schließlich ansprang. Dann wählte er den Weg über Braunlage und Bad Harzburg nach Harlingerode, der sich als der schnellere erwies.

***

Jyl stand vor dem Spiegel und tupfte die geschwollene Wange mit einem Wattebausch nach. Mit Stift und Pinsel retuschierte sie die Platzwunde. »*Hübsch hässlich*«, kommentierte sie ihr verstelltes Gesicht. Es klopfte an der Zimmertür. Jyl verließ das Bad und trat in den Flur. »Was ist?«, rief sie unwirsch.

»Ich muss mal«, drang gedämpft Tims Stimme nach draußen. Sie drehte den Schlüssel um und öffnete die Tür.

»Beeil dich! Und wehe, du schließt wieder ab«, fauchte sie ihn an. Tim verschwand im Bad. Sie nahm ihr Smartphone, scrollte die Namensliste hoch und drückte auf »Bax«. Nach fünf Mal tuten meldete sich eine Frauenstimme: »Der Teilnehmer ist zurzeit nicht erreichbar. The number you`ve dialed is...« Sie drückte den Anschluss weg und versuchte es bei Harry. Dieselbe Ansage quäkte aus dem Handylautsprecher. »Scheiße!« Sie schmiss das Gerät auf die Flurgarderobe. Die Badezimmertür ging auf, Tim kam heraus und tippelte wortlos an ihr vorbei in das Zimmer zurück. Jyl schloss hinter ihm ab.

Wo bleiben die nur, ging ihr durch den Kopf. *Dass sie ihre Handys ausgeschaltet hatten, war nicht ungewöhnlich. Eine Vorsichtsmaßnahme, um nicht geortet werden zu können.* Sie schaute auf die Uhr. Es war schon halb zwei, sie mussten eigentlich längst wieder da sein. Sie wurde unruhig, lief ins Wohnzimmer und schaute aus dem Fenster in den Hof und auf die Straße hinaus. Auf der gegenüberliegenden Seite standen zwei Männer, unterhielten sich angeregt und schielten ab und zu herüber. *Diese Typen gehören nicht hier her,* wurde ihr sofort klar. Harlingerode war ein Dorf, man kannte sich untereinander. Fremde fielen auf wie das schwarze Schaf in der Herde, zudem waren um diese Zeit selten Leute auf der Straße. Höchstens die ältere Dame von nebenan, die ihren Dackel mittags Gassi führte. Es war ihr nicht geheuer. Sie spürte, dass irgendetwas in der Luft lag. Jyl ging zurück ins Badezimmer und schaute erneut in den Spiegel, dann wieder zum Fenster. Die Männer waren weg.

***

Chris steuerte den Corolla die steile Abfahrt der B4 von Torfhaus hinunter Richtung Bad Harzburg. Die kurvenreiche Strecke hatte es in sich und war einigen Rasern bereits zum Verhängnis geworden. Deshalb durfte man auch nur mit maximal 60 km/h hinunterfahren, Lkws sogar nur mit zwanzig. Chris störte sich heute nicht daran und ließ seinen Toyota mit jaulendem Motor die zweispurige Strecke bergab rollen, obwohl er wusste, dass weiter unten ein stationärer Blitzer lauerte. Er blieb auf der linken Spur und bremste nur etwas ab, wenn die Kurven zu eng wurden; besonders in Linkskurven, weil dann die Schmerzen in seiner Brust heftiger brannten. Der Blitzer schoss ihm ein grelles Licht entgegen, und er schaute automatisch auf den Tacho. Der Zeiger zappelte jenseits der Hundert herum. Er musste dabei an den Bußgeldbescheid von neulich denken, aber das war jetzt alles so unwichtig. Hinter dem

Radau-Wasserfall gab er Gas und raste durch Bad Harzburg, als sei er auf der Autobahn. Dass das reichte, um den Führerschein loszuwerden, war ihm bewusst, aber er verlangsamte die Fahrt erst vor der Abfahrt Richtung Oker. Dann folgte er der Beschilderung nach Harlingerode. Hinter dem Ortseingangsschild fragte er eine Frau, deren Hund gerade auf dem Seitenstreifen ein Häufchen machte, nach der Straße »Viehweide«. »Hinter dem EDEKA-Markt die Dritte rechts«, sagte die Frau, und zeigte mit der Hand die Richtung an. Chris fuhr sofort los, ohne sich zu bedanken.

Er fand das Straßenschild auf Anhieb und bog rechts ab. Langsam fuhr er weiter und hielt zu beiden Seiten nach der Hausnummer und der Toreinfahrt Ausschau, wie Brauer es beschrieben hatte. Dann sah er das vermeintliche Tor auf der anderen Straßenseite und fuhr näher heran. Das musste es sein, die Nummer stimmte auch. Vor der Einfahrt parkte ein blauer BMW, in dem zwei Männer saßen. Als Chris auf der Höhe des Tores war, kam plötzlich ein roter Mustang aus der Einfahrt herausgeschossen, bog direkt vor ihm nach links ab und gab Gas, dass rußiger Qualm aus dem Auspuff räucherte. Am Steuer saß eine Frau mit langen schwarzen Haaren und einem seltsam schiefen Gesicht. Durch das Heckfenster konnte er gerade noch erkennen, dass jemand mit blonden Haaren auf dem Rücksitz saß. *Konnte dieser Blondschopf zu Tim gehören?* Er beschleunigte und wollte dem Wagen folgen, als urplötzlich auch der BMW herübergefahren kam und sich vor ihn setzen wollte. Chris bremste etwas und fuhr scharf rechts, um Platz zu machen, aber es reichte nicht. Der BMW musste einem entgegenkommenden Kleintransporter ausweichen, rammte in voller Fahrt mit dem rechten Vorderrad den Bordstein und drehte sich um die eigene Achse. Chris schlenkerte gerade noch an ihnen vorbei und sah im Rückspiegel die Männer aussteigen. Er trat das Gaspedal durch und holte ein Stück auf. Dann sah er das Kind auf der Rückbank knien und gestenreich nach hinten winken. Es war Tim.

***

Ab Goslar schaltete Steffen das Navi ein. Harlingerode kannte er nur vom Hörensagen. Vielleicht war er früher einmal durchgefahren. Er konnte sich nicht erinnern. »Die nächste Straße links, dann haben Sie ihr Ziel erreicht«, sagte die freundliche Navistimme. Steffen bog ab und fuhr verzögert weiter.

»Was ist denn da vorne passiert?«, fragte Brauer und zeigte mit dem Finger geradeaus. Ein blauer BMW der Fünferreihe stand halb auf dem Gehweg. Das rechte Vorderrad ragte unnormal im rechten Winkel aus dem Kotflügel heraus.

»Oha«, kommentierte Steffen das Malheur, »Achsschenkel gebrochen oder Spurstange im Eimer.«

Auf der anderen Seite entdeckten sie die gesuchte Hausnummer. Er stoppte den Wagen hinter dem Unfall-BMW. Beide stiegen aus.

»Ist jemand verletzt?«, fragte Brauer.

»Nein, zum Glück nicht«, antwortete einer der Männer. »Und wer sind Sie?«, fragte er zurück.

Brauer zog an dem Band seine Dienstmarke aus der Hosentasche. »Hauptkommissar Brauer«. Der Mann lächelte erleichtert.

»Ich bin Hauptmeister Warneke und das ist der Kollege Schlüter. Wir sollen das Objekt dort drüben observieren«, berichtete er und erklärte weiter, was passiert war. »Roter Ford Mustang? Na, davon fahren nicht so viele auf unseren Straßen. Der müsste leicht zu finden sein«, meinte Brauer. »Trotzdem sollten wir Hubschrauberunterstützung anfordern und alle umliegenden Polizeistationen alarmieren – mit allem Pipapo. Diese Leute sind skrupellos und gefährlich.«

»Haben wir bereits veranlasst«, sagte Warneke.

»Sehr gut«, lobte Brauer die Kollegen.

»Das Auto ist zwar hin, aber das Funkgerät nicht«, erklärte Warneke.

In diesem Moment klingelte Brauers Handy. Die angezeigte Nummer kannte er nicht.

»Ja? Brauer«, meldete er sich. Im Hintergrund hörte er Motorengebrumm.

»Chris Rohde hier. Herr Brauer, ich verfolge einen roten Mustang auf der B6 in Richtung Wernigerode. Tim Meinhard sitzt darin.«

Brauer dachte, er hört nicht richtig. »Herr Rohde«, rief er lauter als nötig ins Handy, »sind Sie verrückt? Das ist gefährlich, die Frau kann bewaffnet sein. Überlassen sie das uns.«

»Ich melde mich wieder«, sagte Chris, scheinbar ohne die Warnung zu beachten.

»Auch das noch«, brabbelte er vor sich hin und schüttelte mit dem Kopf.

»Was ist denn?«, fragte Steffen verständnislos.

»Chris Rohde spielt James Bond. Er verfolgt den Mustang.«

»Ich werd nicht wieder«, meinte Richter und klatschte sich die fache Hand vor die Stirn. Brauer ging zwei Schritte hin und her und überlegte.

»Folgendes«, gab er spontan bekannt: »Wir fahren hinterher. Warneke, Sie rufen bitte die Spurensicherung. Keiner betritt oder verlässt das Haus.«

»Wird gemacht!«, bestätigte dieser und musste gegen das schrille Triebwerkgeräusch und das Schlagen der Rotorblätter des Polizeihubschraubers anbrüllen, der in dem Augenblick über Harlingerode hinwegflog.

»Manchmal klappt sogar etwas bei der Polizei, und wenn es nur die Rotorblätter sind«, gab Brauer zufrieden zum Besten und stupste Steffen in den Rücken. »Los Steffen, gib Stoff!«

Sie sprangen erneut ins Auto und fuhren mit quietschenden Reifen los.

***

Auf der vierspurigen B6 fuhr er wie auf der Autobahn. Aber der Abstand zu dem Mustang vergrößerte sich zusehends, sodass Chris befürchtete, ihn aus den Augen zu verlieren. Gegen den Sechszylinder des Ford hatte Chris' Corolla Diesel keine Chance. Das Hinweisschild der Abfahrt Wernigerode West tauchte auf. Noch konnte er den Wagen als roten Punkt weit vor sich ausmachen und erkennen, wie er an der Abfahrt vorbeifuhr. Chris blickte auf die Tankanzeige und bekam einen Schreck. Lange konnte er die Verfolgung nicht mehr durchhalten, er fuhr schon fast auf Reserve. Als er sich wieder auf die Fahrbahn konzentrierte, war er einen Moment lang verwirrt. Statt des einen roten Punktes, den er die ganze Zeit über fixiert hatte, waren nun zahlreiche andere am Horizont aufgetaucht. Bremslichter! So war er dem Lkw-Fahrer, der sich gerade an einem Langholztransporter vorbeiquälte und einen Rückstau verursachte, dankbar. Unter normalen Umständen hätte er nun eine Schimpfwortkanonade abgeschossen, die sich gewaschen hatte. Heute hatte er nur Lobesworte im Sinn. Vier Fahrzeuge voraus schlich der Mustang, gefangen in der Schlange, hinter dem Transporter her. Nachdem der Lkw einscherte, zog sich die Reihe rasch auseinander, aber Chris war wieder dran.

Ohne zu blinken fuhr der Mustang im letzten Moment die Abfahrt Wernigerode Ost ab. Chris hätte die Ausfahrt beinahe verpasst. Er informierte Brauer über Handy, der erneut auf ihn einredete, sich nicht unnötig in Gefahr zu begeben. Er ließ sich jedoch nicht beirren. Im Stadtverkehr verlor der Ford seinen Vorteil, sodass sich Chris dicht an ihn heften konnte. Erst an der nächsten Ampelkreuzung machte sich die motorisierte Überlegenheit des US-Wagens wieder bemerkbar. Die schwarzhaarige Fahrerin wurde kurz langsamer, um dann im darauffolgenden Moment brachial zu beschleunigen. So huschte sie noch so eben bei Gelb über die Kreuzung und entwischte. Als die Ampel umschaltete, war der Mustang längst weg. Chris schlug wütend aufs Lenkrad, was ihm zusätzliche

Schmerzen in seiner Brust bescherte. Orientierungslos fuhr er erst einmal geradeaus und kam auf den Stadtring. *Wo entlang fahren?* Dann hörte er das Flappergeräusch eines Hubschraubers, der über der Stadt zu kreisen schien. Er lehnte sich nach vorn und blickte nach oben. Wenn er sich nicht täuschte, war das ein Polizeihubschrauber, der in Richtung Harz flog und jemanden zu verfolgen schien. Chris entschied sich, hinterher zu fahren, aber er kannte sich in Wernigerode nicht aus und nach einer unfreiwilligen Stadtumrundung gelangte er auf die L100 in Richtung Braunlage. Vor ihm, über der Silhouette des Harzes, kreiste der Hubschrauber, an dem sich Chris orientierte. Die Straße schlängelte sich durch den Ortsteil Hasserode hindurch und verlief bald steil hinauf in die Berge. Die Frau hatte jetzt mindestens fünfzehn Minuten Vorsprung. Von dem roten Wagen war nichts zu sehen. Chris fuhr so schnell, wie sein Corolla es zuließ, die Steigung hinauf. Dann plötzlich, hinter einer engen Haarnadelkurve, sah er den Mustang von rechts aus einer Seitenstraße kommen und weiter voraus fahren. Dort sah Chris nur ein paar Häuser, die sich Drei Annen nannten. *Was hatte sie dort gewollt?* Chris folgte ihr. Die gelbe Warnleuchte der Tankanzeige leuchtete bereits. Zwei Minuten später erreichte er den Bahnhof der Harzer Schmalspurbahnen von Drei Annen Hohne. Hinter dem Gebäude, unter einer Baumreihe, entdeckte er den Mustang. Chris parkte sein Auto ein Stück weiter davor. Er sah die Frau mit dem entstellten Gesicht auf die Wagenplattform eines Zuges springen, der mit fauchender Dampflok auf die Abfahrtfreigabe wartete. *Aber wo war Tim?* Er schaute durch die Fensterscheiben des Mustang. Doch da saß niemand drin. Ein Pfiff ertönte und mit einem dumpfen Auspuffschlag setzte sich der Zug in Bewegung. Chris lief zum Bahnhofsgebäude und fragte am Fahrkartenschalter, wohin der Zug fuhr. Zum Brocken, teilte die Dame ihm freundlich mit. Er informierte Brauer und fügte noch hinzu, dass die Frau eine geschwollene Wange hätte und eine leuchtend rote Outdoorjacke trug, an der sie leicht zu erkennen wäre. Der Hubschrauber kreiste jetzt dicht über dem Areal und suchte offenbar eine Landemöglichkeit.

Wo hatte die Frau den Jungen abgesetzt? Chris humpelte zum Auto und fuhr nach Drei Annen zurück, wo er den Mustang herauskommen sah. Die Schmerzen hatten sich verschlimmert. Mitlerweile hatte er einen Blutgeschmack im Mund.

Auf dem Parkplatz neben dem Jugendwaldheim Drei Annen standen nur wenige Autos. Auf der Ladekante eines Passat Kombi saßen ein Mann und eine Frau mit einer Flasche in der Hand und aßen ihr Brot. Chris ging zu ihnen und fragte, ob sie eine Frau mit auffällig geschwollenem Gesicht und einem Jungen gesehen hätten.

»Einen Jungen nicht«, sagte der Mann mit halb vollem Mund, »aber die Frau mit dem geschwollenen Gesicht haben wir gesehen.«

»Die kam dort hinten die Böschung hochgekraxelt«, sagte die Frau und zeigte mit der Hand in die Richtung. »Dann ist sie mit einem roten Sportwagen weggefahren«, ergänzte sie.

Sie hatte noch nicht ganz ausgesprochen, da lief Chris bereits los. Hinter dem Parkplatz unterhalb einer Böschung verlief die Trasse der Schmalspurbahn. Chris stieg mit gepeinigter Miene laut stöhnend den steilen Hang zu den Schienen hinunter. In seiner Brust schien ein Feuer zu lodern. Sein Rücken fühlte sich an, als ob ein Dolch darin stecken würde. Er schwitze, musste kurz innehalten. Das Atmen fiel ihm unendlich schwer. *Was wollte die Frau hier auf der Bahntrasse und wo war Tim?* Chris spürte Panik in sich aufsteigen. *Wenn nur diese Schmerzen nicht wären.* Er ging auf dem Schotterbett weiter. Die Gleise verliefen ein Stück parallel zum Weg und führten dann in einer Rechtskurve in einen Fichtenwald hinein. Chris musste erneut einen Augenblick stehen bleiben. Er stützte sich gebeugt auf die Knie und hatte das Gefühl, tief durchatmen zu müssen. Aber die Schmerzen hielten ihn davon ab. Dann schmeckte er wieder Blut und spuckte aus. Der

Speichel war rot. *Das ist nicht gut,* dachte er und schleifte sich Schwelle für Schwelle weiter.

Ungefähr hundert Meter voraus sah er einen Körper auf den Schienen liegen. »Tim!«, rief Chris. Es klang wie ein Krächzen und endete in einer schmerzhaften Hustenattacke. Stark nach vorn gebeugt, humpelte er drauf los. In der Ferne schallte der Pfiff einer Dampflokomotive mit hundertfachem Echo durch den Wald. Nach jedem Luftmolekül hechelnd, erreichte er den Jungen, der mit Kabelbindern an Arm und Bein der Länge nach auf eine Schiene gefesselt war. Ein Taschentuch steckte in seinem Mund. *Dieses dreckige Miststück,* verfluchte er die Frau. *Soll sie doch der Teufel holen.*

Tim japste nach Luft. Chris zog ihm das Tuch aus dem Mund und versuchte panisch, die Fessel aufzureißen. Ohne Messer oder einen vergleichbar scharfen Gegenstand war dies jedoch ein aussichtsloses Unterfangen.

Ein scharfer Pfeifton der Lokomotive durchschnitt abermals die Stille. Chris griff nach einem Schotterstein und schlug auf den Kabelbinder ein, der sich zu verformen begann, aber nicht abscherte. Der Zug näherte sich. Mit zischendem Dampfgetöse kämpfte sich die Lok die Steigung herauf. Dann sah er sie kommen. Tim schrie in Todesangst. Ein schwarzes Ungetüm von Qualm und weißem Dampf umgeben kam unaufhaltsam auf sie zu. Die Schienen fingen an zu singen, als sei es das Todeslied. Schreckliche Gedanken wirbelten Chris durch den Kopf. Er versuchte, klar zu denken. Er musste den Zug stoppen und rannte ihm mit winkenden Armen entgegen. »Anhalten«, krächzte er gequält, aber sein Ruf ging klanglos im Auspuffdonner der Lok unter. Chris lief weiter. Er spürte keine Schmerzen mehr. *Weiter, nur weiter.* Dann stolperte er über eine Schwelle, stürzte, rollte das Schotterbett hinunter und blieb an einem Baumstamm liegen. Aus seinem Mund quoll schaumiges Blut. Plötzlich wurde es still.

***

Brauer und Richter hatten Drei Annen Hohne erreicht. Steffen stellte den Wagen auf dem großen Parkplatz rechter Hand ab. Der Hubschrauber kreiste bereits eine Weile über der kleinen Ortschaft. Über die Einsatzzentrale hatten sie inzwischen Kontakt mit einer Polizeibeamtin im Helikopter aufgenommen. Brauer hatte gebeten, ihn zum Brocken hinauf zu fliegen. Der Hubschrauber brauchte nur einen Landeplatz. Die Parkplätze waren zugestellt. Es war Samstag. Außerdem bestes Wetter für einen Brockenausflug.

»Sperren Sie die Kreuzung ab, das ist die einzige Möglichkeit zu landen«, gab sie per Handy durch. Brauer heuerte sogleich einen Passanten an und bat ihn, vor dem Bahnhof die Straße zu sperren. Der fühlte sich sichtlich gebauchpinselt, bei einem Polizeieinsatz helfen zu können, und lief sofort los. Steffen übernahm die andere Seite, und Brauer stellte sich an der Zufahrtsstraße auf.

Langsam senkte sich der Hubschrauber über der Kreuzung ab und setzte auf. Brauer lief mit eingezogenem Kopf in den Rotorkreis und stieg ein.

»Schnallen Sie sich an«, rief ihm die Polizistin zu, die auf dem Kopilotensitz saß.

Brauer legte den Hosenträgergurt an. »Alles klar!«, meldete er nach vorn, »es kann losgehen.«

Das Surren der Rotorblätter schwoll an und im selben Augenblick hob der Hubschrauber ab. Sie gewannen rasch an Höhe und nahmen Fahrt auf. Tief unter ihnen sah Brauer die Rauchfahne der Brockenbahn zwischen den Baumwipfeln herausquellen. Steffen sollte sofort zum Bahnhof Schierke fahren und sehen, ob die Frau dort ausstieg. Schierke war der letzte Halt vor dem Brocken.

Auf dem Gipfel gab es keinen ausgewiesenen Landeplatz für Hubschrauber. Der Pilot entschied sich, vor dem Hotelturm runter zu gehen. Er flog von Osten her an und forderte per Lautsprecher die Menschen auf, den Platz zu räumen. Brauer sah, wie die Leute wie aufgescheuchtes Wild auseinanderliefen. Dann setzte die Maschine auf. Brauer und die Polizistin stiegen aus und machten sich auf den Weg zum Bahnhof. Der Pilot blieb zurück und stellte das Triebwerk ab.

Brauers Handy klingelte und vibrierte. »Steffen, was ist?«

»Sie ist nicht ausgestiegen«, meldete er.

»Okay, fahr zurück nach Drei Annen Hohne und warte dort, bis ich mich melde. Trink einen Kaffee auf meine Kosten.«

»Mindestens zwei bist du mir schuldig.« Steffen drückte das Gespräch weg.

Brauer und die Polizistin, die sich mit Svenja Hoffmann vorgestellt hatte, waren inzwischen am Bahnhof eingetroffen. Nur wenige Leute hielten sich auf dem Bahnsteig auf.

Brauer und Svenja setzten sich auf eine Bank und warteten auf die Ankunft der Bahn. Von Weitem hörte man bereits die Dampfpfeife tuten. Dann quollen über die Wipfel der Fichten die ersten Rauchschwaden, die dem Zug wie in einer Spirale um den Gipfel herum folgten, bis die Lokomotive fauchend hinter der Kuppe auftauchte.

Brauer und Svenja machten sich bereit. Er stellte sich versteckt am Ende des Bahnsteiges unter einen Anbau, während seine Kollegin von einer höher gelegenen Terrasse die Einfahrtseite des Bahngeländes beobachtete.

»Sie können die Frau leicht erkennen«, hatte Brauer ihr erklärt, »sie hat soo eine Backe.« Brauer deutete es mit der Hand an. »Und sie trägt eine leuchtend rote Jacke. Aber Vorsicht! Sie könnte bewaffnet sein, und sie fackelt nicht lange.«

Mit quietschenden Bremsen kam der Zug zum Stehen. Kurz darauf quollen Unmengen an Menschen aus den Wagons und strömten auf den Bahnsteig. Rufend, winkend und johlend irrten sie scheinbar ziellos umher, aber nach einigen Minuten war der Trubel vorbei. Der Bahnsteig lichtete sich. Brauer kam aus der Deckung hervor und sah am anderen Ende Svenja mit zuckenden Schultern stehen. Er deutete ihr mit Handzeichen an, dass sie die Wagons durchsuchen sollten. Er stieg in den ersten Wagen, Svenja in den letzten. In der Mitte trafen sie sich. Nichts.

»Ist sie unterwegs abgesprungen?«, mutmaßte die Polizistin, »die Brockenbahn ist schließlich kein ICE.«

»Ich weiß nicht. Diese Bande nennen wir nicht umsonst Chamäleonbande«, erklärte er ihr, »die können ihr Aussehen scheinbar beliebig verändern und haben uns mehr als einmal verarscht. Wer weiß, vielleicht heute wieder.«

Sie gingen enttäuscht zurück zum Hubschrauber. Der Pilot hantierte an der Maschine herum. Einige Klappen standen offen.

»Kommen Sie mit?«, fragte Brauer. »Ich spendiere uns einen Kaffee nach der Pleite.«

»Gehen Sie nur«, sagte er, »ich habe noch zu tun. Außerdem lasse ich den Heli nicht unbeaufsichtigt.«

Brauer und Svenja gingen in das Gebäude neben dem Hotelturm. Einige Stufen führten nach unten, wo ein Schnellrestaurant lag.

»Cappuccino oder Latte?«, fragte Brauer und griff sich ein Tablett vom Stapel.

»Latte«, erwiderte sie und setzte sich zwei Reihen weiter auf eine Bierzeltbank. Brauer kam mit zwei Latte macchiato zurück.

»Das war ein verrückter Tag heute«, begann er zu erzählen, »sowas habe ich noch nicht erlebt.«

Svenja nahm ihre Uniformmütze ab und lauschte aufmerksam den abenteuerlich klingenden Schilderungen Brauers, der die Ereignisse der vergangenen Stunden selber kaum fassen konnte. Svenja schlürfte zwischendurch an dem heißen Kaffeegetränk.

Urplötzlich unterbrach Brauer seinen Redefluss und schaute einer Frau nach, die gerade am Tisch vorbeigegangen war.

»Halten Sie sich bereit!«, flüsterte er seiner Kollegin zu und zog verstohlen seine Waffe aus dem Schulterhalfter. Er stand langsam auf und folgte der Frau. Als er dicht hinter ihr war, rief er ihr nach: »Julia Heitkamp?«

Sie drehte sich um, riss die Augen auf, machte kehrt und rannte auf die Ausgangstreppe zu.

»Bleiben Sie stehen!«, rief er hinterher. Sie sprang die Stufen hinauf, weiter zur Tür und nach draußen. Brauer kam nicht so schnell nach. Als er den Vorplatz erreichte, sah er, wie sie dem Piloten direkt in die Arme flog.

»Festhalten!«, rief Brauer. Der Pilot reagierte blitzschnell und nahm sie in einen Polizeigriff. Svenja war inzwischen nachgekommen und legte der Frau Handschellen an. Sie wehrte sich nicht mehr. »Sie sind festgenommen!«, sagte Brauer kalt.

»Leck mich doch«, keifte sie schrill zurück.

HERZBERG
SONNTAG, 11.10.2015

Elkes hübsches Gesicht schaute um die Schlafzimmertür herum. Brauer blinzelte verschlafen unter der Decke hervor.

»Willst du mit uns frühstücken oder lieber weiterschlafen?«, fragte sie flüsternd.

»Ich komme sofort«, antwortete er.

Elke verschwand wieder und drückte die Tür vorsichtig ins Schloss. Ralf Brauer streckte sich, gähnte laut und ausgelassen. Die ganze Anspannung des gestrigen Tages stieß er aus sich heraus und fühlte eine tiefe Genugtuung. Sie hatten die Bande endlich zur Strecke gebracht. *Ein Gefühl wie Ostern,* dachte er und schaute auf den Wecker. Halb zehn. Er schwang die Beine aus dem Bett, tastete mit den Füßen nach den Hausschuhen und schlurfte ins Bad.

Der Mann vor dem Spiegel im Badezimmer sah wie ein Penner aus, fand er. Die Augen schauten verschwommen aus engen Schlitzen hervor und der Bartwuchs – oh Gott. Er planschte sich einige Hände kaltes Wasser ins Gesicht, das von den Barthaaren abperlte. Aber der Anblick wurde nicht besser. Im Spiegelschrank kramte er nach dem Rasierapparat und wurde fündig. Es dauerte eine Weile, bis er den Wildwuchs der Gesichtshaare beseitigt hatte. Duschen wollte er nach dem Frühstück.

Am Esstisch saß die Familie und empfing ihn mit einem Sprechgesang: »Alles Gute zum Geburtstag.«

»Moment«, sagte Patrick, »ist das unser Papa? Der sah doch gestern ganz anders aus.«

»Stimmt«, flachste Annika dazwischen, »unser Papa war noch nie so glatt rasiert.«

Brauer lachte und nahm am Tisch Platz. »Ich wollte euch zu meinem Geburtstag überraschen.«

»Steht dir aber gut«, sagte Elke und gab ihm einen Kuss auf die Wange. »Wow«, meinte sie, »ein ganz neuer Geschmack. Gefällt mir.«

Nach dem Frühstück überreichten sie ihm das Geschenk, ein kunstvoll gearbeitetes Schachspiel, was er sich schon lange gewünscht hatte.

»Und wer spielt mit mir?«, fragte er verschmitzt.

»Ich«, sagte Elke.

»Du?«, fragte er mit Fistelstimme. »Seit wann kannst du Schach spielen?«

»Seit ich bei Joachim Schachunterricht genommen habe«, erklärte sie stolz.

»Wer ist Joachim?«, fragte er sofort nach.

»Joachim Schneider, Vorsitzender vom Schachklub. Das ist der Mann, mit dem du mich im Eulenhof gesehen hast.«

Brauer blickte etwas verschämt aus seinem Schlafanzug. »Entschuldige mein Misstrauen, Schatz«, sagte er und küsste sie.

Patrick meinte dann: »Komm Annika, wir lassen diese beiden Turteltäubchen mal eine Weile alleine.« Sie standen beide auf und wollten gehen.

»Moment, Annika«, rief Ralf hinterher, »du hattest recht. Das Geld wurde tatsächlich in einem Geocache gefunden.«

»Heißt das, dass ich...?«

Er ließ sie nicht zu Ende sprechen.

»Ja, das heißt es.«

POLIZEIINSPEKTION NORTHEIM
MONTAG, 12.10.2015

Inas Augen schienen im Wasser zu schwimmen, als sie am Montagmorgen Steffens verbundenen Arm sah und den Grund erfuhr. Er konnte sich in der Folgezeit vor aufdrängender Fürsorge kaum bewegen. »Bleib sitzen, das kann ich doch machen«, »Möchtest du noch einen Kaffee?«, »Warte, das ist doch viel zu schwer für dich.« Als sie ihm mittags die Jacke abnahm und ihn beim Anziehen half, war das Maß voll.

»Raaalf!«, schallte es durchs Büro. »Halt mir diese Mutter-Teresa-Kopie hier vom Hals und sag ihr, dass ich noch im Vollbesitz meiner geistigen und körperlichen Kräfte bin, mich alleine anziehen und aufs Klo gehen kann.«

Brauer kam aus seinem Glaskasten heraus und griente breit. Ina warf beleidigt ihren Kopf in den Nacken und mit einem abfälligen »Pöh«, schmiss sie Steffen die Jacke zu und verkroch sich hinter ihrem PC. »Ich hab's ja nur gut gemeint«, raunte sie hinter dem Bildschirm hervor.

Karsten Trüter hatte gleich für den Nachmittag zu einer Pressekonferenz geladen. Brauer fand das viel zu voreilig und hätte lieber mit der Ermittlungsgruppe dazu die Vorbereitungen getroffen. Aber Trüter konnte es mal wieder nicht abwarten, sich zu profilieren. Schon in seiner Ansprache lobte er sein kriminalistisches Gespür mit einer gespielten Selbstironie und versäumte es auch nicht, auf seine vergangenen Erfolge hinzuweisen. Bei den speziellen Fragen der Presseleute guckte er meistens Hilfe suchend auf Martin Neumann, der Ralf Brauer, Steffen Richter oder die anderen antworten ließ. Dabei entlarvte sich Trüter rasch als Blender. Aber das schien ihn nicht zu stören, denn als die Kameras auf das Team gerichtet wurden und die Blitzlichter zuckten, posierte er in der ersten Reihe mit einem schauspielreifen Lächeln. Neumann sah Brauer von der Seite an und verdrehte die Augen. Brauer nickte versteckt.

Nach der Konferenz bat Martin Neumann ihn in sein Büro. »Sag mal Ralf, woran hast du die Frau erkannt?«, fragte er.

»An ihren Schuhen«, antwortete Brauer trocken.

Neumann verzog skeptisch seine Brauen. »Das musst du mir erklären«, sagte er mit einem verstohlenen Lächeln.

Brauer erzählte ihm von seinem Trick.

»Du bist doch ein ausgekochtes Schlitzohr«, lachte er und klopfte ihm anerkennend auf die Schulter. »Übrigens«, meinte Neumann weiter, »ist das gefälschte Polizeiauto inzwischen gefunden worden?«

»Keine Spur bisher«, antwortete Brauer, »scheint vom Erdboden verschluckt zu sein.«

»Alles bestens«, sagte Dr. Kohler zufrieden und steckte das Stethoskop in die Kitteltasche, »aber Sie sollten vorerst jede Belastung und Anstrengung vermeiden. Ich muss schon sagen, da hatten Sie einen guten Schutzengel.«

»Das war nicht meiner, sondern der des Jungen. Zum Glück hatte mich der Lokführer noch rechtzeitig gesehen.« Chris zog sein Hemd über und knöpfte es zu. »Aber Segelfliegen darf ich noch, oder?«, fragte er und zog die Brauen dabei hoch.

»Wenn Sie keine Bruchlandung machen, spricht nichts dagegen«, meinte Dr. Kohler lächelnd, »aber die Flugsaison beginnt doch erst im Frühjahr wieder. Bis dahin ist alles vergessen.« Dr. Kohler verließ das Behandlungszimmer. Chris schlüpfte noch in den Pullover, nahm seine Jacke von der Garderobe und verließ die Praxis.

Als er in die Ahnstraße einbog, sah er August Breme am Zaun stehen. Er hatte nur seine Strickweste an und trug nicht einmal einen Schal um den Hals, obwohl es schon empfindlich kalt geworden war.

»Du solltest dir was Warmes überziehen, Onkel August, sonst holst du dir noch den Tod«, ermahnte ihn Chris und blieb stehen. Sie hatten sich zwei Wochen nicht gesehen.

»Na mien Jung, warst lange im Krankenhuse. Wie jehts dich?«, fragte er, ohne weiter auf Chris' Ermahnung einzugehen.

»Ich komme gerade vom Doktor, alles bestens.«

»Sowat, nee, un dat in Lutterberch«, spielte er auf die Ereignisse der letzten Wochen an, »Mord un Todschlach. Nee, nee, nee.« Er schüttelte den Kopf.

»Und Bankraub noch dazu«, ergänzte Chris.

»Dat ha dich ja gliech jesäät: Pass uf dien Jeld uff.«

»Ja, mach ich, Onkel August. Aber pass du auf dich auf und geh jetzt rein, sonst liegst du auch bald im Krankenhaus.« Chris sah ihn eine Weile auffordernd an, bis er sich umdrehte und ging. »Nee, nee, nee«, brummelte er im Weggehen vor sich hin und verschwand in der Haustür. Chris musste grinsen. Was wäre diese Straße ohne Onkel August? Er war ein echtes Urgestein und alle mochten ihn.

Als Chris die Haustür aufschloss, sah er Post im Briefkasten. *Bestimmt der Bußgeldbescheid aus Goslar,* dachte er und öffnete den Blechkasten. Es war der einzige Brief. Chris schaute auf den Absender und konnte es kaum glauben: Kleinschmidt Elektronik GmbH. *Was wollen die denn von mir?* Neugierig riss er den Umschlag auf, nestelte das Schreiben heraus und las:

Sehr geehrter Herr Rohde,

wie wir von Hauptkommissar Brauer erfahren haben, waren Sie und Frau Dr. Meinhard wichtige Zeugen des Bankraubes in Bad Lauterberg und sind dadurch in Gefahr geraten. Ihr selbstloser Einsatz bei der Rettung des Sohnes von Frau Dr. Meinhard haben meine Frau und mich sehr beeindruckt.

Da ich als Kunde der Bank unfreiwilliger Verursacher dieser Geschehnisse war, möchten wir Sie und Frau Dr. Meinhard am Sonntag, den 18. Oktober um neunzehn Uhr, zu einem Essen einladen. Sie werden selbstverständlich chauffiert.

Bei der Gelegenheit erlaube ich mir, Ihnen ein Angebot als Maschinenbauingenieur zu unterbreiten. Die Produktion in unserem Zweigwerk in Bad Lauterberg wird ausgeweitet, wobei die Stelle des Produktionsleiters vakant wird. Ich würde mich freuen, wenn wir zu einem späteren Zeitpunkt auch darüber sprechen könnten.

Meine Frau und ich freuen uns auf ihre Nachricht, ob der Termin genehm ist, und verbleiben

mit freundlichen Grüßen

Konstantin Kleinschmidt
Melina Kleinschmidt

Chris war baff. Er ging hinein und ließ sich mit ausgebreiteten Armen in das Sofa fallen. Diese Großzügigkeit hätte er dem Kleinschmidt gar nicht zugetraut. Und ein Stellenangebot dazu, obendrein noch in Bad Lauterberg. Er konnte sein Glück kaum fassen und hörte schon seine Mutter vor Freude jubeln.

Am liebsten hätte er Katja gleich angerufen, aber sie hatte sich nach seinem Besuch bei ihrer Mutter nicht wieder gemeldet. Schade, dass es vorbei war, bevor es richtig begonnen hatte. Sie war die Frau, an die er ständig denken musste, die er vermisste, nach deren Nähe er sich sehnte. Er schloss die Augen, hatte ihr wunderschönes Gesicht vor sich und ließ seine Gedanken treiben.

Die Türklingel riss ihn jäh aus seinen Träumen. Er sprang auf, ging in den Flur und öffnete die Haustür. Draußen stand die nächste Überraschung. Vier dunkelbraune Augen strahlten ihn freundlich an. Zwei davon gehörten Katja, die anderen beiden Tim. Sie sahen ihn eine Weile wortlos an. Tim hielt einen Pappkarton in den Händen und reichte ihn hoch.

»Hier für dich«, sagte er und griente dabei.

Chris nahm den Karton entgegen. Etwas bewegte sich darin. Er hob den Deckel ein Stück an und lugte hinein. Zwei weitere Augen starrten ihn an, sie waren grün und leuchteten im Halbdunkel der Schachtel. Eine kleine getigerte Katze streckte ihren Kopf heraus und miaute.

»Tim, meine Mutter und ich möchten uns bei dir bedanken, und ich entschuldige mich für meine Unfreundlichkeit«, sagte Katja mit bewegter Stimme.

Chris konnte nicht antworten, er spürte einen Kloß im Hals und war in ihren Augen gefangen.

»Es ist ein Kater«, mischte sich Tim ein, »er heißt Franz-Jürgen.«

Chris und Katja schauten zu Tim hinunter und fingen herzhaft an zu lachen.

- ENDE -

Danksagung

Bis aus der anfänglichen Idee das fertige Buch wurde, haben mir viele Menschen mit Rat und Sachverstand zur Seite gestanden, denen ich dafür herzlich danke.

Mein innigster Dank gilt meiner Frau Monika, die mir den kreativen Freiraum verschaffte und mich als ständige Lektorin begleitet hat.
Ich danke ganz herzlich meinen Testleserinnen Ute Cyra und Marianne Schoop für ihre ehrliche und konstruktive Kritik. Eine weitere Testleserin, die nicht genannt werden möchte, ist hierin eingeschlossen.
Vielen Dank an Bernd Wiegand, der mir zahlreiche Fragen zur Polizeiarbeit beantwortet hat, die meinem Protagonisten sowie der Handlung zugutegekommen sind.
In gleicher Weise danke ich Jörg Winterstein, der mir einen kleinen Einblick in das Bankenwesen gewährt hat, was für diesen Roman sehr nützlich war.
Ein herzliches Dankeschön richte ich an Richard Lobenstein, der als einer von Wenigen das Lauterberger Platt „Lutterbersch" noch beherrscht und die Dialoge der Romanfigur August Breme übersetzt hat.
Danke an das „Diabeteszentrum Bad Lauterberg" und dem „Hotel Mühl Vitalresort" für die freundliche Genehmigung, ihre Firmenbezeichnungen in dem Roman verwenden zu dürfen.
Ein besonderer Dank gilt meinem Lektor Sascha Exner, der das Manuskript zurechtgefeilt und zur Druckreife gebracht hat.
Zuguterletzt, aber umso herzlicher, ein Dankeschön an meinen Verleger Helmut Exner, der bereit war, den Roman in sein Programm aufzunehmen.

Hans-Joachim Wildner

MEHR VOM AUTOR

Urwüchsige Natur, Bergbau und Mythen haben den Harz und seine Menschen geprägt und bieten eine ideale Kulisse für Fantasy, aber auch für Krimis und historische Romane. Hans-Joachim Wildner hat bereits einige Kinderbücher verfasst und zwei **Jugend-Fantasyromane** geschrieben, die das Hexenwesen als einen mittelalterlichen Fluch entlarven, gegen den sich ein junges Mädchen wehren muss.

DER SCHLÜSSEL VON SCHIELO
DER BROCKENDOM

2018 ist sein historischer Roman **ERZFEUER** erschienen. Für das Frühjahr 2019 ist weiterer Harzkrimi rund um das Team von Hauptkommissar Brauer in Vorbereitung.

Der Autor ist erreichbar über:

HANSJOACHIMWILDNER@GMX.DE
HARZKRIMIS.DE
FACEBOOK.COM/HANSJOACHIMWILDNER.AUTOR

Erzfeuer
von Hans-Joachim Wildner

1. Auflage 2018, 334 Seiten, Taschenbuch
Euro 12,95 (inkl. 7% MwSt.)
ISBN 978-3-947167-21-0
auch als eBook erhältlich

In der Nacht des 18. Oktober 1833 verschwindet auf der Königshütte der Ofenmeister Hans Röger. Seine Leiche wird in einem Wasserradschacht gefunden. Er wurde grausam ermordet. Der geistig zurückgebliebene Otto Wiegand gerät in Verdacht und wird in eine Irrenanstalt eingewiesen. Die Familie steht vor dem Abgrund.

Ottos Bruder Karl ist Bergmann in der Knollengrube. Er ist begabt und träumt davon, als Kunstmeister auf der Königshütte zu arbeiten. Als er sich in Johanna, die Tochter des Ermordeten verliebt, gerät seine Welt aus den Fugen. Johanna ist durch den Tod ihres Vaters mittellos und muss Lauterberg verlassen. Als Karls kleine Schwester Clara an Lungenentzündung erkrankt, geht er nach Clausthal, um eine Heilerin um Hilfe zu bitten. Zufällig läuft ihm dort Johanna über den Weg. Als sie ihm von einem weiteren Mord und einem verschollenen Familienerbe erzählt, wird Karl sofort klar: Sie soll das nächste Opfer sein. Er muss sie beschützen, aber zu Hause ringt seine Schwester mit dem Tod.

Anlage Z
von Hans-Joachim Wildner

1. Auflage 2019, 298 Seiten, Taschenbuch
Euro 12,95 (inkl. 7% MwSt.)
ISBN 978-3-947167-56-2
auch als eBook erhältlich

Abenteuerlustige Schüler entdecken in den Stollen des ehemaligen Rüstungsbetriebes Schickert-Werke in Bad Lauterberg zwei Skelette. Hauptkommissar Brauer nimmt die Ermittlung auf und stößt auf ein Verbrechen, das über siebzig Jahre zurückliegt. Plötzlich überschlagen sich die Ereignisse. Die Unternehmerfamilie einer Osteroder Baumaschinenfirma wird mit Anschlägen terrorisiert, wobei jedesmal der Begriff ›Anlage Z‹ auftaucht. Ungewöhnlich viele Wohnungseinbrüche im Südharz, der Drogenfund in einem ausgebrannten Lkw der Baumaschinenfirma und die Ermordung des Inhabers scheinen mit den ehemaligen Schickert-Werken in Verbindung zu stehen. Die Ermittlungen führen Brauer und sein Team bis zur wehrtechnischen Dienststelle der Marine in Eckernförde und sogar zu einer Chemiefabrik in England. Als nur noch ein Puzzleteil zur Auflösung fehlt, wird Brauers Tochter entführt...

Biker Day
von Hans-Joachim Wildner

1. Auflage 03/2020, 412 Seiten, Taschenbuch
Euro 12,95 (inkl. 7% MwSt.)
ISBN 978-3-947167-82-1
auch als eBook erhältlich

Eike Wolf ist Polizist und liebt seinen Beruf. Gern wäre er Kriminalkommissar geworden, doch seine Eigenmächtigkeiten finden bei Vorgesetzten wenig Anklang. Als er gegen ein Mitglied des niedersächsischen Landtags wegen fahrlässiger Tötung und Fahrerflucht ermittelt, bekommt er den Einfluss der politischen Macht zu spüren und wird in den beschaulichen Harzort Altenau versetzt. Doch er gibt nicht auf und stößt bei seinen Recherchen auf Drogenmissbrauch in höchsten Kreisen. Als ungewöhnlich viele Biker im Harz verunglücken, glaubt Wolf nicht mehr an Unfälle. Sein Verdacht bestätigt sich, als plötzlich Videoaufzeichnungen davon auftauchen. Wer hat es auf unschuldige Motorradfahrer abgesehen? Und warum? Steckt eine Aktivistengruppe, die sich »Raserfreier Harz« nennt, dahinter oder verfolgen skrupellose Politiker damit eigene Ziele? Eike, selbst ein passionierter Biker, hat eine schreckliche Vorahnung. Weitere Anschläge geschehen und scheinbar kann sie niemand verhindern. Dann rückt der Human Biker Day näher, wo Hunderte Motorradfahrer an einer Benefiz-Ausfahrt teilnehmen. Eine Katastrophe bahnt sich an.